KB159384

인 디 펜 던 트 우 먼

# 방송작가
# 날마다 시트콤
# 가끔은 쇼

금토

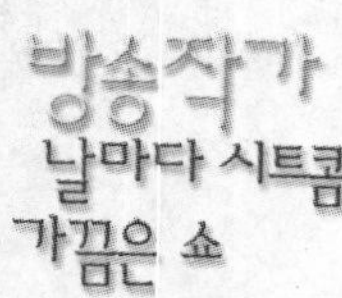


초판 인쇄 : 2001년 5월 10일
초판 발행 : 2001년 5월 15일

지은이 : 이승은 전진실 김현희 목연희
펴낸이 : 박국용
편 집 : 박영미 김태희
교 열 : 신인영 강민자
영 업 : 하태복
총 무 : 이현아
인 쇄 : 조광출판인쇄

펴낸 곳 : 도서출판 금 토
서울 종로구 신문로 1가 58-14 한글회관 203호
전화 : 02)732-6252(대표) 팩스 : 738-1110
E-mail: kumtokr@hanmail.net
홈페이지 : www.kumto.co.kr
1996년 3월 6일 출판등록 제16-1273호

ISBN 89-86903-27-X 03810

값 9,000원

TV를 사랑하고 방송을 아끼는 이들에게

차 례

김현희

## 방송국, 피도 눈물도 없는 곳 181



목연희

## 이놈의 방송작가, 당장 때려 치워야지! 237

## 책머리에

# '아이디어 없으면 나가 죽어라'

주철환(이화여대 언론홍보영상학부 교수)

"이 아줌마 진짜 웃기네."

이런 대화가 오가는 풍경을 떠올려 보자. 이 말을 듣는 당사자는 어떤 기분일까. 일단 당혹스럽고 그 다음엔 화가 날 것이다. 힘깨나 쓸 것 같은 남자가 우악스런 표정으로 이 말을 한다면 지레 공포감에 질릴지도 모를 일이다.

우리말 '웃긴다'는 철저하게 이중적 구조를 가진 말이다. 웃으면 긴장이 풀리고 따라서 편안함이 느껴지는 게 순서인데 얼굴에 웃음기가 전혀 없으면서 입으로만 '웃긴다'라고 내뱉는 건 그 웃음의 유포자가 상식에서 어긋나거나 적어도 정상이 아니라는 이야기다.

부담 없이 웃기도 쉽지 않지만 웃기면서 살기란 정말 간단치 않은 노릇이다. 더구나 이 바쁘고 고단한 세상에서 사람을 기분 좋게 웃기기란 여간 어려운 일이 아니다.

이 책은 한 마디로 '웃기는' 아줌마들의 내밀한 고백이자 투쟁기이다. 그렇다고 몰상식하거나 비정상적인 아줌마들의 넋두리는 결코 아니다. 반상회나 동창회 자리가 아니라 통 크게도 전 국민을 웃기기로 결심하고 뛰어들었으니 한 마디로 대단한 아줌마들이다.

용감하고 재주 있고 더구나 운까지 따라준 이 아줌마들의 직업은 방송작가다. 드라마, 다큐멘터리, 오락 부문 가운데 이 아줌마들은 바로 오락 파트에서 한껏 끼를 발휘해 온 작가들이다.

방송작가에게 공통적으로 요구되는 재능은 아무래도 풍부한 상상력과 끈기, 이야기를 만드는 구성력일 것이다. 오락 프로그램 작가에게는 다른 두 장르에 비해 기발한 아이디어, 공동작업에 대한 열린 마음과 자세, 세상을 좀 비틀어 보는 야유의 시선이 더욱 필요하다.

연기자에게 등급이 있듯이 PD와 작가들에게도 급수가 있다. 시간이 흐른다고 급수가 덩달아 올라가는 일은 물론 없다. 실력과 인격이 고루 포진해 있어야 A급에 속할 수 있다.

실력에 대한 판정은 최종적으로 시청자가 한다. 업자끼리 아무리 A급이라고 우겨도 대중이 '쟤들 뭐 하는 작자들이야' 라면 그의 등급은 재조정될 수밖에 없다. 방송작가의 세계야말로 구조조정이 자연스럽게 이루어지는 곳이다. 이 네 명의 작가들은 어떠한가. 짐작했겠지만 업자 세계에서도, 시청자들에게서도 온전하게 A급으로 분류된 자들이다.

PD 생활을 접고 대학에 온 지 불과 세 학기째이지만 나의 수강생들 중에 미래의 방송작가를 꿈꾸는 학생이 적지 않음을 알았다. 그들에게 이 책은 정보와 재미를 듬뿍 안겨 줄 것이다. 무엇보다도 용기와 희망을 줄 것이 확실하다.

읽다 보면 '이런 아줌마들도 해냈는데 내가 왜 못해' 하고 자신감이 생길 것이다. 그러나 절대 이 아줌마들을 물로 보지는 말 일이다. 이 아줌마들이야말로 인생을 치열하게 산 자들이다.('치열'을 옥편에서 한번 찾아보기를 권한다. 불꽃이 숨어 있음을 발견하게 될 것이다)

함께 일하다 보면 솔직히 PD를 피곤하게 만드는 작가도 많다. 애교로만 버텨보려는 풋내기들도 있고 타협할 줄 모르는 옹고집도 있다. '양들의 침묵'이 있는가 하면 '성난 황소'도 눈에 띈다.

통계로 보면 작가의 생명은 뜻밖에도 짧다. 일년을 못 버티는 작가도 많다. 어찌 보면 방송계야말로 적자생존의 법칙이 지배하는 곳이다. 김현희, 목연희, 이승은, 전진실(실력순이 아니라 가나다순임을 밝힌다. 안 밝힐 경우 이들의 경쟁심이 폭발할지도 모른다). 이들은 이 정글 속에서 평균 십 년을 버틴 악바리 인동초들이다.

그동안 산싸움, 물싸움 오죽 많이 치러 보았겠는가. '웬만해선 그들을 막을 수 없다'라는 희한한 제목의 시트콤도 있지만 이들이야말로 웬만해선 막을 수 없는 '독종'들이다.

오락 프로그램의 PD와 작가가 만나는 곳은 다름 아닌 회의석상이다. 아침부터 한밤중까지 한 자리에 앉아 시간을 죽이는 일이 비일비재하다. 회의를 오래 하다보니 진짜 회의(懷疑)에 빠지는 일도 잦다.

"야, 그걸 아이디어라고 내냐?"

면박 주는 PD에게도 정작 참신한 아이디어는 없다. 오락 프로그램에서 반짝이는 아이디어는 생명수다. 오죽하면 '아이디어가 없으면 나가 죽어라' 라는 글이 회의실 벽에 붙어 있겠는가.

아이디어가 생기려면 분위기가 자유로워야 한다. 군대에서 무슨 아이디어 나오는 것 보았는가. 자연히 아이디어 회의가 옆쪽으로 흐르다가 급기야는 엽기 쪽으로 빠질 때가 있다.

후배 PD들에게 늘 하는 조언 한 가지. 여성작가들에게 입 함부로 놀리지 말라는 것이다. 스트레스 해소 차원이겠지만 여성단체에서 들으면 몇 천만 원짜리 송사가 하루에도 수십 차례 왔다 갔다 하는 게 아이디어 회의석상이다.

내가 만나본 이 아줌마들의 공통점이 바로 이 부근이다. 웬만한 농담에도 끄떡없는, 이른바 얼굴에 철판 깐 여인네들이다. 오죽하면 갓 입사한 신입PD가 얼굴을 붉히며 이 아줌마들로부터 슬금슬금 자리를 피했겠는가. 나는 종종 그들에게 여유와 달관을 배운다.

이 책은 그냥 지하철에서 심심풀이로 읽을 수도 있다. 여행 중에 귤을 까먹으며 틈틈이 눈길을 준다 해도 나쁠 것 같지 않다. 그러나 시간이 많이 흐른 후 21세기 한국의 방송 환경을 이해하는 데 이 아줌마들의 증언은 아마도 상당히 중요한 사료가 될 것이라는 예감이 든다.

수많은 대중문화 관련 석사, 박사 학위 논문에 그들의 말이 인용되지 않는다고 누가 자신 있게 단언할 수 있겠는가.

우리 사회에서 아줌마는 자칫 약자로 내몰릴 수 있다. 왠지 주체성도 자신감도 없을 것 같은 존재로 비치기도 한다. 그런 면에서 볼 때 이 아줌마들이 사는 법은 독특하고 유별나다. 그들은 자존심으로 똘똘 뭉쳐져 있고 게다가 일에 대한 진지한 태도는 프로근성으로 꽉 차 있다. 일과 가정생활을 완벽하게 조화시키려는 자세에는 머리가 숙여질 정도다.

이들은 자신이 선택한 삶을 사랑한다. 무엇보다도 사람을 사랑한다. 사람에 대한 따뜻한 시선이 없이 남을 웃게 만든다는 건 애당초 불가능한 일이다.

웃기는 아줌마들, 기특하고 대견하다.

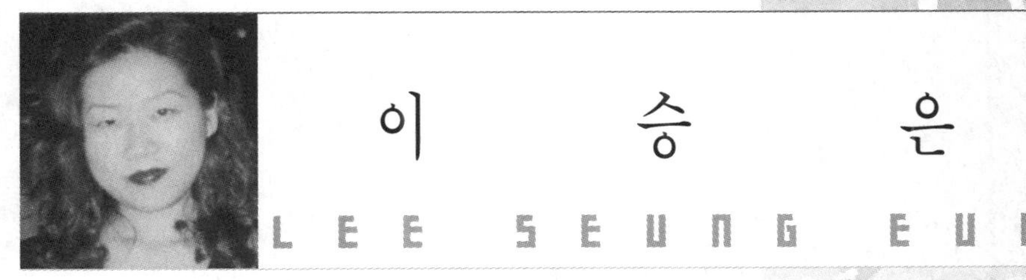


# 화장실에서 자 봤니?

1970년 서울 출생
홍대사대 부속초등학교, 경원중, 은광여고 졸
이화여대 독어독문학과 졸
91년 MBC '여기 젊음이' 로 방송 시작.
집필 : MBC 특종 TV연예, 토요일 토요일은 즐거워,
오늘은 좋은 날, 인기가요 베스트 50,
주병진 나이트 쇼, 섹션 TV-연예통신,
일요일 일요일 밤에.
KBS 슈퍼 TV 일요일은 즐거워,
생방송 뮤직뱅크. KMTV 쇼! 뮤직탱크.

## S#1 내 인생의 갈림길

벼락이 치는 듯한 엄청난 효과음에 잠이 깼다. 에펙트 끝내주는데… 뭔 소리지?

부스스 눈을 뜬 내 시야에 가득히 들어오는 것은 냉동차 뒤칸! 가만, 내가 지금 운전석에 앉아 있구나. 근데, 내 차의 범퍼랑 보닛은 어디로 갔을까나? 저 차가 이렇게 가까이 있으면 안 되는 건데….

곧이어 화난 표정의 낯선 얼굴이 '프레임 인' 된다. 거칠게 내 차의 문을 연다. 열리지 않는다. 왜지? 운전석 문이 어떻게 됐는지 꼼짝도 않는다.

이제 사태파악이 조금씩 된다. 그래, 내가 또 사고쳤구나! 뒷좌석으로 엉금엉금 내려보니 장난이 아닌걸. 보닛과 범퍼가 잘라놓은 샌드위치처럼 복잡한 단면을 보여주며 떨어져 나가 있고, 올림픽대로는 삽시간에 엄청난 교통체증을 빚고 있다.

잠시 '어? 나 땜에 이 난리가?' 하며 말도 안 되는 짜릿함이 밀려오는데, 냉동차 아저씨의 살벌한 음성이 호되게 귓가를 때린다.

"아가씨! 운전 어떻게 하는 거야? 아침부터 술 먹었어? 이거 다 어떻게 할 거야!"

나의 전천후 1급 비밀병기가 자동으로 작동하기 시작한다. 금방 눈물범벅이 된다.

"아저씨, 죄송해요. 졸았어요. 너무 잠이 와서…."

졸았단 말에 기가 막혀 하던 아저씨는 바로 나를 불쌍히 여겨 서비스센터까지 태워다주며 찌그러진 번호판 수리비 만 원도 마다하고 총총히 사라진다.

아! 이런 가식적인 내가 나도 싫다. 나의 이런 눈물연기는 어디서 나오는 걸까?

교통위반으로 걸렸을 때, 출연 취소된 김흥국 아저씨 연락 안 해줘서 뻘쭘하니 스튜디오 나오게 했을 때(아직까지 그 후유증에 시달리고 있음), 오늘 밤 새워야 하는데 저 선배가 내 대본 반만 써줬으면 할 때 등등, 필요할 때마다 바로바로 나와주는 눈물!

외모가 쬐끔만 더 됐더라면 어쩜 고현정 능가하는 명연기자가 되지 않았을까 하는 위험한 상상에 빠져본다.

난 어릴 때부터 방송에 유난히 관심이 많았다. 이 부분에서 보통 연기자나 가수들은 누구 흉내를 내서 웃겼다거나 모창을 끝내주게 했다거나 그렇게 얘기가 풀리겠지만, 난 그저 TV를 좋아하는 데서 그쳤다.(방송국 들어 와 있는 사람들의 공통된 어린 시절이다)

지금 생각해 보니, 나의 전문분야는 그때부터 '될 사람 알아보기' 였던 것 같다. 신인들 중에 눈이 번쩍 뜨이는 사람이 있으면 얼마 안 있어 스타가 되곤 했으니까.

독서실에서도 이어폰을 끼고 앉아 라디오로 TV 전파를 잡아 소리만 들으며 화면을 상상해 오던 나는 운 좋게도 한 번에 목표하던 대학에 붙어버렸다.

내가 얼마나 공부를 안 했느냐 하면, 고3 때 담임 선생님이 후배들에게 용기를 주기 위해 내 얘기를 할 정도였다.

"힘내라. 너희 선배 중에 이승은이라고 있는데, 고3 내내 공부 한 자 안 하고 이대 간 애가 있다."

아버지는 지금도 말씀하시곤 한다.

"니가 대학 간 건 소가 뒷걸음질치다 쥐 잡은 격이다."

소가 앞으로도 아니고 뒷걸음질치다 쥐까지 잡는 건 얼마나 어려운 일인가.

어쨌든 대학생활을 시작한 나는 주로 학교 밖에서 바빴다. 1학년 때는 학교가 멀어서 못 갔고, 2, 3학년 때는 연애하느라고 독일문화원에 매일 출근하느라 못 갔다.

그렇게 흐지부지 대학 3년을 보내고 4학년 봄 학기가 시작되어 운명의 4월 5일, 식목일이 되었다.

그 당시 나는 미팅으로 만난 지 3주 정도 되는 남자애 하나랑 사귈까 말까 하는 시점이었는데, 유난히 레포츠와 여행을 즐기던 그 애와 식목일을 기념하여 강원도에 있는 모든 유원지를 돌며 사격게임을 해서 인형을 모으고 있던 중이었다.

자신의 사격솜씨를 과시하고 싶어 안달이 난 그 애가 약간 지겨워져서 과 친구에게 전화를 했다.

그 친구는 학교 방송국 아나운서로 이미 MBC에서 아르바이트를 하고 있는 중이었다. 친구가 MBC에 대학생 프로그램이 생기는데, '발 넓고 예쁜' 대학생이 필요하단 거였다.

아니, 그건 바로 나잖아! 우기는 나에게 그 친구는 '예쁜' 부분에서 약간 고민했지만, '귀여운'으로 봐주기로 최종 합의하고 다음날 면접을 보기로 약속했다.

들뜰 대로 들뜬 나는 강원도에서 돌아오는 길에 그 남자애가 뭐라 하든 침묵으로 일관하다가 그 날로 쫑이 났다. 그 애가 지금 미국 항공우주국(NASA)의 촉망받는 연구원이 됐다는 얘기가 들려오는데…. 남편에겐 미안하지만, 좀… 아깝다.

다음날 면접을 보러 갔다. '코미디 연습실'이라는 보기만 해도 가슴 떨리는 방 안에 버티고 앉아 있던 사람은 지금 '목표달성 토요일' 연출을 맡고 있는 은경표 PD였다.

'PD라구? 진짜 산도적같이 생겼네. 우울하다.'

이런 생각에 빠질 찰나, 은PD도 같은 생각을 했던 모양. 친구에게 소리를 질렀다.

"야아, 예쁜 애 데려오랬잖아!"

나는 기가 막혔다.

'자기두 컨셉 없게 생긴 주제에…. 그리구, 어디다 대구 반말이야?'

계속되는 은PD의 질문.

"너 가수 누구 좋아하냐?"

그 질문으로 은PD와 나와의 질긴 인연은 시작되었다.

그때 나는 가수 김민우의 작곡가로만 알려져 있고, 일반 사람들은 전혀 모르던 윤상에 푸우욱 빠져 있었다. 그런데 은PD는 윤상의 스타성을 알아보고 자신의 프로그램에서 음반이 나오자마자 고정 밴드로 쓰려고 마음먹고 있었던 것이다.

내 입에서 주저없이 "윤상이요"란 말이 나오자, 은PD는 약간 놀라는 눈치이더니 바로 내일부터 나오라고 했다.

이게 꿈이냐, 생시냐? 내가 '만나면 좋은 친구 MBC'의 작가가 되다니…. 원래 잘 안 가던 학교지만 이제는 '재직 증명서'를 내고 이유 있는 결석을 하게 된 거다.

그때 나는 수학 빵점 받는 아이를 100점 받게 함으로써(사실은 답을 다 외우는 요령을 알려 줬었다) 압구정동의 신화로 떠오른 과외선생으로서 한 달에 300여만 원을 벌어들이던 남부럽지 않은 고소득자였는데, 방송 한 회가 나갈 때마다 지급되던 봉투는 주당 겨우 15만 원이었다.

이미 돈맛을 알아버린 나는 조금 망설였으나 그것도 잠시, 나의 인생은 그 때부터 완전히 바뀌게 되었다. 그 당시로선 최고의 청춘스타이던 MC 변우민, 고정 밴드 윤상, 손무현이 화면이 아닌 실제상황으로 내 옆에 있는 거였다.

나는 볼일도 없으면서 은경표 PD를 따라 밴드 연습실에서 거의 밤을 새웠다. 그리곤 집에 와서도 다음날 방송국 갈 생각에 들떠서 잠을 이루지 못했다.

그러는 새 '여기 젊음이'라는 프로그램 첫 방송이 나가게 됐는데, 은경표 PD는 게스트들만 진짜 빵빵하게 섭외해 놓고는 일주일 동안 어디 가 있는지 행방이 묘연했고, 지금과는 달리 AD, FD도 없던 때라 이제 막 들어온 꼬마작가인 나와 ENG 카메라 맨만이 야외촬영을 나가게 됐다.

아마, 지금 그렇게 PD 없이 나가서 현장연출을 하라고 하면(지금은 있을 수도 없는 일이지만) 절대 못했을 것이다.

그렇지만 모르는 게 보약이라고 방송에 대해서 아는 거라곤 쥐뿔도 없는 주제에 메인 작가 언니가 써준 대본만 꼭 쥐고 야외촬영을 나간 나는 겁도 없이 카메라 맨에게 '이렇게 저렇게 찍어달라' 고 요구하기 시작했다.

베테랑 카메라 맨들에게 머리에 피도 안 마른 대학생이 그런 식의 '연출' 을 한다는 건 지금 생각해 보면 말도 안 되는 일이다. 하지만 촬영장소까지 가는 동안 친해 놓은 덕분에 어처구니 없으면서도 그냥들 봐주었던 것 같다.

어쨌든 나는 돈 주고도 할 수 없는 현장실습을 1년 내내 할 수 있었는데, 이때의 경험이 나중에도 큰 도움이 됐다.

모르는 사람에게 뻔뻔히 다가가 어떻게 내 사람을 만들어야 하는지, 방송용으로 좋은 인물은 어떻게 다른지, 책상머리에서 멋대로 쓴 대본이 현장에 나가면 어떤 식으로 무용지물이 되는지를 자연스럽게 터득하게 된 것이다.

그러고 다니느라 자연히 학교는 뒷전이었다. 남들은 취업이다, 대학원이다, 유학이다, 졸업준비에 여념이 없는데, 나는 그저 졸업이나 무사히 하고 보자는 식이 된 거다. 이 부분은 지금도 후회로 남는다.

학교에 재직 증명서를 제출하긴 했지만 그렇다고 해서 모든 게 해결되는 건 아니었다. 내가 제대로 졸업을 하게 된 건 친구들이 돌아가면서 목소리를 바꿔 '대출' (대리출석)을 해주고 노트를 빌려준 덕분이었다.

4학년 한 해 동안 학교를 딱 네 번 갔다. 1학기 중간고사, 기말고사, 2학기 중간고사, 기말고사. 시험을 보러가긴 했지만 답안지를 메우기엔 역부족이었다. 다른 애들이 열심히 시험을 보는 동안 나는 반성문을 썼다.

낮에는 일하고 밤에는 공부해서 만족스런 답안을 제시해야 하는데 그렇지 못한 점을 뼈저리게 반성하고 나서, 지금 하는 일을 얼마나 사랑하는지, 지금의 일이 전공인 '독어독문학'과는 얼마나 상관없는 일인지에 대해서 장문의 글을 썼다.

내가 생각해도 눈물겹게 쓴 답안지가 효력을 발휘하여 정답 하나 못 쓰고도 나는 모든 과목을 C 이상 받을 수 있었다. 그러고 나니 또 한 번의 고비가 남아 있었는데, 졸업 논문이었다. 리포트 한 번 제출 안 한 나로선 너무나도 큰 장벽이었다. 결국 조교 언니를 꼬드겨서 제목만 내고 어떻게 어떻게 논문이 통과한 걸로 돼서 겨우 졸업을 할 수 있었다.

그런데 막상 졸업을 하고 나니 당황스러웠다. 지금까지는 방송을 안 하더라도 나는 학생이었다.

도망갈 곳이 있었는데 이젠 그게 아니었다. 죽으나 사나 내 살 길은 이거 하나다. 남들처럼 취업준비도 안 돼 있었으며, 학점도 다 까먹어 형편없잖은가.

새삼스레 내가 몸담고 있는 이 세계가 얼마나 살벌하고 삭막한 곳인지 몸으로 느껴져 왔다.

말이 좋아 '프리랜서'이지, 실력 없으면 당장 어떻게 될지 모르는 것이 방송작가의 운명이다.

그리고 사실 난 그때까지 아직 '방송작가'도 아니었던 것이다. PD 뒤나 따라다녔지 대본 한 줄 써보지 않은 1년짜리가 감히 어찌 '난 작가요'라고 말할 수 있겠는가.

프로그램이 끝날 무렵 올라가는 스크롤 자막에 '이승은'이 빠진다고 해서 프로그램이 달라질 일은 아무것도 없었던 것이다. 겁이 덜컥 났다.

## S#2 모든 건 '특종 TV연예' 에서 배웠다

경쟁률을 알리는 게시판의 숫자가 계속 바뀌어가고 있다.

'제발, 제발…'

기도하고 있는 나는 매년 연말 뉴스에 등장하는 '눈치작전' 수행 중이다. 담임이 말했었다.

"승은아, 니가 붙으면 내 손에 장을 지진다."

담임의 손에 장을 지지기 위해서 나는 여기 붙어야 한다. 학생과 학부모들로 발 디딜 틈이 없는 구내식당은 그들이 내뿜는 긴장과 열기로 후끈 달아올라 있다. 접수 마감 시간 6시가 임박했지만, 내가 노려보고 있는 불어교육과는 아직도 절반이 안 찼다.

'이럴 수가… 하늘이 날 돕는구나.'

나는 최종결정으로 불어교육과에 원서를 냈다. 정원미달일 것이 확실했다. 벌써 합격한 듯 가슴이 벅차올랐다.

집으로 돌아오는 길, 라디오에서 뉴스를 들었다. 이게 웬일? 내가 지원한 불어교육과의 경쟁률이 학교 전체에서 가장 높았다. 그렇다면 식당 안의 그 사람들이 전부 불어교육과에 넣었단 말인가! 어쩌면 사람들이 생각하는 게 이다지도 똑같단 말인가.

난 좌절했다. 떨어질 게 분명한걸…. 나의 모의고사 점수는 사실 담임이 그렇게 말할 정도로 비관적이었다. 국 · 영 · 수는 따로 공부를 안 하더라도 1, 2등을 다툴 정도로 좋은 편이었지만, 암기과목은 거의 꼴찌에 가까웠던 것이다. 시험 때까지 남은 기간 죽어라 해도 수준 이상으로 끌어올리기엔 역부족이었다.

내 인생은 끝났다. 이럴 줄 알았으면 눈치고 뭐고 추운 데서 고생하지 말고 좀 낮은 과에 그냥 낼걸. 후회한들 뭣하랴. 그래도 어떻게든 붙어보려고 남은 기간 동안 나는 진짜 열심히 했다. 하루에 한 과목을 끝내는 기분으로.

시험날, 전날 '대학 입시 전날 대종상 영화제를 보는 게 말이 된다, 안 된다' 로 싸웠던 엄마가 놀라실 정도로 나는 일찍 일어나 학교를 향했다.

1교시는 정말 행운이 따랐다. 감독관이 들어오기 직전에 본 내용이 국사 주관식 문제로 나온데다가 심지어 국어는 모르는 게 없었다. 2, 3교시로 이어지는 수학시간은 그저 그랬지만 지금까지의 모의고사보다는 훨씬 잘 본 것이 분명했다.

문제는 그 다음날 발생했다.

지하철에서부터 사범대학까지 죽도록 뛰었으나 면접시간이 10여 분 지나 있었다. 면접실 앞에는 경쟁률이 높은 관계로 엄청나게 많은 애들이 나를 쏘아보고 서 있었다. 불어교육과를 지원한 유일한 독어선택 학생인 내가 1번이었던 것이다.

숨이 차 헐떡거리며 면접실 문을 열었더니 금발머리 파란 눈의 프랑스인이 한 명 앉아 있었다. 내가 사전에 알아둔 정보에 의하면 이 사람은 이 대학 전체에서 가장 인기가 높은 프랑스인 교수 무슈 베르탱이었다.

내가 이 과를 지원한 것은 눈치 잘 못 본 탓도 있지만, 사실 여성잡지에 실린 '한국에 사는 멋진 외국인' 베르탱 씨 때문이기도 했다. 긴 다리에 깨끗하고 똑떨어지는 정장차림. 집에서 혼자 밥을 먹어도 긴 식탁에 촛불 켜놓고 먹을 것 같은 사람이었다.

헐떡거리며 감격해하고 있는 나에게 베르탱 씨가 말했다. 정말 와인처럼 감미로운 억양으로.

"봉주르 마드무아젤."

난 그냥 웃었다.

"봉주르 마드무아젤."

난 또 웃었다.

그런 식으로 '봉주르 마드무아젤' 이 조금씩 억양이 높아지며 계속 되었다. 난 웃으며 우리말로 "저 불어 모르는데요"라고 계속 외쳤지만 못 알아듣는 것 같았다.

사실 고등학교 내내 독어를 했던 나는(그마저 엉망이었지만) '봉주르 마드무아젤' 이 무슨 말인지는 알았으나 '봉주르 마드무아젤' 이라고 하면 내가 뭐라고 대답해야 하는지 몰랐던 것이다.

계속해서 실실 쪼개기만 하던 나는 결국 할 수 없이 말해 버리고 말았다. '주뗌므' (당신을 사랑합니다) 라고….

지금 와서 내가 불어교육과에 떨어진 것이 면접사건 때문이라고는 생각하고 싶지 않다. 그리고, 나는 생각지도 않게 2지망으로 쓴 독문과에 붙었다. 독문과에 들어가면서 내 인생은 완전히 다르게 펼쳐졌다. 독문과에 들어가지 않았으면, 나를 MBC와 연결시킨 그 친구를 만나지 못했을 것이고, 그랬다면, 방송에 발을 들여놓을 기회도 오지 않았을 것이기 때문이다.

어쨌든 얼떨결에 들어간 독어독문과, 고등학교 3년 내내 '데어, 데스, 뎀, 덴' 도 제대로 못 왼 내가 뜻하지 않게 독문과에 들어가 제대로 공부할 리가 없었다.

대학 4년을 그렇게 학교 밖을 돌며 마감한 나는 '학생' 이라는 이유로 모든 것을 용서받던 시대를 접고 본격적인 방송작가의 길로 접어들게 되었으니, 그 계기는 '특종 TV연예' 라는 프로그램이었다.

92년 4월 9일, 첫 방송을 시작한 이 프로그램은 지금까지도 방송 3

사 버라이어티 쇼에 그 잔재가 남아 있을 정도로 대단히 화제가 됐던 프로그램이었다. ENG 카메라의 활용, 집단 패널 시스템 등을 도입하고 서태지, 신성우, 김종서, 김찬우, 이영자 등을 배출한 이 프로그램의 프로듀서는 지금은 MBC 시트콤 '세 친구'의 연출을 맡고 있는 송창의 PD였다.

졸업 후 계속해서 '여기 젊음이'의 막내작가로 왔다갔다만 하던 내게 은경표 PD가 말했다. 자신이 '특종 TV연예'라는 새 프로그램을 송창의 PD와 함께 할 건데 같이 하자는 거였다.

처음 회의에 가보니, 사실 나 따위는 낄 자리가 없는 막강한 제작진이 버티고들 있었다. 처음부터 나 같은 어린것은 필요가 없었는데 은경표 PD가 우겨서 억지로 끼워넣은 것 같았다.

현재 미국에 체류 중인 왕선배 정해남 작가, 현 '조이 TV' 대표이며 '세 친구'를 맡고 있는 김성덕 작가에 이인자 작가 등 각 분야에서 최고를 자랑하는 작가진에 메인 PD인 송창의 PD 밑으로 은경표 PD와 뒤에 '토토즐(토요일 토요일은 즐거워)'로 실력을 인정받은 김종진 PD 등 화려한 연출진이 가세한 이 팀에서 나는 방송에서 배울 수 있는 모든 것을 배웠다.

처음엔 도무지 내가 이 팀에서 뭘 할 수 있을지 암담했다. 송창의 PD는 A에서 Z까지 모든 걸 직접 하는 꼼꼼한 스타일이어서 옆에서 도와줄 수 있는 게 별로 없는데다가 내 바로 위의 작가인 인자 언니는 연기자, 가수들까지 데이트 신청을 해올 정도로 눈에 확 띄는 미인이었는데, 사람도 좋아 연예인 섭외 실력으론 대한민국 최고여서 내 도움 따윈 필요없었다.

그래도 놀릴 순 없었는지 막내인 나에게도 코너가 하나 맡겨졌다. 그 코너는 '연예인 여론조사'였는데, 실제로 연예인 100명에게 설문

91년 '여기 젊음이' 대기실에서 변우민과 함께.

조사를 해서 '가장 옷 잘 입는 연예인', '가장 섹시한 연예인' 등의 베스트 5를 집계하는 것이었다.

요즘은 이런 여론조사 코너가 있으면 전문 리서치 기관이 맡아서 집계를 해오지만, 그 당시만 해도 나 같은 막내가 일일이 다 하게 마련이었다.

'특종 TV연예' 첫날, 나는 직접 작성한 설문지를 들고 MBC 로비로 내려갔다. 늘 북적대던 그곳에 그날따라 연예인이라고는 한 명도 보이지 않았다. 최불암, 이순재 아저씨 등 몇몇 연예인들에게 설문을 받아내고 나니, 정말 하나도 보이지 않았다.

막막해 있는데 소파 한구석에 쭈그리고 앉아 있는 사람들이 눈에 들어왔다. '신인무대'로 방송 첫 데뷔를 하는 서태지와 아이들이었다.

'가만, 저 사람들도 오늘 데뷔하니까 연예인은 연예인이잖아.'

나는 순서를 기다리며 초조해하고 있는 그들에게 다가갔다.

"서태지씨, 이제 서태지씨도 연예인이니까 이거 한 장 해주세요."

그때까지 내가 로비를 왔다갔다하며 잘나가는 스타들에게 설문받는 걸 봤던지 서태지는 겸연쩍어 하며 웃었다.

"저두요? 저두 정말 해도 돼요?"

"그럼요. 옆에 아이들두 한 장씩 해주세요."

그렇게 설문을 작성한 후 서태지와 아이들은 '신인무대'에 섰다. 머리카락이 곤두서는 듯한 전율을 느꼈다. 적어도 그 스튜디오 안에 있던 사람들은 모두 그렇게 느끼는 듯했다.

현장에서 심사위원들에게 점수를 받아 집계하는 것도 내 역할. 이럴 수가! 점수는 10점 만점에 6.8이었다. 다시 한 번 계산해도 마찬가지였다.

나는 갈등에 빠졌다.

'이 일을 어쩌면 좋지? 모르는 사이도 아니고, 아까 설문도 그렇게 친절하게 해줬는데… 6.8점은 너무 심하다.'

나는 극심한 갈등 끝에 점수를 무려 1점이나 올렸다, 7.8점으로. 그것도 서태지와 아이들이 보여준 엄청난 무대에 비하면 말이 안 되는 점수이긴 하지만.

서태지가 컴백, 은퇴를 번복할 때마다 어김없이 등장하는 '7.8 사태' 뒤에는 나의 이런 겁없는 '조작'이 있었던 거다.

첫 주부터 서태지와 아이들의 파격적인 무대로 화제를 모은 '특종 TV연예'는 그 후로 순풍에 돛단 듯 탄탄대로를 달렸다. 토요일 저녁에 방송되던 이 프로그램은 연예정보를 소재로 하는 본격 버라이어티 프로그램이었으므로 '누가 나오는가'가 가장 중요한 문제였다.

난 섭외를 도맡아하던 인자 언니 뒤를 좇아다니며 섭외하는 법을 배우기 시작했는데, 곧 그 언니의 방법이 나한테는 통하지 않는다는 것을 깨달았다. 그 언니의 섭외방법은 한마디로 '미인계' 였던 것이다.

그러던 어느 날, 인자 언니가 끈질기게 구애해 오던 가수 이상우씨와의 결혼으로 그만두게 되었다. 인자 언니가 그만둔 자리는 다른 사람으로 채워지지 않았다. 나는 인자 언니만큼 섭외를 해내야 한다는 전투적 열의로 불타오르고 있었다.

국보(國寶)에 가까운 인자 언니의 전화번호부를 넘겨받은 나는 'ㄱ' 부터 'ㅎ' 까지 외우기 시작했다. 보통 잘나가는 스타의 경우에는 집 전화, 사무실 전화 외에도 서너 명씩 되는 매니저 전화번호까지 다섯 개가 넘었다. 게다가 전자수첩이나 휴대폰의 전화번호부 기능이 없었던 당시, 써놓은 사람만 알아볼 수 있게 볼펜으로 빼곡하게 적어놓은 전화번호를 외는 일은 생각보다 힘든 일이었다.

사실 굳이 외울 필요는 없었다. 그저 단어를 외우고 영어 사전을 뜯어먹는 심정이라고나 할까.

그 무식하고 단순한 방법이 곧 효력을 발휘하기 시작했다.

'재가 인자씨만큼 할 수 있겠어?'

미심쩍은 눈길로 나를 바라보던 사람들은 회의 도중 섭외 후보가 나오기 무섭게 전화를 돌려 바로 섭외해 내는 내 모습에 약간은 놀라는 눈치였다.

나는 곧 사람들에게 '빠릿빠릿한 섭외작가' 로 인정받기 시작했다. 최진실, 채시라, 최불암 등 대형 스타는 송창의 PD나 은경표 PD가 직접 섭외했고, '특종 TV연예' 가 너무 잘나가고 있었기 때문에 내가 섭외해서 안 되는 경우는 거의 없었다.

프로그램이 물이 오르자, 나는 섭외 리스트에 대해 회의를 하기도

전에 두 달치 스케줄을 다 빼놓곤 했었다. 내가 마음대로 섭외해 놓은 것에 대해서 아무도 토를 달지 못하게 하기 위해선 가장 인기있는 스타들을 섭외해야 했다.

나는 내 리스트에 오른 연예인들의 방 전화번호는 물론이고, 어머니 아버지의 호출기 번호, 잘 가는 쑥탕이나 사우나, 단골 술집의 전화번호, 사무실의 사환 아가씨 전화번호(아주 중요하다), 그리고 매니저들의 집 전화번호 등을 다 꿰고 있었다. 매니저들은 보통 12시가 넘어야 일어나므로, 오전에 연락하려면 집 전화번호는 필수다.

내 전화번호 수첩은 곧 방송국 모든 사람들의 필독서가 되었다. 그러다 보니 수첩을 도난당하는 일도 적지 않았는데, 나중에 보면 다른 작가들의 수첩에 내 친구, 친척들의 전화번호까지 올라 있는 일이 심심치 않았다. 덮어놓고 베끼다 보니….

자연히 돈도 많이 들었다. 생일 때 작은 선물은 필수이고 시상식 때 수상이라도 하면 꽃다발, 시험 때 엿 선물, 가게 개업 때 화환 보내기 등 다른 사람들 몰래 들인 공은 엄청났다. 돈도 많이 들고 힘도 들었지만, 그때만 해도 제작진들이 연예인을 대하는 태도는 '부르면 지가 와야지' 하는 고자세였으므로 나의 이런 고전적인 방법이 그들에게는 어필했다.

그때 가장 떠오르는 스타는 '내일은 사랑'에서 신인답지 않은 카리스마를 보여 준 청춘스타 이병헌이었는데, KBS에서 거의 처음으로 뜬 전무후무한 신인이었으므로 KBS 드라마국의 관리가 엄청났다.

워낙 눈치를 주니까 이병헌 본인은 KBS 예능국 프로그램 출연도 자제하고 있는 입장이었다. 그러니 MBC쪽 출연을 못 하는 것은 당연했다.

내가 이병헌을 섭외하려는 코너는 이영자가 매주 다른 남자 스타들과 패러디 연기를 펼치는 '뮤직 드라마' 였다. 문제는 이런 드라마 비슷한 코너가 대유행이었고, 잘나가는 남자 스타는 한정되어 있었기 때문에 프로그램들간의 섭외 경쟁이 엄청났다는 것이다.

특히 한 방송국 내에 있으므로 출연자가 겹치면 안 되는 '일요일 일요일 밤에' 를 섭외의 대가 주철환 PD가 직접 섭외를 했으므로, 상대적으로 힘이 미약한 나는 더 힘이 들 수밖에 없었다.

내가 이병헌에게 직접 전화를 한 것은 추석날이었다. 가장 인기있는 대스타답지 않게 그는 매우 친절했고 유머러스했다. 우리는 곧 죽이 맞았다. 장시간을 조금도 지루하지 않게 통화한 후, 그는 KBS의 허락을 얻어 출연하기로 결정했다.

나는 추석연휴를 들떠서 지냈다. KBS 내에서도 출연 못 시키는 이병헌을 꼬셔내다니, 내가 생각해도 대견했다. 우리 팀 내에서도 난리가 났다. 바야흐로 한 계단 업그레이드되는 순간이었다.

이병헌을 주인공으로 영자와의 '보디가드' 가 대본으로 만들어졌다. 그러나 그 대본은 결국 신인스타 김원준으로 수정되었다. 이병헌이 KBS 드라마국의 간부들을 설득하지 못한 것이다.

나는 적잖이 실망했지만 '보디가드' 는 정말 폭발적인 반응을 얻으며, 신인 김원준을 대스타로 만들었다. 김성덕 작가의 대본도 훌륭했지만 노을지는 하늘을 향해 담배연기를 뿜어내며 손가락을 파르르 떠는 김원준의 연기는 아무도 기대하지 못했던 것이었다.

대타로 섭외한 김원준이 그렇게 잘해 주다니! 정말 기뻤다. 김원준이 그렇게 예뻐 보일 수가 없었다. 김원준의 '보디가드' 는 재방, 3방, 4방이 나갈 정도로 엄청난 인기를 모았다.

그리고, 이병헌에게 전화가 왔다. '보디가드' 를 봤는데, 자신이 못한 게 너무 아쉬웠다며 다음 주에는 꼭 하겠다는 거였다. 그 이후로 이병헌은 내가 하는 프로그램에만 출연했다. 한 번 맺은 의리를 끝까지 지키는 그는 무척 멋진 남자다.

섭외로 인생의 승부수를 걸던 내게 든든한 버팀목이 있었으니, 바로 이경희 기자였다.

지금은 미국에 가 있는 경희 언니는 대학과 초등학교의 선배였는데, 나와는 10살이나 나이 차이가 났지만 그걸 못 느낄 정도로 젊게 사는 기자였다.

처음에는 일 때문에 만났지만, 나중에는 서로의 고민을 다 털어놓을 정도로 친한 사이가 되었다. 그 언니는 일은 똑부러지고 당차게 잘 하는 데 비해 그밖의 일에는 너무나 여리고 상처받는 스타일이어서 누군가 옆에서 꼭 챙겨주어야 했다.

직선적이고 솔직하지만 알고 보면 어린애 같은 그 언니가 난 무척 좋았다. 우린 거의 매일 밤마다 통화하고 거의 매일 만났다. 사람 좋은 그 언니 주위에는 항상 사람들이 들끓었는데, 언니가 그 사람들한테 날 '내 동생이야' 라고 소개함으로써 그 인맥이 또한 내것이 되었다.

경희 언니는 사회 각 방면의 인사들과도 두루두루 친해서 나에게 여러 모로 도움을 주었다. 그때 언니와 가장 친하게 지내던 사람들은 탤런트 김찬우와 가수 신성우, 나, KBS 박정미 PD, 이선화 작가 등이었는데 우리는 각자의 일이 끝나는 저녁때면 여의도 한 곳에 집결해서 영화도 보러 가고, 오장동 냉면도 먹으러 가고, 맥주도 마시고, 결국에는 여의도에 있는 경희 언니 집에 모여서 클로징을 하곤 했다.

그렇게 아는 사람도 많아지고 어느 정도 인정을 받았지만, 그 당시 나에게는 강한 불만이 싹트고 있었다. 정신없이 일해 온 사이 나는 어느덧 '섭외 전문 작가' 가 되어 있었던 거다. 지금은 캐스팅 디렉터라고 해서 그 전문성과 중요성을 인정받은 분야지만 그때만 해도 '섭외'

란 부문이 그렇게 중요하게 생각되지 않던 시절이었다.

나보다 늦게 들어온 작가들도 벌써 대본을 쓰고, 밑으로도 작가가 들어오고 하는데 나는 여전히 섭외도 하고 잡일도 하고 구성도 하지만 대본만 안 쓰는 막내작가였다. 송창의 PD, 은경표 PD 모두 능력 있고 인정받는 훌륭한 PD였지만 그들도 대본 한 번 안 써본, 검증 안 된 내게 모험을 할 이유는 없었던 거다.

나는 너무나 속이 상했다. 사실 밤이면 온 제작국과 드라마국의 대본을 거둬 밤 새워가며 연구와 분석을 해오던 내가 아닌가. 맡겨만 주면 어느 정도는 해낼 수 있는데, 나에게 맡겨지는 건 항상 '내가 잘 하는' 섭외였다.

난 경희 언니를 붙잡고 밤마다 하소연을 했다. 난 작가가 아니다, 섭외 백 날 잘해 봐야 누가 날 작가로 인정하겠는가….

난 드디어 결정을 내렸다, MBC를 떠나기로. 마침 KBS와 SBS에서 괜찮은 일자리가 들어와 있었다. 그렇지만 은PD가 날 쉽게 놓아줄 리 없었다. 나는 작가를 영원히 안 하겠다는 폭탄선언을 하고, 이모가 있는 인도네시아행 티켓을 끊었다.

처음에는 화도 냈다가 말렸다가 하던 은PD는 결국 나를 위해 쫑파티를 해줬다.

'이제 내일이면 인도네시아로 떠나고 정든 MBC와도 끝이다.'

생각하니 눈물이 절로 났다. 그런데 저쪽 구석에서 경희 언니와 뭔가를 진지하게 얘기하던 은PD가 다가왔다.

"승은아, 난 니가 대본 쓰고 싶어하는 줄 꿈에도 몰랐다. 그럼 대본 쓰고 싶다고 얘기하면 되잖아. 왜 그딴 일루 그만두냐? 2주 휴가 줄 테니까 여행 갔다 와서 대본 써."

경희 언니가 날 위해서 은PD한테 얘길 한 거다. 좀 기가 막혔다. 난

지금껏 말 안 해도 은PD가 내 고민을 알 거라고 생각했고, 알지만 해결 못 해 주는 부분이라 생각했는데 그게 아니었던 거다.

여행에서 돌아와 보니 상황은 좀 변해 있었다. 지금까지는 없던 작가 공채가 생겨 작가 두 명이 우리 팀에 배정되어 있었다. 내가 워낙 일찍 들어왔기 때문에 나이는 나보다 많았지만 경력으로 치면 나보다 훨씬 밑인 그들이 90분으로 늘어난 우리 프로그램의 진행대본을 나눠 쓰게 되어 있었다. 은PD는 나와의 약속을 지키기 위해 그 중의 한 명을 '토토즐'로 보내고 다른 한 명과 나에게 진행대본을 쓰게 했다.

내가 처음 대본을 쓰게 된 코너는 '연예 게시판'으로 탤런트 이승연이 진행해 오다가 이제는 신인 여자 탤런트들이 한 명씩 나와서 소개하는 코너였다.

나는 코너 하나를 위해서 밤을 꼬박 새웠다. 어떻게 하면 이 작품으로 사람들에게 나를 대본작가로 인식시키느냐를 고민하다 보니 그렇게 됐다. 지금까지 혼자 집에서 수없이 써봤던 대본이지만 그것과는 달라야 했다. 그리고 여태껏 김성덕 작가가 써온 대본과도 구별되어야 했다.

나는 아침녘에야 마음에 드는 군더더기 없이 깔끔한 대본을 뽑아냈다. 달랑 다섯 장밖에 안 되는 대본, 그걸 위해서 내가 그동안 들인 공이 얼마던가.

그날 오후, '공채작가'의 대본이 먼저 공개되었다. 아무래도 우리 프로그램에 대해서 아직 파악이 안 됐는지 동선이 꼬이고, 진행이 매끄럽지 않았다. 많은 지적을 받은 후 내 코너로 차례가 돌아왔다. 심장이 너무 떨려 터질 것 같았다. 그렇지만 내것이 더 낫다는 확신이 있었다.

반응은 내가 생각하던 것 이상이었다. 은PD는 '니가 이렇게 잘 쓸 줄 몰랐다'며 칭찬으로 입이 말랐다.

"승은이가 대본을 얼마나 잘 썼는지 모른다. 깜짝 놀랐다."

원래 '스피커'인 은PD가 동네방네 얘기하고 다님으로써 나는 섭외작가에서 대본작가로 한 발을 내딛었다. 사실은 좀 화도 났다. 진행대본이란 게 잘 써봤자 거기서 거긴데, 날 얼마나 형편없이 봤길래 저렇게까지 얘기를 하고 다니나 싶어서.

그 이후로는 나 혼자서 진행대본을 쓰게 되었다. 요즘은 전부 VPB이고, 스튜디오 녹화분이 없어서 진행대본이 그리 많지도 않고 중요하지도 않지만, 그때는 거의가 스튜디오였으므로 양이 엄청 많았다.

그러나 내가 하던 섭외가 다른 사람으로 채워지지 않아 작가라고는 김성덕 작가와 나, 달랑 두 명이었으므로 나는 김성덕 작가가 쓰는 드라마 부문 이외의 모든 대본을 쓰고, 섭외에 잔일까지 해야 했지만 '나도 이젠 진짜 작가'란 생각에 힘든 줄 몰랐다.

내가 MBC를 그만두지 않고 2주 휴가까지 갔다온 건 경희 언니와 은PD의 따뜻한 배려 때문이었다.

## S#3 내가 방송국 화장실에서 자게 된 이유

뼛속까지 시린 냉기가 올라온다. 손을 더듬어 만져보니 물에 젖은 타일이다. 화들짝 놀라 일어나니, 여긴 어디지? 낯익은 MBC 화장실이다. 이건 또 웬일일까?

MBC 화장실 타일 바닥에 누워본 사람이 몇이나 될까? 몸을 일으켜 보니 청경 아저씨가 의심스러운 얼굴로 날 들여다보고 있다. 이 아저씨가 날 깨웠구나. 그렇지만, 아직 정신이 든 건 아니다.

"아가씨, 출입증 좀 봅시다."

내가 이상해 보였는지 출입증을 내놓으라며 재촉.

출입증 사진까지 꼼꼼히 체크한 아저씨는 왜 화장실에 누워 있는지는 모르겠지만 빨리 정신차리고 집에 가라고 하고는 사라졌다. 시계를 보니, 새벽 4시 20분이다.

지난 밤 일이 생각난다. 녹화 끝내고 스태프들과 어울려 MBC 앞 포장마차 '시나브로'에서 못 먹는 술을 몇 잔 받아 먹고는 일루 왔던 것 같다.

"나쁜 사람들 같으니… 내가 술 먹다 사라졌는데 챙기지두 않구 화장실에서 자게 만들어? 하여튼 이 바닥 인간들 인간미 없는 건 알아줘야 돼."

투덜대며 화장실 밖으로 나왔다. 나중에 알고 보니 온 스태프들이 MBC를 뒤지며 찾아다니다 집에 간 줄 알고 포기했단다. 그럴 수밖에 없는 게 예능국이 있는 3층도 아닌 총무국 옆에서, 그것도 화장실에서 자고 있으리라고 누가 짐작이나 했겠는가.

아직도 다리가 꼬이네. 여기 잠깐만 앉았다 가야겠다. 나는 라디오 부스 앞 긴의자에 앉았다.

"아가씨, 정신 좀 차려!"

어라, 아까 그 아저씨다. 내가 또 잤구나.

난 결국 두 청경 아저씨의 부축을 받으며 택시에 실려 집으로 보내졌다.

이렇게 쓰고 보니, 내가 폐인 같다. 그렇지만, 이렇게 폐인이 된 데는 이유가 있다.

나는 '토토즐'과 '오늘은 좋은 날' 두 프로그램을 하고 있었다. 경력이 얼마 되지도 않은 내가 건방지게 두 프로그램을 하게 된 데는 이유가 있었다.

'특종 TV연예'에서 같이 일했던 은경표 PD와 김종진 PD가 각각 '오늘은 좋은 날'과 '토토즐'로 가게 되었다. 관례대로라면 나를 처음 낙점하여 뽑았던 은경표 PD와 함께 일해야겠지만, 사정이 좀 달랐다.

'오늘은 좋은 날'이란 프로그램을 즐겨 보긴 했지만, 내가 그 프로그램을 할 수도 있다는 생각은 한 번도 해보지 않았을 만큼 코미디에는 관심이 없었던 거다. 은PD도 다행히 아무 말이 없었다.

한편 정통 쇼에서 버라이어티 프로그램으로 바뀐 '토토즐'을 맡게 된 김종진 PD는 우리집 앞에까지 와서 같이 하자는 제의를 했다. 그이는 원래 그런 성격이다, 집 앞까지 찾아가 설득하는….

나는 당연히 김종진 PD와 '토토즐'을 하기로 했다. 같이 MC들-심은하, 이본도 만나러 가고, 첫 회 구성을 위한 회의도 마쳤다.

그런데 이 사실을 안 은PD가 난리가 났다. 나는 당연히 자기 작가인데 왜 '토토즐'을 하냐는 거였다. 나는 기가 막혔다. 나한테 '오늘은 좋은 날' 하잔 소리도 안 했으면서 왜 그러느냐고 했더니, 말 안 해도 하는 거지 무슨 소리냐는 거였다.

급기야는 제작국 사무실 안에서 은PD와 김PD가 '내 작가 왜 데려가느냐? 너두 니 작가 키워라'와 '자기가 하고 싶은 거 하는 거지, 왜 간섭이냐' 하며 큰 소리로 싸우기 시작했고, 웬만하면 큰 소리 한 번 안 내는 지석원 국장이 '뭣들 하는 짓이냐!'며 호통을 치는 사태에 이르렀다.

나는 가방도 안 가지고 그 길로 울며 집에 돌아가서 일주일 동안 안 나왔다.

기가 막혔다. 내가 무슨 물건인가. 내 의사는 묻지도 않고 자기들끼리 나를 두고 싸울 수가 있는가. 난 너무 화가 나서 방송이고 뭐고 다 그만두고 다른 길을 찾아봐야겠단 생각이 들었다.

사실 다시 나갈 수도 없었다. 들어온 지 얼마나 됐다고 나로 인해 신성한 제작국 사무실 안에서 싸움이 나게 했으니, 지국장님이 날 뭘로 보겠는가.

그런데 전화가 왔다. 은PD였다. 불같이 화낼 때는 언제고 웃으며 이러는 거다.

"많이 쉬었냐? 다 정리됐으니 내일은 나와라."

김PD도 모든 게 해결됐으니 나오라면서 전화했다.

다음날 나가봤더니 두 PD가 내 스케줄을 정리해 놓았다. 두 프로그램 회의가 꼬이지 않도록 정리해놓은 거다.

나 없는 데서 내 스케줄을 정리했다는 게 맘에 안 들었지만, 방송국 생활 얼마 되지도 않은 것이 또 튕기면 안 될 것 같아서 그냥 스케줄에 맞추기로 했다.

그때부터 나의 고난은 시작되었다. 두 프로그램 다 만만한 프로그램이 아니었다.

'토토즐'은 워낙 해오던 전공이니까 별 무리가 없었지만, '오늘은 좋은 날'은 그렇지 않았다. 코미디 대본은 역시 아무나 쓰는 게 아니었다. 같이 일하던 경규 아저씨와 강호동, 이휘재 등이 도와주었지만 고통스럽기는 마찬가지였다.

'왜 내가 관심도 없는 코미디에 들어와서 이 고생인가?'

그럴 정도로 대본이 재미있게 써지지 않았다.

코미디에는 몇 가지 공식이 있다고 한다. 코미디를 많이 해본 작가들은 공식대로 따라만 가면 되므로 코미디만큼 쉬운 게 없다고들 했다. 그렇지만 생전 처음 코미디를 접하는 나로서는 써놓고도 도대체 이게 웃기는 건지 아닌지 감이 안 왔다.

나의 이런 고생은 '한 학기'(반년) 동안 계속됐다. 매주 화요일이면 '창작의 고통'으로 괴로워했다.

게다가 '토토즐'의 상황은 더 가관이었다. 나와 함께 일하던 작가는 나까지 모두 세 명. 연예계의 대부 임기홍 작가와 지금은 울산방송의 PD로 있는 강석우 작가였는데, 임작가는 대선배이므로 잠깐씩 전체만 봐주고 갔고, 강석우 작가는 일이라곤 전혀 안 했다.

나 혼자서 섭외, 구성, 대본에 잡일까지 모두 해야 했다. 게다가 김종진 PD는 워낙 욕심이 많아서 스케줄 안 되는 스타를 잡아놓고 억지로 끼워넣는 식이라 녹화 전날 펑크나기 일쑤였다.

이런 상황에서 하루 전날 진행대본을 마무리하는 건 어려웠으므로, 나는 항상 모든 녹화준비를 마치고 녹화 전날 밤부터 녹화날 아침까지 대본을 썼다.

출근하는 인파를 헤치며 MBC 정문을 나가서는 가까운 율촌 사우나로 가서 탈의실 바닥에서 자다가 녹화시간 맞춰 다시 출근하는 일이 되풀이되었다. 그러다 보니, 녹화 후 회식자리에서는 자연히 맥을 못 추고 어쩌다 술이라도 몇 잔 마시는 날에는 '화장실 사건' 같은 사고가 일어나게 마련이었다.

그때 우리 프로그램에는 '뮤직 드라마'라는 코너가 있었는데, 강석우 작가가 대본을 쓰고, 김세훈 감독이 연출하는 코너였다. 이 두 사람은 정말 환상적인 콤비였다.

두 사람 다 일의 결과는 아주 좋았지만 과정에서 여러 사람을 괴롭게 하는 스타일이었다.

지금은 조성모의 뮤직 비디오로 스타 감독이 된 김세훈 감독은 촬영도 편집도 누가 뭐라건 자기 마음에 들 때까지 끝장을 보는 성격이었다. 그래서 오늘날의 명감독이 되었겠지만.

'god의 육아일기' 코너의 아이디어를 준 아들 석환이의 돌에 찾아온 신동엽.

신은경, 이정재, 장동건, 전도연 등 최고로 바쁘고 대접받는 스타들을 불러다 놓고, 편집이 안 돼서 스튜디오 녹화를 못 하는 경우가 허다했다.

다섯 시로 예정된 녹화가 밀리다 밀리다 나중엔 버스 끊어진 방청객들에게 일일이 택시비를 지급해야 하는 사태까지 종종 발생했다.

스튜디오에선 카메라 등 기술 스태프들과 연기자들, 방청객이 난리가 났는데 애타는 마음에 편집실로 올라가 보면, 김세훈 감독은 느긋하게 앉아 자신의 작품을 감상해 가며 세월아 네월아였다. 웬만한 배짱으론 할 수 없는 행동이었지만, 그렇게 탄생하는 작품마다 감탄을 자아내게 했으니 그런 자신감이 나올 만도 했다.

강석우 작가는 돈을 꿔가서는 돈 대신 대본 써줘서 갚고, 쇼 방청을

왔던 방청객이 개그맨 양종철인 줄 착각하고 사인을 받을 정도로 외모나 생활이 모두 개그맨 같은 사람이었는데, '오늘은 좋은 날' 과 '토토즐' 두 프로그램을 나와 같이 하고 있었으므로 아주 친했다.

석우 오빠는 항상 대본이 꼭 나와 있어야만 하는 데드라인이 넘어서야 나타나 '다 됐어?' 하고 물으면, 손가락 하나를 세우며 '그럼 그럼, 손만 보면 돼' 하고는 그때부터 쓰기 시작했다. 석우 오빠의 그런 '매사에 즐겁고 기쁜 마음으로 생각하기' 는 정말 많은 사람한테 피해를 주었는데, 가장 큰 희생양은 바로 나였다.

게다가 메인인 임기홍 작가는 워낙 찾는 사람도 많고, '자주 안 오셔도 되니까 이름만 올려 주십시오' 하는 프로그램이 많아서, 맨날 혼자서 징징거리고 있는 나를 하루종일 위로해 줄 수가 없었다.

"임작가님, 어떻게 해요오? 누구누구 펑크나고 석우 오빠 대본 하나도 안 썼대요."

내가 징징거리면 '그래그래, 알았어. 내가 라디오만 갔다와서 다 해줄게' 하고는 감감무소식이었다.

나중에 알고 보니 임작가는 라디오 간다고 해놓고는 연애하러 갔었던 거다. 불타는 열애 중이었던 거다.

나는 임작가가 오늘 밤 안에 오지 않을 줄 알면서도, 그리고 왕메인인 임작가가 그 밤에 와야 할 군번이 아닌 줄 알면서도 맨날 응답 없는 호출기 번호를 눌러댔다.

처음 방송국 들어올 때부터 나를 거둬먹이며 살펴주었고, 아무리 버릇없이 투정을 부려도 따끔한 야단 한 번 치지 않았던 임작가가 이 험난한 방송국 생활에서 유일하게 기댈 곳이었다. 그러나 하필이면 아버지 같은 임작가마저 열애 중이어서 바빴으므로, 이때가 내 방송국 생활의 가장 험난하고 외로웠던 시기였던 것 같다.

## S#4 "이 사람 누구예요? 악연이에요!"

모처럼 제대로 든 잠, 아주 달콤하다. 그것도 잠시, 이 달콤함을 깨뜨리며 울리는 전화벨…. 나는 비몽사몽 전화기로 손을 가져가며 말한다.

"아유, 어디예요?"

이건 남편한테 하는 말이 아니다. 이 시간에 이렇게 전화하는 건 누군지 안 물어봐도 뻔하다. 은PD다.

은PD와의 인연이 시작된 지도 벌써 만 10년. 보통 은PD를 잘 모르는 사람들은 외모와 태도만 보고 선입견을 가진다. 아주 괴팍하고 난폭하며 예의 없는 사람일 거라고…. 사실 예의는 좀 없다.

내가 아는 은PD는 아주 예민하고 섬세한 감성을 지닌 사람이다. 사람들은 그가 연예인 섭외에서 자타가 공인하는 1인자가 된 것을 단순한 밀어붙이기와 공갈, 협박에서 온 결과일 거라고 추측한다. 그러나 그에게 '섭외당해 본' 사람들은 안다. 그가 얼마나 사람을 '진심으로' 대하는지.

단순히 섭외 같은 목적을 가지고 접근하는 사람들은 '진심으로' 대할 수가 없다.

방송생활을 처음 같이 시작한 PD가 은PD였다는 사실은 나한테는 참으로 행운이었다. PD들은 보통 일이 잘 되면 그것을 다 자기 공으로 돌리는데, 은PD의 경우는 그 반대다.

프로그램이 잘 되면 사람들에게 이런 식으로 말하고 다니는 거다.

"그거 승은이가 야외촬영 나가서 다 찍어온 거야. 걔 아주 대단한 애야."

"나 어제 깜짝 놀랐어. 승은이가 대본을 너무 잘 쓴 거야."

프로그램 내용이나 캐스팅에서 모두 인정을 받는 은PD가 이렇게 말하고 다니니 더 이상의 광고는 없었다. 나는 솔직히 그 덕을 많이 봤다.

은PD는 워낙 장난을 좋아해서 들어온 지 얼마 안 되어 순진무구한 나를 두고 짓궂은 장난을 쳐놓고 그 반응을 보고는 좋아하곤 했다. 하루는 스튜디오에서 강수지가 '보라빛 향기'를 노래하는 걸 보며 '정말 말랐다' 하고 생각하고 있는데 옆에 오더니 그러는 거였다.

"승은아, 재 진짜 재수 없지 않니?"

그러길래 그냥 고개를 끄덕거렸다. 내가 끄덕거린 건 그냥 안 마른 사람이 마른 사람 부러워서 한 멘트이지 다른 이유는 절대 아니었다. 나는 그러고 잊어버렸는데, 은PD는 그때부터 날 놀려먹을 생각에 부풀었던 거다.

녹화 후 용의주도한 은PD의 의도대로 강수지와 나는 나란히 앉았다. 그리고 강수지가 '수고하셨다'며 나에게 맥주를 따라주고 있는데, 갑자기 은PD가 큰 소리로 외쳤다.

"수지야! 아까 승은이가 너한테 뭐랬는지 아니?"

불길한 느낌. 설마….

"뭐랬는데요, 감독님?"

"너 재수 없대! 우하하하."

강수지가 따라주는 맥주를 받고 있던 나는 잔을 놓칠 뻔했다.

"저어, 죄송해요. 그게 아니라…."

"아니에요. 괜찮아요."

그 사건 이후로 수지 언니와 나는 10년 동안 모르는 척 외면하며 살고 있다.

또다른 사건. '특종 TV연예' 2회를 녹화하는 중이었다. 1회 때 이미 서태지가 출연한 이후로 장안의 화제가 된 신인무대. 오늘 '심판'

을 받을 신인은 신성우였다. 그가 나타나자 스튜디오 안은 술렁였다. 긴 머리에 조각 같은 외모, 약간 민망한 쫄바지를 소화해 내는 긴 다리….

난 정말 다른 뜻 없이 '방송인'의 시각으로만 그를 봤다. 분명한 대박이었고, 방송이 나가면 당장 소녀 팬들에 둘러싸일 거였다.

노래하는 무대 매너도 역시 멋졌다. 스탠드 마이크를 적절히 이용해 가며 로커 출신의 강렬한 모습을 유감없이 보여줬다. 나는 푸욱 빠져서 오디오 박스에 턱을 괴고 무대를 쳐다보고 있었다.

MC인 임백천씨가 여러가지를 인터뷰하다가 '몇 살이냐'고 물어보는 중이었다. 어느 틈엔가 다가온 은PD가 물었다.

"승은아, 넌 몇 살이지?"

'뭐야? 녹화 중에 그런 걸 질문이라고? 어? 가만, 생각이 안 난다. 내가 몇 살이더라?'

왜 가끔 그럴 때 있지 않은가. 내가 몇 살인지, 우리집 전화번호가 뭔지 생각 안 날 때. 그때가 바로 그런 때였다.

나는 은PD에게 물었다.

"제가 몇 살이죠?"

이 스토리는 그날 이후로 '이승은이가 신성우한테 푹 빠져서 자기가 몇 살인지도 잊어버렸다'는 이상한 얘기로 왜곡되어 돌아다녔다. 어쨌든 방송국 내에서는 이걸로 바람잡혀 신성우는 '특종 TV연예'에 3주를 고정 출연했다.

결혼을 며칠 앞둔 밤이었다. 휴대폰이 울려 받으니 이휘재의 목소리였다.

"누나, 나 휘잰데, 결혼한다며?"

"응, 그래. 안 바쁘면 와라."

"누나, 꼭 결혼해야 되나?"
"무슨 소리야?"
"나 지금 술 좀 먹었거든. 누나 집 가락동이지? 나 15분이면 갈 수 있는데, 잠깐 나올 수 있어?"
"야, 무슨 소리야? 이 밤에 어딜 나가."
"누나, 결혼하기 전에 나랑 한 번 꼭 만나야 돼. 할 얘기가 있어."
"야! 너 무슨 장난이야? 당장 끊어! 너 또 은PD님 옆에 있지? 야! 결혼 앞두고 안 그래도 싱숭생숭한데, 이런 장난 칠래? 내가 언제까지 당할 것 같아? 끊어!"
난 속으로 쾌재를 불렀다. '이번엔 안 당했다.'
그러나 난 또 당했던 거다. 그건 이휘재가 아니라 강호동이었다. 은PD가 강호동을 시켜 나한테 장난하게 한 거다.
이런 식의 유치하고 악의없는 장난은 계속됐다, 쭈우욱. 지금도 은PD는 술만 먹으면 우리집에 전화를 한다, 몇 시건 간에.
요즘의 레퍼토리는 거의 이런 거다.
"승은아, 내가 지금 어느 룸살롱에서 나오는데 니 남편 거기 있더라. 장난 아니던데."
은경표 PD는 '일요일 일요일 밤에', '목표달성 토요일', '뉴 논스톱' 등 자기가 새로 기획하는 프로그램에는 아직도 나를 '무조건 밀어붙이기'로 쓰려고 한다. 다른 PD처럼 얼마를 주고, 어떤 대우를 해 주겠다는 얘기도 없다.
나는 처음에는 항상 그냥 끌려 들어갔다가 나중에는 휴대폰에 메시지 남기기, 편지 쓰기 등의 방법으로 훌훌 떠나곤 했다. 이젠 다른 데 가면 나름대로 '작가님' 소리 듣는 군번인데, 여전히 나를 10년 전의 꼬마작가 취급 하기 때문이다.

얼마 전, '호기심 천국'에서 관심법을 써서 유명해진 한 무속인에게 점을 보러 갔다. 관심법으로 내 주위의 사물과 사람들을 정확하게 짚어내던 그가 갑자기 소리를 질렀다.

"이 사람은 누구예요?"

"네? 누구요?"

"덩치가 좀 있고, 눈이 작고, 맨날 소리를 지르네. 아주 오랫동안 일 같이 해온 사람인데요."

누군지 짐작이 갔다.

"왜요?"

나는 눈이 튀어 나올 것처럼 팽팽하게 긴장되어 있는 그 무속인의 말을 기다렸다.

"이 사람이 이승은씨 인생에 너무 간섭을 해요. 이 사람은 끊임없이 이승은씨한테 제안을 하는데요, 절대, 절대 하지 마세요. 도움이 안 되요. 악연이에요, 악연!"

나는 오늘도 은PD에게 말한다.

"은PD님은 같이 일 안 할 때가 훨씬 좋아요!"

## S#5 스캔들은 무서워!

95년은 방송작가들에게는 아주 좋은 해였다. '황금 알을 낳는 거위' 케이블 TV들이 개국하면서 오라는 데는 너무 많고, 몸은 하나고 어찌할 바를 모르는 시대가 열린 것이다.

내 경우에도 여태껏 함께 일하던 김종진 PD가 음악채널 KMTV로

남편과 데이트를 하며.

가게 되면서 '쇼! 뮤직 탱크' 라는 프로그램을 만들게 되었다. MBC에서 '주병진 나이트 쇼' 와 'MBC 인기가요 베스트 50' 을 하고 있었던 데다가, 외주제작으로 만들어 현대방송에 납품하는 '이홍렬 쇼' 도 하고 있었으므로 더 하기가 어려운 상황이었지만 김종진 PD와의 의리로 KMTV까지 하게 되었다.

그리 낯설진 않았다. 아버지 같은 임기홍 작가가 이미 터를 닦아놓은데다가 석우 오빠가 PD로 가 있고, 김종진 PD가 부장으로 있으니…. 그런데 난 중요한 걸 깨닫지 못했다. 이 멤버가 내가 가장 괴로웠던 '토토즐' 멤버라는 걸.

두 달 후, 난 결국 KMTV에서 울면서 대본을 쓰고 있었다. 어제 저녁에 '이홍렬 쇼' 대본을 넘겼고, 오늘 아침부터 '인기가요' 와 '주병진 나이트 쇼' 회의를 하다가 지금 막 '주병진 나이트 쇼' 대본을 넘기

고 논현동으로 건너왔다.

저녁은 못 먹었고, 하루종일 내가 오기만을 기다리다 지친 김종진 PD는 퇴근하고 없으며, 책상 위에 놓인 큐시트대로 두 시간짜리 대본을 써서 내일 아침 출발하는 팀에 넘겨준 후, 내일 예정대로 회의들을 마치고 저녁에는 부산으로 가야 한다.

다 내가 벌여놓은 일들이지만, '왜 내 팔자는 항상 이렇게 일복이 터졌을까' 서부터 신세한탄이 절로 나왔다. 너무 힘이 들었다. '쇼! 뮤직탱크' 의 AD가 나에게 큐시트를 넘겨주며 이것저것 설명을 해주었다. 그 사람의 마지막 일과였다.

건성으로 듣고선 컴퓨터 앞에 앉은 내 얼굴에서 눈물이 주룩 흘렀다. 오늘밤을 또 새울 일을 생각하니 기가 막혔다. 이대로 도망가 버릴까?

집에 가려던 AD가 내가 우는 걸 보고는 걱정이 되는지 계속 쳐다봤다. 신경질이 났다.

"대본 펑크 낸 적 없으니까 걱정 말고 가기나 해요!"

모두가 가고 없는 KMTV 사무실은 낯설었다. 세수를 하고 정신차린 후, 대본 쓰기에 몰입해 있는데 컴퓨터 옆의 전화가 울렸다. 나와 상관없으므로 계속 무시하고 있는데 포기하지 않았다. 끈질기군… 시끄러워 받았더니 그 AD였다.

너무 걱정이 된다며 자신이 도와주겠다는 거였다. 그러면서 꼭지마다 이러이런 거 어떠냐며 아이디어를 냈다. 별로 도움은 안 됐지만(사실 방해가 됐다), 장난하려는 게 아니라 정말로 나를 걱정하는 것 같았다.

그가 지금 내 남편이 되었다. 이름은 이상백.

그날 밤에 우리는 많은 얘기를 했다. 결국엔 정말 도움이 안 됐지만.

하지만 그냥 친하고 편한 느낌이었지 다른 건 없었다. 그는 나보다 여섯 살이나 많은, 말하자면 노총각이었는데 외모는 그리 오래돼 보이지 않았다(콩깍지 때문인가?). 그는 항상 줄 선 바지와 셔츠를 입고 차도 깨끗했으며, 언제나 내가 좋아하는 캘빈 클라인의 이스케이프 애프터 셰이브 냄새가 났다.

그는 다른 남자들이 그렇듯이 내게 소개팅을 해달라고 졸라댔다. 나는 친구들 중에서 몇 명을 소개시켜 주었다. 근데, 이 남자가 뭐 그리 잘났다고 소개팅 한 친구들에게 애프터를 안 하는 것이었다. 그리고 소개팅 하는 자리에서 꼭 나보고 밥을 먹고 가라고 했다.

자연히, 시켜준 것마다 잘 안 됐다.

그러던 어느 토요일, 전화가 왔다. 또 소개시켜 달라는 거였다. 이젠 없다며 소리를 지르는데 그가 그럼 심심한데 둘이서 영화를 보자는 거였다. 이렇게 써놓고 보니 내가 정말 바보 같다. 너무 공식대로 가는데, 그걸 몰랐을까?

어쨌든 그래서 둘이서 영화를 봤다.

근데, 영화를 보면서 기분이 이상했다.

'어, 우리가 왜 둘이서 영화를 보고 있지?'

사내 커플이 많은 이유는 그래서인 것 같다. 사무실에선 서로 아무 일 없는 듯 지내다가 밖에서 접선한 후엔 연인이 되는 거다. 우리는 두 사람 다 차가 있었으므로 접선하기가 보통 어려운 게 아니었는데, KMTV 뒤에는 주택가라 으슥한 골목과 공원이 많았다.

우리는 1차, 2차, 3차 장소를 마련해 놓고 핸드폰으로 서로의 위치를 확인한 뒤 영화처럼 극적으로 만나, 차 한 대를 주차해 놓고 다른 한 대를 타고 돌아다니며 주로 차 안에서 데이트를 즐겼다. 그럴 수밖에 없는 것이 직업이 직업인지라 가까운 강남 일대에서는 어딜 가도

PD와 작가로서
우리 한 가족이
이런 시간을 갖기는
정말 어렵다.

96년 9월
하와이 신혼여행지에서.

아는 사람 한두 명은 만나게 마련이니 금방 소문날 것이 뻔했기 때문이다.

안해 본 사람은 모른다. 그 스릴 넘치는 스펙터클한 재미를.

우린 6개월 넘게 정말 아무한테도 안 들키고 몰래몰래 매일 만났다. 위에서도 얘기했지만 나는 프로그램을 서너 개씩 하고 있었으므로 하루 일이 대충 끝나면 9시가 넘어서야 만날 수 있었는데, 그때 만나서 새벽 서너 시에 헤어지곤 했다.

그러면 아침 생방송을 하고 있던 남편은 두세 시간을 겨우 자고 출근을 했는데 그 두세 시간 동안에도 전화하느라 잠을 설쳤고, 성실하고 책임감에 불타던 나도 회의에 지각하고 졸고 대본은 늦어지고 하는 악순환으로 지칠 대로 지쳐 있었다.

그 정도로 모든 걸 감수하고 지속되던 우리의 '몰래한 사랑' 도 6개월 만에 쫑이 났다.

평소에 친하게 지내던 농구 선수 석주일에게서 전화가 왔다.

"누나, 남자 생겼어?"

"(뜨끔) 무슨 소린데?"

"장훈이가 어제 청담동 지나가는데, 옆차에 누나가 탔는데 웬 남자랑 팔 두르고 있더라는데?"

이럴 수가… 차에서 한 발짝도 내리지도 않았는데 이렇게도 발각이 되는구나. 서장훈은 미국 유학 중이었는데 서울에 딱 일주일 나와 있다가 하필이면 우릴 본 거다. 방송인이 아니라 천만다행이지만 서장훈이 보고서 석주일한테 전화했으니 우지원도 알 거고, 그 애들이 발이 좀 넓어야 말이지….

더 조심하기로 마음을 먹는데 결정적 사건이 터졌다.

압구정 대로 한복판이었다. 밤 12시쯤 됐을까. 우리는 양수리 카페까지 가서 데이트를 하다가 서울로 막 돌아와 내 차로 가는 중에 신호대기에 걸렸다. 너무도 피곤해 나는 조수석에 길게 누워 있었다.

근데, 느낌이 이상했다. 몸을 일으켜 옆차를 보니, R.ef의 성대현이 눈이 동그래져 입을 헤 벌리고 날 보고 있는 거였다. 당시 '쇼! 뮤직탱크' 를 하던 남편을 알아보고 인사를 하려는데 내가 밑에서 나타난

거다.

내가 둘러대거나 수습하기도 전에 그는 달아나 버렸고, 영 찝찝하더니 일이 터졌다.

내가 누군가를 사귄다는 사실을 알고 추적해 오던 '여의도 스피커' 은PD가 'KMTV PD'라는 것까지 알아낸 것이다. 성대현이 결정적 단서를 제공했으리라….

은PD가 추적하는 과정에서 KMTV의 총각 PD 두 명과 엉뚱하게 엮인 후, 결국엔 모든 것이 드러났다. '이승은과 이상백이 결혼한다'로.

모든 게 일사천리로 진행되었다. 보는 사람마다 '언제 결혼하느냐'였고, 우리는 공인된 커플이 되어 있었다.

참 당황스러웠다. 연예인들 스캔들 터졌을 때의 심정을 알 것 같았다. 사실 좀 사귄 건 사실이고 서로 좋아하고 있었지만, 서로의 집안에서도 모르고 있었고, 결혼에 대해서는 구체적으로 생각해 본 적이 없었기 때문이다. '결혼해도 좋을 사람'으로는 생각하고 있었지만 '결혼'이 나한테 그렇게 빨리, 순식간에 다가올 줄은 몰랐다.

어쨌든 예상보다 빨리 우리는 날을 잡고 결혼식을 올리게 됐다.

하와이로 7박 8일의 긴 신혼여행을 다녀온 우리는 방배동에 신혼살림을 차렸다. 우리는 신혼 초부터 투닥거리기 시작했다. 연애를 할 만큼 해서 이제 서로에 대해 다 파악했다고 생각했는데 결혼을 해보니 그게 아니었다.

남편은 나보다 여섯 살 많은데 집안에서 워낙 '특급 대우'를 받고 자라 한 마디로 왕자였다. 깔끔해 보이던 '줄 선 바지와 셔츠'는 바로 나에게 이해할 수 없는 번거로움이 되었다. 남편의 '줄 선 바지' 뒤에는 아랫동서의 눈물겨운 노총각 시아주버님 뒷바라지가 있었던 것이다.

미국에 있던 남편이 결혼할 생각을 않자 두 살 터울인 시동생이 동갑인 동서와 먼저 결혼을 해 이미 세 살과 돌배기 남매가 있었다. 시부모님을 모시고 살고 있던 동서는 유난히 까탈스러운 남편의 바지와 셔츠를 할 수 없이 다렸겠지만, 나는 나도 노는 게 아닌데 집안일을 하나도 하지 않는데다가 청바지에 속옷까지 다리기를 바라는 남편을 이해할 수 없었다.

게다가 언제나 단정해 보이던 그의 헤어 스타일도 알고 보니, 엄청난 하드 무스와 정성들인 드라이 끝에 이루어진 '작품' 이었다. 아침에 막 일어난 그의 머리는 완전히 수세미였다. 아침마다 여자인 나보다 더 오랫동안 거울 앞을 차지하려는 그와 나의 전쟁이 벌어졌다.

"무스를 그렇게 떡칠하면 나중에 대머리 된다. 무스를 왜 그렇게 바르냐, 느끼하게…."

"누가 요즘 촌스럽게 면바지를 다려 입느냐."

투덜거리는 내 잔소리가 듣기 싫었는지 남편은 조금씩 '망가지기' 시작했다. 결혼 5년차를 맞는 요즘은 구김이 간 면바지를 그냥 입기도 하고, 어제 입었던 와이셔츠를 오늘 또 입기도 한다. 그렇지만 '결혼하면 내가 다 할 테니 걱정 말라' 던 맹세는 어디로 가고, 자신보다 더 바쁜 날 위해 설거지 한 번 않는 건 지금도 여전하다.

그는 처음 우리 부모님 만나뵐 때는 집안일에 젬병인 나를 걱정하는 엄마 앞에서 그랬었다.

"어머님, 걱정 마십시오. 제가 미국에서 혼자 살아봐서 요리 다 잘하구요, 식혜까지 만들 줄 압니다."

식혜는 웬 식혜? 알고 보니 그는 미국에서 요리가 취미인 룸메이트를 만나 식혜는커녕 밥풀 한 번 안 묻히고 살았던 것이다.

하지만 앞에서 얘기한 대로 워낙 귀하게 커온 터라 가끔 오시는 시어머님이 쓰레기 봉투를 들고 왔다갔다하는 남편을 보고 놀라시는 정

이승은 · 이상백 부부.

도니 이 정도 된 것만도 만족해야 하지 않을까 싶다.

하지만 아직도 절대로 고쳐지지 않고 더해만 가는 점이 있다면 바로 술버릇이다. 시댁에는 대대로 술 마실 줄 아는 사람이 없어 아버님, 시동생들 전부 냄새도 못 맡는 체질인데 유독 남편만은 술을 즐겼다. 술을 워낙 좋아하다 보니 사건도 많았는데, 한 사건은 '이런 사람이랑은 절대 결혼하지 말아야겠다' 고까지 느끼게 했었다.

녹화가 끝난 후 있었던 회식 자리였는데, 스태프들한테 기분좋게 한 잔씩 술을 돌린 남편은 돌아오는 술잔을 다 받아먹고 이미 거나하게 취해 있었다. 사람들이 우리 사이를 몰랐으므로 멀리 떨어져 앉아 있던 나는 불안불안해하며 그저 힐끔거리고 있었는데, 계산 때가 되자 백만원이 넘는 식대와 술값을 자신이 내겠다고 부득부득 우기는 거였다.

옆에서 다른 사람들이 아무리 말려도 아무런 소용없이 카드를 긋는 게 아닌가.

'세상에, 만약 저런 사람이랑 결혼하면 아무리 벌어도 소용없겠다. 그 돈이면 우리 석 달치 데이트 비용은 될 텐데….'

내심 화가 난 나는 먼저 나가버렸고, 모두들 2차 장소인 카페로 갔는데 사람들이 난리가 났다. 카드를 내놓고 나간 남편이 사라졌다는 것이다. 술이 너무 취해 있었고, 지갑도 다른 사람이 가지고 있었기 때문에 다들 걱정이 대단했다.

결국 우리는 차를 타고 그 일대를 찾아나섰다. 논현동 동네 한 바퀴를 다 돌아도 그는 보이지 않았다. '어떻게 됐겠지 뭐' 하며 포기하려는 순간, 누군가 저기 있다고 소릴 질렀다.

나는 도대체 어떤 사람들이 술먹고 길에서 자나 했었다. 그런데 바로 우리 남편이 그랬던 것이다.

인도 보도 블록 위 작은 화단에 누워 자고 있는 것이었다. 나는 기가 막혔다. 인사불성이 된 그를 동료 PD들이 가까운 호텔로 옮기는 걸 보며 나는 씩씩거리고 집으로 돌아왔는데, 몇 시간이 지난 뒤 휴대폰이 울렸다. 그를 옮긴 PD 중 한 명이었다.

"승은씨, 저, 여기 좀 잠깐 와주시면 안 될까요? 상백이가 계속 승은씨만 찾는데요. 왜 그러는지 모르겠는데요, 몇 시간째 승은씨만 찾아요."

너무 늦어 절대 갈 수 없고, 나와 상관없는 일이니 다시 전화하지 말라고 화를 내며 전화를 끊고 나서도 계속 화가 풀리지 않았다. 우리 집안 역시 대대로 술마실 줄 아는 사람이 없는 집이어서 나는 남자고 여자고 술 먹고 안 하던 행동하는 사람들을 이해할 수 없었던 거다.

물론 나도 일생에 한 번은 화장실에서 잔다든지 하는 경우가 있지만….

게다가 소문 다 나라고 내 이름을 그렇게 부르고 있다니. 화가 나서 잠을 못 잤는데, 그는 다음날 보니 멀쩡했고, 자신이 저지른 엄청난 엽기적 행각에 대해선 인정하기조차 거부했다.

나중에 시동생 앞에서 이 사건에 대한 애길 하며 흉을 봤더니 시동생 하는 말이 더 걸작이었다.

"형수님, 전에는 자는데 무슨 지하철역이라면서 전화 온 적도 있었어요. 형이 플랫폼에서 떨어졌다면서 빨리 데려가라구요."

결혼 후에도 웃지 못할 작은 사건들이 일어났는데, 내가 통계를 내보니 남편의 이런 현상은 어떤 일을 극도로 피곤할 때까지 하고서 잘 끝마쳐서 기분이 아주 좋은 상태에서 술을 마실 경우에 일어날 확률이 높았다.

얼마 전에도 기분좋게 술을 마신 남편이 집에 들어와 거실에 길게 누워 노래를 부르고 있었다. 집에는 누가 데려다주어 용케 들어왔으나, 아직 술집의 연장이라 생각하는지 같이 있던 사람들의 이름을 부르며 부어라 마셔라 하고 있었다.

갑자기 장난기가 발동했다. 나는 코맹맹이 소리를 하고 물었다.

"오빠, 오빠, 결혼했어?"

그러자 남편 입에서 나오는 충격적 대답!

"아아니, 결혼 안 했어! 안 했어!"

"그, 그래? 정말 결혼 안 했어? 그럼, 총각이야?"

"그럼! 총각이지!"

나는 솟구치는 분노를 누르고 다시 한 번 물었다.

"그럼 애도 없겠네?"

"애?"

남편은 잠시 고민하는 듯하더니 대답했다.

"애는 있지. 석환이! 석환이 있지!"

이 사건으로 남편은 말 못할 고초를 겪었다. 나는 지금도 툭하면 놀린다, '애 딸린 총각' 이라고.

이렇게 가끔 사고 아닌 사고를 칠 때면 황당하기도 하지만 이런 느슨한 구석이 남편의 매력인 것도 같다. 술자리에서 보여주는 이런 빈틈 때문인지, 남편에겐 친구도 많고 형도 많다.

늦게까지 '컴백 홈' 할 생각을 않는 남편에게 전화를 하면 늘 그런다.

"지금 누구랑 같이 있거든, 누구. 진짜 오랜만에 만났잖아. 우리가 그냥 들어갈 수 있니? 조금만 더 마시고 들어갈게."

그러나 그 누구와는 오랜만이지만 그 많은 친구, 동생, 형들을 오랜만에 한 번씩 다 만나려면 일주일이 꽉 차고도 모자라는 것이다. 결혼 초에는 술 마시는 횟수에 관한 문제로 싸우기도 많이 싸웠지만 이젠 그런 남편을 이해하기로 했다. 그러나 아직도 걱정되는 것은 사람을 무조건 믿고 보는 성격 탓에 나중에 상처를 받지 않을까 하는 점과 건강이다.

'십이지장궤양' 이라는 영광의 훈장까지 달았던 남편. 아무쪼록 자신의 건강이 자신만의 것이 아니라는 걸 알았으면 좋겠다, 진심으로.

## S#6 태교음악은 DJ. DOC의 '무아지경' 으로

98년 설날. 나는 병원에 있었다. 아이가 예정일보다 무려 21일이나 빨리 태어나려고 하는 것이다. 내가 계속 진료를 받아오던 의사는 당

연히 설 휴가 중이었고, 레지던트 한 명 보이지 않았다. 간호사들은 청소하는 아주머니가 집에서 싸왔다는 떡을 나눠 먹으며 수다를 떨고 있었다.

내가 예상하고 각오하던 고통은 이런 종류가 아니었는데, 이건 상상을 초월했다.

난 설 지내고 나서 슬슬 아기를 어떻게 낳는지에 대해서 공부하려고 맘먹고 있던 참이었으므로 출산에 대한 사전지식이 전무했다. 불안과 고통과 초조함 때문에 실신할 지경이었으나, 아무도 와주지 않았다.

게다가 간호사들은 내 피가 A형이니, O형이니 하면서 고통에 신음하는 나의 팔에서 몇 번이고 채혈을 해갔다.

나는 원래 옛날부터 A형인 줄 알고 살았다. 잡지에 나오는 '혈액형별 심리분석' 같은 것도 전부 A형으로 봤었다. 근데 알고 보니 O형이었다. '혈액형별 심리분석'을 맹신하고 있는 남편은 자신에게 맞는 A형을 찾아다니다 날 만난 거였는데, 출산 후 O형인 걸 알고 '사기결혼'이라며 분노했다. 어쩐지 안 맞더라.

난 그렇게 얼떨결에 간호사들이 떡 먹는 가운데 아기를 낳았다.

출산이란 건 정말 신비로운 체험이었다. 모든 고통이 사라지고, 막 태어난 아기에게 입을 맞추던 순간의 감동은 지금도 잊을 수 없다.

그렇게 해서 우리 아들이 태어났다. 아기는 병원에서도 하루 종일 자기만 했다. 그때부터 순했던 거다. 그런데 아기의 이름을 지으면서 문제가 생겼다. 백호 띠에 설날 낳았기 때문에 아기의 사주가 너무 세다나. 작명가나 스님들이 내놓은 이름들은 전부 기가 막혔다. 군도, 퇴하 등등….(전국의 군도, 퇴하들께 죄송!)

그렇게 우여곡절 끝에 겨우 얻은 이름 '석환'. 그중 가장 무난한 이름이었다.

석환이를 가졌을 때 나는 'MBC 인기가요 베스트 50'을 하고 있었다. 생방송으로 진행되는 쇼 현장에 있으면 내가 무대에 서 있는 듯한 희열을 맛보곤 했는데, 석환이를 가지고 나서부터는 상황이 달라지기 시작했다.

방송이 진행되는 동안 내가 있는 자리는 언제나 MC석 옆의 대형 스피커 옆이었다. 생방송이므로 MC 가까이에서 멘트량을 조절하고 모니터해야 했기 때문이다. 쇼가 진행되는 동안 가슴까지 쾅쾅 울리는 스피커 옆에 있으면 귀가 먹먹해지고 정신이 아득해지기 일쑤였는데, 아이를 가지고 나니 더욱 신경이 쓰였다.

거기다 그때 가장 인기있던 노래는 DJ.DOC의 '무아지경'이었다. 심의에 걸리네, 안 걸리네 말도 많았던 노래였다. 남들은 모차르트로 태교한다는데 난 아이한테 '무아지경'을, 그것도 라이브로 쾅쾅 울리며 들려주다니. 이래도 될까 심히 걱정스러웠다.

'아이가 하늘이처럼 되는 건 아닐까….'

그러던 어느 날, 사건은 터졌다. 그때 우리는 매주 주제를 정해서 세트, VTR, MC 의상, 조명 등에 반영했는데 그날 주제는 '우리 생애 최고의 날'이었다. 그런데 결국 '우리 생애 최악의 날'이 되고 말았다. 나도 생방송을 무수히 해봤지만 그날처럼 많은 사건이 한꺼번에 터져버린 날은 없었다.

오프닝이었던 삐삐 롱 스타킹이 불을 댕겼다. ENG 카메라에다 대고 침을 뱉은 것이다. 삐삐 롱 스타킹은 그냥 카메라에다 한 거지만 집에서 밥 먹으면서 TV를 보던 시청자들은 갑자기 TV 화면에 침이 확 뿌려진 것이다.

바로 난리가 났다. 밑에선 생방송이 그대로 진행되고, 위에선 항의 전화로 MBC가 마비가 됐다. 정신없는 가운데 신성우는 음향이 맘에

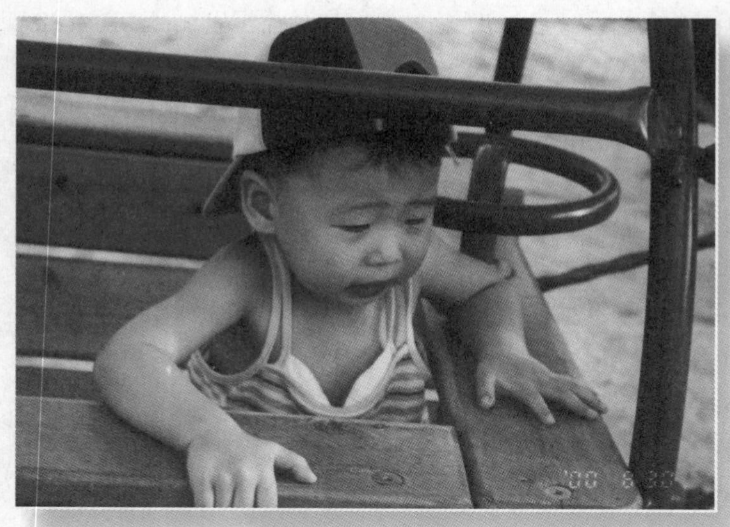

우리 아들 석환이는 뱃속에 있을 때부터 방송국 스튜디오에서 생음악을 들었다.

안 든다고 세트를 발로 찼다. 겉보기엔 튼튼해 보이지만 실상은 약하기 그지없는 세트가 바로 부서졌다.

다음은 '홍영주의 하우 투 댄스' 였는데 당황한 VTR맨이 실수하여 블랙화면이 나가더니, 예정에 없던 MC석으로 커트가 넘어와 버렸다. MC석에 앉아 가수들 안무를 따라 하며 여유잡고 있던 김용만, 김남주가 어쩔 줄 모르며 나만 쳐다보고 있었다. 한편 나는 스피커 옆에 앉아 배를 어루만지며 '아가야, 미안하다. 시끄러워도 참아라' 하고 있다가 놀라 벌떡 일어났으나, 나 역시 상황파악이 안 됐다. 다음 순서가 노래로 넘어갈 건지, VTR로 넘어갈 건지….

당황한 김용만은 자기가 뭘 잘못 알았는가 싶어 발치에 떨어져 있는 대본을 발로 넘기려고 애를 쓰고 있었다. 그러다가 찍어서 말했다.

"네, 다음 순서는 홍영주의 하우 투 댄스입니다."

그런데 옆에 있던 김남주가 김용만의 옆구리를 팔꿈치로 콱 찌르며 말을 바꿨다.

"네, 죄송합니다. 그거보다는 우리가 DJ.DOC의 노래를 먼저 듣는 게 낫지 않을까요? DJ.DOC입니다. 무아지경!"

'아, 역시 남주다. 남주가 무슨 콜을 받았구나. 다행이다.'

가슴을 쓸어내리는데 바로 '홍영주의 하우 투 댄스'가 붙어 나가는 게 아닌가. 나는 그날 진짜로 '애 떨어지는' 줄 알았다.

어쨌든 그렇게 '무아지경'과 '유쾌한씨의 껌 씹는 방법' 등을 태교 음악으로 들으며 방송의 지대한 영향을 받고 자란 석환이는 워낙 산만하고 엉뚱해서 다른 아기들과는 다른 행동을 잘 하는데, 그래서 내가 하는 프로그램에 아이디어를 제공하기도 했다.

'일요일 일요일 밤에'에서 자리를 옮겨 '목표달성 토요일'의 인기 코너로 자리잡은 'god의 육아일기'. 그 코너는 원래 석환이에게서 시작된 것이다.

'신장개업'으로 탄탄대로를 달리던 '일요일 일요일 밤에'가 갑작스런 신동엽의 도중하차로 위기를 맞았다. 이미 몇 주치가 준비되어 있었으나, 신동엽이 들어간 화면 자체를 쓸 수가 없었다. 한 주는 H.O.T가 대신 하는 것으로 때웠으나 당장 새 코너 기획이 시급했다.

그렇지만 연기자도 없고, 틀도 없고, 내용도 없는 상태에서 '대박' 날 코너를 만들기란 쉽지 않았다. 매일같이 새벽으로 이어지는 릴레이 회의에 지쳐 쓰러져 자다가 보니, 옆에 있어야 할 석환이가 보이지 않았다. 놀라서 뛰어나가 보니, 역시나 화장실에서 변기물을 휘휘 저어 손가락으로 찍어 먹고 있는 중….

그 당시 두 살 된 석환이의 취미는 칫솔로 변기 닦기, TV 리모컨 욕조에 띄워 배삼아 놀기 등 활동무대가 주로 화장실이었다. 기가 막히

기도 하고, 내 새끼지만 귀엽기도 하고… 허허거리고 있다가 불현듯 떠올랐다. 가족시간대인 일요일 7시, 아이의 이런 자연스런 모습을 보여주면 사람들이 재밌어할지도 모른다!

다음날 회의에서 얘기를 했더니 메인 PD인 은PD만 솔깃해할 뿐, 대부분이 처녀 총각들인 다른 사람들은 시큰둥했다. 은PD는 아빠여서인지, 아니면 '변기 물 찍어 먹는' 설정이 맘에 들어서인지 구체화시켜 보길 원했다.

우선 10대의 우상 H.O.T를 놓고 그림을 그리기 시작했다. 막 유행하기 시작한 관찰 카메라의 컨셉에도 맞고, 일상생활을 한 번도 보여준 적 없는 H.O.T가 사랑으로 아기를 돌보는 과정을 보여줌으로써 자연스럽게 휴머니티를 느끼게 한다는 기획의도였다.

이미 이 코너에 '필'을 느낀 나는 일을 일사천리로 진행시켰다.

먼저, 주인공인 아기가 문제였다. 어렵게 오디션하지 말고 석환이를 출연시키자는 의견이 지배적이었으나 석환이는 이미 기저귀도 떼고 우유병도 떼어서 이 코너의 주인공이 되기엔 너무 나이가 들었다는 나의 반대로 무산되었다. 우리는 엄청나게 많은 아기들을 오디션했다.

내가 '문제의 아기'를 뽑는 기준은 딱 한 가지였다.

'낯을 안 가릴 것.'

재민이가 바로 그런 아기였다. 같이 온 엄마와 할머니를 회의실에 두고, 내가 안고 MBC 로비를 몇 바퀴 돌아도 아기는 생글생글이었다. 그렇게 해서 가장 중요한 주인공은 결정이 되었다.

그러나 우리는 곧 많은 장애에 부딪치게 되었다. 일단은 H.O.T가 '노!'를 했다. 나와 은PD가 직접 만나 코너에 대한 설명을 하고, 왜 그들한테도 도움이 되는지 설득했으나, 이미 정상에 있는 그들이 사생활을 공개하고 아기의 기저귀를 갈면서까지 프로그램을 하기는 쉽지 않은 일이었다.

대안으로 핑클, 유승준 등을 섭외했으나 그들도 시키면 어쩔 수 없이 한다는 정도였다. 그래서는 안 된다. 이 코너는 '연기'가 아닌 '생활'이다. 나는 god를 떠올렸다.

그때만 해도 god는 노래는 꽤 인기가 있었으나, 멤버들의 개인적 캐릭터는 부각이 안 돼 있는 상황이었다. 이제 2집을 막 내놓고 활동하고 있는 god를 1집 때부터 지켜봐 왔는데, 멤버 한 명 한 명의 성격이 분명했고, 팀워크가 좋았으며, 인간적 매력이 넘쳤다.

그러나 곧 반대에 부딪쳤다. 너무 위험하다는 것이었다. 그러나 나의 캐스팅 감을 믿는 은PD가 내가 세게 주장을 하자 반대를 꺾고, 내 의견을 따르기로 했다.

그런데 이번에는 이 소식을 들은 재민이 엄마가 전화했다. H.O.T라서 하려고 했던 것이지 god면 못 한다는 것이다. god가 누구인지도 모르는데 어떻게 하느냐는 것이다. 나는 한참을 설명했다. god가 어떤 사람들이고, 앞으로 얼마나 클 건지, 그리고 왜 H.O.T보다 god가 하는 게 더 나은지….

이렇게 많은 어려움 속에 출발한 'god의 육아일기'는 꼼꼼하고 창조적인 편집과 god의 재민이에 대한 진심어린 사랑으로 지금도 많은 사랑을 받고 있다.

이렇게 엄마에게 많은 도움을 주기도 했던 석환이지만 사실 석환이가 태어나면서 작가로서의 나의 인생은 많이 달라졌다. 지금까지는 어떤 우여곡절이 있어도 아무리 일이 힘들더라도 개편 때까지는 꾹 참고 일을 해왔고, 그래서인지 나는 한 프로그램을 최소한 1, 2년씩 오래 한 편이었다.

그런데 아이가 생기고부터는 그런 룰이 적용되지 않았다. 인내와 끈

기로 지켜온 나의 이미지는 아이가 생기고부터는 완전히 망가졌다. 내가 중도에 포기한 프로그램이 좋이 5개는 넘는 것 같다.

육아와 일을 병행하는 고통이란 겪어보지 않은 사람은 모를 것이다. 실제로 내가 육아를 이유로 일을 포기하겠다고 하면, 모든 PD들이 이해하지 못했다.

"아이가 그렇게 중요해요?"

한 PD는 내게 이런 충격적인 말까지 했다.

물론 아이가 중요하다. 그렇지만 이건 중요하고 안 하고의 문제가 아니라 방법이 없는 것이었다. 아이를 집에 혼자 두고 나갈 수는 없지 않은가.

'나인 투 식스' 의 다른 직종 같으면, 일정한 시간에 퇴근해서 아이를 보겠지만, 나는 밤12시 넘기기를 밥 먹듯이 하는데다가 집에 와서도 일을 해야 했다. 대본은 써야 하고, 아이는 잘 생각을 않고, 그러는 날이면 아이를 부둥켜안고 울었다.

아이는 이유도 모르고 따라 울었다. '프리랜서' 란 말뿐이지 '프리하지 못하다' 라는 거 아닌가.

석환이가 아기였을 땐 차라리 문제가 없었다. 친정엄마가 '일하는 딸' 을 둔 죄로 아기를 전적으로 봐주기로 한 거였다. 그때만 해도 석환이는 자신을 외가에 맡기고 밖으로 떠돌아야 하는 엄마의 처지를 알았는지 하루 종일 잘 놀고, 잘 먹었다.

그러던 순둥이가 나이를 먹으면서 돌변, 이제는 남부럽지 않은 터프가이가 됐는데 이건 대형사고의 연속이었다. 매일 떨어지고, 다치고, 구르고, 게다가 관절염으로 고생하는 외할머니는 아랑곳 않고 한 번 집 밖에 나가면 기본이 서너 시간에다가 잠깐만 한눈을 팔면 돌을 입안에 넣고 우물거리고 있기 일쑤니, 나로서는 나가 있어도 맘이 편치가 않았다.

주말마다 아이를 보러 가면 때 아닌 육아에 지친, 몸도 편찮으신 엄마와 심장이 안 좋은데도 불구하고 밖에 나가면 들어오지를 않는 아이를 따라다니느라 지친 아빠를 대하기가 영 죄송스러웠다.

결국 부모님은 오랫동안 살아온 집을 팔고, 내가 살고 있는 아파트로 이사를 오기에 이르렀다. 낮에는 엄마가 아이를 봐주고, 저녁에는 내가 데려가기로 얘기가 됐다.

이때부터 나의 고통은 시작되었다. 낮에는 일하고, 밤에는 애 보는 '주경야육' 이라고나 할까. 그리고 앞에서 말했듯이 나는 밤에 일을 해야 했다. 아이가 자지 않고 보채기라도 하면 나는 꼼짝없이 밤을 꼬박 새워야 했다.

게다가 아이는 또래에 비해 영 늦되었다. 다른 아이들은 세 살이면 영어까지 한다는데 우리 아이는 이제 겨우 짧은 문장을 말하는 수준이고, 남들은 돌이면 걷는다는데 걸음도 18개월이 되어서야 겨우 걷기 시작했었다.

'내가 여러 사람한테 민폐 끼치고, 아이한테 엄마 노릇도 못 해가면서 이 일을 해야 하나?'

자연히 이런 약한 생각이 고개를 쳐들었다. 다른 엄마들처럼 아이랑 같이 책도 읽고, 그림도 그리고, 놀이공원도 다니면서 엄마 노릇 한번 제대로 해보고 싶었다.

그런 스트레스가 극도에 달한 어느 날, 한참 회의중인데 엄마에게 전화가 왔다. 비온 뒤 진흙탕에서 구르고 온 아이를 목욕시키다가 잠깐 수건을 가지러 갔는데, 그 새 아이가 세면대에 기어 올라갔다가 타일 바닥으로 떨어졌다는 거다.

당장 뛰어가야 하는데 그럴 수가 없었다. 이쪽도 내가 뛰어나가면 회의가 안 되는 상황이었다. 그리고 한구석에는 아이 때문에 일을 등한시한다는 인상을 주고 싶지 않은 맘이 있었던 것 같다.

엄마가 아이를 다 수습하고 혼자서 병원에 다녀오신 후에야 집에 들어갔고, 그 일을 계기로 나는 일을 그만두었다. 일도 제대로 하지 못하고 그렇다고 애를 제대로 키우는 것도 아니고, 그 사이에서 갈팡질팡하는 내 모습이 정말 싫었다.

그리고 그 이후로는 새로운 일이 시작되기 전에 꼭 토를 달게 된다. 아이 때문에 저녁엔 일 못한다, 아이 때문에 주말엔 못 나온다 등등.

답이 없는 얘기지만 아직도 나는 그 해답을 못 찾고 있다. 아이를 제대로 돌보면서 편한 일만 해야 하는지, 아니면 아이를 다른 사람에게 전적으로 맡기고 내 일을 해야 하는지.

답을 못 찾은 상태에서 오늘도 피곤에 지쳐 들어온 엄마를 본 척 만 척 외할머니만 찾는 아이를 보면 씁쓸해진다.

## S#7 이승연? 이승은!

휴대폰이 울린다. 나는 폴립을 열며 망설임 없이 바로 말한다.

"언니?"

"뭐야, 너 난지 어떻게 알았어? 너두 그거 했구나! 번호 뜨는 거."

사실은 나도 놀란다. 내가 어떻게 승연 언니인 줄 알았을까?

승연 언니와는 92년, '특종 TV연예'에서 처음 만났다. 나는 이제 막 '방송물'이 뭔지 알까 말까 하는 단계였고, 승연 언니는 스튜어디스에서 막 미스코리아가 되어 '방송물'이 뭔지 감도 못 잡고 있는 상

석환이 돌 날 우리집에 온 이승연 언니.

태였다. 미스코리아 진도 아니고, 선도 아니고, '미' 인 이승연이 MBC 간판 오락 프로그램인 '특종 TV연예' 의 고정 패널이 된 것은 그녀의 '타고난 방송끼' 가 송창의 PD의 눈에 들어왔기 때문이었다.

우리는 처음 만날 때부터 죽이 맞았는데, 화려하게 생긴 외모와는 달리 언니는 털털하고 소박하고 '터프' 했다. 한 마디로 연예인스럽지 않았다.

첫만남 때 족보를 따져보니 나보다 두 살이 많길래 바로 '언니' 했더니, 언니 소리 하지 말고 '승연씨' 라 부르라 했다. 방송용 나이는 동갑이기 때문이었다.

그래서 '승연씨' 로 시작이 되었는데, 몇년 뒤 어느 날 갑자기 '승연씨' 가 그러는 거였다.

"야, 너 나보다 두 살이나 어린데 왜 씨씨 거리니? 까불래? 언니라고 안 할 거야?"

아니, 언제는 자기가 나이 꼬인다고 '씨' 붙이라더니 실제 나이 다 드러나니까 이제 와서 내 참…. 어쨌든 그래서 우리 관계는 다시 언니 동생이 됐다.

언니는 다시 말하지만 정말 연예인스럽지 않은 연예인이다. 아무렇지도 않게 동네 목욕탕을 다니는가 하면, 한밤중에 화장 하나 않고 동대문 시장이든 대형 할인매장이든 활보하고 다녔다.

언니는 뜻밖에 요리도 아주 잘 해서 자기 집에 초대해서는 밥 먹이기를 좋아했다. 특별한 반찬이 있는 날이면, 전화해서 빨리 먹으러 오라고 재촉했다. 내가 아이 낳고 얼마 안 되어 꼼짝 못 한다고 하자, 차를 보내 아이까지 데려오게 해서 밥을 거둬 먹인 일도 있었다.

언니가 잘 하는 요리는 한식에서 스테이크까지 다양한데, 왜 그런 사람 있지 않은가. 빵 한 쪽을 구워도 맛있게 구워내는 사람. 언니가 바로 그런 사람이었다. 천상 여자라고 할 수 있는데 그녀의 그런 점은 집안 구석구석을 둘러보면 더 잘 드러난다.

먼지 하나 없이 깨끗한데다 정리벽은 거의 완벽에 가까워 화장대 서랍 하나하나를 다 열어 봐도 흐트러짐이 없이 깔끔하다. 자기 집 정리하는 데 그치지 않고, 뭔가 어지럽혀진 꼴을 못 보는 언니는 우리집에만 오면 닦고 쓸고 정리하고 치우고 한다. 게다가 애까지 잘 봐서 울던 애도 언니가 안아서 얼르면 뚝 그치고 금방 생글생글이다. 강아지 돌보던 가락이 있어선가?

이렇게 천성이 밝고 부지런한 언니에게 하루는 전화가 왔다.

"승은아, 나 무슨 형사사건에 말렸어. 기사 날 것 같아."

그때까지만 해도, 나는 전후 얘기를 듣고도 이랬다.

"뭘 그래? 별일 아니네. 오버하지 마."

나무 철딱서니가 없었던 거다.

언니는 '공문서 위조' 인가 하는 무시무시한 죄명으로 PC와 여론에 매일같이 오르내렸다. 평소에 자신의 어두운 모습을 절대로 내비치지 않는 전형적 '캔디형' 인 언니는 그래도 꿋꿋한 척 했다.

"언니, 내일 카메라 오면, 딱 한 방울만 울어주라. 연기하는 셈치고."

보다 못한 내가 이렇게 말했다가 호되게 구박만 받았다.

자신이 엄청난 잘못을 했다는 걸 알았으며 반성하고 있으나, 눈물 흘려서 용서받고 싶지는 않다는 이유였다. 그렇지만 수많은 '용서받지 못할' 연예인들이 눈물 한 방울로 모든 죄를 용서받는 과정을 우리는 봐오지 않았던가.

나는 정말 안타까웠다. 어떻게 올라간 자리인데…. 모든 걸 잃어버릴지 모르는 극한상황까지 내몰려가는 언니가 너무나 안쓰러웠다. 그렇지만 '위로받기' 를 거부하고 계속해서 '괜찮은 척' 하는 언니가 답답하기도 했다. 가끔은 약한 모습을 보여도 괜찮은데, 저렇게 어떻게 살까 싶은….

그렇게 사건이 눈덩이처럼 점점 불어가고 해결될 기미가 보이지 않던 어느 날, 새벽에 전화가 울렸다. 승연 언니였다. 평소처럼 아무렇지 않은 듯 이 얘기 저 얘기를 하다가 갑자기 언니가 울기 시작했다.

아무 말도 하지 않고 울기만 하는 언니를 따라 나도 울었다. 그나마도 울어서 미안하다며 전화를 끊는 언니.

언니는 법원으로부터 사회봉사 명령을 받고 사회시설에 수용된 몸이 불편한 어린이들과 노인들을 보살피게 되었다. 나도 '일요일 일요일 밤에' 를 하는 중이라 나름대로 바빴지만 카메라 때문에 불편해할 언니를 비호해 주리라 굳은 의지를 가지고 새벽같이 따라나섰다.

그러나 마음뿐, 시큼한 냄새가 진동하는 노인들의 기저귀를 갈고 목욕을 시키는 일은 보통 일이 아니었다. 나는 멀찌감치 벽에 붙어서서 숨을 몰아쉬고 있는데, 언니는 카메라가 오든 안 오든 열심이었다. 그리고 놀라웠던 것은 언니의 팬클럽 회원들이 와서 성심성의껏 진심으로 봉사를 하고 있는 거였다. 날짜별로 돌아가면서 순번을 정해 하고 있다고 말했다.

그날 저녁 언니는 나에게 전화를 걸어 말했다.

"승은아, 나 방송 다시 하게 되면 무료로 기저귀 광고 출연하고 싶어. 기저귀 광고하면 기저귀 회사에서 오늘 갔던 거기에다 기저귀 좀 공짜로 많이 주겠지?"

나는 또 난리를 쳤다. 처녀가 생리대도 아니고 무슨 기저귀 광고냐고!

그렇게 닥친 언니의 위기상황은 쉽게 끝나지 않았는데, 그러던 중 석환이의 돌을 맞았다. 나와 남편은 집들이 겸 집에서 손님을 치르기로 하고 사람들을 초대하면서도 언니가 오리라고는 기대하지 않았다. 워낙 많은 사람들이 모이는데다가 기자들도 있고 말이 많은 자리라 강요하고 싶지도 않았다.

그런데 창백한 얼굴로 검은 모자를 눌러쓴 언니가 나타났다.

사람들과 몇 마디를 나누고, 석환이와 사진 한 장을 찍고 나서 일어섰다.

"승은아, 나 일이 하나 생겼거든. 미안한데, 먼저 가볼게."

당연하지. 충분히 이해했다. 어렵게 결심하고 와준 것만으로도 너무 고마웠으니까.

그런데 다음날 신문을 본 나는 경악했다. 얼마 전부터 사귀어 오던 김민종씨와의 일이 터진 거다. 기사 터진 걸 알고도 우리집에 온 거였

다. 정말 진심으로 고마웠다.

언니는 나중에 내가 병원에 입원했을 때도 두 번씩이나 문병을 와서 나를 감격하게 했다. 언니가 의사, 간호사들한테 얼마나 잘 해주고 갔던지 병원에서 내 대우가 확 바뀔 정도였다. 요즘도 언니는 '누가 상당했다' 소리를 들으면 장소가 어디든, 자신이 얼마나 바쁘든 상관없이 꼭 가서 자리를 지킨다. 잘 된 일은 몰라도 안 된 일은 꼭 가서 위로해 줘야 한다는 게 언니의 신념이다. 늘 남을 먼저 배려하고 살피는 승연 언니.

우여곡절 끝에 방송을 재개한 언니는 이번 학기엔 특히 바쁘다. 기존에 하고 있던 드라마 '메디컬 센터'에, '한밤의 TV연예', 그리고, 새로 시작할 주말 드라마와 영화까지… 언제나 밝고 씩씩한 승연 언니. 다시 언니 얼굴에 그림자가 드리우는 일이 없었으면 좋겠다.

## S#8 아제 아제 바라아제~

수술실에서는 뜻밖에도 내가 즐겨 듣던 KBS-FM '가요광장'이 나오고 있었다. 신기했다. '표본실의 청개구리'가 되어 수술 스태프들을 기다리며 누워 있는 이 끔찍한 장면의 BG(배경음악)로선 어울리지 않았다. DJ의 경쾌한 목소리가 내가 어제까지 듣던 그 목소리와는 전혀 다르게 느껴졌다.

곧 온몸을 흰색으로 휘감은 의사와 간호사들이 들어왔다.

"안녕하세요, 이승은씨. 괜찮으시죠?"

그 말은 '안녕하세요, 지금부터 당신 몸을 잠깐 죽인 후 우리 멋대로 할 겁니다' 하는 것과 똑같이 들렸다.

"자, 하나부터 열까지 세어보세요."

나는 하나를 셌다. 그렇지만, 둘은 셀 수 없었다. 라디오에서는 원타임의 노래가 나오고 있었다.

'원 타임 이즈 원 타임 퍼 유어 마인드~'

"이승은씨, 내가 중환자실에서 만나자고 했죠? 나 기억해요?"

기억났다. 의사 한 명이 나를 들여다 보고 있었다. 나는 겨우 끄덕끄덕했다. 그 옆으로 낯익은 얼굴들이 보였다. 그들은 가벼운 환호성을 질렀다.

나는 서울대병원 중환자실 독방에 누워 있었다. 내 몸에는 온갖 기계가 줄로 연결되어 매달려 있었다. 나는 그 전날 서울대병원에서 가장 오랫동안 수술을 받은 '중환자' 였다. 무려 22시간이나 걸렸다고 했다.

이번 수술의 최대관건은 수술 후유증으로 최근 기억을 잃지 않도록 하는 것과 안면 신경마비가 오지 않도록 하는 것, 두 가지였는데 둘 다 성공했으니 대성공이라고들 했다.

내 병명은 전세계에서 17번째이며 우리나라에서는 첫번째인 '피그멘티드 빌로노듈라…' 어쩌고 하는 이름도 못 외울 희귀한 병이었다.

나는 다른 종합병원에서 '암으로 의심됨' 이란 진단을 받고 이곳 서울대병원으로 옮겨졌다.

진단 방사선과에서 내놓은 병명은 다행히 암은 아니었지만 국내에선 아무도 아는 사람이 없는 이상한 병이었다. 원인도 알 수 없는 양성염증인데 그냥 두면 뇌까지 침범하여 기억과 운동을 담당하는 부분에 치명적 손상을 입힐 수 있다는 거였다.

계속해서 이어지는 의사의 청천벽력 같은 소리는 나를 아연케 했다. 감염의 우려가 있으므로 삭발해야 한다는 것이다.

초등학교 이후로 한 번도 짧은 머리를 한 적이 없는 나로서는 '암으로 의심됨' 이란 얘기를 들었을 때보다 더 충격적이었다. 삭발이라니, 이 모두가 꿈인 것만 같았다.

사실 내가 이비인후과를 처음 찾은 건 그저 전화 받을 때 왼쪽보다 오른쪽이 좀 안 들리길래 수영장에서 귀에 물이 찾나 싶어 간 거였고, 그 병원에서도 염증이란 소리밖에 안 했었는데, 생활신조가 유비무환인 아버지가 종합병원 이비인후과를 무조건 예약해 놓아서 할 수 없이 갔다가 듣게 된 '믿을 수 없는 이야기' 였다.

계속되는 MRI와 초음파, CT촬영에서 나는 전부 '위험!', '경고!' 의 빨간 불이 번쩍거리는 얘기를 들었다. 그 당시 나는 '일요일 일요일 밤에' 를 하고 있었는데 모처럼 일이 안정적이어서 아주 여유롭고 만족스런 생활을 하고 있었으므로 이런 믿기지 않는 일 때문에 그만둘 수가 없었다.

게다가 삭발이라니! '머리카락을 자르느니 차라리 내 목을 쳐라' 하며 버틸 때까지 버티다가 하는 수 없이 수술대에 오르게 된 거였다.

내 '삭발식' 은 '아제 아제 바라아제' 에서 강수연의 삭발식 같진 않았다. 서울대병원 구내 이발소에서 가위로 싹둑싹둑 잘린 뒤 면도칼로 새파랗게 밀렸다. 나는 그동안 파마도 않고, 염색, 드라이도 않고 아꼈던 내 소중한 머리칼을 종이에 곱게 쌌다. 약속한 대로 '정샘물 메이크업' 에 갖다주기 위해서였다.

준비해 둔 털모자를 눌러쓰니 딴사람 같았다. 정말 스님 같았다. 남편은 머리통이 예뻐서 괜찮다며 위로해 주었지만 그의 눈에도 눈물이 맺혀 있었다.

수술은 아주 잘 되어 아무런 후유증이 없다고 했지만, 마취에서 깨어나서는 너무나 고통스러웠다. 한쪽 귀에 커다란 붕대를 하고 있어 돌아누울 수 없는데다가 귓속에서 평형기관을 담당하는 뭔가가 자리를 옮겼기 때문에 그 부분이 자리를 잡을 때까지는 눈만 깜빡거려도 멀미가 날 정도로 어지러웠다.

차라리 어디가 아픈 게 낫지, 온세상이 핑핑 도는 어지러움은 경험 안 해 본 사람은 모를 것이다.

친정어머니는 내가 맡겨놓은 아이 때문에 병원에 와보지도 못하고 집에서 애만 태웠다. 나는 병간호를 위해 미국에서 급하게 날아오신 시어머니를 붙잡고 '어머님, 나를 차라리 죽게 해주세요' 라는 불효스런 말을 계속하며 울부짖었다.

독실한 불교신자인 어머님은 그런 나를 두고, 백팔배를 올리며 기도하셨다. 난 사실 속으로 그랬다.

'이렇게 아픈데, 지금 부처님이 나한테 뭘 해줄 수 있겠어.'

나는 수술 후 일주일이 지나도 자리에서 일어나기는커녕 돌아눕지도 못하고 있었다. 이제는 어지러움에 근육통까지 겹쳐 진통제에 의지해 겨우 버티고 있었고, 이 병실을 걸어나가는 일은 나한테는 불가능한 일같이 생각됐다.

어머님의 염불소리를 들으며 진통제에 취해서 잠깐 잠이 들었다.

내가 롯데월드에 있는 '신밧드의 모험' 같은 동굴을 배를 타고 따라 내려가고 있는데 어둠 저편에서 황금색 옷을 입은 부처님이 걸어나오는 게 아닌가.

부처님이 걸어나오더니 내가 탄 배에 앉았다. 너무나 놀라서 '어머님! 저 부처님 봤어요!' 하고 소리지르다가 놀라 잠이 깼다.

어머님은 여전히 기도를 하고 계시다가 '부처님은 아무나 보는 게 아닌데, 니가 나으려나 보다' 하고 기뻐하셨다.

근데, 이상한 느낌이 들었다. 왠지 일어날 수 있을 것 같았다. 조심스럽게 몸을 일으켜 보았더니, 하나도 어지럽지 않았다. 슬리퍼를 신고 침대에서 내려왔다. 몸이 가뿐한 게 뛸 수도 있을 것 같았다. 나는 휠체어에 앉아 긴 병원 복도를 몇 바퀴나 돌았다. 기동도 못 하던 내가 그러고 다니자 의사, 간호사들이 모두 뛰어와 놀랐다.

나는 오랜만에 긴 잠에 푹 빠졌다. 잠이 깨고 나니 다시 어지러웠지만, 한번 괜찮았던 기억을 되살려 걸음 연습을 시작했다. 곧 적응이 되었다.

그때의 일이 지금까지도 신비한 경험으로 남는다. 남에게 얘기하면 날 이상하게 볼까 봐 얘기를 꺼려왔지만 그것이 그냥 꿈이든, 아님 진짜 부처님이든, 어쨌든 꿈에서의 부처님이 내게 용기를 주었고, 앞으로도 큰 의지가 될 것 같았다.

수술은 잘 마쳤지만 나는 당분간은 일을 할 수가 없었다. 아무리 뻔뻔해도 맨머리로는 다닐 수 없지 않은가. 갑자기 잠정은퇴를 선언한 날 두고 방송국에서는 지방제거를 했다느니, 성형수술을 했다느니, 뇌수술로 기억상실이 됐다느니 말들이 많았다.

그렇게 몇 달을 집에서 요양하던 중 예전에 '인기가요 베스트 50'을 함께 하던 이홍우 PD에게서 연락이 왔다. 연예 정보 프로그램인 '섹션 TV-연예통신'을 같이 해 보지 않겠느냐는 것이었다.

머리카락이 조금씩 자라 스포츠형 정도는 되었지만, 여전히 사람들의 이목을 집중시키는 헤어 스타일이었다. 그러나 나는 연예 정보라는 말에 욕심이 났다. 예전부터 연예 정보 프로그램을 해보고 싶었는데 기회가 오지 않았었다.

'사실 나한테는 연예정보가 딱인데…. 그렇지만 이 머리로 어떻게 나가겠어.'

며칠 밤을 고민에 고민을 하던 끝에 결정을 내렸다. 나는 단발머리

가발을 사 쓰고 MBC로 출근을 했다. 마침 사정을 아는 후배가 준 50만 원 상당의 가발 상품권이 있었다. 가발도 가격에 따라 천차만별이었는데, 역시 비싼 게 다르다고 사람들은 '머리 스타일이 변했네. 얼굴이 좀 부었네' 정도였지 가발인 건 잘 몰라봤다.

그렇게 '섹션 TV'를 시작하게 됐는데, 그때는 한창 더운 여름이었다. 그렇지 않아도 더운데 가발까지 올려놓고 앉아 있으려니 머리에 땀이 차 괴로웠다.

새로 나기 시작한 머리칼들과 머리를 고정하기 위해 씌운 그물망이 엉켜서 머릿속이 화끈거려 견딜 수가 없었다. 며칠을 꾹꾹 참고 가발을 쓰고 다니던 어느 날 나는 회의가 한창 진행되는 도중 가발을 확 벗어버렸다. 회의실 안은 난리가 났다.

그 이후로는 누가 보든 말든 그냥 그러고 다녔다. 내가 새삼스레 사람들에게 예쁘게 보일 일도 없고, 머리가 그렇게 된 게 내 탓도 아니니 엽기적이어도 할 수 없었다.

이제는 시간이 흘러 머리카락도 어깨까지 자랐고, 의사가 말했던 수술 후유증은 없지만, 감기 한 번 앓지 않고 자라 아픈 걸 몰랐던 내게 날벼락처럼 닥쳤던 '피그멘티드 빌로노둘라…'는 내 인생의 또 한 번의 전환점이 되었다.

그 이후로는 어떤 어려운 일이 있어도 그때 일을 떠올리며, '그런 일도 있었는데 우리 가족이 건강하기만 하다면…' 하고 크게 생각하게 된다.

내게 '전세계 17번째'의 체험이 주어진 것은 세상을 좀더 넓고 크게 바라보고 감사하며 살라는 뜻인 것 같다.

잠 못 들고 괴로워하는 내 옆에서 기도하며 간호해 주신 어머님, 애 때문에 몇 번 와보지도 못하고 집에서 애만 태우신 엄마, 그리고 내 앞에선 아무렇지 않은 척, 씩씩한 척하다가 병원 복도에서 울었던 남편…. 모두에게 감사를 드리고, 엄마 말씀대로 다시 태어난 셈이니 그런 일을 겪게 된 것도 감사하며, 앞으로도 더욱 열심히 살아야겠다는 마음이 새삼스럽다.

## S#9 내가 가르쳐 줄 수 있는 건 없다

나를 바라보고 있는 초롱초롱한 눈들. 같은 희망을 품고 도전하고 있는 사람들이 모인 교실은 그렇지 않아도 더운 날씨에 열기로 후끈거렸다.

나는 '버라이어티 구성 실습' 이란 제목의 강의를 하러 와 있었다.

전에도 이런 제의를 몇 번 받았지만 누구를 가르친다는 게 '너무도 민망하여' 사양해 오다가 이제는 나이가 나이니만큼 해도 되겠지 싶어 응했었는데, 역시 '강의' 는 아무나 하는 게 아니었다.

식은땀이 줄줄 나고, 머리까지 아파왔다. 그동안 해온 '짬밥' 이 얼마인데 세 시간 못 떠들겠나 싶었는데, 저들의 엄청난 불타는 의지가 아주 부담스러웠다. 나는 세 시간 강의로 준비해 온 수업내용을 첫 한 시간에 다 끝내버렸다.

쉬는 시간이 되자 초조해 왔다.

'앞으로 두 시간이나 남았는데 뭐 하지? 나는 왜 매사에 이렇게 준비성이 없을까.'

교수실에서 커피를 마시며 태연을 가장하고 있었지만 속으론 애가 탔다. 난 솔직히 이렇게 말하고 싶었다.

96년 '쇼! 뮤직탱크' 녹화 후 MC 터보와 스탭들과 함께. 앞줄(앉은이) 오른쪽에서 두번째가 필자 이승은.

'애들아, 방송은 강의실에서 배우는 게 아니란다.'

2교시 수업에 들어간 나는 이렇게 말했다.

"여러분, 방송작가는 글로 하는 게 아니에요. 말로 하는 겁니다. 그래서 나는 여러분에게 말하는 훈련을 시킬 거예요. 지금부터 나한테 질문을 하세요."

그랬는데 놀랍게도 나는 그 두 시간이 모자랄 만큼 끊임없는 질문공세에 시달렸다.

방송에 관해서라곤 '열의'와 '관심'만 있는 그들이기에 내용은 거의 '불방용'이었지만 아이디어는 정말 놀라웠다. 그리고 그중에는 잘 다듬으면 방송용으로 가능한 '원석'도 있었다.

10년 전 내 모습이 생각났다.

'나도 저렇게 파릇파릇했었는데…. 얘네처럼 무서운 줄 모르고 달려들었었는데….'

쉽게 세 시간 어떻게 폼 잡고 때울 생각을 했던 나는 어느덧 그들에게 매료되어 아이디어 하나하나를 꼼꼼히 검토하고, 생각하고, 왜 안 되는지, 어떻게 하면 재미있게 바꿀 수 있는지 같이 얘기해 주고 있었다. 그러는 새 두 시간이 후딱 지나가 버렸다.

그 즈음 나는 심한 매너리즘에 빠져 있었다. 힘들다는 이유로 '일요일 일요일 밤에'를 그만두고, 힘들 것 같다는 이유로 '목표달성 토요일'도 기획단계에서 도망가고, 방송 시작하고 처음으로 KBS로 자리를 옮겼는데, '슈퍼 TV-일요일은 즐거워'에서도 대충 편한 자리만 찾고 있었다.

그러던 중에 만난 MBC 아카데미 18기생들은 신선한 쇼크였다. 10년 전 '나'를 되돌아보며 다시 한번 생각하게 됐다.

## S#10 2001년 4월 5일

2001년 4월 5일, 나는 방송에 입성한지 만 10년째 되는 기념일을 KBS '뮤직뱅크'의 개편특집으로 맞고 있다. 버라이어티에 목숨 걸고 달려온지 10년. 이제 '섞어찌개' 같은 버라이어티는 정말 두 번 다시 가고 싶지 않다.

대신 나는 쇼에 새로운 매력을 느끼고 있다. 다른 버라이어티나 시트콤, 코미디에 비해서 쇼는 아직 작가의 역할이 확고히 자리잡지 못한 분야다.

전에도 쇼를 해 봤으나 그저 다른 버라이어티 하면서 쉽게 쉽게 갔을 뿐 '나는 쇼 작가다'라는 생각을 해 보지 않았었다.

나는 오늘도 '그래미 상'이나 '브리티시 어워드' 같이 수십억원의 제작비가 왔다갔다 하는 쇼에서나 할 수 있을 만한 황당무계한 아이디어들을 늘어놓고, '뮤직뱅크'의 PD 유찬욱 차장을 졸라대고 있다.

"차장님, 이게 왜 안 돼요? 이거 무조건 해요! 제가 책임질게요. 진짜 멋질 것 같단 말이에요."

그러면 유PD는 땅이 꺼지라고 한숨을 푸우욱 내쉰 후에 이렇게 말한다.

"이작가, 미안해. 이 다음에 꼭 할게. 나도 하고 싶어."

이렇게 PD를 괴롭히며 아직도 방송을 하고 있는 나는 아이러니하게도 한국방송작가협회에 가입하지 않았다. 가입만 하면 대번에 네트료, 재방료, 해외판권비 등이 쏟아져 들어오는데다 미국 가는 비자도 그냥 쉽게 나온다고 하고 의료보험도 된다는데, 자격을 갖추고도 가입을 안 하고 있으니 급기야 협회 측에서 전화가 왔다. 혹시 협회 측에 무슨 억하심정이 있는 게 아닌가 하고.

막대한 손해를 보면서도 내가 작가협회에 가입하지 않은 이유? 다만 나는 묶이고 싶지 않다. 아무리 헤어나려고 애를 써도 그렇게 되지 않는 이 지긋지긋하고 치 떨리는 '방송'. 이 놈의 '방송'에 못박히고 싶지 않다.

그러나 나는 아직도 '방송'을 하고 있다. 당장 때려치운다고 호언장담하지만 아마도 몇 년이 지난 후에도 여전히 하고 있으리라는 불길한 예감이 든다.

방송 10주년을 맞이하여 내 작가 인생을 돌아본다.

2등은 살아남지 못하는 방송작가의 세계. 1등 가까이 가기 위해서 10년을 바쳤는데 이제 와서 제풀에 꺾일 순 없다.

수없이 지샌 밤들, 대리출석과 반성문으로 깎아먹은 학점, 과로와 스트레스로 얻은 귀 뒤의 수술자국, 제대로 봐주지 못한 아이에 대한 엄마로서의 미안함, 이 모든 것을 헛되이 흘려보낼 순 없지 않은가. 그래서 나는 다시 시작하기로 했다.

KBS 박해선 부장님의 말씀대로 '너무 오염되어 다시 돌아갈 수 없다' 라는 말이 맞는지도 모른다.

그렇다면 나는 더욱 오염되어 헤어날 수 없을지도 모르지만 기꺼이 그 길을 계속해서 가기로 했다.

내가 쓴 멘트가 그대로 전파를 타고 흐른다는 짜릿함, 내가 낸 아이디어가 많은 사람에게 즐거움을 줄 때의 뿌듯함, 그 감동을 되새기면서 항상 시작할 때의 그 맘으로, 모든 일을 방송 마인드로 생각하는 그때의 전투태세로 돌아간다.

10년 전, 방송을 꿈꾸며 잠을 설치던 이승은으로.

## 감각이 필요한 곳에 그녀가 있다

이승연 〈탤런트〉

이틀 전에 그녀에게서 전화가 왔다. 평상시와 다름없이 이런저런 수다를 떨다가 곧 나올 책에 실릴 '이승은을 말한다'가 필요하다는 얘길 듣고 겁도 없이 덜컥 '내가 써 줄게' 하고 말았다.

아무 생각 없이 살다가 막상 글을 써야 할 시간이 다가오자 너무너무 후회가 되는 거였다. 때 아니게 고3 학력고사 논술시험을 치르고 있다는 생각이 들면서 다른 책에 실려 있는 '내가 본 그녀'나 '이 책을 펴내면서', 혹은 '머릿말' 따위의 단어들이 머릿속에 왔다갔다 했다.

'글'이란 다만 읽는 것이라고만 생각해왔던 내게 이건 혹한 속 밤샘 촬영보다 더 부담스런 일이다. 이런 끔찍한 숙제를 던져준 '웬수' 이승은을 무지 원망하면서 그녀에 대해 생각해본다.

이승은을 만난 건 92년 봄이었다. 그녀는 '특종 TV연예'의 구성작가였고, 나는 그 프로의 한 코너에 패널로 출연하고 있었다. 만나자마자 우리는 이내 서로의 속을 터놓게 되었고, 그렇게 흉허물 없이 지낸 지 어언 10년, 지금 그녀는 몇 안 되는 나의 참벗 중 하나가 되었다.

나는 모든 일을 그녀와 상의한다. 그렇다고 항상 현명하거나 언제나 정답을 내놓는 것도 아니다. 어떤 땐 머리만 더 복잡하게 만들어 놓기도 한다.

그래도 무슨 일이 생기기만 하면 나는 그녀에게 전화를 한다. 얘기를 하며 이런 저런 수다를 떨고 나면 결론은 없어도 마음은 편해진다.

그녀는 그런 사람이다. 부담이 없다고 느끼다 보면 깍쟁이 같은 구석이 있고, 얄밉다고 느끼다 보면 말도 안 되게 순진하고 천진한 구석이 있는….

그녀는 늘 다이어트를 한다. 새우깡과 까페오레를 입에 물고 살면서 왜 살이 안 빠지는지 모르겠다며 징징댄다. 짜증도 잘 내고, 웃기도 잘 하고, 우울증도 잘 걸리고, 그러다가도 금방 행복해하며 좋고 싫음이 분명한 그녀.

그녀는 한 명의 남편과 한 명의 아들과 함께 산다. 아마 지금 이 시간에도 칭얼대는 고집스런 석환이를 재우며 내일 아침에 해야 할 일들을 생각하고는 엄청 귀찮아하고 있을 것이다.

가장 작가다우면서도 가장 단순하고 평범한 여자, 사람을 무척이나 좋아해서 늘 인간관계에 신경쓰며 살아가는 그녀. 세월이 많이 흐르고, 나이를 많이 먹어도 가장 감각적인 요소를 필요로 하는 곳엔 여전히 그녀가 있을 것이다.

조만간 그녀는 대박을 터뜨리는 방송사고를 칠 거라는 예감이 든다. 그만한 감각과 재능이 있고, 그만큼 주위에 사람들도 많다. 나는 늘 그녀와 함께 일하고 싶어하지만 그녀는 날 따돌리려고만 한다.

너무 친한 사이에는 함께 일하는 게 아니라나. 그렇지만 기회가 만들어지면 나도 그녀와 함께 사고를 치고 싶다. '이 · 승 · 은'이라는 이름의 앞날에 늘 작은 행복과 조용한 웃음이 감돌길 빈다.

# 전 진 실

CHUN JIN SIL

# 회의로 진빼고, 섭외로 목매고

1971년 2월 3일생
영동여자고등학교 졸업
이화여대 사학과 졸업
93년, KBS-TV '청춘 스케치' 대학생 PD로 방송생활 시작.
94년, SBS 쇼 코미디 오락 작가 공채
집필 : MBC 김동건의 텔레비안 나이트,
박상원의 아름다운 TV-얼굴, 사랑의 스튜디오,
섹션 TV-연예 통신. SBS TV 가요 20,
충전 100% 쇼. KMTV 생방송 뮤직 큐.
95년 9월, 방송작가이자 작사가인 박준배와 결혼.
현재 슬하에 강아지 한 마리
그리고 2001년 6월에 첫아기 출산 예정.

## 두 얼굴을 가진 작가

"언니, 이 신문 기사 좀 보세요."

방송국에 출근한 어느 날, 한 후배 작가가 알 수 없는 미소를 띠며 신문을 보라고 펼쳐보였다. 신문기사 내용은 매주 수요일 밤 11시에 방송되고 있는 MBC '섹션 TV-연예 통신'에 관한 내용.

평소 신문에 한 번도 좋다는 기사가 난 적 없는 프로그램이었기에 나는 이날도 별 기대 없이 내용을 대충 훑어내려갔다. 아니나다를까 이번에도 기자는 '섹션 TV-연예 통신'이 별 내용도 없이 연예인들의 신변잡기만 좇아다니는 프로그램이라며 혹평을 하고 있었다.

그러나 나의 눈길을 끈 것은 그런 내용이 아니었다. 기사 마지막에 기자가 일침을 가한 한 마디! 연예인의 생활에 대해 애정을 갖고 따스한 시각으로 바라보는 '아름다운 TV-얼굴' 같은 프로그램을 본받으라는 말에 시선이 머물렀다.

그제서야 나는 후배의 웃음을 이해할 수 있었다. 기자가 도무지 좋은 점이라고는 없는 프로그램이라고 혹평한 '섹션 TV-연예 통신'과 본받아야 할 프로그램이라고 한 '아름다운 TV-얼굴'이 모두 내가 작가로 있는 프로그램이었기 때문이다.

아마도 기자는 그렇게 생각했으리라. 연예인 열애설이라도 터지면 맨 먼저 달려가고, 곤혹스런 인터뷰도 악착같이 뻔뻔스럽게 해내는 '저질' 프로그램과 아름다운 화면에 독특한 인터뷰가 있는 '고급' 프로그램을 한 작가가 할 리는 없다고. 아니면 기자가 프로그램 맨 마지막에 나오는 작가 이름에까지는 신경쓸 겨를이 없었거나, 혹시 봤더라도 동명이인이라고 생각했거나.

어쨌든 이런 기사가 나간 다음 방송국 안에서 내 별명이 하나 생겼다.

'두 얼굴을 가진 작가'.

한 얼굴로 호평과 혹평을 단번에 오가는 작가라고 해서 생긴, 기분 좋지만은 않은 별명이다.

가끔씩 내 자신이 생각해도 내 안에 또다른 내가 살지 않나 하는 의혹이 들 정도로 두 프로그램은 정말 다르다. 구성도 다르고 인터뷰 내용도 다르고 접근방식도 다르고 모든 것이 다르다.

그러나 지금까지 8년 정도 오락 프로그램 작가를 해온 입장에서 보면 '섹션 TV-연예 통신'은 그렇게 오만 가지 욕을 다 먹어도 마땅할 만큼 지독하게 나쁜 프로그램이고, '아름다운 TV-얼굴'은 그렇게 칭찬받아 마땅한 좋은 프로그램이라고 말할 수는 없다.

해마다 여러 단체에서는 '올해 최악의 프로그램'이니 '올해 최고의 프로그램'을 선정해 발표하지만 작가의 입장에서 보면 좋은 프로그램

과 나쁜 프로그램의 분류는 무의미할 뿐이다.

이 세상 어떤 프로그램에서든 배울 것은 있게 마련이고, 재미있거나 유익하다는 기준도 어찌 보면 참으로 개인적인 것이기 때문이다. 한 사람에게 재미있는 것이 다른 이에게는 재미없는 것일 수도 있고, 또 어떤 이에게는 너무나 유익한 프로그램이 다른 이에게는 백해무익한 것일 수도 있다.

방송국에서는 흔히 오락 프로그램의 기준은 초등학교 5학년이라는 말들을 한다. 그만큼 프로그램을 쉽게 만들라는 뜻이다. 내가 알고 있는 한 프로듀서는 이런 말도 했다.

"오락 프로그램을 만들 때는 세상에 아무런 볼거리가 없고 오로지 세상과 통하는 창이 TV 하나뿐인 시골 할머니가 고단한 밭일을 끝내고 집에 돌아와 TV를 보며 즐거워할 수 있는 그런 프로그램을 만들겠다는 각오로 임하라."

물론 좀 과장된 구석이 있기는 하지만 나는 프로그램을 만들면서 가끔씩 그 말을 떠올리고 내가 무의식중에 시청자들에게 무엇을 가르치고자 하는 건 아닐까 스스로 돌아보게 된다.

물론 아는 게 별로 없으니 가르치고 싶어도 가르칠 것도 없지만 나는 매일매일 TV를 보면서 생각한다. 드라마, 쇼, 코미디, 뉴스, 스포츠 중계, 다큐멘터리, 심지어는 일기예보 같은 걸 보면서도 오직 한 가지 생각뿐이다.

좀더 재미있는 건 없을까? 좀더 웃기는 건 없을까?

내가 생각하는 건 늘 재미와 웃음뿐, 그러니 별수 없이 나는 오락 작가다. 초상집처럼 심각한 곳에서도 늘 웃기는 상황만 생각하는 사람, 남들이 안 웃을 때도 이상하게 웃기는 장면만 제일 먼저 눈에 들어오는 사람, 매일 아침 시청률표를 무슨 성적표마냥 받아 쥐고 살아가는 사람.

오락 프로그램 방송작가! 오늘도 그 오락 작가로 살고 있는 내 이야기를 해볼까 한다

## 걸어다니는 '연예인 백과사전'

대학교 4학년 1학기가 되도록 솔직히 나는 취직에 별 관심이 없었다. 그도 그럴 것이 1학년 때는 과팅을 주선합네 이벤트 미팅을 주선합네 하고 딴에는 특이한 미팅을 만들어보겠다고 다른 학교 섭외 다니기 바빴고, 2학년 때는 때아닌 과활동을 한다고 농활을 가니 개강파티를 하니 하면서 바빴고, 3학년 때는 한 달 동안의 동남아 배낭여행에 이어 개강 날짜까지 넘겨가면서 두 달 동안 유럽 배낭여행을 다닐 경비를 모으느라 학기 내내 죽기 살기로 아르바이트를 네 개 이상 하느라고 바빴으니 내 성적은 알 만할밖에….

도저히 그 성적으로는 어디 서류 하나 내볼 만한 데도 없는 처지였다. 오죽하면 내가 어느 날부터 영어 독해책이니 단어책을 들고 다니자 과 친구들이 심각한 얼굴로 물어보기까지 했을까?

"너 그거 그냥 취미로 해보는 거지?"

그러나 그 시절 아무도 몰랐던 사실이 하나 있었다. 아니, 어쩌면 나 자신도 까마득히 잊고 있었던 사실이었다.

바로 어린 시절부터 나의 꿈은 작가였다는 사실. 비록 노벨 문학상을 받는 시인에서 소설가로, 거기서 다시 아동문학가로, 시나리오 작가로, 카피라이터로 끝간 데를 모르고 이리저리 목표가 바뀌긴 했지만 변하

지 않았던 생각 하나는 글로써 먹고 살 일을 해야겠다는 것이었다.

왜 내가 콧물 질질 흘리던 어린 시절부터 꿈도 야무지게 노벨 문학상을 꿈꿨느냐? 결론은 두 가지.

우리 엄마가 당시로는 거금을 투자해서 눈 딱 감고 할부로 사준 세계문학전집 50권을 내가 학교도 들어가기 전에 독파했다는 사실과 내가 시도 때도 없이 동시랍시고 괴발개발 몇 글자 끄적인 걸 엄마가 감동해서 주변사람에게 자랑한 결과 나는 어느새 글솜씨가 있는 아이로 찍히기 시작했고, 나는 이런 주변의 기대에 부응하고자 더 열심히 문학수업에 몰두한 것 같다는 사실이다.

사실 초등학교 시절 누가 문학에 관심이나 뒀겠는가? 그저 남자애들은 어울려 다니며 축구나 야구하기 바빴고, 여자애들은 고무줄놀이에 열을 내던 그 시절에.

나는 열성적인 엄마 앞에서 매일 글을 쓰고 노래를 하며 나만의 놀이에 심취해 있었다.

아무튼 이런 나날이 계속되면서 내가 학교 백일장에서 상을 받아오는 게 무슨 월례행사처럼 되었고, 나는 자연스럽게 장래희망란에 작가라는 두 글자를 박아넣었다.

그러나 점점 머리가 커가며 나는 알게 되었다. 문학이라는 게 무슨 암기과목처럼 그저 열심 하나로 밀어붙여서 승부가 나는 분야가 아니라는 걸, 특별한 재능이 있는 사람들만이 향유하는 참으로 어렵고 고독한 예술이라는 걸.

그렇지만 주위사람들은 그저 어른들이 쓰는 단어를 잘도 써대는 조숙한 계집애인 내가 작가 아니면 작가 언저리라도 갈 것이라고 기대를 했고 나는 그 기대를 차마 저버릴 수 없어 계속해서 시인, 소설가, 아동문학가, 시나리오 작가 등으로 방황하고 있었다.

친구로부터 영어공부를 취미로 하느냐는 이야기를 들은 날, 나는 심각한 고민에 빠졌다. 과연 나는 뭘 해야 하나?

순간 내 머릿속을 비집고 들어온 두 가지 직업이 있었으니 바로 방송작가와 카피라이터! 두 직업 모두 여성들이 선호하는 직업이었고, 괜히 폼도 나보였고, 무엇보다도 글과 연관되는 직업이란 것이 맘에 들었다.

뒤이어 다가오는 양자택일의 순간, 바야흐로 내 인생의 '인생극장' 순간이 도래했다. 방송작가냐, 카피라이터냐? 나는 누가 시켜준다는 사람도 없는데 혼자서 이 둘 중에 뭘 해야 하나 행복한 고민에 빠지기 시작했다.

방송작가와 카피라이터. 대충 두 가지 일에 대해서 책을 통해 피상적이나마 알고 있었지만 특히나 나의 찬란했던 아르바이트 경험상 광고회사 사정은 좀 알고 있는 편이었다.

우선은 정보수집부터 들어갔다. 일단 보수는 카피라이터 쪽이 좀 세보였고 일의 강도에 있어서는 방송작가 쪽이 좀 약해보였다. 아무래도 카피라이터의 시작은 광고회사에 취직하는 것부터이니 한 명의 카피라이터가 되기 이전에 조직의 일원이 되어야 했고, 무엇보다도 카피라이터는 공채를 통해 선발하는 경우가 많다는 것이었다.

반면 방송작가는 시험이라는 게 아예 없는 편이었고, 안정성은 없지만 하고 싶을 때는 일하고 놀고 싶으면 그냥 죽 놀아도 되는 그야말로 '내 맘대로' 일자리였다. 물론 지금 와서는 그게 다 새빨간 거짓말이라는 걸 알게 되었지만.

더군다나 방송작가 쪽은 내게 비빌 언덕도 있었다. 바로 사촌오빠가 KBS 프로듀서로 있었던 것. 야호! 갑자기 내 인생에 한줄기 빛이 보이는 것 같았다.

쇠뿔도 단김에 빼라고 당장 사촌오빠에게 전화를 걸었다.

"오빠, 안녕하세요? 저 진실이요… 제가 이제 졸업반이잖아요… 저 원래부터 방송작가에 관심이 있어서요…(관심이 있기는 무슨, 조금 전에 결정한 거면서) 으흥, 그래서 혹시 일자리 있으면 알아봐주세요… 아르바이트도 좋구요… 아빠 엄마도 꼭 부탁한다고… 네네, 오빠네도 별일 없으시죠?"

이렇게 나의 의지를 방송국측에 '통보' 한 다음 나는 또 취미삼아 영어 독해책을 뒤적이는 신세가 되었다. 그러던 어느 날 사촌오빠에게서 연락이 왔다.

KBS에 '청춘 스케치' 라는 대학생 프로그램이 있는데 거기서 대학생 PD라는 걸 뽑는다고 하니 한번 원서를 내보라고 말이다.

그렇게 해서 나의 작가생활은 시작되었다.

이런 얘기를 들으면 이렇게 생각하는 사람이 있을지 모르겠다.

'아니, 이 사람 진짜 오다가다 그냥 작가 된 케이스 아냐? 뭐 미리 준비한 것도 없이, 뭐 이렇게 싱겁게 시작한 거야? 작가들은 다 이런가?'

오, 노! 물론 내가 조금은 즉흥적으로 작가를 시작하게 된 건 사실이다. 그러나 방송작가를 시작하고 나서 나는 깨닫게 되었다. 내가 실로 오랜 세월을 작가가 되기 위해 많은 준비를 해왔다는 사실을.

그것은 바로 내가 누구보다도 TV를 좋아했고, TV를 많이 시청했고, 연예인을 좋아한다는 점이다.

사실 많은 사람들이 크게 착각하는 부분이 하나 있다. 방송작가는 정말로 글 하나로 승부를 해서 골방에서 고뇌하며 원고지를 붙잡고 주옥 같은 문장을 뽑아내기 위해 고심할 것이라는 착각. 그러나 실은 방송작가에게 요구되는 것, 특히나 오락 작가에게 요구되는 것은 유려한 문장력이 아니라 순간에 반짝이는 아이디어, 유행을 읽어내는 감각,

TV에 대한 무한한 관심 등이다. 여기에 문장력까지 있다면 그야말로 금상첨화!

그런 면에서 어린 시절 만화영화부터 시작해서 각종 드라마는 물론 심지어 방송 끝날 때 '애국가'까지 너무너무 재미있게 시청했던 나는 매일매일 각종 수험서를 탐독한 것과 다름없는 효과를 얻은 셈이었다.

게다가 나는 이상하게도 수학공식이나 영어단어 외우는 데는 상당한 시간을 투자해도 신통치 않음에도 불구하고, 어느 연예인이 어느 프로그램으로 데뷔했고, 어떤 학교를 나왔으며, 본명은 무엇인지, 누구랑 사귀었는지 등은 한 번 듣거나 읽기만 해도 머리에 또렷이 기억되어 언제든 반복 재생이 되는 재주가 있었다.

정말로 방송작가가 되지 않았으면 천하에 쓰잘데 없는 잡학 상식 쪼가리일 수밖에 없는 이런 기억들이 나를 똘망똘망한 작가로 만들어주었다.

예를 들어 회의석상에서 누가 '그레이트 마징가' 주제가를 물어보면 주절주절 노래 가사를 막힘 없이 외우고, '그 연예인 본명이 뭐더라?' 하면 기다렸다는 듯이 '아무개' 하고 이름을 대는 것이다.

아무튼 이런 하찮아 보이는 나의 연예 상식들은 때를 기다렸다는 듯 슬금슬금 기어나와 자기들끼리 짝을 지어 아이디어를 만들기도 하고, 막혔던 회의를 술술 돌아가게 하는 힘이 되었다.

그래서 나는 요즘도 작가 지망생을 만날 때면 거듭 강조하곤 한다. 무조건 TV를 많이 봐라. 무조건 많은 경험을 쌓아라. 잡지를 볼 때 연예인의 신변잡기 기사를 보면서 한심하다는 생각이 들면 오락 작가보다는 다른 일을 찾는 게 좋다.

아직도 김민희 김효진 신민아 양미라를 구별 못하면 오락 작가가 될 생각을 말아라.

## '시골 아가씨' 여의도 방송국에 가다

93년 5월 마지막 주 어느 날, 드디어 나는 콩콩 뛰는 가슴을 안고 여의도행 버스에 몸을 실었다. 한 손에는 KBS '청춘 스케치' 모니터 종이를 꼭 쥐고서.

'청춘 스케치' 대학생 PD 모집에 응모하러 가는 것이다.

일단 그 프로그램을 보고 느낀 감상문을 방송국에 내면 간단한 면접을 볼 것이라는 오빠의 말에 나는 문제의 '청춘 스케치'를 열심히 봤다.

당시 그 프로그램은 탤런트 김정균이 진행을 맡고 있었는데 대학생들이 직접 취재도 하고 연기도 하는 재미난 프로그램이었다. 모니터라는 것도 태어나서 처음 해보는 나는 그저 내 생각대로 이렇게 하면 더 재미있겠다, 이런 점은 좀 어색하다 등을 죽 적어 내려갔다.

그리고 운명의 그날, 예뻐 보이려고 최고로 짧은 치마에 빨간 티셔츠를 차려입고 높은 구두를 신고 방송국으로 향했다.

사실 여의도라고는 초등학교 때 단체로 방송국 견학 가본 경험밖에 없는 나에게 그곳은 완전히 다른 세상이었다. KBS라는 표지판을 보고 버스에서 내렸건만 도무지 방송국은 보이지 않는 것이었다. 당당히 손을 뻗어 택시를 잡아탔다.

"아저씨, KBS 가주세요."

그러자 기사 아저씨가 고개를 돌려 나를 쳐다보며 한마디 했다.

"아가씨, 시골에서 왔나부지?"

"아닌데요, 왜 그러세요?"

"그럼, 학교를 시골에서 나왔나?"

"아니, 왜요?"

이 말이 채 끝나기도 전에 나는 아저씨가 왜 그렇게 물어봤는지 알 수 있었다. KBS는 내가 택시를 잡은 버스 정류장에서 채 100미터도 떨어지지 않은 거리에 떡하니 자리를 잡고 있었던 것이다. 아, 이 망신! 눈앞에 있는 방송국을 보고도 못 알아보다니. 그러나 매정한 기사 아저씨는 택시 요금을 받자 휑하니 사라져버렸다.

처음 여의도에 오자마자 기가 조금 죽어버린 나는 약간 풀죽은 얼굴로 빼꼼히 '청춘 스케치' 사무실 문을 열었다. 방 안에는 담당 PD와 작가가 모여있었다.

"저, 청춘 스케치 대학생 PD 뽑는다고 해서 왔는데요."

"어, 그건 어제 다 마감했는데."

"죄송해요, 제가 소식을 늦게 들어서…. 그래도 한번만 봐주세요."

담당 PD는 내가 쓴 모니터를 대충 읽어본 후 이것저것 질문을 던졌다. 프로그램의 어떤 코너가 제일 재미있었나? 어떤 부분이 제일 지루했나? 어떤 코너를 만들면 좋겠는가? 프로그램의 가장 큰 문제가 뭐라고 생각하나? 방송작가로서 면접에 들어가면 당연히 받는 질문들이었지만 나는 한 문제 한 문제가 너무나 어려운 질문으로 여겨졌다.

한참 동안 내가 무슨 말을 했는지도 모르게 얘기를 하다보니 담당 PD가 빙그레 웃으면서 왜 오늘은 학교에 가지 않았냐고 물었다.

축제 기간이라서 수업이 별로 없다고 대답했더니 담당 PD가 무릎을 탁 치며 안 그래도 오늘 이화여대 축제에 촬영을 나간다며 조연출과 함께 나가서 촬영을 도와주라고 했다. 그것이 대학생 PD로 통과되었다는 이야긴지 오늘 나가보고 결정하겠다는 이야긴지 몰랐지만 아무튼 나는 면접 간 날 첫 촬영을 나가는 행운을 잡게 되었다.

담당 조연출, 진행, 카메라 감독 그리고 당시 주목받던 탤런트 음정희와 함께 축제가 한창이던 우리 학교, 이화여대에 갔다. 촬영 내용은 축제에 참여한 대학생들의 모습을 스케치하고 인터뷰하는 것.

나는 학교에 들어서자마자 눈코뜰새 없이 움직였다. 인터뷰할 대상을 섭외하고, 때로는 내가 인터뷰 대상이 되고, 촬영하기 좋은 장소를 찾아내고, 발바닥에 불이 나도록 뛰어다녔다.

그런데 바로 이때, 생애 최초로 나간 촬영장에서 내가 최초의 대본을 써야 하는 상황이 발생했다. 미리 준비해 온 대본이 현장 사정과 달라서 현장에서 대본을 수정해야 하는 상황이 발생한 것이다.

조연출은 잠시 고민하더니 음정희에게 알아서 즉석 멘트, 즉 애드립으로 처리하라고 요구했다. 그러나 당황한 것은 음정희도 마찬가지, 연기만 해오다가 리포터 역할은 처음 맡은 그녀에게 알아서 멘트를 하라는 것은 무리한 요구였던 것. 결국 사람들의 시선은 자연스럽게 내 쪽으로 향했다.

나는 학교 운동장 구석에서 종이와 펜을 꺼내들고 즉석에서 글을 끄적이기 시작했다. 물론 그때 나는 대본의 형식이 어떠해야 하는지, 어떻게 시작해야 하는지 알 리 없었다. 그저 지금껏 TV에서 보아온 대로 내가 하고 싶은 말을 써내려갔다. 어떻게 글을 써내려갔는지 정신없이 종이 한 장을 채웠다. 잠시 후 내 대본을 본 조연출은 고개를 끄덕였다.

"안녕하세요. 여기는 축제가 한창인 이화여대 교정입니다. 축제 하면 여러분은 어떤 게 제일 먼저 생각나세요?"

방송국이 여의도 어디에 붙었는지도 모르고 찾아나선 길, 방송국을 간 첫날 얼떨결에 따라 나가게 된 촬영장, 그곳에서 나는 나의 첫 대본을 썼고, 나의 첫 대본은 그렇게 방송 전파를 타게 되었다.

그날밤 나는 가슴이 너무 벅차서 잠이 오지 않았다. 방송작가의 생활이란 것, 비록 반나절 촬영을 갔다온 것이 전부였지만 내가 쓴 글이 방송이 된다는 게 너무 신기했고 아이디어를 짜내던 과정, 현장에서 이리저리 섭외하던 과정까지 모든 게 너무나 즐겁고 재미있게 느껴졌다.

"그래, 바로 이거야! 나는 방송을 해야 돼!"

93년 5월의 어느 날 밤 그렇게 또 한 명의 방송작가가 탄생했다.

## 작가가 리포터보다 오래 버틸 것 같아서

내가 대학생 PD로 뽑혔던 프로그램 '청춘 스케치', 거기에는 나보다 먼저 뽑힌 대학생 PD가 여러 명 있었다. 현재까지 작가로 활동하고 있는 장영란, 김태은, KMTV 등에서 VJ로 활약하는 박강혜, 대학가요제에서 금상을 받은 김성수, 연기를 잘했던 이재학, 증권회사에 다니고 있는 권용범, 리포터로 활동했던 김태연, 이렇게 나까지 포함해서 8명이 대학생 PD라는 이름으로 프로그램 제작에 참여했다.

대학생 PD 일은 정말 다양했다. 그야말로 프로그램의 처음부터 끝까지 다 참여한다고 해도 과언이 아니었다.

일단 어떤 코너를 만들지 아이디어 회의를 하고, 아이디어가 채택이 되면 각자 맡은 학교에 가서 취재도 하고 설문조사도 한 다음 그걸 토대로 대본을 썼다. 대본이 완성되면 PD와 함께 촬영을 따라나가서 현장에서 학생 섭외도 하고, 직접 출연도 하고, 스튜디오 녹화에는 모두 출연해서 함께 노래도 하고 코미디 연기도 하고 토론도 하고, 때로는 방청객이 되기도 하면서 그야말로 우리끼리 북치고 장구치는 식이었다.

지금 생각해 보면 어떻게 그런 걸 다 했을까 싶기도 하지만 당시에

대학생PD 시절(앞줄 왼쪽에서 두번째, 대학교 4학년 때). 당시 인기 있던 그룹 잉크와 함께.

는 무슨 일이든 모두 새롭고 신기했기 때문에 하루하루가 너무 즐거웠다. 게다가 그때는 미처 몰랐지만 대학생 PD 활동은 방송 메커니즘 전체를 파악하는 데 큰 도움이 되었다.

방송은 수많은 사람들이 함께 만들어가는 공동작품이다. 그 안에는 연출을 하는 사람이 있는가 하면 작가도 있고, 촬영을 하는 사람이 있고, 편집을 맡은 사람이 있고, 소품을 챙기는 사람이 있고, 음악만 담당하는 사람도 있다. 작가랍시고 골방에서 조용히 대본만 써서 넘겨준다면 절대로 방송이 완성되는 과정을 이해할 수 없다.

작가 초년병 시절 딱 한 달 아니 일주일이라도 회의하고 섭외하고 촬영하고 편집하는 것을 보고 직접 출연까지 해보고 나면 어떤 유명한 작가교육원에서 1년 동안 배운 것 이상으로 방송에 대해 많은 것을 알 수 있다. 그러나 그런 기회가 어디 흔한가? 작가로 방송국에 들어가도 촬영하고 편집하고 심지어 출연까지 해보는 기회를 얻기란 현실적으로 어렵다.

그런 면에서 나는 무척이나 행운아였다. 남들은 수백만 원 들여서 다니는 작가교육원에 나가지 않고도 6개월 동안 방송의 A부터 Z까지를 꼼꼼히 몸으로 체험하며 배울 수 있었고 게다가 돈까지 받았으니 말이다.

당시 '청춘 스케치'에는 대학생 PD와 또다른 대학생 집단이 존재했으니 그게 바로 코미디 외인극단. 서울예대 학생들을 중심으로 모인 개그맨 지망생 모임으로 '청춘 스케치'에 매주 출연해서 콩트 하나를 하는 팀이었다.

외인극단 학생들은 방송에 대한 의지가 대학생 PD보다 훨씬 강했다. 대학생 PD가 졸업하고 방송을 계속하겠다는 의지를 갖고 있다기보다는 그저 방송에 관심이 좀 있고 방송을 좋아하는 수준이었다면 외인극단 모임은 전문 개그맨을 꿈꾸는 사람들이었기 때문에 매일 방송국에 나와서 연일 아이디어 회의를 하고, 밤샘 연습도 자주 했다.

그중에서 가장 인상적이었던 사람은 개그우먼 조혜련. 당시 한양대 연극영화과 학생이었는데 내가 봐도 외인극단 사람들 중에 연기도 제일 잘 하고, 노력도 많이 하고, 실제로 웃기기도 많이 웃겼다.

조혜련을 더욱 인상 깊게 생각하는 건 내가 어설프게 코믹 연기를 하다가 그녀에게 혼쭐이 났기 때문이다. 몇 명 안 되는 외인극단으로 콩트를 만들다 보니 사람이 부족할 때는 대학생 PD들이 단역으로 출연하는 일이 종종 있었다.

당시 내가 맡았던 역할은 부모님한테 끌려와서 혼나는 대학생 역이었다. 외인극단 연습실에서 함께 연습을 하고 있었는데 연기력이 부족한 나에게 코믹 연기는 아무래도 무리였다. 아무리 진지하게 역할에 몰입하려고 해도 어색하고 쑥스러워서 몸이 움츠러들었다. 내가 자꾸

만 실수를 해서 콩트가 자주 중단되었다.

바로 그때 조혜련이 내 앞으로 다가오더니 낮은 목소리로 이렇게 한마디 했다.

"야, 너 똑바로 해! 너가 쑥스러워하면 아무도 안 웃어. 자신있게 해야지 사람들이 불안해하지 않고 편안하게 웃을 수 있는 거야. 우리 다 밤새고 열심히 연습했는데 너가 잘못해서 다 망치면 좋겠어?"

순간 나는 쥐구멍이라도 있으면 숨고 싶었다. 연기를 잘 못해서가 아니라 몇 주 방송했다고 방송을 좀 만만하게 생각한 나 자신이 너무 부끄러웠기 때문이었다.

나와 동갑인 조혜련은 저렇게 당당하게 프로 정신을 갖고 일을 챙기는데 난 그렇지 못한 것 같아서 부끄러웠다. 늘 제일 마지막까지 연습실에 남아서 연습을 하던 조혜련. 틈만 나면 외국 코미디언들의 연기를 보면서 흉내를 내보던 그녀는 나의 머릿속에 강한 인상을 남겼고, 훗날 더 큰 인연으로 이어졌다.

대학생 PD가 된 지 4개월쯤 지났을까, 담당 PD와 작가들이 나를 불렀다. 새로운 코너를 하나 만들기로 했는데 그걸 진행하라는 것이었다. 그 코너는 각 대학교의 소식을 VJ(비디오 자키) 형식으로 진행하는 것이었다.

아직 케이블 TV나 음악 채널이 없던 시절, 백 그라운드로 화면을 보여주면서 뉴스를 소개하는 것은 다소 파격적인 형식이었다. 더군다나 코너 내용도 내가 직접 써서 정리하는 것이었다. 다른 대학생 PD들의 도움을 받아 뉴스를 수집하고 자료화면을 정리하고 대본을 썼다.

드디어 녹화 당일날, 방청석을 가득 메운 내 또래 방청객 앞으로 나갔다.

사람들이 웅성거리기 시작했다. 도대체 저 여자애가 왜 나왔는지 궁금해하는 눈치였다. 드디어 무대 위에는 일기예보할 때 쓰는 파란색 판인 크로마키판이 내려오고(이 판 앞에서 내가 이야기를 하면 나중에 편집할 때 그 판에다가 화면을 씌워서 내가 마치 그 그림 앞에서 이야기하는 것처럼 된다), 카메라에 불이 들어오고 조연출의 큐 사인에 맞춰 내가 주절주절 뉴스를 말하기 시작했다.

A4 용지 한 장 가득 빽빽하게 씌어진 대본을 프롬프터도 없이 마구 떠들어대자 웅성대던 방청객은 쥐죽은 듯 조용해졌다. 어떻게 됐을까? 잘한 걸까? 등으로는 식은땀이 흘러내렸다. 담당 PD가 마이크를 들고 내게 한 마디 했다.

"잘했어…. 근데 이번에는 좀 천천히 해볼까?"

평소에도 말 빨리 하고 목소리 크기로 소문난 나는 방송에서는 천천히 또박또박 말해야 한다는 사실을 잊어버리고 따발총처럼 대본을 읽어내려간 것이다. 결국 3분은 좋이 넘을 코너가 내가 하는 바람에 1분짜리가 되어버린 것.

두 번째는 정신을 가다듬고 천천히 천천히 뉴스를 전했다. 결과는 대만족. 한 번 하고 없어지면 어떡하나 했던 그 코너는 결국 프로그램이 끝날 때까지 인기를 누리며 계속됐다. 덕분에 나는 작가로, VJ로 일인 이역을 하며 방송 첫 학기를 보냈다.

프로그램이 끝날 즈음 담당 PD는 나에게 조용히 이렇게 물었다.

"너 앞으로 진짜 하고 싶은 게 뭐니? 작가니? 아니면 리포터니?"

나는 잠시의 망설임도 없이 대답했다.

"작가요."

"리포터도 잘 할 것 같은데…."

"작가를 더 잘 할 거예요."

물론 지금 내 얼굴을 본 사람들은 도무지 내가 예전에 리포터도 하

고 방송 출연도 했었다는 말을 믿지 못하지만 지금으로부터 9년 전엔 나도 나름대로 개성있는 외모였다(아, 비참하다! 이런 식으로까지 합리화를 해야 하나…).

아무튼 리포터와 작가, 그리고 대학생 PD라는 다양한 직업으로 시작한 나의 방송일은 이렇게 첫번째 단추가 채워졌다. 그뒤로 내가 다시는 리포터를 하지 않았냐구? 물론 그건 아니다. 작가 초창기 시절, 작가 수입만으로는 체면유지가 어려울 때 케이블 TV 같은 데서 야금야금 몰래 리포터를 했다.

근데 요즘은 왜 안 하냐구? 이상하게도 그 이후로 점차 섭외가 안 들어온다. 늙어서일까? 아니면 아줌마여서? 확실히 그때 리포터보다는 작가를 선택한 게 잘한 것 같다. 작가는 얼굴이 좀 안 예뻐도, 아줌마라도 확실히 오래 버틸 수 있으니까.

## 녹화장에서도 발벗고 뛰어다니던 작가 선배들

'청춘 스케치' 이후 나에게 작가를 할 것이냐 리포터를 할 것이냐 물어봤던 프로듀서는 나의 결심을 어여쁘게 보았는지 나를 '유쾌한 청문회' 라는 프로그램의 막내 작가로 불러주었다.

'유쾌한 청문회' 는 그때 처음 생긴 프로그램으로 매주 50명의 각계각층 사람을 모아놓고 여러가지 설문을 던져서 각자 버튼을 누르면 전광판에 '예스' 라고 대답한 사람들의 숫자가 찍히면서 이야기를 풀어나가는 프로그램이었다. 진행은 임성훈씨가 하고, 매주 패널로 연예인 두세 명이 출연했다.

나중에야 알았지만 이 프로그램은 일본에서 비슷한 포맷으로 제작되어 대성공을 거두었다. 물론 내용의 차이는 있었다. 일본에서 출연했던 사람들은 게이 50명, 나이트클럽에 매일 오는 여성 50명, 스모선수 50명, 모델 50명, 국제결혼한 남녀 50명, 게이샤 50명 등 독하디 독한 아이템으로 승부를 걸었다.

던지는 질문도 첫경험을 15살 이전에 했다, 남의 가정을 파탄에 빠뜨린 적이 있다(게이샤들에게), 뭐 이런 정도의 살벌하기 그지없는 것들이었다. 당연히 우리 방송 실정에 맞을 리가 없었다.

일본 프로그램 이야기가 나왔으니 말인데 우리 방송에 고질적인 문제로 떠오르는 것이 일본 프로그램 표절에 관한 이야기다. 심지어는 우스갯소리로 이런 말도 한다.

"우리나라 TV가 재미없는 것은 일본 방송국 프로듀서들이 열심히 일하지 않기 때문이다."

사실 하늘 아래 완전히 새로운 것이란 있을 수 없다. 방송을 하는 사람이라면 늘 다른 나라 방송에서는 어떤 프로그램을 하는지, 어떤 식으로 이야기를 풀어가는지, 그곳에서는 어떤 것들이 유행인지 관심을 가져야 하는 것이 당연하다. 그렇기에 미국 프로그램도 보고 일본 프로그램도 보고 때로는 유럽 프로그램도 본다.

그런데 미국, 일본, 유럽 프로그램 중 어떤 게 제일 재밌느냐? 그건 당연히 일본 프로그램이다. 일본이 프로그램을 세계에서 제일 잘 만든다는 이야기가 아니다. 일본이 우리나라 방송국과 제작 여건이 가장 비슷하기 때문이다. 미국이란 나라는 워낙 땅덩어리가 커서 스케일도 크고 프로그램 제작 여건이나 연예인 수준도 우리나라와 너무너무 다르다. 국민정서도 그만큼 다르기에 미국 프로그램은 아무리 잘 베껴도 대박을 내기가 힘들다.

일본은 어떤가? 차이는 있지만 우리와 가장 흡사한 방송 여건과 분위기에 연예인들도 그렇다. 그렇기에 아무래도 많은 방송 관계자들이 일본 프로그램을 참고하게 되는 것이다.

그렇지만 아무런 창작 의욕이나 아이디어 없이 그저 일본 테이프 하나만으로 프로그램을 복제 생산하는 것은 확실히 문제가 있다. 대사도 똑같고, 세트도 똑같고, 타이틀 그림도 똑같고, 화면에 박히는 글자도 똑같고, 심지어 MC가 입고 나오는 옷까지 똑같다면 문제가 아닐 수 없다. 그런 건 문화사대주의니 저질 문화 유입이니 하는 문제를 떠나서 자존심의 문제다.

아이디어를 차용하더라도 더 발전시켜서 우리 실정에 맞게 토착화하는 프로그램도 얼마든지 있다. '생방송 퀴즈가 좋다'는 미국 퀴즈 프로그램을 토대로 했지만 상금의 반을 불우이웃 돕기 성금으로 내는 독특한 자선 프로그램이 되었고, 'TV는 사랑을 싣고'도 일본 프로그램이 모체였지만 사람간의 끈끈한 정을 소중히 여기는 우리나라 사람들의 심리를 강하게 자극하면서 우리나라의 특성을 살린 대표 프로그램으로 성장, 급기야는 일본에 포맷을 역수출하는 일까지 생겼다.

얘기가 옆길로 한참 샜지만 아무튼 일본 유사 프로그램의 영향을 받은 '유쾌한 청문회'에는 선배 작가 언니 두 명과 나, 그리고 나와 같은 시기에 작가를 시작한 나이 많은 오빠 한 사람, 이렇게 네 명의 작가가 프로그램을 만들어갔다.

이 프로그램에서 가장 큰 일은 섭외와 출연자 인터뷰. 다행히 섭외는 섭외만을 전문으로 해주는 회사가 뛰어주어서 별 문제가 없었지만 매주 50명의 출연자를 만나 일일이 이야기를 들어보고 재미난 에피소드를 뽑는 일은 결코 쉽지 않았다.

'유쾌한 청문회' 제1회 아이템은 대머리 50명. 30대 대머리 총각에서부터 70대 대머리 할아버지까지 50명의 반짝이 아저씨들을 만났다. 나보다 나이도 한참 많은 아버지 같은 사람들에게 '머리는 언제부터 빠졌느냐?' '일상생활에 제일 불편한 점은 뭐냐?' '얼마가 든다면 이식수술을 받겠느냐?' 등의 질문을 하고 솔직한 대답을 듣는 일은 재미있으면서도 곤란한 적이 한두 번이 아니었다.

드디어 녹화 당일 스튜디오에는 50명의 대머리 아저씨들이 가득 찼고, 따로 조명이 필요 없을 만큼 스튜디오 안은 유난히 밝게 빛났다.

이후로도 나는 매주 각계각층의 50명을 만났는데 대충 기억나는 사람들만 떠올려봐도 여자 모델 50명, 농구 선수 50명, 코미디언 50명, 역술인 50명, 무당 50명, 백댄서 50명, 구두닦이 50명, 철가방 50명, 프로야구 선수 50명, 여행사 가이드 50명, 신혼부부 50명, 치어리더 50명, 스턴트맨 50명 등등이었다.

매주 50명의 사람을 만나 이야기를 듣다 보면 때로는 지겹다는 생각도 들었지만 한 명 한 명을 통해 다양한 세계를 알 수 있었다.

여자 모델들이 15초 정도면 어떤 옷이든 갈아입을 수 있다거나, 농구선수들이 경기 하면서 상대 선수가 점프를 못하도록 야비하게 몰래 유니폼 바지를 잡는 반칙을 한다거나, 경기 하면서 '어제 미팅했다며?' '너 오늘 얼굴이 왜 그러냐?' 등의 사소한 수다를 떤다는 사실을 알았다.

또 무당들끼리는 서로 얼굴만 척 봐도 저 사람 무당이다 아니다를 짚어낼 수 있고, 철가방들이 제일 싫어하는 게 배달갔을 때 사납게 으르렁거리는 개이며, 또 제일 귀찮아하는 게 '자장면 가져올 때 담배 좀 사오라'는 손님들이라는 사실. 또 여행사 가이드들이 제일 힘들어하는 고객이 '이것저것 질문을 많이 하는 교사 단체 여행객'이며, 스턴트맨들은 모두 다 액션 배우로서의 성공을 꿈꾼다는 사실도 새로 알

왔다.

정말 세상에는 많고 많은 사람들이 있었고, 그들만의 고충과 재미난 이야기도 많았다. 어쩌면 내 평생 한 번도 만나보지 못할 운명이었던 사람을 한꺼번에 50명씩 만나게 된 것이었다.

'유쾌한 청문회' 는 프로그램으로서 그다지 크게 성공하지 못하고 6개월 만에 막을 내렸지만 나에게는 참으로 많은 경험을 제공한 고마운 프로그램이었다.

'유쾌한 청문회' 를 하면서 배운 것 중 또 하나는 작가의 자세.

당시만 해도 방송국에서조차 원고를 컴퓨터로 쓰는 것이 일반화되지 않아서 방송작가들은 으레 밑에 자신의 이름이 박힌 원고지를 맞춰서 거기에 글을 쓰는 것이 일반적이었다.

당시 함께 일하던 선배 언니인 서인동 작가와 강시현 작가는 모두 이렇게 자신의 이름이 박힌 원고지를 갖고 있었는데 햇병아리인 나로서는 그런 원고지가 너무 부러웠다. 그래서 나도 질문이나 예고를 쓸 때면 언니들한테 원고지를 몇 장 빌려서 글을 쓰곤 했다. 그리곤 언젠가 나도 큰 작가가 되면 내 이름이 새겨진 원고지를 맞춰서 글을 써야겠다고 결심했다.

그러나 이런 나의 결심은 급격한 방송 환경 변화에 허무하게 무너지고 말았다. 93~94년을 기점으로 갑자기 방송용 원고들이 하나 둘씩 컴퓨터 원고로 바뀌었고, 매니저들이 홍보용으로 돌리던 카세트 테이프도 CD로 바뀌고 말았다. 당연히 이름을 새긴 원고지도 자취를 감추었고.

아무튼 내가 부러워하는 자기 이름 새긴 원고지를 갖고 있던 이 두 선배 작가는 일하는 모습을 통해 많은 것을 가르쳐주었다. 특히나 녹화장에서 두 언니는 이야기가 대본 방향대로 진행되지 않으면 바닥에 큰 글씨로 뚝딱뚝딱 내용을 적어서 들어 보여주고, 출연자들이 말을 잘 못하면 카메라 옆에서 입을 크게 벌리고 손을 하늘 높이 쳐들어 휘저으면서 내용을 설명해 주는 등 평소의 우아한 모습과는 달리 녹화장에만 들어가면 상당히 전투적으로 변했다.

사실 이런 모습은 요즘 방송가에서는 찾아보기 어려운 모습이 되어버렸다. 요즘 방송작가를 하겠다고 찾아오는 후배들은 대개가 작가의 업무를 우아하기 그지없는 일로 착각한다. 커피 마시고 웃으면서 재미있게 회의하고, 노트북 컴퓨터 척 펼쳐놓고 대본 쓰고, 녹화장에서는 팔짱끼고 앉아서 녹화하는 모습 지켜보고, 뛰거나 땅바닥에 무릎을 꿇는 일은 상상조차 하지 못한다.

방송작가가 꼭 무릎 툭 튀어나온 청바지 차림으로 여기저기 뛰어다니고 생각났다 싶으면 어디에서든 퍼질러 앉아 글을 쓰고 이렇게 해서 스스로 스타일을 구길 필요는 없다. 그렇지만 개인적으로 나는 녹화장에서 얌전히 한쪽 구석에 앉아 있는 작가를 이해하지 못한다.

작가에게 있어서 녹화장은 자신의 아이디어와 글이 어떤 식으로 표현이 되는지 결정되는 중요한 시간이라고 할 수 있다. 진짜 방송을 제대로 만들고 싶은 작가라면 글로 쓰는 대본도 중요하지만 그 대본이 완성되어 가는 과정에서 그것이 제대로 표현될 수 있게 움직이는 것 또한 중요하다.

평소에는 날아갈 듯 예쁜 원피스를 입고 출근하다가도 녹화날에는 편한 복장, 편한 운동화를 신고 일찍 나와서 출연자가 도착하면 일일이 대본을 챙기고 이런 식으로 인사를 했으면 좋겠다, 오늘 초대 손님은 말을 잘 못하는 사람이니 이렇게 리드를 해줘라 등등 자세히 이야기해 주는 작가. 소품은 내 생각대로 제대로 만들어졌는지 혹시 오늘 출연자 중에 기분이 안 좋은 사람은 없는지 그런 것까지도 세심하게 챙기는 작가. 그런 작가가 진짜 작가가 아닐까 생각한다.

내가 처음 방송일을 배울 때만 해도 한 프로그램에서 일하는 작가 수가 많지 않아서이기도 하지만 대다수의 작가들이 이렇게 발벗고 일을 했다.

방송국에서 일한 시간이 길어지고, 점점 나에게 '언니' 라고 부르는 작가가 많아지면서 나도 모르게 슬슬 게으름을 피우고 싶을 때가 있다. 녹화날 좀 늦게 나가도 뭐 별일 있겠나, 후배들이 알아서 잘 하겠지…. 이런 마음이 들 때면 나는 맨 처음 일을 시작할 때 누구보다 열심히 대본 쓰고 녹화날 신나게 뛰어다니던 언니들의 모습을 떠올린다.

## 방송작가 시험에 상식문제가 왜 나와?

두 선배 작가 언니의 귀여움을 받고 언니들의 모습을 부러워하며 '유쾌한 청문회' 한 학기가 훌쩍 지나갔다. 해는 93년에서 94년으로 넘어갔고 나는 드디어 대학을 졸업했다.

하던 프로그램이 없어져 나의 다음 운명은 알 수 없는 상황이 되어버렸다. 또 한번 프로듀서가 날 구해주길 기다리든지 아니면 묵묵히 졸업과 함께 찾아온 백수생활을 즐겨야만 했다. 이때 나의 눈에 들어온 광고가 하나 있었으니 바로 SBS 쇼 코미디 오락 작가 공개 모집 광고!

방송작가가 되는 길이 참으로 다양하다고 하나 대체로 작가 입문 방법을 구분할 때 공개 채용으로 들어왔는지 아니면 그외의 방법으로 들어왔는지 크게 두 가지로 구분을 한다. 이것을 두고 쉽게 공채 작가,

사채 작가로 구분한다고도 하지만 그 말이 꼭 맞지는 않다.

공개채용이란 각 방송사에서 일년에 한 번 또는 격년에 한 번 정도 시험 형식으로 작가를 선발하는 것을 가리키는 말로 주로 교양작가와 코미디 작가 공채가 있다.

대체로 1차 서류심사, 2차 실기시험, 3차 면접 순으로 치러지는데 열 명 안팎의 사람을 선발하는 게 보통이다.

반면 그외의 방법은 이루 헤아릴 수 없이 많은데 요즘 가장 보편화된 방법은 각 방송사가 운영하는 작가교육원 또는 방송문화원 졸업생들 중에 추천으로 선발하는 방법이다. 예전에는 작가 중에 교육원이나 문화원을 졸업한 사람이 가물에 콩나듯 있었는데 요즘은 이런 교육기관을 거치지 않은 작가를 찾는 것이 더 쉽다.

그래서 서로들 작가 경력을 이야기할 때 나는 문화원 몇기니 너보다 몇 기 선배다, 이런 식으로 얘기를 하기도 하고 같은 기수끼리 모임을 갖는 경우도 있다.

이런 교육원 출신이 아닌 작가들의 입문 경로는 다양 그 자체다. 라디오 프로그램에 엽서를 보냈는데 담당 PD가 내용을 보고 작가 되기를 권유한 경우도 있고, 방송국 모니터 요원으로 활동하다가 아이디어를 인정받아 작가가 되는 경우도 있고, 대학교에 강의를 나간 방송국 PD에게 자신의 작품집을 보여주고 발탁되는 경우도 있고, 심지어 프로그램 끝날 때쯤 나오는 담당 PD의 이름 석자만 보고 방송국을 찾아가 작가 시켜달라고 졸라서 작가가 된 경우도 있다.

물론 이런 황당한 발탁 사례는 흔한 일이 아니고 요즘처럼 교육원이 보편화된 상황에서는 더더욱 흔치 않다.

나의 당시 입장은 대학생 PD라는 조금 특이한 방법으로 작가를 시작한 경우로 공채가 아닌 그외의 방법으로 작가가 된 상태였다. 그러

대학생 PD시절. 당시 주가를 올리던 김건모와 함께 찍은 대학생 PD들도 지금 모두 작가로 활동

니까 SBS의 작가 시험을 봐도 손해날 건 없었지만 그렇다고 굳이 보지 않아도 되는 상황이었다.

일이 한 번 틀어지면 계속 틀어진다고 이상하게 한 번 나의 머릿속에 들어온 SBS 작가 모집 광고는 잘 지워지지 않았다. 이때 결정적으로 내가 작가 시험을 보게 된 사건이 있었으니 바로 '이름표 사건' 이다.

'유쾌한 청문회' 는 한 회 출연진이 50명이나 되기 때문에 출연진들 이름 챙겨서 이름표 붙이는 일이 큰 일 중 하나였다. 가슴에 붙이는 작은 이름표가 아니라 각자 앉는 자리에 붙이는 커다란 이름표였기 때문에 매주 방송국 내 미술팀이 특별히 제작한 50개의 이름표를 사용했다.

그런데 워낙 많은 사람들이 출연을 하다보니 회당 평균 5~8개의 이름표가 틀리게 잘못 나왔다. 평생에 한 번 방송 출연할까 말까한 사람들에게 방송에서 이름이 잘못 나간다는 건 있을 수 없는 일. 그렇기에 만약 잘못된 이름표가 나오면 당연히 막내인 내가 이름표를 들고 미술실로 올라가서 고쳐오곤 했다.

매주 이런 일이 반복되다 보니 바쁜 녹화날 왔다갔다하는 것도 꾀가 나고 자세히 보니 내가 써도 대충 비슷하게 이름표를 만들 수 있을 것 같아서 당장 물감과 붓을 장만해 녹화 전날 50명의 이름표를 만들었다.

녹화날, 담당 PD는 내가 이름표를 썼다는 말을 듣고 만족해하며 앞으로는 내가 이름표를 다 관리하라고 했다. 그런데 문제는 여기서부터 발생했다. 처음에는 이리저리 왔다갔다하는 게 불편해서 시작한 일이었는데 점점 이 일이 마치 처음부터 당연히 내가 해야 하는 일처럼 되어버린 것이었다.

게다가 처음 작가생활을 시작할 때 PD인 사촌오빠의 도움을 받은 것도 내내 마음 한구석에서 찜찜함으로 남아있었다.

'과연 내가 작가로서 능력이 있는 걸까? 정말 글쓰는 일보다 그냥 이름표나 쓰는 일이 더 어울리는 게 아닐까?'

매일매일이 고민의 연속이었다.

'그때 담당 PD는 내가 작가로서 능력이 없어보이니까 그냥 우회적으로 리포터 하라고 말을 한 건데 내가 눈치를 못 챈 건 아닐까?'

한 번 생각이 이쪽으로 돌아서니까 오만 가지 생각이 다 들었다. 결국 내가 내린 결론은 SBS 공채시험! 시험을 봐서 붙으면 작가를 계속하고 만약 떨어지면 작가로서의 능력이 없다고 결론 내리고 일찌감치 다른 길로 방향을 틀자.

일단 결심이 서면 신속하게 움직이는 나는 그날 당장 SBS에 가서 원서를 받아왔다.

1차 서류 심사는 이력서와 프로그램 모니터 제출이었다.

이번 기회에 방송작가가 되기 위해 시험보는 요령이랄까 뭐 그런 걸

나름대로 공개해 보자.

1차 서류 심사의 관건은 이력서를 정확하게 작성하는 것과 프로그램 모니터를 성의있게 쓰는 것. 프로그램 모니터를 쓸 때는 자신이 지원하는 분야가 어떤 분야인지 정확하게 알고 거기에 해당하는 프로그램의 모니터를 하는 게 중요하다.

예를 들어 예능 작가 공채일 때는 예능 프로그램을, 그중에서도 자기가 가장 관심 있고 앞으로도 도전해 보고 싶은 프로그램의 모니터를 쓰는 게 좋다. 가끔 보면 예능 작가 공채인데 SBS 교양 제작국에서 제작하는 '한밤의 TV 연예' 모니터를 제출한다든지 교양 작가 공채인데 MBC 프로덕션 예능팀에서 제작하는 '아름다운 TV-얼굴' 모니터를 제출해서 애초부터 점수를 깎이는 경우가 있기 때문이다.

물론 요즘 들어서 교양 프로그램과 예능 프로그램의 한계가 없어진다고 하지만 방송국 안에는 엄연히 교양국과 예능국이 구별되어 있고 제작하는 프로그램도 다르기 때문에, 자기가 관심있는 프로그램이 어느 국 소속인지 미리 알아두는 것도 중요하다.

2차는 주로 실기시험. 실기장에 도착하면 1차 서류 전형에 통과한 사람들이 대거 도착해 있다. 나는 여의도에 있는 SBS에서 실기시험을 봤는데 사전에 선배 작가 언니로부터 실기시험은 대개 짧은 콩트 하나를 쓰는 것과 프로그램 기획안 정도를 요구한다고 미리 정보를 알아냈다. 예상했던 대로 2인용 콩트 대본과 프로그램 기획안을 쓰라는 문제가 나왔다.

그런데 아직도 잊지 못할 사람 하나는 그날 시험장에서 본 멋진 여성. 척 보기에도 대기업 입사 면접시험에나 어울릴 법한 정장 차림으로 머리도 세트로 말고 최대한 멋을 내고 왔는데 놀랍게도 그녀가 시험장에 도착하자마자 꺼낸 것은 상식책이었다.

그 두꺼운 책을 척 펼쳐들더니 이것저것 상식 문제를 형광펜으로 줄 죽죽 쳐가며 외우고 있었다. 그 모습을 본 PD 한 사람이 그녀를 향해 씩 웃더니 말하는 것이었다.

"저, 그런 건 절대 안 나오니까 시간낭비 하지 마세요."

맞다. 작가 시험에서 상식이니 영어문제 같은 건 하늘이 두 쪽 나도 안 나온다.

탤런트 시험에서 상식이나 영어 시험 본다는 이야기 들어본 적 있나? 마찬가지다. 작가 시험은 방송국 직원을 뽑는 시험이 아니다. 작가의 소질이 있는지, 아이디어가 있는지만을 테스트할 뿐이다.

상식이나 영어 시험 공부를 할 시간이 있으면 지금부터 내가 알려주는 몇 가지를 염두에 두는 것이 좋다.

우선 콩트쓰기 문제는 예능 작가의 기본으로 그 사람의 글솜씨나 코미디 감각을 보기 위한 문제다.

그러므로 항상 출제된다고 보는 것이 좋고 그 기본틀도 2인 코미디, 공개 코미디, 고전극 등 몇 가지 변형이 있을 수 있지만 대개 5분 내외의 콩트 한 편이 출제되므로 미리미리 재미있는 콩트 내용 한 가지 정도는 생각해 가지고 들어가는 것이 좋다.

여기서 주의할 점 하나. 평소에 콩트를 써보지 않은 사람은 누구나 자신이 쓴 콩트를 보고 유치하다고 생각하게 마련이다. 아무리 코미디를 잘 쓰는 사람도 처음에는 자신이 쓴 대본을 보고 너무 유치하고 안 웃겨서 낯이 간지러울 지경이었다고 한다.

코미디의 대가도 이런 경험이 있니까 초보자들은 더 그럴 수밖에. 자신이 쓴 대본이 유치해보이고 안 웃긴다고 해서 포기하면 안 된다.

사실 나도 콩트 대본은 시험 보러 들어가서 처음 썼는데 다 쓴 대본을 보니까 내가 봐도 영 재미가 없었다. 시간도 많이 남고 해서 다른

사람들은 어떤 이야기를 썼나 커닝 아닌 커닝을 해보려고 고개를 이리저리 돌려보니 참으로 가관이었다.

내 앞의 남자가 쓴 콩트의 제목은 '뽕팔이의 일기' 였다. '뽕' (마약)을 맞는 사람에 관한 이야기인데, 일단 이런 이야기는 공중파에선 절대 방송이 될 수 없으니 읽어보나마나였다. 또 한 사람은 뭐라고 뭐라고 썼는데 첫 장부터 철자법이 너무 많이 틀렸다. 작가의 기본인 철자법도 틀리니 역시 볼 게 없었다. 결국 난 커닝을 해보겠다는 꿈을 접은 채 대본을 제출했다.

앞서 이야기했지만 자신의 대본이 재미없다고 방송에서 사용하지 못하는 비어나 속어, 욕 등을 남발해서 웃기려 하면 오히려 역효과를 불러일으킨다. 방귀니 똥이니 하는 요즘 유행하는 엽기 유머도 방송에서는 통하지 않는다. 방송 대본은 그저 읽어보고 웃자고 쓰는 글이 아니다. 방송 대본의 목적은 방송을 만들기 위한 것이다.

그러니까 방송이 만들어졌을 때를 염두에 두고 씌어져야 하며 방송에 적합한지를 고려하면서 써야 한다.

콩트를 재미있게 쓰기 위한 요령 하나!

흔히들 시험 보러 들어가서 콩트를 쓰라고 하면 등장인물을 쓸 때 그냥 A니 B니 철수니 영희니 하는 가공 인물로 쓰는 경우가 많다. 그렇지만 코미디는 캐릭터로 승부가 난다고 해도 과언이 아니기 때문에 기존의 캐릭터를 이용해서 쓰는 것이 심사하는 사람들의 이해를 돕고 내용 자체도 훨씬 재미있게 만들 수 있다.

예를 들자면 콩트가 바람둥이에 관한 것이라면 그냥 '남자' 로 등장인물을 쓰지 말고 '이휘재' 처럼 이미 방송에서 바람둥이 이미지가 떠오른 사람을 쓰는 것이 더 쉽고 재미있을 수 있다는 말이다. 말을 더듬는 사람이라면 '김국진' 을, 목소리가 걸걸한 여자라면 '박경림' 을 등장인물로 이용하는 것이 더 효과적이라는 말이다.

두 번째 문제인 기획안 쓰는 요령!

프로그램 기획안이란 새로운 프로그램을 만들 때 내가 만들고자 하는 프로그램이 어떤 프로그램이며 내용은 어떻고 하는 것을 정리하는 것을 말한다. 정확하게 정해져 있지는 않지만 각 방송사에는 일정한 프로그램 기획안 양식이 있다. 미리 그런 양식을 파악하고 기획안을 쓰면 두말할 것 없이 유리하다. 다시 한번 강조하지만 여기서 프로그램 기획도 물론 자신이 지원하는 분야의 프로그램을 써야 한다.

예능 작가 시험을 보면서 '추적 60분' 같은 시사물이나 '인간시대' 같은 교양 프로그램의 기획안은 아무리 잘 써도 소용이 없다는 뜻이다. 물론 발상은 그런 데서 나올 수 있지만 '시사 코미디 파일' 이나 '좋은 세상 만들기' 처럼 첨가되는 아이디어가 지극히 예능적일 때 점수를 받을 수 있다.

기획안을 쓸 때도 자신이 기획한 프로그램에 딱 들어맞을 것 같은 MC나 패널 등을 명기하는 것이 중요하다. 남희석 · 이휘재가 진행하는 프로그램과 한선교 · 정은아가 진행하는 프로그램은 벌써 MC에서부터 성격이 확연히 구별되기 때문이다.

기획안을 쓸 때는 최대한 자세히 쓰는 것이 좋다. 예를 들면 나는 그날 갖가지 색연필과 볼펜을 총동원해서 프로그램 세트도 내 아이디어로 직접 그리고 방송 시간부터 시작해서 심지어 사용할 소품까지도 세세하게 글로 설명하고 글로 설명이 안 되는 부분은 그림으로까지 그려 놓았다.

모든 사람이 그렇게까지 할 필요는 없지만 일단 이렇게 자세히 프로그램의 세부적인 것까지 신경을 쓴 기획안에 심사위원들의 눈길이 한 번 더 가는 것은 당연한 이치다.

나의 이런 작전이 주효했는지 나는 2차에까지 덜커덕 합격을 하고 말았다. 최종 면접은 94년 3월 1일 아침에 있었다.

그런데 원래는 2차에서 10명을 선발하여 3차 면접은 형식적으로 할 것이라는 이야기가 있었는데 막상 뚜껑을 열고 보니 2차에서 20명을 뽑고 3차에서 10명을 떨어뜨릴 것이라는 결과가 나왔다. 면접이라고 특별히 떨거나 그럴 필요는 없지만 필기에 다 붙고 면접에 떨어진다는 건 너무 억울하다고 생각했다.

드디어 3월 1일 아침, 이번에는 버스를 잘 못 탄다든지 바로 앞에서 택시를 잡는 불상사가 없도록 면접 3시간 전에 잠실 집을 나섰다. 면접이니만큼 옷에도 신경을 썼다. 단정한 단발머리에 깔끔해보이는 검정색 정장으로 멋을 냈다.

도착해 보니 이미 많은 사람들이 와서 면접을 기다리고 있었다. 면접이 시작되고 먼저 면접에 들어간 사람들이 얼굴이 하얗게 질려서 방을 나왔다. 물어보니 이것저것 방송용어에 관한 질문을 하더라고 했다. 방송에 관해서라면 KBS MBC SBS밖에 모르는 나에게 방송용어라니 예상치 못한 문제였다.

그러나 그때는 이미 다른 방법이 없었다. 그저 하느님이 도와주시기를 기도하는 수밖에.

면접실에 들어서자 SBS 예능국의 많은 PD들이 한 줄로 죽 앉아 있었다. 일단 나의 얼굴과 이력서, 시험지 등을 대조해서 살펴본 다음 질문을 던지기 시작했다.

질문 : KBS에서 작가를 했는데 왜 SBS에 다시 시험을 봤죠?

대답 : 아, 첨부터 작가로 시작한 게 아니고 대학생 PD라는 일로 시작을 했기 때문에 정식으로 작가로서의 능력을 시험해 보고 싶었고, SBS가 새로 생긴 방송국이다 보니 더 젊고 진취적인 방송을 하는 것

같아서…(어쭈)

**질문** : 평소 SBS 프로그램 중에서 재미있게 보는 프로그램은 어떤 프로그램이죠?

**대답** : 시사 문제와 코미디를 적절히 배합한 '시사 전망대' 입니다.

**질문** : 대학 시절 어떤 일이 가장 기억나나요?

**대답** : 솔직히 학교 성적은 별로 좋지 않았구요. 대학교 1학년 때 했던 한 달간의 동남아 배낭여행이랑 3학년 때 했던 두 달간의 유럽 배낭여행이 가장 기억에 남습니다. 여행은 인생의 모든 것을 짧은 시간에 경험할 수 있는 인생의 축소판 같은 거거든요. 여행을 통해 많이 성숙했고 결국 사람 사는 세상은 다 비슷하다는 생각을 하게 됐어요.

오, 놀라워라! 하느님이 나의 기도를 들어주신 걸까? 이상하게도 나한테는 아무도 어려운 방송용어 같은 건 물어보지 않았다. 그냥 방송과 개인 신상에 관한 이런저런 이야기를 물어보았다. PD들은 특히나 내가 KBS에서 일했었다는 사실에 주목을 하는 것 같았다.

사실 이런 질문들은 내가 대충 예상했던 질문들이었으므로 나는 막힘이 없이 미리 준비했던 것 이상으로 줄줄줄 청산유수로 대답했다.

결과는 합격. 이렇게 나는 SBS 쇼 코미디 오락 작가 공채 2기가 되었다.

공채 작가라고 해서 다른 작가와 별다른 점은 없다. 그저 공채 작가라고 하면 방송국에서 1년 정도 프로그램을 이것저것 시켜보면서 능력을 발휘할 기회를 얻는다는 것 정도. 그러니까 탤런트 시험을 연상하면 쉽다. 탤런트도 시험을 봐서 들어오는 공채가 있는가 하면 CF나 영화 같은 데서 먼저 얼굴을 알린 뒤 특채 형식으로 되는 경우도 있다.

공채든 특채든 탤런트로 뽑혔다고 모두 스타가 되는 건 아니고 또 평생 밥줄이 보장되는 것도 아니다. 그저 공채 탤런트가 되면 소속 방송국에서 1년에서 2년 정도 계약관계를 맺고 이런저런 역할을 주는 것 정도의 혜택이 있을 뿐이다.

특이하게 SBS는 쇼 코미디 오락 작가를 뽑으면서 공채 코미디언도 같이 선발했다. 요즘 KBS '개그콘서트'에서 다시 주목을 받고 있는 개그우먼 강남영이 나의 동기. 뽑힌 사람들 중에는 서울의대 재학생도 있었고, 개그맨 시험과 작가 시험을 동시에 붙은 2관왕도 있었는데, 작가 경험은 없지만 조금씩 작가 수업을 받았거나 작가 업무를 보았던 사람들이었다.

아무튼 확인되지는 않았지만 수백 대 일의 엄청난 경쟁률을 뚫고 선발된 공채 작가들은 공채 개그맨들과 함께 한달 동안 엄격한 스케줄 속에서 수업을 받았다.

당시 우리 반의 담임 선생님은 드라마 '카이스트'와 SBS 시트콤 '오박사네 사람들' 등을 연출했던 주병대 PD. 언뜻 모차르트를 연상케 하는 헤어스타일에 까만 뿔테안경을 쓴 주PD는 공채 작가가 되었다는 기쁨에 들떠 있는 우리들을 만나자마자 엄포부터 놓기 시작했다.

"여기서 뽑혔다고 다 작가가 될 수 있다고 생각한다면 천만의 말씀입니다. 지금부터 한달 동안 소정의 교육을 거쳐서 성적이 좋은 사람만 작가로 활동할 수 있습니다. 시험 다 봐서 뽑혔는데 이제 와서 무슨 말이냐며 섭섭해할 사람도 있겠지만 재능이 없는 사람은 지금이라도 늦지 않았으니까 다른 일을 하는 게 자신에게도 좋고 방송국 입장에서도 좋습니다. 괜히 능력도 없는데 여기서 일한다고 설치다가 인생 망치는 사람 여럿 봤습니다."

정말 등골이 서늘한 말이 아닐 수 없었다. 겨우 시험에 붙어서 이제 작가로서의 새로운 길이 열리나 했던 나에게는 청천벽력 같은 말이 아닐 수 없었다.

대학생 PD들과 함께(맨 오른쪽). 왼쪽에서 두번째가 요즘VJ로 활동하는 박강혜.

그날부터 작가로 뽑힌 열 명에게는 매일매일 가혹한 숙제가 주어졌다. 주어지는 숙제는 주로 매일 방송되는 프로그램 모니터 하기. 사실 방송작가에게 있어서 프로그램 모니터처럼 중요한 일과는 없다.

오죽하면 어떤 PD는 자기가 방송일을 시작하기 전에는 TV를 항상 누워서 보았는데 방송일을 시작하고 나서는 TV를 도저히 누워서 볼 수 없었다고 고백했겠는가.

TV에서 방송되는 모든 프로그램이야말로 작가에게는 어디에서도 구할 수 없는 최고의 교과서이자 참고서다.

일단 요즘 화제가 되고 있는 프로그램은 열심히 보는 것이 중요하다. 방송되는 시간에 제대로 이 채널 저 채널 돌려가면서 보는 것이 중요하지만 그게 어려울 때는 녹화를 해서라도 보는 정성이 필요하다.

이도 저도 못할 지경이라면 직접 본 사람의 이야기를 듣든지 아니면

신문에서 TV프로그램 하이라이트 같은 걸 뒤져서라도 대충 파악하고 있는 것이 중요하다.

새로 시작하는 프로그램도 챙겨봐야 한다. 모든 것이 그러하듯 프로그램도 1회 방송이 상당히 중요하다. 그렇기 때문에 새 프로그램이 시작되면 어떤 내용인지, 누가 나오는지, 구성은 어떤지, 앞으로 어떻게 변화 발전될지를 생각하면서 봐야 한다.

사실 이렇게 매일 프로그램 모니터를 쓰면서 TV를 시청한다는 건 상당히 피곤한 일임에 틀림없다. 그러나 더 큰 문제는 평일이 아니라 주말이 시작되면서 나타났다.

다 알고 있듯 토요일 일요일 저녁 5시부터 8시 정도까지는 그야말로 방송국이 총력을 기울여 만드는 대표 오락 프로그램들이 포진하고 있다. 당연히 우리의 주병대 담임 PD는 공중파 3사의 모든 주말 예능 프로그램을 빠짐없이 모니터하라는 숙제를 내줬다.

하나는 보면서 머릿속으로 기억하고 다른 한 채널은 녹화한다고 쳐도 도저히 다른 한 채널은 답이 안 나오는 것. 그래서 같은 팀원들끼리 서로 다른 채널을 녹화하고 얼른 본 다음에 밤에 만나서 테이프를 교환하고 다시 보고 교환하고…. 아무튼 연수를 받는 한달 동안 주말 저녁마다 녹화하랴 열 몇 시간 동안 TV 보랴, 동료들 만나서 테이프 교환하랴, 그야말로 난리가 아니었다.

그렇다고 주병대 PD가 우리에게 이렇듯 어려운 숙제만 내줬느냐? 물론 아니다.

작가생활을 하면서 두 번 다시 들을 수 없는 피가 되고 살이 되는 말을 매일 우리들에게 쏟아부었다. 지금도 기억나는 것들만 몇 가지 적어보자.

1. 방송작가는 글을 잘 쓰는 것 이상으로 시간을 엄수하는 것이 중

요하다. 아무리 잘 쓴 대본이라도 방송시간 지나고 나오는 대본은 아무짝에도 쓸모가 없다. 시간에 맞춰 빨리 쓰는 습관을 길러라.

2. 잘 쓴 대본은 미사여구가 많거나 '죽이는 문장'이 많은 대본이 아니다. 대본을 읽으면 완성된 그림이 눈에 선명하게 떠오르는 대본이 제일 잘 쓴 대본이다. 그러므로 이렇게 대본을 쓰면 어떤 그림이 나올지, 또 프로그램을 보면서 어떻게 대본을 쓰면 저런 그림이 나오는지의 상관 관계를 항상 염두에 두는 것이 중요하다.

3. 늘 유행에 민감해야 한다. 예능 프로그램은 패션이라고 할 수 있다. 사회에서 어떤 것들이 유행인지, 특히나 젊은 세대들 사이에서는 어떤 것들이 유행인지 감지하고 그것들을 계속 방송에 이용해야 하며, 또 유행을 예측하는 능력도 있어야 한다.

지금 생각해 봐도 구구절절 옳은 말씀이다.

방송작가의 기본이라고 할 수 있는 말들, 그렇지만 참으로 실천에 옮기기 어려운 말이기도 하다.

아무튼 우리가 한달 동안 헉헉거리며 숙제하고 검사받고 숙제하고 검사받고 하는 동안 우리 모르게 점수가 매겨지고 우리들이 갈 프로그램이 정해졌다는 이야기가 나돌았다.

그 이야기와 함께 동시에 나돈 이야기 중 하나는 바로 성적이 제일 안 좋은 사람이 '쇼 프로그램'에 가게 된다는 것이었다. H.O.T.니 조성모니 핑클이니 하는 가수들 덕택에 쇼 프로그램이 활기를 띠는 요즘으로서는 상상도 못할 일이지만 당시는 어떤 프로그램이든 노래만 시작하면 시청률이 떨어지던 시절이었다.

그래서 가수가 나와서 노래를 하는 코너를 프로그램마다 없애버렸고, 부득이하게 노래를 하게 되면 노래하는 동안 제발 채널이 안 돌아가도록 화면 하단에 퀴즈 문제를 내기도 하고, 간주가 나갈 때 화면을 조그맣게 파서 그 짧은 시간 동안 코미디를 하기도 하고, 아무튼 노래 나가는 동안 시청률이 떨어지지 않도록 오만 가지 아이디어가 다 나오던 시절이었다.

그 시절 가수만 나오면 시청률이 떨어진다는 속설을 단적으로 보여주었던 한 프로그램. 가수들이 그냥 나와서 노래만 하면 영 재미가 없으니까 여자 가수들에게 수영복을 입혀서 다이빙을 시키고, 다이빙 잘하는 가수들은 노래를 시켜주고 뭐 그랬었다.

아직도 기억하는데 가수 최연제는 다이빙대가 너무 높아서 엉엉 울기도 하고, 간 큰 가수들은 노래 한 번 부르려고 눈 딱 감고 뛰어내리기도 하는 가수들의 수난시대였다.

결국 KBS의 '가요 톱 텐'만 명맥을 유지한 채 남아 있고, SBS와 MBC는 가요 순위 프로그램을 모두 폐지해 버린 상태였다.

그러던 중 SBS가 새로운 쇼 프로그램을 만드는데, 어차피 큰 기대는 안하니까 성적이 제일 안 좋은 애를 그 쇼 프로그램에 집어넣는다는 것이었다.

그런데 문제는 개인적으로 내가 노래하고 춤추는 걸·무척이나 좋아한다는 사실이었다. 나는 망설임없이 지원하는 프로그램난에 '쇼 프로그램'이라고 적어버렸다.

정말 내 성적이 제일 나빴는지 아니면 다들 안 가려고 하는 쇼 프로그램에 자원한 게 기특해서인지 정확한 이유는 모르겠지만 나는 원하던 쇼 프로그램에 가는 것으로 결정이 났다.

더군다나 쇼 프로그램으로 가는 것이 나의 운명이었는지 어쨌는지는 모르지만 쇼 프로그램으로 배정받아 가보니 내가 처음 KBS에서 프로그램을 할 때 '청춘 스케치' 작가를 하고 있던 강만훈 작가가 쇼 프로그램 메인 작가로 떡하니 앉아 있는 것이었다. 물설고 낯선 SBS

에 왔는데 그나마 아는 사람이 있으니 반가울 수밖에….

강만훈 작가는 내 얼굴을 보자마자 기가 막힌 건지 반가운 건지 한마디 했다.

“어쩐지 니가 올 것 같더라니…. 반갑다! 한번 잘해보자.”

그때 작가를 같이 시작한 10명 중에 내가 공중파 방송국 3사를 오가며 다시 얼굴을 본 사람은 나를 제외하고 두 명. 연수 성적이 안 좋았던 것치고는 아직까진 결과가 좋은 것 같다. 아무튼 이때부터 나의 KBS 시대는 막을 내리고 SBS 시대가 시작되었다.

## ‘룰라’ 와 ‘투투’ 의 ‘TV 가요 20’

SBS에서 새로 만든 가요 순위 프로그램은 ‘TV 가요 20’ 이었다. 94년 봄 개편 때 생긴 이래 수많은 가수들을 배출하고, 계속 새로운 MC를 탄생시키며 오랫동안 인기를 얻었던 프로그램이다.

이 프로그램은 MC 선정부터가 당시로서는 파격적이었는데, 상대 프로그램인 ‘가요 톱 텐’ 은 아나운서 손범수씨가 얌전히 진행을 했던 반면 우리는 이혜영 · 윤현숙으로 구성된 2인조 여성 가수 코코를 기용한 것이었다.

코코의 기용을 두고 처음부터 말이 많았다. 도대체 그 정신없는 두 명이 무슨 MC를 보겠느냐, 방송사고를 각오해야 한다는 등.

그렇지만 ‘TV 가요 20’ 이 표방하는 눈으로 즐기는 쇼, 재미있는 쇼에는 코코처럼 적당한 MC가 따로 없었다. 가요 순위를 20위까지 선정한 이유도 재미있었다. 상대 방송국이 10위까지 선정하니까 우리는

20위까지 선정해서 두 배로 많은 가수들을 불러 두 배로 재미있게 해보자, 뭐 이런 발상이었다.

이걸 기초로 해서 지금까지 수많은 가요 순위 프로그램에서 이어지고 있는 원칙들이 새로 시작되는데 우선 그 첫번째가 MC 멘트가 그동안의 프로그램에 비해 파격적으로 적다는 것. 생방송인데 MC들의 멘트가 많다 보면 실수를 할 위험도 많지만 제일 중요한 건 쇼 프로그램에서 지금처럼 주절주절 말을 너무 많이 하면 신나는 기분이 끊긴다는 이유에서였다.

쇼 프로그램에서 제일 중요한 가수를 살려주기 위해 멘트는 노래 사이를 연결해 주는 브리지 역할로만 하기로 했다. 그 대신 노래에 대한 보충 설명은 성우가 노래 직전에 하는 방식을 택했다.

다음으로 무대 분위기는 클럽처럼 최대한 자유롭게 유지하기로 했다. 당시 시작된 댄스 가요 바람을 잡기 위한 방법이기도 했고, 쇼 프로그램의 주요 시청자들인 10대들이 가고 싶지만 갈 수 없는 클럽의 분위기를 보여주기 위해서였다.

그러기 위해서 조명은 다른 어떤 쇼보다 많은 돈을 들여서 최대한 화려하게 준비했고, 뒤에서 춤추는 댄서들도 예전처럼 똑같은 복장의 방송국 무용단이 아니라 사복으로 자유롭게 춤을 추는 분위기를 만들었다.

지금까지 지켜지는 또 하나의 원칙은 1위부터 10위까지의 가수들은 기본적으로 무대에 나오게 하는 것이었다. 10위부터 20위까지의 가수들은 MC가 VJ 형식으로 자료화면을 보여주면서 순위를 소개하고.

이런 원칙들은 7년이란 세월이 흐른 지금까지도 거의 고스란히 이어지고 있다.

일단 프로그램 틀이 잡힌 다음 출연 가수들의 섭외에 들어갔다. 이미 이야기했듯 당시에는 가수가 곱게 출연해서 노래만 부르고 들어가는 프로그램이 극히 드물었다. 그래서 TV라면 아예 출연을 하지 않는 가수들이 허다했다.

1위부터 10위까지의 가수들이 모두 나와서 노래를 한다는 원칙은 세워놓았는데 그중에 나올 수 있는 가수가 3명 정도밖에 되지 않았다. 더군다나 1위 후보인 김건모가 나오기 어려운 상황.

이런 상황을 예상하지 못했던 건 아니지만 막상 나올 가수가 없다고 생각하니 막막했다. 스태프들은 다같이 머리를 맞대고 의논을 시작했다. 결국 가수가 안 나온다면 대타라도 불러서 노래를 시키는 방법을 쓰기로 했다.

'달의 몰락' 의 가수 김현철이 안 나오는 대신 천문학자인 조경철 박사에게 달의 몰락이란 것이 가능하냐는 물어보나마나한 이야기를 들어보고, 가수 대신에 개그맨 최형만이 나와서 노래를 하고, 마지막 1위 김건모는 김건모를 쏙 빼닮은 모창 가수 김검모가 나와서 하는 방법을 택한 것이다.

궁여지책에 또 조금은 장난기 어린 선택이었지만 방송이 끝난 후 반응은 대단했다. 신선한 쇼였다, 정말 재미있었다, 이런 반응들이 10대들 사이에 일기 시작하더니 반응은 당장 그 다음 주부터 생방송이 있는 날 방송국 앞에 아침부터 늘어선 소녀팬들의 숫자에서부터 나타났다.

사실 누구나 한두 번쯤은 방송국 앞에 진을 치고 있는 소녀팬들의 모습을 본 적이 있을 것이다. 때로는 이른 새벽부터, 심지어는 그 전날 밤부터 침낭이며 이부자리를 펴놓고 좋아하는 가수 얼굴 한 번 보겠다는 일념으로 서 있는 팬들. 작가들은 그런 소녀팬들을 보며 '저런 애들 때문에 다 먹고 사는데 잘해 줘야지' 하는 생각을 하기도 한다.

많은 기성세대들이 수업도 빠지면서 쇼 프로그램을 구경오는 극성

팬들, 콘서트장에서 기절해 버리는 열성 팬들을 보며 우려의 소리를 한다. 그렇지만 우리 가요를 움직이는 힘 또한 이런 소녀팬들에게서 나오고 있다. 우리 가요를 사랑합네, 우리 가요의 수준이 높아져야 합네 외치는 어른들보다는 음반 한 장 자기 돈으로 사고 용돈을 아껴서 콘서트 가는 그런 팬들이 있기에 우리 가요 시장이 계속 성장할 수 있는 것이다.

아무튼 연일 방송국 앞에 진을 치는 소녀들 덕분에 SBS 공개홀이 있던 등촌동의 풍경도 조금씩 변해 갔다. 처음에는 변변히 점심 먹을 식당조차 없던 허허벌판에 소녀팬들이 몰려오자 동시에 유명 패스트푸드점도 생기고, 각종 옷가게며 음반 가게 등이 생겨났다.

방송이 있는 일요일이면 공개홀 앞의 6차선 도로는 늘 교통 혼잡으로 붐볐고, 방송이 시작되면 미처 방송국에 들어가지 못한 소녀팬들로 한동안 곤욕을 치렀다. 방송이 끝나면 이들을 태우기 위해 나타난 흑기사, 소녀들의 남자친구들이 몰고 온 오토바이로 또 한 번의 혼란을 치르고…. 매주 일요일, 등촌동 SBS 홀은 10대들의 해방구로 자리를 잡았다.

'인기 가요 20'이 초반에 자리를 잡은 원인 중에 룰라와 투투의 대결을 빼놓을 수 없다. 쇼가 인기를 끌기 위해서는 끊임없이 새로운 스타가 나와주어야 한다. 앞서 이야기했듯이 처음 '인기 가요 20'을 만들 때는 섭외할 가수가 없을 정도로 많은 가수들이 TV 쇼 프로그램에 대해 식상한 상태였다. 이런 난국을 시원하게 부술 새로운 스타가 필요했다.

그때 나타난 두 그룹이 바로 룰라와 투투! 두 그룹은 비슷한 시기에 음반을 들고 방송국에 나타났다. 둘 다 남자 셋과 여자 하나로 이루어진 그룹이라는 점에서 스태프들의 시선을 끌었다. 거기다가 두 그룹이 처음 선택한 음악이 레게 장르라는 점도 둘을 자연스럽게 비교하는 계기가 되었다.

처음 두 그룹의 사진을 봤을 때 반응은 투투 쪽이 조금 앞섰다. 마치 만화책에서 톡 튀어나온 듯한 황혜영의 얼굴과 표정은 한 번 사진을 본 사람은 누구나 잊지 못할 만큼 강렬한 인상을 주었다. 노래도 단순한 멜로디에 귀여운 가사, 누구나 금방 따라 부를 만큼 쉬웠다.

반면 룰라는 의상에서부터 본격 레게 그룹이라는 걸 보여주듯 자메이카 색깔이 물씬 풍기는 알록달록한 옷을 입고 있었는데 노래는 투투보다는 조금 어렵고 얼핏 들어서는 무슨 가사인지, 우는 건지 짜증을 내는 건지 알 수 없는 특이한 랩이 특징이었다.

우리는 두 그룹이 좋은 경쟁상대가 될 거라는 생각에 두 팀의 데뷔 무대를 한날 한시로 정했다.

드디어 두 팀이 한 무대에 서는 날, 그날은 롯데월드에서 특집으로 진행되는 야외무대였다. 두 팀은 약간 긴장된 얼굴로 현장에 나타났다. 먼저 리허설. 두 팀 다 공개 무대는 처음인지라 리허설에 모인 사람들만 보고도 약간 얼어버리는 것 같았다. 립 싱크도 잘 안 되고 안무 동작도 조금씩 맞지가 않았다.

무대를 내려오면서 멤버들은 아무 말도 하지 않고 표정이 굳어졌다. 나는 두 팀의 분장실을 뛰어다니며 두 팀 다 잘 했고 진짜 방송에서는 더 잘 할 수 있을 거라며 격려를 했다. 신인들에게는 일단 기를 좀 세워주면서 자신감을 심어주는 게 제일 중요하다.

방송이 시작되고 먼저 투투가 노래를 했다. 아까 리허설의 실수를 기억했음일까? 투투는 카메라가 돌아가자 언제 그랬냐는 듯 완벽한 무대를 보여줬다. 황혜영의 무표정한 얼굴과 귀여운 춤동작, 거기에 김지훈의 매력적인 고음 보컬까지 투투 네 명은 마치 서커스에 나온

SBS 'TV가요 20' 하던 때 MC김호진, 이본과 함께(맨 오른쪽)

귀여운 피에로 같은 컨셉으로 첫 무대를 멋지게 장식했다.

다음은 룰라 차례, 레게 의상으로 차려입고 나와 노래를 시작했다.

'디비디비디비딥…'

네 사람은 한눈에도 척 알 수 있을 만큼 너무너무 열심히 노래를 했다. 덕분에 온 멤버들의 얼굴은 땀으로 범벅이 되고. 이렇게 두 팀은 데뷔 무대, 첫 대결 무대를 잘 치러냈다.

사실 프로그램의 재미를 위해 우리는 의도적으로 룰라와 투투를 경쟁구도로 몰아나갔던 것이다. 그러나 두 팀은 다른 어떤 팀보다 사이가 좋았다. 각 팀의 홍일점 멤버인 김지현과 황혜영은 매일매일 전화를 해서 서로의 고민을 털어놓을 만큼 좋은 관계였고, 다른 멤버들끼리도 늘 만나면 제일 반갑게 인사하는 사이였다.

많은 시간이 흐른 지금도 룰라는 아직 활동을 하고 있고, 그 사이에 룰라 출신으로 디바도 생기고 컨츄리 꼬꼬도 생기고, 그런가 하면 투투 출신으로 황혜영이 오락실을 조직하기도 하고 듀크가 생기고, 두 팀에서부터 파생된 그룹이 줄잡아 다섯 개 이상은 되는 것 같다. 그런 점에서 보면 당시 나왔던 수많은 팀 중에서 두 팀을 라이벌로 꼽은 우리들의 선택은 틀리지 않았다는 생각이 든다.

'TV 가요 20'을 이야기하다 보면 잊을 수 없는 실수가 하나 떠오른다. 바로 신성우 사건. 'TV 가요 20'을 하면서 내가 맡았던 일은 MC들이 소개하는 10위부터 20위권까지의 순위를 쓰는 일과 출연 가수들의 스케줄을 챙기는 일이었다.

당시 '서시'라는 노래로 3위권을 달리던 신성우를 섭외할 때 일이다. 매니저를 통해 출연을 확정짓고 한숨 놓고 있는데 갑자기 프로야구 중계로 방송시간이 줄어드는 바람에 불가피하게 출연 가수 숫자를 줄여야 하는 사태가 발생했다.

핸드폰이 거의 없던 시절이라 호출기를 통해 연락이 이루어졌는데 그날따라 아무리 매니저에게 호출을 해도 연락이 안 오는 것이었다. 다급해진 나는 호출기에 일단 방송이 취소됐다는 메시지를 남기고 사무실로 전화를 했다. 한 여자가 전화를 받았다.

나는 이래저래 방송이 취소됐다고 자초지종을 설명하고 한숨 놓고 있었는데 사고는 방송 당일날 일어나고 말았다. 어찌된 일인지 신성우가 매니저와 함께 자신의 밴드를 대동하고 방송국에 나타난 것이다. 우리 팀은 모두 당황했다.

매니저에게 분명히 메시지를 남겼다고 했지만 매니저는 메시지를 받은 적이 없다고 하고, 사무실에 전화해서 여직원에게 말을 전했다고 하자 자신의 사무실에는 여직원이 없다고 하는 것이었다. 귀신이 곡할 노릇, 도대체 나는 어디에다 전화를 한 건가. 사태가 그렇게 되자 나도 마구 헷갈리기 시작했다.

그러나 어쩌랴, 방송시간은 정해져 있고 그날 순서에는 신성우의 순서가 없는 것을.

나는 손이 발이 되도록 열심히 빌었다. 가수 혼자 온 것도 아니고 밴드까지 동원해서 악기를 챙겨들고 온 신성우에게는 너무나도 미안한 일이었다. 결국 그 다음 주에 꼭 방송 스케줄을 잡겠노라는 다짐을 받고 신성우는 돌아갔다.

그 일이 있은 후, 나와 '성우 오빠' (사석에선 이렇게 부른다), 그리고 그 매니저와는 절친한 사이가 되었다.

그 두 사람이 아직 그때 일을 기억하는지는 잘 모르겠지만 나는 지금도 그때 일을 생각하면 가슴이 철렁해진다. 그 이후 나에게 생긴 철칙 하나. 스케줄 확인은 두 번 세 번, 특히나 취소 전화는 무슨 일이 있어도 메시지 같은 걸 믿지 않고 꼭 본인과 통화한다는 것.

어떤 이들은 예능 프로그램의 기본을 코미디라고도 하고, 또 어떤 이들은 쇼라고도 한다. 어찌되었건 94년 봄부터 95년 가을까지 그렇게 1년 6개월 동안 나는 쇼 프로그램을 하면서 예능 프로그램의 기본이라고 할 만한 것들을 착착 배워나갈 수 있었다.

## 방송 프로그램은 다 작가가 만드냐구?

어디 가서 방송작가가 직업이라고 하면 그 다음 이어지는 질문은 대충 몇 가지로 나뉜다.

첫째, "근데 그게 뭐하는 거예요?"

이런 질문을 던지는 사람들은 대체로 방송에 대한 기본 지식이 없는 경우가 많은데 방송작가라는 직업이 요즘 이곳저곳에 많이 소개되다 보니 이런 원초적인 질문을 하는 사람은 별로 없다. 물론 이런 질문을 받았을 때는 진지하게 이야기해 준다.

방송에서 MC들이 하는 말을 써주고, 출연자들이 나와서 하는 대답도 대충 짜주고, 쇼 작가의 경우 어떤 가수가 노래할 때 어떤 폭죽을 쓸지, 어느 가수 노래를 먼저 시킬지, 어떤 무용단을 부를지, 뭐 이런 것들을 아이디어를 내 결정하기도 하고 정리한다고 말이다.

그럼 바로 이어지는 질문이 또 하나 있다.

"그럼 PD는 무슨 일을 하나요?"

작가의 일을 이야기하면 사람들은 그건 PD가 하는 일 아니냐고 되묻는다. 물론 상당부분 그 일들은 PD의 영역이다. 그렇지만 요즘 들어서 작가의 일이 늘어나면서 PD는 프로그램 제작과 직접 연관이 있는 부분에만 관여하는 경향이 높다.

프로그램 구성에 관해서는 PD와 작가가 함께 회의를 하고 최종 결정은 PD가 내린다. 그리고 녹화 당일날 부조정실에서 녹화를 진행하고 편집을 하는 일도 전적으로 담당 PD의 몫이다.

방송을 하면서 지켜본 PD의 역할은 오케스트라의 지휘자 역할과 상당히 닮았다. 오케스트라의 지휘자는 자신이 몸소 악기를 연주하지는 않는다. 그렇지만 모든 악기가 뒤섞여 있는 상태에서도 어떤 악기가 음이 틀렸는지, 어떤 악기가 조화가 되지 않는지를 정확히 짚어내고, 한 소리로 화음을 이루어내는 일을 한다.

PD의 역할도 비슷하다. 프로그램을 만드는 것은 작가와 PD뿐만 아니라 출연자와 소품, 세트, 의상, 조명, 음향, 촬영, 행정까지 수많은 스태프들이 함께 어울려서 해내는 것이다. 그러므로 각 스태프들의 의

견에 귀를 기울이고, 문제가 있는 부분을 발견해서 조율하고, 각 구성원들이 최고의 아이디어를 낼 수 있도록 팀 분위기를 이끌어나가는 PD의 역할이 가장 중요하다.

그런 면에서 PD와 작가는 대립적인 관계라기보다 끊임없이 서로 보완하고 함께 협력하는 관계라고 보면 된다. 그러면 그 다음 질문이 나온다.

셋째, "그럼, 처음부터 끝까지 다 써요?"

이 질문에 대한 대답은 명쾌하다. 예스! MC들이 등장하는 방법부터 안녕하세요, 안녕히 계세요, 처음부터 끝까지 다 쓴다.

심지어 토크 쇼의 경우는 출연자를 미리 인터뷰해서 어떤 식으로 이야기가 진행될지 설정하고 출연자가 하는 가상의 대답까지도 미리 써주는 경우가 많다.

이런 답변을 들은 다음에 꼭 따라오는 질문이 하나 더 있다.

"그럼, MC들이 하는 말은 없나요?"

이 질문에 대한 대답은 좀 복잡하다. 물론 MC들이 나름대로 하는 말, 즉 애드립은 있다. 그렇지만 우리나라 MC 중에서 애드립을 자유자재로 구사하는 사람은 드물다. 남자 MC의 경우 김승현이나 임성훈, 서경석 그리고 여자 MC의 경우 박미선 정도가 애드립이 강한 MC라고 할 수 있다.

사실 우리나라 방송의 경우 MC의 애드립 여지를 거의 두지 않고 있기 때문에 MC가 자유롭게 애드립을 할 수 있는 경우는 극히 드물다. 오히려 쇼나 오락 프로그램에서 MC는 독특한 캐릭터를 만들어내는 것이 더 중요하다.

예를 들어 '그것이 알고 싶다'의 문성근 같은 경우, 프로그램에 맞는 정확한 캐릭터를 만들어낸 것이라고 볼 수 있다. 진지하고 냉철한 모습은 그의 평상시 모습일 수도 있지만 '그것이 알고 싶다' 프로그램에 걸맞게 창출된 캐릭터이기도 하다.

단정한 정장에 서재처럼 꾸며진 세트라든지, 원고를 들고 읽으면서 가끔씩 시선을 바꾼다든지, 중요한 대목에서 손을 올려보인다든지 하는 것들은 모두 이런 캐릭터를 만들어내기 위한 세심한 연출이라고 할 수 있다.

'TV 가요 20'의 인기 MC였던 김호진 · 이본 커플도 잘 만들어진 캐릭터 중 하나다.

그동안의 MC라고 하면 단정하게 서서 얌전히 소개만 하는 역할을 생각했었는데, 이 둘은 그런 고정관념을 완전히 깨부수었다. 일단 노래가 나오면 카메라가 비추든 말든 신나게 춤을 추고 때로는 옷도 파티복 차림으로 맞춰 입었다.

이들이 등장할 때 주로 사용했던 오픈카나 각종 오토바이 등의 소품도 두 MC들이 즐겁고 신나는 파티 분위기를 연출했던 것과 무관하지 않다. 이들에게 제작진이 요구한 것은 노래와 춤과 스포츠를 사랑하는 젊은 커플이었다.

요즘 '섹션 TV-연예 통신'에 나오는 서경석 · 김현주 커플의 설정도 재미있다. 원래 이 프로그램의 MC는 서경석 · 한고은, 서경석 · 황수정으로 이어졌는데 딱딱한 진행으로 인해 스튜디오 분위기가 영 살아나지 않았다.

연예 뉴스 취재는 경쟁 프로와 비슷한데 스튜디오 분위기가 경쟁 프로와 비교해서 영 자유롭지 못하다는 점이 맘에 걸렸다. 그래서 첫 대본부터 서경석 · 김현주 커플이 서로 티격태격 하면서도 서로 장난도 치는 분위기로 썼다.

예상했던 대로 두 사람은 아옹다옹 서로에 대해 시기도 하고 질투도

하고 또 야릇한 시선도 보내는 그런 캐릭터를 잘 살려냈고, 스튜디오는 한결 재미가 살아나기 시작했다.

이런 설정이 너무나 성공적이었는지 요즘은 정말로 서경석과 김현주가 사귀느냐는 질문을 많이 받는데 그건 프로그램 안에서 제작진이 만든 캐릭터일 뿐이다.

그런 면에서 어떤 프로그램이든 MC 선정이 상당히 중요한데 우리가 만들고자 하는 캐릭터와 실제 성격이 비슷한 MC를 골라야 실패할 확률이 적기 때문이다.

프로그램과 관련해서 또 많이 받는 질문이 있다.

"MC들이 그 많은 대사를 어떻게 금방 외우느냐?"

물론 신이 아닌 다음에야 그 많은 대사를 금방 외울 수는 없다. 그렇지만 많은 프로그램을 진행하다 보면 MC들도 프로그램의 흐름을 알기 때문에 대본을 한 번만 보고도 프로그램을 능숙하게 진행하는 이들이 상당수 있다. 남성으로는 김승현, 여성으로는 이승연이 대표적인 경우다. 두 사람은 오랜 동안 '토요일 토요일은 즐거워'를 함께 진행했는데 한 번만 대본을 본 다음에 당장 진행에 들어가도 별 문제가 없을 정도였다.

반면 대사량이 특별히 많거나 특별히 정확하게 진행해야 하는 게임 프로그램 같은 경우에는 손에 들 수 있는 조그마한 큐 카드나 커다란 종이에 대본을 적은 프롬프터를 드는 경우가 많다.

우리나라 대표적 MC 중 하나인 A모씨는 방송가에서 프롬프터 없이는 진행을 못하는 MC로 잘 알려져 있는데, 오죽하면 프롬프터만을 전문으로 쓰는 사람을 항상 대동하고 다닐 정도였다. 재미있는 것은 이 프롬프터 담당이 몇년을 열심히 다른 사람의 대본을 베껴쓰다 보니 나름대로 대본 쓰는 노하우를 체득하여 한 방송사의 작가 공채 시험에 합격했다는 것이다.

이 프롬프터와도 관련해 재미난 에피소드가 하나 있다. 내가 한 방송에서 매일 두 시간짜리 생방송 프로그램을 할 때 있었던 일. 처음 VJ 프로그램을 하러 갔더니 신기하게도 그 긴 대본을 MC들이 카메라만 보면서 줄줄줄 잘도 외는 것이었다.

여기 있는 VJ들은 기억력이 좋아지는 약이라도 먹었나 유심히 살펴보니 그 비결은 프롬프터. 커다란 종이에 손으로 써서 카메라 옆에 척 펼쳐들었던 원시적인 프롬프터가 아니라 화면 위에 원고를 올리면 카메라 앞의 모니터에 원고가 순서대로 죽 뜨는 최첨단 프롬프터가 있었던 것이었다.

세상이 좋아지니 이런 것도 좋아지는가 싶어서 나는 그날부터 신이 나서 프롬프터를 올리기 시작했다.

그런데 그 좋은 기계에도 결함은 있었으니 바로 종이가 자동으로 올라가지 않는 것. 그야말로 완전히 사람 손에 의지하는 100프로 수동기계였던 것이다.

할수없이 내가 원고를 적당한 속도로 잡아당겨서 올라가게 하는 수밖에. 그런데 VJ들의 말하는 속도에 맞춰서 일일이 원고를 올렸다 내렸다 하려니 중간에 원고가 끊어지는 게 영 불편했다.

잔머리가 발달한 나는 당장 딱풀을 집어 들고 원고를 처음부터 끝까지 한 장으로 이어지게 죽 붙인 다음 원고 맨 앞부분을 잡고 무슨 동아줄 잡아당기듯 슬슬 잡아당기면서 속도를 맞췄다.

생방송이다 보니 조금만 실수해도 VJ가 멘트를 놓치기 십상. 나는 정신을 가다듬고 몇 미터나 되는 원고를 밀었다 당겼다 열심히 프롬프터 기계와 씨름을 하고 있었다.

내 모습을 보던 후배 작가 하나가 옆에서 이상한 얼굴로 나를 쳐다

보며 한 마디 했다.

"언니, 이거 왜 이렇게 붙였어요? 여기 이 버튼으로 조정하면 올라갔다 내려갔다 자동으로 되는데."

아! 난 역시 어쩔 수 없는 기계치였다. 세상에 그 기계 옆에 조그마하게 붙어 있는 단추만 돌리면 원고가 자동으로 올라갔다 내려갔다 속도도 맘대로 조절되는 걸 모르고 나는 몇날 며칠 원고를 풀로 붙이고 잡아당기네 미네 하면서 혼자 생 쇼를 한 것이었다.

그러고 보니 대본 때문에 생긴 실수 또 하나. 당시 내 프로그램에 VJ를 하던 사람은 개그맨 김경식이었다.

매일 두 시간짜리 생방송을 하자니 김경식이나 나나 담당 PD나 정신이 없긴 마찬가지였다.

매일매일 원고를 읽는 둥 마는 둥 시간에 쫓겨서 생방송에 들어갔는데 그날 오프닝 멘트에서 사고가 나고 말았다. 대본 옆에 내가 괄호를 치고 지문을 적어놓았던 것이 말썽이었다.

'손을 위로 뻗어 하늘 한 번 찔러보고.'

뭐 이런 식으로 지문을 써놓았는데 그저 정신없이 프롬프터만 보고 멘트를 하던 김경식, 그것도 멘트인 줄 알고 그냥 읽어내려갔던 것이다. 김경식은 한참 동안 '자, 손을 위로 뻗어 하늘 한 번 찔러보고', 이렇게 읽다가 이것이 멘트가 아니고 지문임을 눈치챘다.

당황한 김경식, 잠시 얼굴이 창백해지더니 예의 순발력을 발휘했다.

"네, 가끔씩 이렇게 하늘을 찔러보는 춤도 추고, 뭐 이렇게 걸어다니기도 하죠. 제가 좀 제정신이 아닌 것 같다구요? 여러분도 한번 해보세요. 얼마나 재밌다구요."

녹화가 끝나고 스튜디오를 빠져나온 김경식, 제일 먼저 나를 붙잡고 신신당부를 했다.

"진실씨. 저, 지문은 앞으로 대본에 쓰지 말고 그냥 말로 알려주세요, 제발."

## 부부 방송작가로 살아가기

방송국에 간 첫날부터 내가 결심한 게 몇 가지 있었는데 그중 반드시 지켜야지 했던 것이 바로 '방송국에서는 연애를 하지 않는다'는 것이었다.

지금 돌이켜 생각해 보면 내가 왜 이런 아리송한 결심을 했는지 잘 모르겠지만 아마도 사회 초년병 입장에서 사내 연애 같은 건 하지 말고 죽어라 일만 열심히 해보자, 뭐 이런 야무진 결심이 아니었나 싶다.

그러나 세상 일이 어디 맘먹은 대로 되는 건가? 우습게도 나는 이런 결심을 하면서 처음 시작한 프로그램에서 지금껏 나와 한솥밥을 먹고 한이불에서 잠자는 남자를 만나고야 말았던 것이다.

맨 처음 맡았던 KBS '청춘 스케치'는 지금은 KBS 헬스장이 되어버린 참으로 넓은 방을 '토요대행진'이라는 프로그램과 사이좋게 나눠쓰고 있었다. 당시 '토요대행진'에는 남녀 각각 두 명씩, 네 명의 작가가 일을 하고 있었는데 그중의 한 사람, 도대체 정체를 알 수 없는 이가 존재하고 있었다.

일단 외모로 봤을 때는 대학생 정도로밖에 보이지 않는데 매일 오후 일정한 시간에 출근을 하는 것으로 보아 학교에 다니는 것 같지는 않았다. 그렇다고 그가 어디 방송국 한구석에서 원고를 끄적대는 걸 본 적도 없어서 작가라고 하기에도 뭔가 꺼림칙한 부분이 있었다.

그의 신분을 아리송하게 하는 건 이것뿐이 아니라 일단 방송국에 오면 시도 때도 없이 소파에 누워 자기 일쑤였고, 어떤 날은 오전에 내가 방송국에 갔더니 그 소파에서 밤을 샜는지 부스스한 모습으로 한쪽 구석에서 일어나기도 했다. 그가 주로 하는 일은 매일 그 방 한켠에서 음악을 듣고, 음반을 정리하는 일이었다.

게다가 우리 대학생 PD들에게는 한 마디 말을 건네는 법도 없고, 그저 자기 일만 끝내고 총총 사라지기 일쑤여서 대학생 PD를 시작하고 상당 시간이 흘러도 그의 정체에 대해서는 여러 가지 억측만 구구했다. 프로그램 진행을 보는 FD라는 설에서부터 대학생 작가라는 설, 무명 작곡가라는 설까지 오만 가지 이야기가 오갔다.

그러던 어느 날 쇼 프로그램이었던 '토요대행진' 이 시청률 저조로 코미디 프로그램으로 성격이 확 바뀌면서 그의 정체에 대해서 알 수 있는 기회가 왔다.

그의 이름은 박준배, 현재 신분은 대학 휴학생, 그리고 '토요대행진' 작가. 작가이기는 하나 그가 하는 일은 음악 작가 같은 역할로 '토요대행진' 에서 신인가수들을 발굴해 노래를 시키는 코너를 맡고 있었던 것. 아무튼 프로그램의 성격이 바뀌면서 그는 하루아침에 실업자 신세가 되었고, 이를 불쌍히 여긴 담당 PD가 휴학생이긴 하나 대학생 신분이므로 '청춘 스케치' 대학생 PD가 되어 너의 뜻을 마저 펼치라며 기회를 주었던 것이다.

미지의 사내가 우리와 같은 대학생 PD가 되는 순간이었다. 결국 그는 그날부터 우리와 똑같이 출연도 하고, 방청객 박수도 유도하고, 설문조사도 다니고, 섭외도 하는 그런 신세가 되었다. 그러나 우리보다 방송국 밥을 몇 끼 더 먹었고 나이도 제일 많다는 이유로 그는 우리들에게 밥도 잘 사주고 술도 잘 사주는 좋은 선배가 되어주었다.

그런 이유로 나도 아무 의심 없이 그를 '오빠'라 부르며 잘 따르게 되었다. 그런데 알고 보니 그는 나와 같은 89학번, 물론 나는 재수를 해서 90학번이지만 엄연히 고등학교까지는 같이 다닌 처지였다.

그렇지만 한번 '오빠'라고 불러놓고 물르기도 그렇고 그냥 계속 오빠 동생 사이를 유지하고 있었는데 어느 날 다같이 모여서 밥을 먹는 자리에서 그가 심각하게 이야기를 했다.

"야, 난 너처럼 나이 많은 애가 나한테 오빠라고 부르는 게 싫어. 내가 오빠는 무슨 오빠냐? 그냥 이름 불러."

이게 웬 떡! 안 그래도 그냥 이름 부르고 싶었는데 본인이 먼저 이렇게 백기를 들다니. 나는 옳다구나 기회가 왔다 싶어 '준배야' 하고 이름을 불러댔다.

잠시 후, 밥 다 먹고 나서 그가 또 나를 불렀다.

"근데 니가 내 이름 부르니까 너무 무섭다. 그냥 앞으로도 오빠라고 해라."

세상에, 이건 또 무슨 경운가! 자기 맘대로 이름 불러라 했다가 다시 오빠라 부르라니, 아니, 이름 부르는 게 겁난다니 기가 막힐 노릇이었다. 그러나 그때까지는 그리 가까운 사이도 아니었고, 그걸 가지고 괜히 시비거리를 만들 생각도 없어서 나는 또 얌전히 '오빠'라고 호칭을 바꿨다.

잠시 이런 호칭의 혼란이 있었던 걸 빼고 우리는 그냥 좋은 오빠 동생으로 늘 후배들과 함께 어울려 같이 놀고 먹고 떠드는 즐거운 사이가 되었다. 그 사이에 나는 앞서 이야기했던 '유쾌한 청문회'를 시작했고 박준배는 '연예가 중계'를 시작했다.

같은 방송국에 근무했지만 일하는 방이 달라 예전처럼 자주 만나지는 못했는데 어느 날인가 그가 선후배와 함께 지금 당장 제주도를 간다며 나도 같이 가자고 졸라댔다. 당연히 나는 일 때문에 못 간다고 했고, 그는 아주 조금 아쉬운 표정을 짓더니 휙 제주도로 날아가 버렸다.

그리고는 다시 와서 생일 선물이라며 당시 내가 좋아하던 조규찬의 테이프와 러브 미터라는 요상한 물건을 손에 쥐어주고 가버렸다. 러브 미터는 유리관 속에 빨간 액체가 담긴 물건이었는데 손으로 유리관을 감싸쥐면 체온으로 인해 빨간 액체가 죽죽 올라가는, 참으로 비실용적이며 용도를 알 수 없는 물건이었다.

그 이후로 이상하게 우리는 둘이서 만나 밥을 먹고 이야기를 할 기회가 많아졌다. 사실은 안주가 많이 나오는 술집을 잡아놓고 후배들을 부르면 하나같이 후배들이 바쁘다며 우리를 왕따시킨 것이어서 처음부터 우리 둘이 만날 의도는 눈곱만큼도 없었다.

그렇게 며칠을 둘이 만나서 이야기를 하면서 나는 그가 나와 너무나 많이 닮았다는 걸 느꼈다. 생각하는 것, 행동하는 것, 식성, 좋아하는 가수, 종교, 희망, 연애경력까지도 참 비슷한 게 많았다. 왜 지금까지 그런 사실을 눈치채지 못했을까 의아할 정도로 그와 나는 닮은 데가 많았다.

그러는 동안 나는 SBS로 방송국을 옮기게 되었고, 내가 연수를 시작한 첫날 그는 이른 새벽 차를 몰고 와서 나를 잠실에서 등촌동까지 출근시켜 주기 위해 집 앞에서 기다리고 있었다. 원래 조간신문을 읽고서야 잠자리에 드는 생활습관을 가진 그로서 새벽 7시에 우리집 앞에서 기다린다는 건 꼬박 밤을 새고 초인적인 의지로 차를 몰고 왔다는 뜻이었다. 아! 감동, 감동!

그는 내가 연수를 다닌 한달 동안 하루도 거르지 않고 이른 새벽 우리집 앞에 차를 댔고, 나는 하루를 시작하는 아침 그의 얼굴을 보면서 기분좋게 출근도 하고, 같이 아침도 먹으며 이른바 새벽 데이트를 할

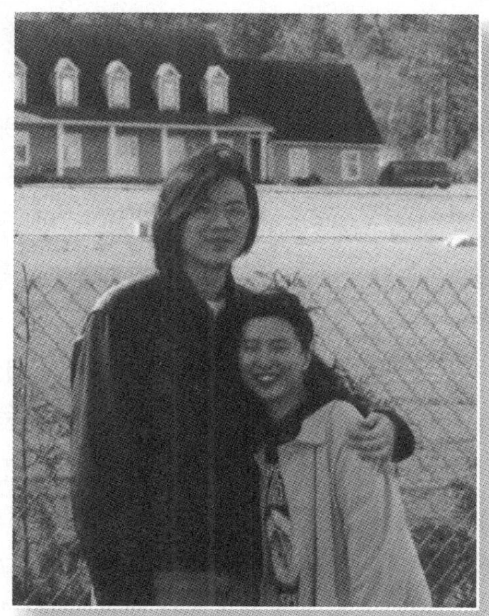

남편 음악작업 관계로
캐나다 밴쿠버에서
6개월 살 때

수 있었다.

이렇게 우리가 사귄 지 딱 한 달. 아침에도 만나고 오후에도 만나고 한 달 내내 도합 47번인가를 만난 다음 우리는 누가 뭐랄 것도 없이 결혼을 해야겠다고 결심을 했다. 사실 너무 이른 것 같아서 걱정도 됐지만 서로에 대한 확신이 있었기에 나는 선택에 자신만만했다.

이렇게 몰래 데이트 하기 몇 달, 우리는 마침내 친한 사람들에게 우리 관계를 털어놓기로 결심했다.

"저, 나 실은 준배 오빠랑 사귀는데 결혼할 거야."

사람들의 반응은 한 마디로 썰렁했다.

"말이 되는 소리를 해라."

"그래? 같은 날 서로 다른 사람이랑 결혼한다고?"

심지어 어떤 가수는 '너희 둘이 결혼하면 내가 손가락을 자른다' 는 극단적 반응까지 보였다.

그러나 애석하게도 그들의 예상은 철저하게 빗나가고, 95년 9월 29일, 우리는 결혼을 하고야 말았다. 내 나이 24세, 그의 나이 25세였다.

우리 결혼식은 축제 그 자체였다. 둘 다 워낙 어린 나이라 주변 친구들 중에 제일 일찍 결혼하는 커플이었기 때문에 양쪽 친구들이란 친구들은 호기심에 죄다 참석을 했다.

게다가 그때 나는 SBS의 'TV 가요 20' 을 하고 있었고, 남편은 MBC의 '토요일 토요일은 즐거워' 와 KMTV의 대학생 프로그램을 하고 있었다. 거기다 나를 처음 작가 시켜줬던 사촌오빠는 KBS의 '가요 톱 텐' 을 연출하고 있었기 때문에 특히나 가수 매니저들 사이에서는 우리 결혼식에 안 왔다가는 당분간 방송 활동하기 어려울 거라는 흉흉한 소문이 나돌게 되면서 우리 결혼식은 흥행 대성공이었다.

물론 사건도 없지 않았다.

우선 축가문제. 처음 결혼날짜를 잡을 때 누구한테 축가를 부탁하나 고민하다가 먼저 친분이 있는 가수 김건모에게 부탁을 했다. 일단 오케이. 그리고 결혼식 준비위원장은 서태지와 아이들의 매니저였던 최진열씨. 모든 게 순조로웠다.

그러나 이게 웬일? 결혼식을 앞두고 건모 오빠가 소속사를 옮기는 과정에서 사정이 복잡해지자 돌연 잠적을 하고 만 것이었다. 게다가 우리 결혼식 날짜에 맞춰 미국 교포 위문공연이 잡히는 바람에 믿었던 가수들이 줄줄이 해외로 나가버린 것이었다.

이때 바람처럼 나타난 톱가수 한 사람, 바로 박진영. SBS 데뷔 무대를 'TV 가요 20' 으로 한 인연도 있고, 평소에도 예의 바르고 성실한 그가 결혼식 축가를 맡아주기로 한 것이었다.

그가 결혼식 레퍼토리로 정한 곡은 그의 히트곡이기도 한 '영원히 둘이서'. 나중에 팝 그룹 포트레이트가 번안해서 부르기도 한 이 곡은 정말 결혼식 축가에 딱 들어맞는 아름다운 가사에 감미로운 멜로디가 절묘하게 어우러졌다.

그러나 또 이 곡이 문제가 됐다. 결혼식은 평소 내가 다니던 교회에서 치러졌는데 교회 규칙상 교회당 안에서 찬송가 외에 다른 곡을 부르는 것은 허락되지 않았다. 곡은 이미 결정되어 있었는데.

결혼식은 예정대로 치러지고 드디어 축가 순서가 되었다. 작곡자인 김형석씨는 영문도 모른 채 반바지 차림으로 헐레벌떡 반주를 하러 나오고, 정장 차림의 박진영이 노래를 시작한 것까지는 좋았는데 하객들의 반응이 영 아니올시다였다.

지금 나를 보고 있는 니가 믿어지지가 않아
눈부시게 아름다운 모습에 난 눈물이 흐르지만
그대 곁에서 머물러
그대 품에 안겨 꿈을 꾸며
나의 모든 소망과 꿈들을 너와 나누고 싶어
별이 지지 않는 그날까지…

가사를 음미해 보니 이 곡은 찬송가가 아니었던 것이다. 하객들은 모두 목사님 얼굴을 쳐다보지도 못하고 죄인처럼 고개를 숙이고 있고, 덩달아 신랑 신부도 목사님이 노래 그만 하라고 하시지 않을까 눈치보느라 정신이 없고…. 그 와중에도 박진영은 2절까지 씩씩하게 축가를 끝냈다.

지금도 그때 비디오를 보면 정말 웃긴다. 결혼식이 아니라 그 장면

만은 무슨 장례식 같은 분위기다. 그중에서도 압권은 우리 부모님인데 얼굴이 굳어진 채 고개를 푹 숙이고 있는 모습이 정말 심각하기 그지 없다. 아마도 박진영에게 있어서도 그날의 축가는 잊지 못할 노래가 되지 않았나 싶다.

결혼식 당일까지 두 프로그램을 하느라 정신이 없었던 우리 남편, 나중에 알았지만 또 사연이 있었다. 나와 결혼을 해야겠다고 결심을 하던 당시 남편의 통장에는 달랑 6천 원밖에 없었다고 한다. 이래서는 결혼이고 뭐고 안 되겠다 생각한 그는 무리를 해서 여기저기 뛰어다니며 프로그램 두 개를 맡았던 거다.

그래서 결혼식 당일날 있었던 웨딩 촬영 때도 사진 한 컷 찍고 돌아서서 대본 쓰고, 또 사진 한 컷 찍고 의자에 앉아서 대본 쓰고 했다. 남들이 보면 무슨 결혼식날까지도 일을 저렇게 열심히 하나 참 대단한 신랑이다 하겠지만 일생에 한 번 있는 결혼식날도 대본을 써야 하는 방송작가의 입장이 되어보면 마냥 좋게만 보이지는 않을 것이다.

결국 신혼여행은 그동안 밀린 잠을 보충하는 여행이 되어 우리는 괌으로 신혼여행을 갔음에도 바닷물에 몸 한 번 못 담가보고 그저 호텔 수영장에서 수영 두 번 한 것으로 만족해야 했다.

가끔씩 사람들은 묻는다. 같은 작가랑 결혼해서 좋은 점이 뭐냐고. 좋은 점? 이루 말할 수 없을 정도로 많다. 흔히들 같은 직종에서 일하면 서로에 대해 너무 많이 알아서 오히려 안 좋다고 말하는 사람도 있는데 내가 보기에는 장점이 훨씬 많다.

일단 출퇴근이 부정확하고 미래가 불확실한 방송작가의 특성상 일반 회사에 다니는 사람으로서는 이해하지 못할 일들이 상당히 많다. 예를 들어 어떤 날은 하루종일 출근 안하고 집에서 팽팽 놀다가 어떤 날은 연이틀 집에도 안 들어오고 방송국에서 꼬박 샌다든지, 어떤 달은 일년치 돈을 한꺼번에 벌어오는 경우가 있는가 하면 6개월은 통장에 1원 한 푼 안 들어오는 경우도 있다.

이럴 때 방송일을 모르는 사람이라면 미주알 고주알 다 설명을 해야 하지만 우리는 그러지 않아도 된다.

"나, 섭외한 사람 펑크 나서 오늘 다시 섭외해야 돼. 집에 못 들어갈 거야."

"오늘 새로 일 하나 시작했는데 이런저런 프로그램이야."

"나 오늘 일 그만뒀어. PD가 영 나랑 안 맞아."

뭐, 대충 이 정도의 설명이면 그것으로 끝이다.

게다가 우리 둘은 프로그램을 같이 한 경우도 많고, 연애할 때부터 워낙 이 방송 저 방송 같이 쏘다니면서 남편 회식 자리에 나도 끼고, 내가 MT를 가면 남편도 따라오고 해서 내가 아는 사람은 남편도 알고, 남편이 아는 사람은 나도 아는 그런 인간관계가 형성된 것이다. 그야말로 척 하면 딱 하는 사이가 된 것.

좋은 점 또 하나. 몸이 불편하면 서로 가서 소위 땜빵이라는 것도 해 줄 수 있다. 내가 갑자기 몸이 아프면 남편이 대신 원고를 써서 담당 PD에게 가 사정 이야기를 하고 대신 회의를 하기도 하고, 또 남편이 아프면 내가 대신 원고를 쓰기도 하고…. 물론 이런 것은 아주 희귀한 경우라 내가 교통사고를 당해 얼마 동안 방송국에 못 나갔을 때를 제외하고는 일어나지 않았지만 간혹 서로 너무 원고를 쓰기 싫어서 떠넘기기도 한다.

"내가 대신 설거지 해 줄테니까 니가 이거 좀 써라."

"그럼 내가 이거 쓸 테니까 오빠가 인터넷으로 자료 좀 찾아줘라."

물론 살면서 아주 감동적인 순간도 있었다. 내가 너무 피곤해서 아침에 넘겨야 할 원고를 써야지 써야지 하면서 그냥 잠이 든 날. 아침에 일어나보니 우렁각시가 왔다 간 것처럼 컴퓨터 위에 대본이 곱게 써져 있는 게 아닌가! 그 밑에는 남편의 사랑이 담긴 메시지까지 첨부해서.

'피곤한 것 같아 내가 대충 썼다. 니가 보고 잘 고쳐라! 쉬엄쉬엄 해라. PD한테는 조금 늦게 대본 보낸다고 전화 해놨다.'

아, 이럴 때는 정말 감동의 도가니탕이다. 누가 우리가 안 어울린다고 했던가? 도대체 누가 우리가 결혼하면 손가락을 자르겠다고 했던가? 아무튼 작가랑 결혼해서 더 좋은 점이 많다. 아주 많다, 훨씬 많다.

장점을 얘기했으니 단점도 이야기하자면, 우선 너무 많은 사람들이 우리의 일거수 일투족에 관심을 가져준다는 거다. 신혼 초 만나는 매니저나 PD들이 가끔씩 내게 다가와서 일러주었다.

"너네 남편이 누구누구 코디랑 같이 밥을 먹더라."

"니 남편이 어떤 여자 작가랑 같이 어디를 가더라."

뭐 이런 정보를 수시로 주는 통에 상당히 피곤했다. 일일이 남편 붙잡고 확인을 하자니 구차해 보이고, 그렇다고 아예 무시하자니 신경 쓰이고…. 결국 이런 모든 지나친 관심과 정보가 다 오해에서 비롯된 것임이 밝혀졌지만 아무튼 당하는 초기에는 상당히 불편했다.

또 한 가지 단점. 한집에 산다고 사람들이 자꾸 우리 둘을 한꺼번에 엮어서 생각하는 경향이 있다는 것. 예를 들자면 엄연히 내가 작가인 프로그램인데 휴일날 회의하면서 자꾸 남편도 나오라고 해서 얼떨결에 부부 프로그램을 만든다든지, 원고량을 늘리면서 둘이 같이 쓰면 되지 않냐는 둥 돈은 한 사람분을 주면서 두 사람분을 기대하는 경향이 있다.

사실 우리 둘은 다른 사람들과 달리 한 프로그램에서 같이 일하는 걸 재밌어하기도 하지만 이런 경향이 자주 나타나서 요즘은 같이 한 프로그램 하는 걸 자제하고 있다. 우리는 각기 다른 방송작가 전진실과 박준배이지 결코 한 사람 돈 받고 같이 뛰는 작가가 아니잖는가.

아무튼 이런 소소한 단점들을 제외하면 부부가 같은 일을 한다는 건 즐거움이 더 많다. TV를 볼 때도 우리는 훨씬 더 재미있게 볼 수 있다.

예능 프로그램은 일단 방송 3사의 작가와 PD를 거의 알기 때문에 프로그램을 보면서 요즘 어떤 작가와 PD가 물이 올라서 잘나가는지, 누가 슬럼프에 빠졌는지 등을 파악하며 볼 수 있고, 각자 일했던 경험으로 방송사의 특성이나 작가와 PD의 특성이 어떻게 프로그램에 녹아 있는지, 누가 뭘 잘하고 누가 뭘 못하는지 적당히 칭찬도 하고 적당히 씹어도 가면서 보다 보면 정말 '동해물과 백두산이' 까지 시간이 뚝딱 간다.

그러나 나의 이런 이야기를 듣고 남자 작가와 결혼하기 위해 방송작가를 시작하는 사람이 있어서는 절대 안 된다. 방송국 안에서 남자 작가를 찾아보기란 정말 백사장에서 바늘 찾기보다 어렵고 게다가 미혼의 남자 작가는 거의 전멸에 가깝다고 해도 과언이 아니다.

일단 남자 직업으로서는 안정성이 떨어진다는 게 일반적인 생각이고(언제 잘릴지 모르니까) 많은 사람들을 상대하며 섬세하게 풀어나가야 하는 직업상 여성이 더 잘 어울리기도 하고, 이런저런 이유로 방송국에서 남자 작가라는 사람들을 찾아보기는 참으로 어려운 일이 되고 말았다.

오죽하면 몇해 전 한 방송문화원 작가 교실은 100프로 여성으로만 채워져 완벽한 여탕을 연출했다고 하지 않던가.

그래서 어렵게 사내 연애를 시작한 커플 중 대다수는 남자 PD와 여자 작가의 만남이다. 작가들끼리 하는 말 중에 이런 말도 있다.

"작가랑 결혼한 PD치고 인간성 나쁜 PD 없다."

일단 작가랑 결혼하면 PD도 작가 일에 대한 관심이 생기고 이해의

폭도 넓어지고 다른 작가들을 보면서 '우리 마누라도 저러겠구나' 하면서 한 번 더 생각을 하게 마련이므로.

아무튼 어떤 사람을 배우자로 만나든 서로의 일에 대해 얼마나 이해를 하고 배려를 해주느냐, 그것이 행복한 결혼생활의 관건이 아니겠는가.

## 스태프들은 덥다고 단체로 수영장 가버리고

작가 생활을 시작한 지 꽤 오랜 시간이 흘렀지만 어떤 프로그램이 가장 기억에 남느냐, 또는 어떤 프로그램이 가장 재미있었느냐는 질문에 이것이다 하고 자신있게 말할 프로그램이 아직 내게는 없다.

당시에는 하루하루 출근하기가 죽기보다 싫었던 프로그램이 돌이켜 생각해 보면 나에게 참 많은 것을 가르쳐준 프로그램이 되었는가 하면 당시에는 즐거웠지만 끝나고 나서 인간관계 때문에 괴로웠던 프로그램도 있었기 때문이다.

가끔씩 몇 가지 프로그램 중에 어떤 프로그램으로 갈까 행복한 고민을 하는 후배나 지금 하고 있는 프로그램이 너무 힘들어서 고민하는 후배들에게 나는 이렇게 이야기를 한다.

"프로그램을 하는 이유는 보통 세 가지가 있다. 첫번째, 시청률이 너무너무 잘 나와서 모든 것이 순풍에 돛단 듯 잘나가는 프로그램. 두번째, 프로그램 자체의 인기는 별로지만 팀 구성원들이 하나같이 너무 착하고 좋은 사람들이라서 그 속에 있는 것만으로도 즐거운 프로그램. 세 번째, 이도 저도 아니지만 돈을 너무 많이 줘서 그냥 매주 돈 세는 것만으로 즐거운 프로그램. 물론 이 세 가지가 모두 갖춰진다면야 하느님 땡큐, 더 이상 바랄 게 없지만 이중 어느 한 가지만이라도 충족시키면 그것에 감사하고 프로그램을 할 것이며, 만약 이 세 가지 중 어느 것 하나 충족시키지 못한다면 그 프로그램을 관두는 게 좋다. 그렇지만 이 세상에 아무리 나쁜 프로그램이라도 배울 것은 분명히 있다. 단지 그 과정이 너무 어렵고 힘들 뿐이다."

나도 어떤 때는 프로그램이 너무 좋아서, 또 어떤 때는 팀원들이 너무 좋아서, 또 어떤 때는 돈이 너무 탐나서 프로그램을 한다. 96년에 MBC에서 했던 '김동건의 텔레비안 나이트'라는 프로그램은 이 세 가지 조건 중에서 두 번째, 사람들이 너무 좋아서 일하면서 즐거웠던 프로그램으로 확실히 기억된다.

때는 96년 늦은 봄. MBC에서는 그간 KBS에서 활동하던 MC 김동건씨를 영입, 새로운 토크 쇼를 만들 계획을 세웠다. 시간대는 심야. 진지하면서도 유머러스한 김동건씨가 각계각층의 사람들을 만나서 자연스런 이야기를 나눈다는 기본 설정. 당시 토크 쇼에 으레 따라붙는 보조 MC로는 콧수염 가수 김흥국씨가 섭외됐다.

그러나 프로그램을 시작도 하기 전에 곳곳에서 여러가지 우려가 쏟아져 나왔다. 일단 '텔레비안 나이트'라는 이름을 단 프로그램 중에는 장수한 프로그램이 없다는 거였다. 이상하게도 이 이름만 달면 프로그램이 단명을 했다나.

게다가 게스트 섭외를 두고도 정치권 사람을 해야 한다느니, 그러면 너무 딱딱해지니 연예인을 해야 한다느니, 하루에도 몇 번씩 방향이 바뀌었다. 사실, 작가를 하다 보면 처음부터 자리를 못 잡는 프로그램은 오래 가지 못한다는 것을 대충 알게 된다.

그런 면에서 '텔레비안 나이트'의 시작은 충분히 우려할 만큼 처음

부터 흔들리고 있었다.

그러나 이 프로그램에서 결정적으로 발을 빼지 못하게 하는 이유가 있었으니 바로 우리 팀의 구성원들이었다. 우선 담당 PD는 유근형 씨. MBC 내에서 성인의 반열에 오를 만큼 도덕군자라는 이야기를 듣는, 척 보기에도 맘씨 좋은 PD. 맘만 좋은 게 아니고 샤프하기까지 해서 그가 내놓는 아이디어는 작가의 밥줄을 끊어놓을 만큼 훌륭한 것들이었다.

그리고 또 한 사람 나와 함께 일하게 된 작가는 이 책에도 글을 쓴 김현희 씨. 그녀는 그 프로그램에서 처음 만난 작가였으나 생글생글 웃는 인상에서부터 허수경을 닮은 시원한 이목구비, 게다가 솔직한 성격, 화끈한 말투 등이 한마디로 나와 죽이 잘 맞았다.

김현희 작가와 나는 대본을 정확하게 반으로 툭 쳐서 매주 두 명 나오는 게스트를 한 명씩 나눠서 인터뷰하고, 대본 쓰고, 사이좋게 작업을 했다. 사실 토크 쇼라는 장르는 작가에게 상당히 매력적이고 또 공부도 많이 되는 분야다.

지금은 일반인들을 포함해서 화제가 되는 인물들을 스튜디오로 불러놓고 이런 얘기 저런 얘기하는 토크 쇼가 거의 전무하다 싶을 정도로 사라졌다. 대신 6mm 카메라의 등장으로 화제의 인물들은 거의 다 야외에서 촬영하는 것으로 바뀌었다. 그렇지만 '이홍렬 쇼'를 기점으로 한 연예인들의 신변잡기 토크 쇼가 등장하기 전까지만 해도 이런 종류의 토크 쇼가 방송국마다 하나씩은 있었다.

당연히 출연하는 사람들의 개성도 가지가지, 직업도 가지가지. 그래서 김현희 작가와 나는 진짜 오만 사람들을 다 만나고 다녔다.

세계 오지 여행가로 잘 알려진 한비야 씨를 만나기 위해 그녀가 책을 집필하고 있던 시골집으로 찾아가서 감자랑 옥수수를 얻어 먹으며 그날로 언니 동생으로 말을 트기도 했고, 탤런트 홍진희 씨를 만나 일산에서 피자를 나눠먹으며 그녀만큼 잘생긴 그녀의 남동생을 보고 감탄하기도 했다.

또 우리나라 여성 국극의 살아 있는 전설 김진진 여사를 만나 여성 국극이 한창 인기를 얻을 때는 그녀들의 인기가 서태지 못지 않았다는 이야기를 들었고, 〈공부가 제일 쉬웠어요〉의 저자 서울대 법대 입학생 김승수 씨를 만나 그가 왜 고액 과외 아르바이트를 포기하고 책을 썼는지도 들었다.

매주 이런 식으로 사람들을 만나다 보니 자연히 우리들의 얼굴도 두꺼워져만 갔다. 대충 인터뷰를 어떤 식으로 풀어나가야 상대편이 마음의 문을 열고 진심으로 우리를 대하는지, 어떤 이야기를 해야 즐거워하는지 파악하게 되었다.

그중에서 가장 인상적이었던 사람들은 비슷한 직종의 라이벌 세 사람씩을 초대했던 '영어 선생님' 편의 곽영일, 박현영, 오성식 씨와 '노래 선생님' 편의 구지윤, 서수남, 현미 씨. 이들 여섯 명은 모두들 달변이었는데 그중에서도 곽영일씨의 말솜씨를 잊을 수 없다.

곽영일씨는 척 보기에도 웃음이 나올 정도로 유쾌한 외모를 가졌을 뿐 아니라 영어와 관련된 무수한 에피소드로 우리들의 배꼽을 잡았다.

예를 들자면 엘리베이터에서 다른 사람에게 '5층 좀 눌러주세요' 라고 할 때 '다섯 때려요(Hit five)' 라고 흔히들 말하는데 순진한 한국사람이 엘리베이터를 탔다가 우락부락 무섭게 생긴 흑인이 '다섯 때려' 하길래 너무 무서워서 아무 말도 못하고 벽에다 머리를 다섯 번 찍었다는 이야기며, '용산' 을 미국식으로 발음하면 '양산' 비슷하게 들리는데 그걸 진짜 '양산' 으로 알아들은 택시기사가 몇 시간씩 차를 몰아 경상도 양산까지 가서 외국인을 내려놓았다는 얘기까지 끝이 없었다.

당시 삐삐밴드의 노래 '유쾌한씨의 껌씹는 방법' 이 유행하고 있었는데 곽영일 씨의 이런 유머에 감동받은 김현희는 즉석에서 가사를 바꿔 '곽영일씨는 유쾌하기도 하지' 하는 노래를 불렀다.

현미 씨는 대본을 전해주러 직접 집에 찾아갔는데 엄마도 한참 엄마뻘인 그녀가 평소에도 너무나 활기가 넘치고, 집에서는 영락없는 자상한 할머니가 되어 손주들에게 노래도 불러주고 이야기도 해주는 모습을 보았다.

'텔레비안 나이트' 를 하면서 여러가지 사건도 많았지만 출연자와는 무관하게 방송 제작진들끼리 벌어진 재미난 사건도 있었다. 바로 수영장 사건이었다.

때는 어느 여름날. 좁은 방 안에서 매일 회의에 회의를 거듭하다 보니 지치고 짜증나는 건 당연지사, 회의는 그만두고 다같이 수영장이나 가자는 의견이 나왔다.

당연히 찬성 대찬성. 당장 다음날 작가며 조연출, 그리고 진행을 맡은 FD까지 수영복을 싸들고 나왔다. 그러나 담당 PD는 가지 않겠다며 난색을 표했다. 사실 정상적인 팀이라면 담당 PD가 가지 않겠다고 하면 대충 꼬리를 내리고 '그냥 없었던 일로 하자' 가 되어야 하는데 당시 우리들은 달랐다. 이왕 이렇게 된 거 담당 PD에게 뒷일을 맡기고 모두 수영장으로 내달렸다.

처음 목표는 여의도 한강 둔치 수영장. 그러나 일단 마음이 허공에 뜨자 이렇게 나온 김에 물 좋은 곳으로 가자는 데 의견일치. 김현희와 나, 조연출, FD 이렇게 남자 둘, 여자 둘은 동부이촌동 한강 수영장으로 가서 선탠을 합네 수영을 합네 하며 즐거운 시간을 보냈다.

문제가 생긴 것은 회의실. 담당 PD 혼자 앉아 방을 지키고 있으려니 오며가는 연예인 매니저들이 한 마디씩 말을 던졌다.

"아, 다들 어디 가고 PD님 혼자 앉아 계세요?"

"애들 다 수영장 갔어요."

"수영장요?"

"네, 덥다고 그러더니 휙 나가버렸어요."

PD가 이렇게 방 안에서 우리들의 만행을 이야기하고 있는 동안 우리는 희희낙락 수영을 끝내고 얼굴이 벌겋게 달아올라 다시 방송국으로 유유히 들어왔다.

지금 생각해 보면 조금 철이 없는 행동이었던 것 같지만 그래도 당시로는 너무나 즐거운 파격이었다. 생각해 보라. 휴가도 아니고 조퇴도 아니고 멀쩡히 출근해서 회의하다가 뽀로로 달려나가서 수영장에서 수영하다가 돌아온 작가와 연출자를 말이다.

이렇게 즐거웠던 '텔레비안 나이트' 시절은 아쉽게도 짧게 끝이 나버렸다. 프로그램이 막을 내린 것이다.

사실 그 자체로는 별로 기억나는 프로그램은 아니었지만 그 프로그램을 통해 좋은 사람들을 많이 만났고, 또 그들과 좋은 인연으로 맺어져 지금까지 좋은 관계를 유지하고 있는 걸 보면 역시나 세상에 나쁜 프로그램은 없다. 적어도 나에게 있어서는 말이다.

## '아름다운 TV-얼굴'의 아름다운 얼굴들

박상원의 '아름다운 TV-얼굴'은 나의 방송작가 생활에서 가장 오랜 기간 계속하고 있는 프로그램이다. 처음 생겼던 6개월과 잠시 프로그

'충전 100%' 하던 시절. MC박소현, 강성민과 함께. SBS분장실에서(뒷줄 오른쪽)

램을 떠나 있던 6개월을 제외하고 계속하고 있으니 누가 뭐래도 '아름다운 TV-얼굴'에 대한 애착은 남다른 편이다.

처음 생겼을 당시만 해도 이 프로그램이 지금처럼 큰 인기를 누리며 장수하리라고 생각한 사람은 없었다. 그저 독특한 시도와 인간에 대한 새로운 접근방식이 신선하게 느껴져서 새롭다는 느낌을 받은 시청자들이 많았을 뿐이다.

지금에야 '아름다운 TV-얼굴'의 독특한 화면 색깔이나 편집 방법 등이 너무나 보편화되어 오히려 일반적인 것이 되어버렸지만, 시작 당시만 해도 이 프로그램의 화면은 신선과 충격 그 자체였다.

수많은 사람들이 TV 수상기가 고장나서 이상한 색깔이 나오는지 알고 연신 TV를 두들겨댔으며, 어떤 사람들은 신청하지도 않았는데 집에 케이블 TV가 나온다며 즐거워하기도 했다고 한다. 리포터나 질문자도 없이 스타들이 혼자 주절주절 대답을 하고, 다른 데서는 볼 수 없는 전생이니 무인도에 가져갈 세 가지니 하는 질문을 던지는 프로그램은 분명 독특했다.

'아름다운 TV-얼굴' 에 관해서 처음부터 갖고 있는 생각이 있다면 그것은 인물을 테마로 한 세련된 프로그램이었다.

좀더 자세히 설명을 하자면 '평범한 사람들의 특별한 일상, 그리고 특별한 사람들의 평범한 일상' 이라는 것이 내가 갖고 있는 프로그램에 대한 생각이었다.

겉으로 보기에는 참으로 평범해 보이는 우리 이웃들의 특별한 모습, 그 모습이 특별한 취미가 되었든 특별한 가정사가 되었든 별난 직업이 되었든, 한 평범한 인간의 특별한 모습을 담아내는 재미, 거기다가 특별해 보이는 연예인의 평범한 일상이었다.

TV에서 화려하게만 보이는 연예인들의 화장 안 한 모습, 밥 먹는 모습, 친구들과 만나 수다 떠는 모습 등 그런 평범하고 소박한 이야기들을 담아내고 싶었다. 그리고 기왕이면 이런 이야기들을 아무도 시도하지 않은 특별한 화면 구성 속에 포장하고 싶었다.

3년 넘게 100회 이상 프로그램이 계속되면서 때로는 시간대 주시청자들의 취향에 맞추다 보니, 때로는 시청률에 밀려서, 또 때로는 이런저런 압력으로 이런 생각을 초지일관 지켜나갈 수 없는 경우도 많았다.

그러나 나는 아직도 '아름다운 TV-얼굴' 을 사랑하는 시청자들은 그런 초기의 모습들을 지켜주었으면 하는 희망을 갖고 있다고 생각한다. 그리고 나 또한 그런 초기의 생각들을 지켜가려고 노력한다.

'아름다운 TV-얼굴' 을 인기 프로그램 선상에 올린 결정적인 코너는 다름 아닌 '셀프 카메라' 였다. 지금은 6mm 카메라를 이용한 셀프 카메라 형식이 널리 보편화되어 이 코너 이름인 '셀프 카메라' 가 여기저기서 마구 사용되고 있지만 누가 뭐라 해도 그 원조는 '아름다운 TV-얼굴' 이다.

지금은 많은 연예인들이 카메라 사용법도 잘 알고 촬영도 전문가 못지 않게 잘 해서 별 문제가 없지만 방송 초반만 해도 카메라 사용법이 익숙지 않은 연예인들 때문에 생기는 에피소드도 많았다.

하루 온종일 고생고생하며 촬영을 했는데 레코드 버튼을 제대로 누르지 않고 촬영해서 하나도 화면에 찍히지 않은 탤런트 최유라, 기껏 촬영한 테이프 위에 또 촬영을 해서 상당부분을 지워먹은 탤런트 윤해영. 이런 경우 안타깝지만 상황을 설명해 주고 재촬영을 요구하든가 재차 통화를 해서 이해를 시켜야 했다.

'셀프 카메라' 를 촬영하면서 자주 발생하는 또 하나의 상황은 지나치게 자연스런 상황이다. 화장 안 하고 자연스런 모습으로 등장하는 것까지는 좋은데 속옷만 입고 나와서 방송 불가 테이프를 만든다든가 여자 탤런트 L모 K모양처럼 평소대로 흡연 장면을 자연스럽게 찍어와서 방송에 못 나가게 한다든가 하는 경우다. 이런 경우 스태프들은 그야말로 눈물을 머금고 편집을 하게 된다.

'셀프 카메라' 에 스태프들이 감당할 수 없을 만큼 과도한 애정을 쏟는 경우도 있었다.

우리가 카메라를 빌려주는 줄 모르고 카메라를 사버린 모델 이소라, 우리가 빌려준 카메라가 고장나자 그날로 당장 새 카메라를 사버린 모델 진희경, 평균 두세 개 정도 촬영하는 테이프를 일곱 개나 찍고 팔이 아파 한동안 고생했다는 탤런트 이본, 집 안이 나와야 한다는 말에 도배며 장판을 새로 한 가수 누구까지 많은 연기자들이 그야말로 열과

성을 다해 셀프 카메라 촬영을 했다.

초창기 '아름다운 TV-얼굴'의 또 하나 화제는 타이틀 음악이었다. 모든 하켓의 '너에게서 눈을 돌릴 수 없어(Can't take my eyes off you)', 초창기 이 프로그램의 연출을 맡았던 신정수 PD가 선택한 이 음악은 당시만 해도 별볼일이 없어서 음반사에서 퇴출시키려고 했던 음반이었다.

그러나 이 프로그램의 타이틀로 선정되면서 길거리마다 이 음악이 넘쳐나기 시작하더니 급기야는 그 해 가장 히트한 팝송으로 당당히 선정되는 영광을 안았고, 창고에서 먼지만 뒤집어쓰고 있던 음반은 날개 돋친 듯 팔려나가게 되었다.

'아름다운 TV-얼굴'을 떠올릴 때 항상 기억나는 또다른 아름다운 얼굴은 바로 MC 박상원! 보기에도 천상 법 없이 살 것 같은 착한 얼굴의 상원 오빠는 방송 데뷔 이후 단 한 번도 악역을 맡지 않았다는 전무후무한 기록을 갖고 있는 연기자이기도 하다.

얼마 전 종영된 드라마 〈황금시대〉에서 방송 데뷔 이래 처음으로 악역을 맡는다 하여 화제가 되었으나, 이상하게도 드라마 끝날 즈음 상원 오빠 역할을 악역이라고 하는 사람은 아무도 없었으니 그야말로 악역도 상원 오빠가 맡으면 선한 역으로 탈바꿈하는가 보다. 어쨌거나 '아름다운 TV-얼굴'이 지금처럼 분위기 있고 세련된 프로그램이 되기까지는 MC 박상원의 역할이 컸음을 누구도 부인할 수 없다.

상원 오빠가 카메라 앞에서 레인코트 옷깃을 여미면서 시라도 한 수 읊는 날이면 많은 여성팬들이 저런 부드러운 남자와 데이트 한 번 해봤으면 하고 감탄을 하고 TV 앞으로 모여들었고, 덕분에 '아름다운 TV-얼굴'은 2, 30대 여성들 사이에 유독 인기가 높은 프로그램이 되었다.

상원 오빠의 프로 의식은 참으로 철저해서 작가인 나를 놀라게 할 때가 있다. 예를 들자면 '갈대밭에서 멘트를 하다가 갈대 하나 꺾어 부드럽게 어루만지면서 한바퀴 턴을 하고 미소를 지으면서 카메라 보고 멘트' 이런 식의 다소 난해한 지문을 써놓아도 무용으로 다져진 특유의 부드러운 몸놀림으로 다른 사람들이 하면 다소 닭살인 동작들을 능숙하게 해낸다.

한 번은 실내 스케이트장에서 촬영을 할 계획이었는데 평소 스케이트를 잘 타지 못하던 상원 오빠는 그 전날 미리 시간을 내서 스케이트를 열심히 배운 후에 다음날 마치 스케이트를 오래 전부터 타왔던 사람처럼 촬영을 마쳤다. 승마장에서 말을 타며 촬영을 할 때도 마찬가지였다.

어떻게 보면 사소하다고 할 수 있는 동작 하나 말 한 마디에도 이렇듯 정성을 쏟는 것이 상원 오빠의 인기 비결이 아닌가 싶다.

또 하나 상원 오빠를 떠올리면 생각나는 것 하나는 MT 사건. 방송을 시작하고 2년쯤 돼서 상원 오빠의 주도하에 스태프들이 모두 양평으로 MT를 간 일이 있었다.

평소 '박가이버' 라는 별명을 가진 상원 오빠였으므로 우리들은 과연 MT에서 상원 오빠가 어떤 모습을 보여줄까 내심 기대를 하고 있었다. 상원 오빠의 차를 타고 상원 오빠의 아름다운 부인과 귀여운 아들 도현이와 함께 MT 장소에 도착하자마자 우리의 '박가이버' 는 바삐 움직이기 시작했다.

우선 바비큐 준비. 언제 준비했는지 바비큐 숯이며 각종 소시지에 돼지고기, 거기다가 상원 오빠 부인은 한술 더 떠서 밤새 감자를 얇게 저며서 알루미늄 호일에 정성스럽게 싸오기까지 했다. 부창부수, 박가이버 부부다웠다.

능숙한 솜씨로 불을 피운 상원 오빠는 팔을 걷어붙이고 열심히 고기를 구워서 스태프들을 접대했다. 저녁 무렵 주변이 어두워지기 시작하자 이번에는 어디에서 구해왔는지 야생 쑥을 가져와서 모깃불을 붙이기 시작했다.

'아, 놀라워라.'

우리가 상원 오빠의 그런 모습을 너무나 존경스런 눈으로 쳐다보자 상원 오빠는 좀 쑥스러웠는지 한 마디 했다.

"야, 다른 팀은 MT 가면 이런 건 스태프들이 알아서 한다는데 우리 팀은 어떻게 된 거냐? MC가 나서서 꼭 이런 걸 다 해야 되냐?"

부지런하고, 발 빠르고, 뭐든지 잘 만들어내고, 게다가 그림도 잘 그리고, 사진도 잘 찍고, 글씨도 너무 이쁘게 쓰는, 아무튼 못하는 게 없는 MC랑 일하는 우리들은 너무 행복하다.

거기다가 가끔씩 엉뚱한 장난으로 우리를 즐겁게 하기까지…. 난데없이 사무실에 전화를 해서는 자신의 신분을 밝히지 않고 어설픈 목소리 변조를 한 다음에 '아름다운 TV-얼굴' 작가가 누구길래 그렇게 대본을 잘 쓰느냐며 장난 전화를 하지 않나, 아니면 또 느닷없이 전화를 해서 뜬금없이 '요즘 너희들한테 너무 섭섭하다' 고 해서 우리가 당황하면 '너희 얼굴을 너무 자주 못 봐서 섭섭하다' 고 말을 하질 않나. 그것도 아니면 촬영 5분 전에 전화를 해서 '여기 부산인데 촬영 못 갈 것 같다' 고 해서 우리 얼굴이 하얗게 질릴 때쯤이면 다시 전화를 해서 '부산 식당 앞인데 3분 안에 간다' 고 말한다든지….

소년 같은 장난기와 맥가이버 같은 든든함을 갖춘 MC 박상원! 이렇듯 작가를 믿어주고 스태프들과 가족처럼 지내는 MC와 함께 일하는 것은 즐겁기만 하다.

사실 '아름다운 TV-얼굴' 도 100회를 넘기고 방송을 한 지 3년이 넘

어가면서 그 얼굴이 그 얼굴이다, 초창기의 신선함이 많이 떨어졌다는 등의 날카로운 비판을 받는다. 프로그램도 사람처럼 적당한 때 적당한 변화를 줘야 늘 젊다는 인상을 줄 수 있는데 현실적으로는 그게 참 힘들다.

아직도 '아름다운 TV-얼굴' 하면 스타 모놀로그나 셀프 카메라를 당연히 기대하는 시청자들이 있는가 하면 더 새로운 걸 요구하는 시청자들도 있어서 각양각색의 입맛을 맞추며 시청률도 높이고 좋은 프로그램이라는 이야기도 듣기란 정말 어려운 일이다.

그런 면에서 '아름다운 TV-얼굴' 은 오늘도 변신이냐 전통 고수냐의 갈림길에서 고민하고 또 조금씩 변화하려고 애쓰고 있다.

## 웃는 얼굴에 사랑의 화살표 만발

누구나 한 번쯤 일요일 아침에 미혼 남녀 여덟 명이 출연해서 서로 짝을 짓는 '사랑의 스튜디오' 를 보면서 갖가지 상념에 빠진 경험이 있을 것이다.

'저 남자 참 괜찮다.'

'저 여자는 이런 데 나오기에는 좀 부족한 거 아냐?'

'어쩐지 둘이 첨부터 눈길이 수상했어.'

우리나라 미혼 남녀들에게는 방송 출연의 욕구와 한 번쯤 저 사람과 만나봤으면 하는 상상의 나래를 펴게 하고, 기혼 남녀들에게는 무한한 아쉬움을 남기게 하는 '사랑의 스튜디오'. 이 프로그램도 비록 6개월 동안이었지만 내게는 참 즐거운 기억으로 남는다.

'사랑의 스튜디오'는 예능 부문에서는 몇 손가락에 안에 드는 장수 프로그램이다. 작가들에게 있어 장수 프로그램은 한편으론 고맙고 또 한편으론 짐스런 존재다.

일단 프로그램의 지명도가 있으니까 구태여 이름을 알리기 위해 애쓰지 않아도 되고 그동안 축적된 노하우와 각종 자료를 이용할 수 있는 이점이 있다. 그러나 한편으론 지금까지 잘 해오던 프로그램을 자기가 맡아서 없애버리는 일이 생기지 않을까, 괜히 한 번 더 눈길 끌어보겠다고 어설프게 내용을 바꿨다가 개악이라는 이야기나 듣지 않을까 하는 부담도 따른다.

작가들끼리는 흔히 '마이너스의 손'이라는 자조적인 농담을 한다. 손만 대면 모든 물건이 황금으로 바뀌었다는 '마이더스의 손'과 달리 멀쩡히 잘나가던 프로가 그 작가만 손을 대면 없어진다거나 시청률이 뚝 떨어지는 현상을 일컫는 말이다.

나도 한때는 프로그램 두 개가 내가 시작하자마자 연달아 없어지고, 남편과 나의 주말 프로그램 시청률을 합쳐도 10프로가 넘지 않은 적도 있었는데 그때는 정말 나도 '마이너스의 손'이 아닐까 심각하게 고민에 빠졌었다.

'사랑의 스튜디오'를 맡게 됐을 때도 그때의 악몽이 되살아나 잠시 잠을 못 이루기도 했다.

'사랑의 스튜디오'는 일단 다른 예능 프로그램과 달리 연예인이 아니라 일반인들을 상대로 하는 것이기 때문에 프로그램 제작 과정이 좀 다르다. 작가의 업무 중 절반 이상이 매주 밀려드는 전국의 처녀, 총각 신청자를 만나는 일이다. 그리고 그 일이 가장 중요하다. 많은 사람들이 반신반의하지만 정말로 '사랑의 스튜디오'에 출연 신청을 하는 사람들은 많다.

여자는 일주일에 50명 정도, 남자는 15명 정도가 직접 신청을 한다. 그외에 이미 출연했던 사람들의 추천을 받아 오는 경우, 회사에서 사장의 지시로 한꺼번에 신청하는 경우, 미인대회 출전자들이 단체로 출연 신청하는 경우 등도 매주 10명 정도는 된다. 거기다가 작가들이 오며가며 찜해서 끌고 온 사람까지 합치면 많은 주는 100명, 못해도 70명 정도의 신청자들을 매주 만나야 한다.

'사랑의 스튜디오' 작가를 하다 보면 맨 먼저 생기는 게 바로 눈썰미다. 워낙 많은 사람들을 만나다 보니 매주 만난 사람을 정확하게 기억해야 하는데, 그 기억을 위해서는 오감에 육감까지 동원을 해야 한다.

한 사람을 만나는 시간은 대략 10분에서 30분 가량. 그 사이에 그 사람이 방송에 적합한 사람인지, 성격은 어떤지, 어떤 스타일을 원하는지 파악해야 하기 때문에 갖가지 방법이 동원된다.

일단 첫번째는 지원 양식에 어떤 식으로 대답했는지, 얼마나 성실하게 답변을 썼는지 본다. 많은 사람들이 그렇듯 글씨체나 답변 내용을 보면 이 사람이 꼼꼼한 사람인지 덜렁대는 사람인지 대충 알 수 있다.

지원 양식에는 대부분 신상에 관한 내용을 적는데 한 가지 특이한 질문이 있다면 바로 나를 닮은 연예인은 누구냐라는 질문이다. 평범해 보이는 이 질문을 통해 의외로 그 사람의 많은 면을 발견할 수 있다.

우선 솔직하게 자신이 좀 웃기게 생겼거나 미남 미녀가 아닌 연예인 누구를 닮았다고 쓰는 사람이 있다면 그의 솔직한 성격이 얼굴 특징을 기억하는 데 중요한 자료로 쓰인다.

예를 들자면 내가 봐도 남희석을 많이 닮은 남자 지원자가 자신있게 '망가진 남희석' 뭐 이렇게 쓴다면 많은 시간이 흘러도 '아, 그때 남희석 닮았다던 28살, 어느 회사 다니던 남자' 이렇게 기억하기가 쉽다는 뜻이다.

반면, 우리가 보기에는 하나도 안 닮았는데 자신있게 인기있는 연예인 이름을 쓰는 사람들이 있다. 이런 경우는 여자 지원자들에게 많은데 그들이 주로 쓰는 이름은 김희선, 고소영, 심은하…. 그러나 아무리 이리 보고 저리 뜯어보아도 어디 한구석 닮은 데가 없을 때는 일단 공주병 환자가 아닌가 의심해 봐야 한다.

"근데 어디가 닮았다고 하는지 잘 모르겠네요."

참다못해 이렇게 물을 때 그냥 환하게 웃으면서, '발가락이 닮았대요' 라거나 '닮은 사람이 없으니까 그냥 기분좋으라고 이렇게 썼어요' 라고 대답하면 우리도 가슴을 쓸어내리며 그녀의 유머 감각이 높다고 생각하게 된다.

그러나 정색을 하며 '어머, 다들 똑같다고 하는데… 진짜 닮았잖아요, 눈 코 입 다' 이렇게 말하면 그녀가 아무리 예뻐도 방송 출연에 대해 심각하게 다시 고려하게 된다. 이런 공주들은 방송에 나가도 짝이 안 될 가능성이 거의 100 프로이기 때문이다.

이렇게 미혼 남녀들을 집중적으로 만나게 되니 '사랑의 스튜디오' 를 하다 보면 자연스럽게 이성에 대한 안목이 생기게 마련이고, 그 결과 '사랑의 스튜디오' 를 하는 중에 결혼하는 작가가 유독 많이 나타난다.

잘 모르는 사람들은 '사랑의 스튜디오' 를 하다보면 괜히 눈만 높아지지 않나 걱정도 하는데 그건 천만의 말씀, 만만의 콩떡이다. 오히려 '사랑의 스튜디오' 를 하면 눈이 낮아진다는 게 중론. 왜냐? 좋은 학벌에 좋은 직장을 가진 사람도 말 못하고 노래 못하는 사람이 있고, 얼굴이 잘생겼다 싶으면 말을 더듬고, 키가 크다 싶으면 너무 수줍음이 많고, 아무튼 세상에 완벽한 사람이란 없다는 평범한 진리를 너무나 확실히 깨닫게 되기 때문이다.

간혹 정말 1년에 한 번일까 말까, 하늘이 내려준 완벽한 킹카가 직

접 접수를 하겠다고 찾아오는 경우가 있다. 이럴 경우 미혼 작가들의 눈은 반짝반짝 빛나게 마련이다. 일단 빼돌리기 작전을 시행한다.

파일을 한쪽 구석에 숨겨두고 차일피일 출연 날짜를 미루는 거다. 그러고는 계속 이런저런 핑계를 대면서 전화 통화를 시도하고 해서 자꾸 친해지는 작전을 쓴다.

물론 이런 작전이 성공한 경우는 거의 없다. 이렇게 빼돌린 킹카는 결국 킹카의 위력을 발휘, 방송 출연 전에 작가가 미처 손 써볼 겨를도 없이 후닥닥 좋은 사람을 만나 결혼에 골인해버리는 경우가 많기 때문이다.

또 하나의 시도는 물타기 작전, 일단 방송에 출연시켜 놓고 괜히 그 사람 것만 대본도 좀 재미없게 쓰고, 그 사람의 매력이 최대한 드러나지 않는 작전을 써서 방송에서 일단 연결이 안 되게 한 다음, 패자부활전이니 하는 갖은 이유로 다시 전화 접촉을 시도하는 방법이다.

그러나 이 작전도 성공할 확률은 매우 드물다. 왜냐? 킹카는 일부러 꾸며주지 않아도 빛을 발하기 때문이다.

그렇다고 '사랑의 스튜디오' 작가들이 모두 자기 남자친구 하나 만들어보겠다는 일념으로 출연자들을 만나느냐 하면 그것 또한 절대 노! 사실 다른 프로그램과 달리 '사랑의 스튜디오'는 그야말로 한 사람의 일생을 바꿀 만한 중요한 사건이기 때문에 작가들은 불철주야 사람을 만나면서 정말 우리 오빠나 여동생의 짝을 고른다는 심정으로 찾아다니게 된다.

그렇기에 '사랑의 스튜디오'를 하면서 가장 보람있는 순간은 내가 출연시켜 준 출연자들이 결혼한다고 청첩장을 보내왔을 때, 바로 그 순간이다. 6개월 남짓 '사랑의 스튜디오'를 하면서 내가 결혼시킨 커플도 네댓 쌍 된다.

중매 잘 서면 술 석 잔, 옷 한 벌은 떨어진다고 하는데 아직까지 그들에게 술 한 잔 속옷 한 벌 얻어입은 적 없지만 그래도 방송이 아니었으면 만나지 못했을 사람들이 방송이 인연이 되어 평생의 연을 맺었다는 사실을 생각해 보면 자다가도 웃을 정도로 흐뭇한 일이 아닐 수 없다.

이 기회에 '사랑의 스튜디오'에 나갈 결심을 하고 있는 예비 지원자가 있다면 그들을 위해 100전 100승, 절대 짝 맺어지는 법을 공개하겠다. 어디서도 공개 안 된 초강력 노하우, 지금부터 형광펜을 준비하고 밑줄을 긋자.

첫째, 일단 많이 웃어라. 웃는 얼굴에 침 못 뱉는다는 속담처럼 웃는 얼굴처럼 좋은 인상은 없다.

아무래도 방송이다 보니 상대방은 출연자의 외모에 신경을 쓰게 된다. 그렇다고 무슨 미녀 미남 선발대회처럼 빼어난 외모만이 선택되는 건 아니다. 인상 좋은 사람이 먼저 발탁될 소지가 높다.

아무리 인형 같은 미모를 가졌다고 해도 방송 내내 웃지도 않고 뾰로통 화난 얼굴을 하고서 남자측이 질문을 해도 시큰둥, 남자가 꽃을 줘도 시큰둥하면 대개의 남자들은 저 여자가 나에게 관심이 없구나 생각하고 절대 화살표를 안 준다.

오히려 눈이 좀 작고 쌍꺼풀이 없고 얼굴이 좀 커도 화사하게 잘 웃고 상대의 이야기를 주의 깊게 듣고 재치있게 답변해 주는 여자들은 화살표 네 개를 모두 받을 확률이 아주 높다.

물론 이건 남자의 경우도 마찬가지다. 제아무리 테리우스같이 생겼어도 음울한 표정으로 고독을 씹고 있는 남자에게는 절대 화살표가 안 간다. 분위기를 잘 띄우고 잘 웃고 시원시원한 남자가 화살표의 주인공이 된다.

둘째, 한 사람을 집중 공략하라. 처음에 네 명 얼굴을 쫙 봤을 때 눈

에 들어오는 사람이 있을 것이다. 그 사람과 몇 마디 이야기를 했는데 이야기하는 분위기도 괜찮다면 그 사람을 집중 공략할 것. 계속 눈치를 보내고 가능하면 질문도 그 사람한테 몰아주는 게 좋다.

방송 녹화 시간은 대략 두세 시간, 이 짧은 시간 안에 네 명 중 한 사람을 내 사람으로 만들려면 네 사람 모두에게 적당한 시선을 줘서 그 중에 하나라도 건지겠다는 생각은 실패의 지름길이다. 이 사람이다 싶으면 끝까지 그 사람에게 눈길을 줘서 확신을 줘야 한다.

의외로 남자들은 맘에 드는 여자한테 여러가지 이유로 자신이 없어서 화살표를 못 찍는 경향이 있다. 이럴 때 적극적으로 여자가 나도 당신한테 맘 있어 하는 눈길을 팍팍 주면 남자는 절대 딴 생각 없이 화살표를 콱 찍을 것이다.

셋째, 짝이 됐다고 방심하면 안 된다. MC 임성훈씨가 방송 끝날 때마다 누누이 강조하는 바이지만 '사랑의 스튜디오'는 다른 프로그램에서 찾아보기 힘든 화려한 뒷풀이가 있다. 주로 방송국 근처에서 식사를 하고 출연자들끼리 2차, 3차 심지어는 4차까지 이어지는 환상의 뒷풀이를 가지는데 남자 출연자들은 그 다음날 회사에 반차까지 내서 오후에 출근하는 경우가 많을 정도로 체력 소모가 대단한 뒷풀이가 이어진다.

이럴 경우 설령 방송에서 내 짝이 되었다고 하더라도 다음날 정신차려 보면 내 파트너가 다른 사람과 짝짜궁이 되어 있는 경우가 많이 생긴다. 소 잃고 외양간 고쳐도 소용없다고, 이때 땅을 치고 후회해도 이미 소용없는 일이다.

실은 '사랑의 스튜디오' 출연자 중에는 같은 회에 출연한 사람끼리 결혼한 커플보다 '사랑의 스튜디오' 출연자 모임인 'LS 모임'에서 짝이 이뤄지는 경우가 더 많으니까 한때의 방심으로 다 잡은 짝을 잃은 경우도 너무 서러워할 건 없다.

최근 이런 짝짓기 프로그램이 많이 생겨서 여러가지 문제점도 생기고 있지만 젊은 시절에 '사랑의 스튜디오'를 노크해 보는 것도 누구나 한 번쯤 해볼 만한 일이라고 생각한다. 일단 방송 출연하지, 상품 빵빵하지, 잘 되면 평생 짝 만나고 중매쟁이 줄 돈 굳지, 이보다 더 좋은 일이 어디 있는가.

전국의 미혼 남녀 여러분들이여, '사랑의 스튜디오'에 출연 신청을 하시라!

이렇게 이야기를 하다 보니 내가 무슨 전문 마담 뚜 아닌 작가 뚜가 아닐까 생각하는 사람도 있을 텐데 하긴 우리 부부가 주선한 커플 중에 여러분들 모두 알 만한 연예인 커플도 있다.

그 부부는 다름아닌 개그우먼 조혜련 커플. 사실 혜련이는 나보다 우리 남편과 더 절친한 사이였는데 아마도 나는 앞에서 말했던 옛날의 기억으로 혜련이를 좀 무섭고 어렵게 생각하는 경향이 있었고, 우리 남편과는 학번도 같고 해서 더 친했던 것으로 생각한다.

그런데 우리 부부에게 조혜련만큼 절친한 사람이 또 있었으니 그 사람이 곧 조혜련의 남편이 된 김현기 씨다. 현기 오빠는 내가 'TV 가요 20'을 할 때 그룹 '투투'의 녹음기사 자격으로 가끔씩 생방송 때 스튜디오로 찾아오곤 했었는데 그때 인상 좋고 사람 좋은 현기 오빠와 몇 번 인사를 나눈 적이 있었다.

결정적으로 현기 오빠와 우리가 친해진 건 작가 일 외에 작사 일도 가끔씩 하는 남편을 따라 스튜디오를 찾아갔을 때였다. 그때도 앨범 녹음을 하고 있던 현기 오빠가 우리를 알아보고 첨 만나자마자 장장 두 시간 이상 쉬지도 않고 이런 얘기 저런 얘기를 했다. 마침 현기 오빠가 우리가 살던 일산 쪽으로 이사를 오면서 셋이서 함께 만나는 일이 잦아졌다.

그러던 중 남편은 현기 오빠와 혜련이를 소개시켜 주면 어떨까라는 아이디어를 냈다. 둘 다 성격 좋고 우리랑 친하고 연예계 일도 잘 아는 사람들이니 잘 어울리는 한 쌍이 될 듯했다.

쇠뿔도 단김에 빼라고 남편은 일사천리로 일을 추진시켰고 두 사람은 여의도의 한 카페에서 소개팅이라는 걸 했다.

그런데 소개팅을 시켜주고 들어온 날 남편의 표정이 영 밝지 않았다. 혜련이가 촬영 때문에 늦어서 두 시간이나 늦게 약속장소에 나타났다는 것이다. 기다리다가 가겠다는 현기 오빠를 달래느라 한참 애를 먹었다고 하면서 아무래도 잘 안 될 것 같다는 이야기였다.

인연이란 우리 맘대로 되는 게 아니구나 하고 체념하고 있으려는데 소개를 시켜준 지 두 달쯤 지났을까 어느 날 혜련이가 우리집 앞에 와 있다고 전화가 왔다.

부랴부랴 나가보니 다정하게 앉아 있는 두 사람. 그러고는 대뜸 한다는 말이 그러는 거였다.

"우리 둘이 결혼하기로 했다."

세상에 세상에, 아무리 그래도 그렇지 소개시켜 준 우리도 감쪽같이 속이고 둘이서 몰래 데이트를 하다니…. 아무튼 무지하게 잘 어울리는 두 사람은 만난 지 100일 만에 초스피드 결혼을 했고 우리 부부보다도 먼저 예쁜 딸 윤아를 낳았다.

아무리 화나는 일이 있어도 인상 찌푸리는 법이 없는 사람 좋은 현기 오빠. 항상 손에 책을 끼고 다니면서 공부하고 연구하고 자신의 일이라면 똑부러지게 해내는 혜련이. 아무리 생각해도 잘 어울리는 두 사람이고 아무리 생각해도 잘 시켜준 소개팅인 것 같다.

아무렴 그렇지, 누가 시켜준 소개팅인데.

## 오락 작가는 섭외에 살고 섭외에 죽어

'아, 섭외 없는 세상에서 살고 싶다!'

많은 방송작가들이 꿈속에서도 외치고 싶어하는 말이 바로 이 말이다. 섭외, 섭외, 섭외, 그야말로 평생 방송작가를 따라다니며 괴롭히는 두 글자. 외국에서는 캐스팅 디렉터라고 해서 이름부터 멋진 섭외전문가들이 존재하지만 우리나라의 경우는 아직 연예 사업이 그만큼 발전하지 않았고, 또 연예인들의 수도 많지 않기 때문에 대개의 경우 섭외작가를 따로 두지 않고 프로그램을 담당하는 작가와 PD가 직접 섭외를 하게 된다.

방송작가의 경우 대체로 처음 작가일을 시작하게 되면 으레 맡게 되는 일이 섭외다. 나도 대학생 PD가 되고 맨 처음 맡았던 일이 바로 이화여대 출신의 연예인 섭외하는 것이었다.

섭외라는 게 누가 구체적으로 이렇게 해야 한다 가르쳐주는 것도 아니고 어디 연예인 번호가 죡 적혀 있는 종이가 방송국에 돌아다니는 것도 아니기 때문에, 정말로 남산에서 김서방 찾는 식으로 각자 물어물어 배워가며 섭외를 해야 한다.

작가들을 보면 으레 한두 개씩 두툼한 전화번호 수첩을 챙겨가지고, 다니는데 그 안에 보면 각종 연예인들과 방송 관련 업체들의 전화번호가 깨알같이 적혀 있다. 섭외의 기본은 바로 이 전화번호 수첩 확보.

대개의 연예인들은 모두 매니저를 두고 있으니 어떤 연예인이 지금 어떤 매니저 회사에 소속되어 있는지, 여러 매니저 중에서도 누구와 통화를 해야 당장 스케줄을 잡을 수 있는지 그 라인을 확보하는 것이 중요하다.

그러나 대개의 경우 잘 모르는 작가들이 이런 걸 호락호락 가르쳐줄

리 만무하다. 일단 선배 작가와 인간적 교류를 통해 가까워진 다음 이런 걸 복사하든지 넘겨받든지 하는 것이 예의다.

이런 기본적인 예의는 전화로 다른 프로그램에 전화해서 연예인 연락처를 물을 때도 필요한데 우리가 가장 '싸가지 없다' 고 생각하는 경우는 대개 이런 경우다.

일단 전화해서 자기가 누군지도 밝히지 않고 연예인 연락처를 묻는 경우, 또 당연히 이쪽에서 가르쳐줘야 할 의무가 있다고 생각하는지 너무 당당하게 10명 이상의 연예인 전화번호를 계속 물어대는 경우, 그 연예인이 고정으로 출연하는 프로그램이 분명히 있건만 우리 프로그램에 한 번도 출연하지 않은 연예인 번호를 묻는 경우다.

그러니까 '아름다운 TV-얼굴' 에 전화해서 박상원 씨 연락처를 묻는 건 당연하지만 한석규 씨 전화 번호를 묻는 건 기가 막히다는 거다. 아무튼 처음 섭외의 험난한 바다에 빠지게 되는 초보 작가들은 위와 같은 점들을 염두에 두고 눈치껏 전화를 해서, 번호를 알아내기도 전에 찍히는 불상사를 막아야 한다.

그렇다면 이렇게 어렵고 귀찮고 힘든 섭외를 왜 막내 작가들에게 시키느냐? 그 이유는 당연히 어렵고 귀찮고 힘들기 때문이다. 하지만 섭외를 통해서 연예계 돌아가는 사정을 제일 잘 알 수 있고, 또한 자기자신을 제일 빨리 알릴 수도 있기 때문이다.

일단 많은 매니저와 통화를 하다 보면 새로운 연예가의 정보도 수집할 수 있고, 이렇게 쌓아놓은 인맥은 앞으로 작가를 하는 과정에서 핵폭탄보다 더 강한 위력을 발휘하게 된다. 이 과정에서 물론 매니저와 늘 좋은 말만 오갈 수는 없지만 한번 싸운 매니저일수록 나중에는 더 정이 들어서 좋은 관계를 유지하는 경우가 많다.

그럼 초창기 나의 섭외는 어떠했나? 물론 가시밭길이었다. 그중에

서도 가장 잊을 수 없는 사건은 이경실 씨 섭외 사건. 당시 나는 KBS에서 '유쾌한 청문회'를 하고 있었는데 개그우먼 이경실 씨는 MBC에서 최고의 인기를 구가하며 전성기를 누리고 있었다.

동국대 연극영화과를 나온 나의 담당 PD는 무슨 생각에서였는지 이경실 씨가 자기 학교 후배라며 나에게 자신의 이름을 대고 MBC에 가서 이경실 씨를 만나고 오라고 했다. KBS와 MBC가 여의도 어느 쪽에 붙어 있는지도 잘 모르던 대학 4학년 시절, 나는 담당 PD의 이야기 하나만 철석같이 믿고 홀연히 MBC로 향했다.

그러나 입구에서부터 난관이 있었다. 당연히 MBC에서는 이경실 씨와 약속도 되어 있지 않은 상태에서 섭외 때문에 들어간다는 나를 호락호락 출입시켜 줄 리 없었다. 나는 최대한 불쌍한 표정을 지으며 내가 왜 이경실 씨를 만나야 하는지 열심히 설명했지만 차가운 표정의 수위 아저씨는 요지부동. 이때 옆에서 나를 한참 지켜보던 여자가 자기도 이경실 씨를 보러 간다며 함께 들어가자고 나를 끌어들였다. 오, 하느님 감사합니다.

이렇게 해서 생전 처음 가본 MBC 분장실에 따라 들어간 나는 나를 들어오게 해준 그 여자의 정체를 알고 기운이 빠져버리고 말았다. 그녀는 바로 이경실 씨가 상대하는 화장품 판매사원, 그날도 이경실 씨가 화장품을 산다고 해서 화장품을 싸들고 분장실로 향하는 중이었던 거다. 결국 나는 화장품 아줌마보다도 약한 존재였다.

우여곡절 끝에 이경실 씨를 만난 나. 겨우 기어 들어가는 목소리로 담당 PD의 이름을 팔며 섭외를 하러 왔노라고 했지만 이경실 씨는 화장품 구경하는 데 정신이 팔려 내 얘기에는 신경도 쓰지 않았다. 맥없이 방송국 문을 빠져나오려는데 갑자기 눈물이 핑 돌았다.

그러나 지금 생각해 보면 전화 한 통 없이 이렇게 녹화날 방송국을 찾아가서 섭외를 한 그날의 경우는 내가 정말 뭘 모르고 덤빈 결과였다. 일단 녹화날은 연예인들의 신경이 날카로워져 있고 녹화 외에 다른 일에는 신경을 쓰지 않는 경우가 많은데, 이럴 때 생판 모르는 사람이 찾아와서 어느어느 프로그램에 출연해 달라고 하면 누가 선뜻 좋다고 하겠는가. 이런 경우 일단 본인이나 매니저와 통화를 해서 약속을 정하고 대본이나 미리 녹화된 테이프 같은 걸 주면서 의향을 떠보는 정도가 적당하다.

이경실 씨의 경우도 나중에 섭외해 본 결과 스케줄이 맞고 프로그램 성격이 맞을 경우 섭외에 잘 응하는 스타일인 것으로 보아 섭외에 있어서 중요한 것은 먼저 인간 관계를 맺는 것, 그리고 인내심과 끈기로 덤비는 것, 그 다음에는 타이밍을 맞추는 것이 중요하다는 사실을 알게 되었다.

타이밍이란 연예인이 자신의 필요에 의해 출연하고 싶은 시기를 맞추는 것을 말한다. 예를 들자면 연예인이 새 책을 냈다거나 새 영화를 찍었다거나 해서 홍보가 필요할 때 적절한 프로그램을 이야기하며 섭외를 하면 성공할 가능성이 높다.

섭외에 관해 말하자면 우리 남편 박준배 작가의 짧았던 섭외 작가 시절을 이야기 안 할 수 없다.

결혼하기 직전, 이것저것 프로그램하기에 바빴던 우리의 박작가, 어느 날 무슨 맘을 먹었는지 섭외 작가를 하겠다고 출사표를 던졌다. 프로그램은 당시 최고의 인기를 누리던 SBS의 '기쁜 우리 토요일'. 매주 이영자와 홍진경이 타던 버스에 승차할 연예인과 콩트를 찍을 연예인을 섭외하는 일이었다.

일단 성능 좋은 전자수첩을 장만한 우리의 박작가, 하루가 멀다 하고 전화를 돌린 것까지는 좋았는데 맘 먹은 대로 섭외가 잘 되지 않는

KMTV '생방송 뮤직Q' 하던 시절. 홍록기, 이한철 등의 모습이 보인다.(앞에 앉은 사람이 필자)

거였다.

섭외하면서 제일 어려운 것 중 하나가 잘 아는 연예인한테 전화하는 일이다. 그냥 평소에 아무 일 없이 전화해서 수다를 떨고 하는 연예인이라도 막상 일 때문에 전화해서 섭외를 하다 보면 곤란해하는 경우가 있기 때문이다. 그럴 경우 괜히 그동안 쌓은 인간 관계마저 무너뜨릴 수도 있다.

평소 친했던 연예인에게 전화해서 막상 하고 싶은 말은 하나도 못한 채 그냥 안부만 묻고 전화를 끊어야 했던 우리의 박작가, 모진 마음을 먹고 그동안 섭외의 사각지대에 놓여 있던 사람들에게 전화를 했다. 예를 들어 안성기 씨나 문성근 씨처럼 영자의 버스에 타기에는 도저히 안 어울릴 것 같아서 감히 전화를 못했던 사람들에게 말이다.

당시만 해도 매니저가 없던 두 사람은 본인들이 친절히 전화를 받았다. 우리의 박작가가 이런저런 사정을 이야기하자 두 사람 다 똑같이 몇 초간 침묵을 지켰다.

본인들도 너무 황당해서 정신을 수습할 시간이 필요했으리라. 그러고는 전화 준 것은 고마우나 프로그램 성격이 본인들과 맞지 않는 듯하다며 매우 부드럽게 전화를 끊었다.

이처럼 가끔은 상식을 뛰어넘는 발상이 좋은 결과를 가져오긴 하지만 그렇지 않은 경우가 더 많다. 결국 우리의 박작가, 섭외 작가 한 달 만에 포기하고 말았다.

그때 그는 이런 말을 남겼다.

"대본은 내가 시간을 들이고 고민을 하면 어떻게든 나오는데 섭외는 내가 아무리 시간과 공을 들여도 결과가 안 나오니 더 어렵다."

맞는 말이다. 때로는 하루종일 전화를 붙잡고 통사정을 해도 한 명도 섭외가 안 될 때가 있는가 하면 전화 거는 족족 오케이를 받아 하루에 열 명을 섭외할 때도 있다. 섭외는 억지로 되는 것이 아니라는 말이다.

그저 많은 사람들과 친해지고 사람의 얼굴과 이름을 기억하는 노력으로 매일매일을 다져나가다 보면 어느새 섭외의 노하우를 체득하는 자신을 발견하게 된다.

섭외는 방송작가에게 있어서 처음이자 마지막이라는 말을 한다. 방송작가로 처음 일할 때 일을 많이 배우는 부분도 섭외지만 그 사람이 큰 작가로서 발돋움을 하느냐 못하느냐도 섭외에 달려 있다.

프로그램이 갑자기 위기에 빠졌거나 갑자기 펑크가 났을 때 당황하지 않고 의연한 자세로 PD와 함께 적당한 사람을 섭외할 수 있는 능력, 바로 그 능력이야말로 구성작가로서 가장 필요한 것 중 하나다.

## 연예인이 다쳐야 연예 프로가 뜬다

나와 '사랑의 스튜디오'를 같이 해온 이성호 PD가 나를 불렀다.

"아무래도 다음 학기에는 '섹션 TV'를 해야 될 것 같아."

솔직히 맨 처음 이 말을 들었을 때 나의 심정은 웬만하면 안했으면 좋겠다, 바로 그것이었다. 이제 '사랑의 스튜디오' 시청률도 잘 나오겠다, 나름대로 사람 짝 지어주는 재미도 생겼는데 또 새 프로그램에 갈 생각을 하니 머리가 지끈지끈했다.

더군다나 '섹션 TV'는 지난 학기 내내 저조한 시청률로 프로그램 존폐를 두고 이름이 오르락 내리락 하던 프로그램. 보아하니 앞날이 썩 무지갯빛이 될 것 같지도 않았다. 그러나 방송작가 신세라는 게 어디 먹기 좋은 떡만 먹을 수 있으며, 하고 싶은 일만 할 수 있겠는가. 프로그램 배정이 난 날부터 미련없이 짐을 싸들고 '사랑의 스튜디오'를 나와 '섹션 TV'에서 회의를 시작했다.

맨 처음 문제는 여자 MC. 그동안 한고은, 황수정이 개그맨 서경석과 진행을 해왔으나 전체적으로 왠지 서경석과 겉돈다는 느낌이었다. 과감하게 여자 MC 문제부터 정리를 했다. 여러가지 안이 나왔으나 그중에 가장 맘에 드는 안은 탤런트 김현주. 평소 밝고 명랑한 이미지에다가 센스도 있어서 웬만한 돌발상황에는 당황하지 않고 진행을 할 수 있어 생방송에는 더없이 적합한 MC였다.

문제는 생방송이 있는 수요일에 일요 드라마 녹화가 있다는 것이었다. 하루종일 드라마 녹화를 한 연기자에게 생방송 진행을 요구한다는 것은 무리일 수 있었다. 그러나 바꿔 생각해 보면 하루 방송국 나와서 두 가지 프로그램을 하고 간다는 장점도 있다.

새로 바뀐 제작진은 김현주에게 이런 점을 계속 강조하며 섭외를 했다. 결국 OK 사인이 떨어지고 새로운 MC는 서경석 · 김현주로 결정됐다.

다음 문제는 프로그램 색깔. 지금까지 '섹션 TV'는 신속한 연예가 뉴스를 전한다기보다는 기획 코너 위주로 진행되어 속도감이 좀 떨어지는 것이 사실이었다. 결국 시청자들이 관심있어 하는 것은 생생하고 발 빠른 뉴스. 여러가지 면에서 사람 수도 부족하고 경험도 없었지만 일단은 뉴스 위주로 꾸민다는 점에 모두 의견일치를 보았다.

다음은 패널들. 그동안 미모가 뛰어난 여자 중심이었던 패널을 보다 캐릭터 중심으로 바꾸기로 했다. 예를 들자면 개그맨 이윤석은 여자 연예인 관련 사건 전문으로, 이지희는 약간 푼수끼가 있는 공주병 아줌마 캐릭터에 결혼식 전문으로, 다크호스 신동진 아나운서는 사건 사고 중심으로 프로그램 앞에서 무게를 잡아주는 캐릭터로 설정했다.

드디어 개편 첫 방송. 생방송이지만 비교적 큰 실수 없이 무난하게 진행이 되었다. 그리고 다음날, 사람들 사이에서 재미있었다는 이야기와 함께 시청률이 뚜렷하게 상승하기 시작했다. 그동안 라이벌 없이 독주하던 '한밤의 TV 연예'도 하루 앞서 방송되는 '섹션 TV-연예 통신'을 의식하지 않을 수 없는 상황이 되었다.

사실 재미있는 프로그램으로 자리잡은 데는 여러 요인이 있겠지만 그 첫번째로 우선 MC들의 재치있는 진행을 성공요인으로 들고 싶다.

많은 사람들이 '한밤의 TV 연예'를 즐겨 본 이유 중 하나가 MC 유정현과 이소라가 주고받는 대본인 듯 애드립인 듯 구별이 가지 않는 자연스런 토크에 있었다. 가끔씩 유정현이 실수를 할 때마다 참지 못하고 터져나오는 이소라의 웃음은 그 프로그램을 보는 즐거움 중 하나였다. 그런데 이소라가 그 프로그램에서 빠지면서 '한밤의 TV 연예'는 스튜디오 토크가 너무 심각하게 흘러가는 경향이 있었다.

반면 '섹션 TV-연예 통신'에서는 애초부터 연예 정보를 빙자한 토크 쇼라는 이야기를 들을 만큼 MC와 패널들간의 재미있는 토크가 재미의 핵심이었다. 뉴스가 이혼이니 사망 같은 치명적으로 심각한 것만 아니라면 현장에서 있었던 재미있는 에피소드나 각자의 경험들을 살려서 뉴스를 소재로 재미있게 이야기를 풀어내는 것에 목표를 두었다.

거기다가 설정한 캐릭터에 맞게 서경석과 김현주가 마치 연인 사이인 듯 티격태격 풀어내는 토크. 가끔씩 김현주가 터뜨리는 백만불짜리 웃음은 현주가 한 번 웃을 때마다 시청률이 1프로씩 상승한다는 이야기를 가능케 했다.

여기에 패널들의 장기와 입담도 한몫 했는데 다른 아나운서들이 대개 그렇듯 언제나 단정한 8 대 2 가르마를 한 신동진 아나운서는 스튜디오에서도 늘 흐트러짐 없는 모습으로 임해서 자신은 웃지도 않은 채 너무나 능청스럽게 재미있는 이야기를 늘어놓았다.

사실 처음에는 신동진 아나운서의 캐릭터를 잘 몰라서 그냥 필요한 멘트만 써놓았는데 신동진 아나운서가 적당히 살을 붙여서 말의 재미를 더해 놓았다.

나중에 들어보니 대본이 나오면 신동진 아나운서는 슬그머니 아나운서실에 올라가서 혼자서 몇 번이고 대본을 읽고 수정하면서 자신에게 맞는 조크를 적당히 섞고 연습에 연습을 한다고 했다. 그런 노력이 있었기에 신동진 아나운서가 진행하면 코너에 힘이 생기고 또 개인적인 인지도도 우리 프로그램을 통해 급속히 높아졌다고 생각한다.

그리고 또 한 사람 이지희, 결혼 이후 방송이 좀 뜸했던 이지희. 처음에 취재를 다녀와서 멘트를 읽는 모습을 보고, 참 발음도 또박또박하고 말을 맛깔스럽게 할 줄 아는 사람이라고 생각했다. 개인적으로 의욕도 상당하고 또 그만큼 노력도 열심히 하는 듯했다.

방송이 몇 번쯤 나갔을까, 드디어 이지희에게 운명의 날이 왔다. 바로 이지희가 탤런트 오지명의 CF 촬영 현장을 취재하고 온 날, 한창 유행하던 오지명의 성대모사를 이지희의 멘트에 집어넣었다.

첨에는 당황하던 이지희, 역시나 슬그머니 없어져서는 한참이나 연습을 하고 다시 스튜디오로 돌아왔다. 방송이 시작되고 이지희는 우리의 기대를 저버리지 않고 오지명의 성대모사를 너무나 능청스럽게 해냈다.

결과는 대성공! 그날 이후로 이지희는 귀여운 아줌마 패널로 입지를 굳히면서 연예인들의 각종 경조사에는 빠지지 않고 등장해서 끝까지 인터뷰를 해오는 진행자로 시청자들에게 이미지를 각인시켰다.

'섹션 TV-연예 통신'을 하면서 가장 곤혹스러울 때는 바로 연예인들의 좋지 않은 사건을 다룰 때. 더군다나 개인적으로 친분이 있는 연예인들이 이혼을 하거나 구속당하는 사건이 생길 때는 대본을 쓰기 전에 착잡한 심정이 앞선다. 그러나 방송은 방송이라 결국 대본을 쓰게 되지만 최대한 사실만 전달하고 판단은 시청자가 내리도록 객관적으로 내용을 전달하려 애쓴다.

사실 연예 정보 프로그램이 뉴스 중심으로 가다 보면 좋은 사건이든 나쁜 사건이든 사건이 터져줘야 프로그램이 재미있어지고 시청률도 높아지게 된다. 그런 면에서 보면 '섹션 TV-연예 통신'도 프로그램 초기에 서갑숙의 누드집 파문이니 강남길 부부의 이혼 사건이니 하는 것들이 터져줘서 매주 굵직굵직한 뉴스들을 전하면서 시청률이 안정적으로 높아질 수 있었다.

당사자들에게는 참으로 속상하고 눈물나는 일이겠지만 그걸 전해서 시청률을 높이는 우리 입장으로서는 연예계에 무슨 사건 안 터지나 눈이 벌개져서 기다리지 않을 수 없다. 물론 우리도 우리가 전하는 뉴스들이 결혼 소식이나 복권 당첨 같은 좋은 소식들이기를 빌고 또 빈다.

이렇듯 '섹션 TV-연예 통신' 이 연예 정보 프로그램에서 인기 1위의 자리를 굳히자 아니나 다를까 다른 방송국에서 견제가 들어오기 시작했다.

일단 '한밤의 TV 연예' 가 수요일 목요일 이틀 방송으로 같은 날 정면 대결을 시작했고, 비교적 점잖게 연예 정보를 소개하던 KBS '연예가 중계' 도 토요일로 시간대를 옮겨 제일 먼저 주말 뉴스를 전하겠다고 선전포고를 해왔다.

그뿐인가, 주부들을 대상으로 하는 각종 아침 프로그램에서도 양념처럼 연예 정보 코너가 들어가고 각종 케이블 TV에서도 연예 정보 프로그램이 수도 없이 많으니 그야말로 연예 정보 프로그램의 춘추전국시대가 도래했다. 상황이 이렇다 보니 연예 정보 프로그램이 초기와는 다른 상황으로 바뀌게 되었다.

우선은 새로운 뉴스의 발굴. 미국처럼 땅덩어리가 크고 연예인들이 많지도 않은 우리 나라에서 수십 개의 연예 정보 프로그램이 붙어서 방송을 하다 보니 매일 그 소식이 그 소식인 게 사실이다. 이때 중요한 게 바로 새로운 뉴스의 발굴. 예전 같으면 뉴스도 되지 않았을 아이템도 새롭게 갈고 다듬어서 뉴스로 만든다든지 작은 뉴스 여러 개를 모아서 하나의 아이템을 만든다든지 하는 시도가 이어졌다.

그런 면에서 가장 눈에 띄는 것이 바로 광고 촬영 현장. 예전 같으면 광고 촬영 현장 같은 건 별로 큰 뉴스거리가 되지 못했는데 워낙 많은 연예 정보가 생기고 스타들의 일거수 일투족을 뒤따라가다 보니 스타들이 가장 신경써서 찍게 되는 CF 현장이야말로 좋은 뉴스거리가 될 수 있었다.

그렇게 해서 나온 것이 바로 'CF 현장 소식'. 때로는 예전에 찍은

CF들을 모아서 보여주기도 하고, 가상 CF를 찍어보라고 주기도 하고, 인터뷰를 간 패널이 깜짝 CF 출연을 하기도 하면서 각종 아이디어를 모아서 CF 현장을 뉴스의 현장으로 만드는 거다.

그런가 하면 자잘한 뉴스들을 모으는 방법도 있는데 예를 들자면 프로야구 개막식 현장의 연예인 시구 모습. 그저 한 사람이 시구하는 모습만으로는 아이템이 좀 약하니까 전국 구장에서 벌어지는 연예인들의 시구 모습을 다 모아서 비교도 하고 분석도 하면서 재미있게 새로 구성을 하는 것이다.

연예 정보 프로그램이 많다 보니 벌어지는 또 한 가지 양상은 바로 독점 싸움. 똑같은 아이템으로 여기 나가고 저기 나가면 이미 시청률은 물 건너간다.

그렇기에 일단 어떤 스타가 언제 뭘 한다는 소식이 들리면 제일 먼저 전화를 걸어서 몇 달 전부터 이 아이템은 우리가 하겠다, 그러니까 다른 데랑은 통화하지 마라, 우리하고만 하자… 등등 온갖 회유와 협박으로 도장 꽝! 침을 발라두는 것이다.

상황이 이렇다 보니 피곤한 건 연예인 매니저들. 예전 같으면 뮤직비디오 촬영이나 CF 촬영 같은 건 맘 편하게 갔을 텐데 요즘에는 몇 달 전부터 연예 정보 프로그램에서 전화 걸어서 우리랑 해야 한다, 다른 데 주면 안 된다, 안 되면 찍어서 필름이라도 달라, 이런 식으로 이야기하니까 입장이 골치 아프게 된 거다.

그래서 어떤 매니저들은 아예 세 가지 정도 아이템을 잡아서 화보 촬영은 이 방송사, 광고는 저 방송사, 뮤직 비디오는 그 방송사 식으로 나름대로 배분을 하기도 하고, 아예 세 군데 다 절대 못 나오게 하고 몰래 촬영을 하기도 하고, 여러가지 방법으로 이리 빠져나가고 저리 빠져나간다.

이쯤 되면 독자들은 궁금해할 것이다. 이렇게 문제가 많고 복잡한데 왜 방송국마다 연예 정보 프로그램을 만드는 데 혈안이 되어 있을까? 그 해답은 여러가지가 있는데 일단은 연예 정보 프로그램의 제작비가 비교적 적다는 데 있다.

출연자라곤 고정으로 출연하는 10명 안팎의 패널과 MC 정도이기 때문에 기본적으로 다른 프로그램에 비해 출연료 지출이 적고, 스튜디오도 큰 조명이나 무대장치가 필요한 게 아니기 때문에 제작비가 적게 든다.

게다가 연예 정보 프로그램을 통해 자사 프로그램을 홍보할 수도 있고, 요즘처럼 섭외가 어려운 상황에서 비교적 다른 프로그램에 비해 섭외도 용이하기 때문에 여러가지 장점이 있다. 이래서 가능하면 방송국은 한 프로그램 정도 연예 정보 프로그램을 하려고 하는 것이다.

흔히들 방송작가를 하다 보면 시간이 너무 빨리 간다고들 한다. 다른 사람들처럼 하루 단위로 삶을 사는 게 아니라 프로그램 따라 일주일 단위로 살다 보니 프로그램 네 번 하면 한 달이 가고, 개편 두 번 하면 한 해가 후딱 가버리기 때문이다.

그렇게 나는 8년이란 세월을 보내왔다. 이 글을 쓰면서 다른 사람들에게 방송작가의 생활을 솔직하게 보여주겠다는 생각을 했지만 쓰다 보니 오히려 내 자신이 얻는 것이 더 많았다. 그 동안의 방송작가 생활을 정리하고 되돌아볼 소중한 기회를 얻었다.

어떤 분야든 8년이라는 세월을 일하고 나면 대충 감도 잡히고 어느 정도 자신이 생길 텐데 아직까지 나는 방송이 이렇다고 자신있게 말하지 못한다. 그러기에는 방송은 너무 큰 세상이고 나는 아직 너무나 어리다.

## 아내의 정갈한 밥상 같은 그녀의 대본

박상원 〈탤런트〉

97년 늦가을 걸려온 섭외 전화 한 통, '박상원의 아름다운 TV-얼굴'이라고 했다. 처음엔 프로그램 이름이 마음에 들어 시작했지만 이제는 그 속의 얼굴들이 마음에 들어서 그만둘 수 없게 되어버렸다.

그중에서도 절대 빼놓을 수 없는 한 사람이 바로 전진실이란 얼굴이다.

맨 처음 방송국 로비에서 인사했을 때가 생각난다. 이름이 전진실이란 말에 내가 그랬다.

"나는 진실이랑은 인연을 끊을 수가 없는가보네. 드라마에서도 진실이가 파트너였는데 작가까지 진실이라니…."

그 때 난 드라마 '그대 그리고 나'에서 최진실의 신랑 역을 하다가 드라마를 막 마친 뒤였다. 그 날부터 지금까지 난 일주일에 꼭 한 번씩은 그녀를 만난다.

그녀는 글을 참 잘 쓴다. 아니 내 맘에 쏙 든다고 해야 할까?

누군가의 글이나 말을 보면 그 사람을 알 수 있다고 했던가. 매주 대본을 읽을 때면 매일 아침 다른 반찬과 국거리로 차려낸 아내의 정갈한 밥상을 받는 것 같은 고마움도 느껴지고, 세월에 익숙해진 친구의 편지 봉투를 뜯을 때의 설렘도 느껴진다.

그러고 보면 작가는 타고나는 거라는 생각이 든다. 같은 하늘, 같은 계절을 나와 똑같이 살아가는데도 그런 글을 써내는 걸 보면 말이다. 만약 내가 나의 이름을 건 또 다른 프로그램을 하게 된다면 난 주저없이 PD에게 이야기할 것이다. 전

진실이란 작가와 일하고 싶다고.

사람이 가장 오랫동안 머물 수 있는 곳은 누군가의 마음 속이라고 했던가? 나 박상원이란 사람의 마음 속에 전진실이란 세 글자는 '참 글을 잘 쓰고 정말 괜찮은 작가, 좋은 사람' 으로 오랫동안 머물 것이다.

진실아! 출판 축하한다. 대박나면 한턱 크게 쏘는 거다, 알겠지?

# 김 현 희

KIM HYUN HEE

# 방송국, 피도 눈물도 없는 곳

1971년 서울 출생
연천중학교, 선일여자고등학교 졸
한양대학교 가정관리학과 졸
1994년 KBS 코미디 작가 공채 5기로 방송 시작.
2001년 연세대학교 언론홍보대학원 입학.
집필 : 폭소 대작전, 세상 엿보기, MBC 대학가요제,
김동건의 텔레비안 나이트, 남자 셋 여자 셋,
점프, 논스톱, 뉴 논스톱

## 이 글을 읽기 전에

이 글을 읽는 분들께는 죄송하지만 이 글에는 잠도 제대로 못 자면서 늘 탱탱한 피부를 유지하는 나의 피부관리법이나 하루종일 틀어박혀 앉아서 회의만 하면서도 보기 좋은 몸매를 유지하는 나만의 다이어트 법, 또는 바쁜 생활 속에서도 늘 예쁜 얼굴을 보여줄 수 있는 스피드 화장법 등은 공개되어 있지 않다.

물론 나는 그런 걸 쓰고 싶었지만 주위에서 그런 것까지 공개하면 앞으로 여기저기 방송에 끌려다니느라 피곤해진다고 간곡히 말리는 바람에 쓰지 않기로 했다. 이 점 양해해 주시기 바란다(날 아는 사람들은 여기서 책을 덮겠지?). 결국 여기에는 내가 어쩌다 작가가 되었는지, 어쩌다가 이렇게 오래 하게 되었는지, 어떻게 살고 있는지, 뭐 그런 게 씌어 있다.

## '무식한 두 남녀' 로 방송작가 시작

요즘 방송작가를 하겠다고 오는 후배들이 많다. 그들에게 묻는다.

"왜 작가를 하려고 하니?"

대답은 참 가지가지다.

"으음, 제가 학교 다니면서 과에서 연극을 할 때 각본을 썼는데요, 너무 재밌어서…."

"원래 방송을 좋아했거든요."

"그냥요."

나에게 왜 방송작가를 하려 했느냐고 묻는다면 여러가지 이유를 댈 수 있지만 그중에서도 엄마 얘기를 하고 넘어가야 될 것이다.

졸업 후 일반 회사에 다니고 있던 나에게 어느 날 엄마가 그러셨다.

"너는 글을 써야 된단다. 방송작가나 기자를 하면 아주 잘 할 거랜다. 한번 해봐라."

"누가 그래?"

"점쟁이가…."

그러시며 그 점쟁이가 얼마나 신통한지에 대해 또 한바탕 늘어놓으셨다. 한 귀로 듣고 한 귀로 흘리기는 했지만 사실 나도 회사생활이 나하고는 참 안 맞는다는 생각을 하고 있던 차여서 그럼 한번 도전해봐? 하는 생각을 하게 됐다.

엄마가 주신 30만 원으로 기독교문화센터 구성작가반에 등록을 했는데 평소 불광화, 백련심 등 법명을 두 개씩이나 가지고 계실 정도로 독실한 불교도인 우리 엄마가 나를 기독교문화센터에 등록하게 내버려둔 거 보면 엄마의 바람이 얼마나 절실했는지 알 수 있다.

회사 마치고 일주일에 한 번 강의를 들으러 다녔는데 2주 다니고 나니 KBS에서 코미디 작가 공채를 한다는 공고가 TV에 나왔다. 당시에는 방송작가를 하겠다고 나선 애들 중 90프로가 휴먼 다큐멘타리 '인간극장' 의 작가가 되고 싶어했고, 나 역시 마찬가지였다.

'인간극장' 과 '폭소대작전' 과는 상당한 거리가 있었지만 방송에 대해 쥐뿔도 모르던 시절이라 그냥 되는 대로 원고를 써서 등록을 했다. 될 거라고 생각도 안 하고 있었는데 1차에 붙었으니 2차 시험을 보러 오라고 했다.

너무 신나서 2차 시험은 뭘 보냐고 했더니 원고지에 글을 쓰는 거라고 했다. 아아, 원고지에 글을 쓴다고? 대학교 작문책을 꺼내 원고지 쓰는 법 부분을 폈다.

'제목을 쓸 때는 중간에 쓰는 거고 처음 한 칸은 띄어쓰는 거고….'

원고지 작성법을 열심히 공부해 간 나에게 주어진 주제는 '남과 여' 라는 주제로 콩트 하나를 쓰라는 거였다.

이럴 수가. 그토록 열심히 원고지 작성법을 공부했건만 그건 하나도 중요하게 생각지 않는 것 같았다.

에라, 모르겠다 하는 심정으로 대학교 다닐 때 웃기던 후배 얘기를 하나 썼다. 무식한 두 남녀가 미팅하는 내용인데 정확하게 기억이 나지는 않지만 대략 이런 내용이었다.

서로 잘났다고 생각하는 남녀가 미팅을 한다.

남 : 안녕하세요? (속으론)아우, 뭐 저런 애가 나왔냐?

여 : 네, 처음 뵙겠어요, 호호호. (속으로)빨랑 일어서야지.

남 : 참 아름다우시네요. 마치 소설 〈별〉에 나오는 스테파네트 아가씨 같아요.

여 : 어머머, 저 그 소설 너무 좋아해요. 생텍쥐페리가 쓴 거잖아요.

남 : 네? 생텍쥐페리는 〈어린 왕자〉를 썼는데….

여 : 아아, 〈어린 왕자〉 그거 읽어봤어요! 왕자랑 거지가 바뀌는 내용이잖아요!

남 : (띠요옹)

뭐 이런 식의 아주 재미없는 내용이었는데 이 얘기는 실화였다. 박재완이라고 무역과 다니는 후배가 바로 이 '무식한 여자'의 소재를 자기가 직접 겪고 내게 제공해 준 거였다. 재완아, 미안하다.

어쨌든 주어진 시간 내내 죽을 둥 살 둥 고생한 끝에 원고를 내고 나왔다. 여의도 지리에도 어두웠던 터라 버스까지 잘못 타고 한참 고생하다가 겨우 집에 돌아왔다.

당연히 떨어졌다, 좋은 경험 했다, 생각하고 있는데 전화가 왔다. 내가 붙었다는 것이다. 나중에 알고 보니 6명 중 꼴찌로 붙은 거였지만 꼴찌면 어떠냐, 붙었는데. 꼴찌건 1등이건 붙었으니까 오늘날의 내가 있는 거 아니냐.

## 김형곤 아저씨한테 눈물 쏙 빠지게 야단 맞고

예전에 방송됐던 '육남매'란 드라마를 보면 가겟집에 옹기종기 모여 앉아 단체로 TV를 보는 장면이 나온다. 요즘 방마다 한 대꼴로 TV를 들여놓고 보고 싶은 대로 보는 신세대들에게는 정말 이해가 안 되는 장면일지 모르겠지만 나도 그렇게 단체관람을 하던 적이 있었다. 네 살인가 다섯 살 때 일인데 그때 우리 동네에서 유일하게 TV가 있

던 곳이 전파상이었다.

TV 시작할 시간이 다가오면 동네 오빠들의 손을 잡고 보러 가곤 했었는데 어느 날 오빠들 따라 길을 건너다 오토바이에 치이고 말았다. 그때 우리 엄마는 내가 죽는 줄 알았다고 하신다. 가물가물하지만 내 기억으로도 한참 동안이나 자리보존하고 누워 있었던 것 같다.

그후에 엄마는 TV 때문에 딸을 잡느니 없는 돈 털어 한 대 장만하고 말리라며 TV를 들여놓으셨다. 빨간 테두리의 14인치 TV였는데 그 덕분에 한동안 동네 아이들 사이에서 왕초 노릇을 할 수 있었다. 나한테 잘못 보이는 애들은 우리집(사실은 방이다, 달랑 방 한 칸 집)에 들어올 수 없었기 때문에 아침에 싸운 애들도 TV 시작할 시간이 되면 딱지 한 장, 구슬 하나를 건네며 화해를 청할 수밖에 없었다.

요즘 말하자면 TV 덕분에 짱노릇을 한 것인데 그게 그리 오래 가지 못했다. 옆집 코찔찔이 명호네서 우리집보다 더 큰, 식탁처럼 다리가 달리고 모니터 앞에는 미닫이문까지 턱하니 붙어 있는 16인치 TV를 산 것이다.

평소 TV 한 대 가지고 고깝게 굴어서 인심을 잃었던가, 아니면 더 크고 좋은 TV에 아이들이 반했던가, 아이들은 모두 명호네로 몰려가고 우리집엔 단 한 명의 아이도 오지 않았다.

사실 말이 옆집이지 방 한 칸, 부엌 한 칸 구조로 돼 있는 집이 다닥다닥 붙어 있던 터라 명호네 TV 소리며 애들 소리가 다 들렸다.

어찌나 화가 나고 속이 상하던지 어린 맘에도 이것들 다시 우리집에 오기만 해봐라, 되뇌며 명호네 집보다 더 크게 볼륨을 높이고 심통을 부렸다. 하지만 맘속으로는 나 역시 명호네 새 TV를 보고 싶었다.

그 빨간 상자 TV는 내가 6학년 때 컬러 TV로 바꾸기까지 전파사를 들락거리기도 하고 가끔 안 나올 땐 두들겨 맞기도 하면서 장수했다.

그 후엔 다락으로 가지고 올라갔는데 안테나 상태가 안 좋아서 화면이 잘 안 나왔다. 보고 싶은 건 있고, 화면은 안 나오고. 이럴 땐 동생과 내가 번갈아가며 안테나를 다락방 창 밖으로 내밀고 화면을 잡아보곤 했다.

그렇게 악착같이 TV를 봐서 지금 이 일을 하고 있는지 모르겠다. 아무튼 엄마는 나보고 맨날 TV 앞에 턱 받치고 앉아 있으니 도대체 뭐가 될래? 하는 말씀을 자주 하셨는데 그때 방송작가라는 직업을 알고 있었으면 응, 나 방송작가 될 거야! 라고 대답했을지도 모르겠다.

내가 방송국에 들어간 1994년도는 케이블 TV가 생긴 해였다. 그 당시 케이블 TV에 거는 기대들이 대단해서 기존의 공중파 방송국에서 유능한 PD와 작가를 많이 빼갔다.

그래서 내가 들어갔을 땐 원고를 쓸 선배작가들이 많이 부족한 상황이었다. 방송국에서는 급한 대로 신인작가들에게 대본을 쓰라고 했고, 그때 같이 뽑힌 6명의 동기들이 둘씩 조를 짜서 한 코너씩 담당하게 됐다. 요즘 들어오는 공채 작가 후배들은 거의 1년 정도 보조 작가 노릇을 하다가 원고를 쓰게 되는데 거기에 비하면 나는 운이 엄청 좋은 케이스였다.

그때 내가 담당했던 코너는 '폭소대작전' 이라는 코미디 프로그램의 '제7호 법정' 이라는 코미디 콩트였다. 그 코너를 쓰면서 김형곤 아저씨와 많이 친해졌고 코미디에 대해 많은 것을 배울 수 있었다. 그러다 김형곤 아저씨가 MBC에서 새로 프로그램을 하게 됐다며 나를 작가로 추천해 주셨다. 그래서 하게 된 프로그램이 '세상 엿보기' 였다.

'세상 엿보기' 는 월요일부터 금요일까지 10분씩 하는 시사풍자 콩트 프로그램이었다. 처음에는 김형곤 아저씨와 이영현이 같이 진행을

했고, 이영현이 빠진 후로는 김서라 언니가 뒤를 이어주었다.

'마마 듭시오!' '시사요리' '아버지와 딸' '포장마차' 등 매일 다른 코너로 시사풍자를 하는 프로그램이었는데 시사적인 내용을 다루다 보니 녹화 들어가기 바로 직전에 원고를 쓰는 일도 비일비재했다. 나는 지금도 원고를 빨리 쓰는 편인데 아마 그때 하도 길이 들어서 그런 것 같다.

어쨌든 그 프로그램을 하면서 김형곤 아저씨에게 코미디에 대해 많이 배웠다. 김형곤 아저씨와 함께 김형수 PD라고 있었는데(지금은 '캔디 프로덕션'을 차려 독립했다) 원고를 좀 잘못 써가면 둘이 어찌나 나를 들들 볶으며 혼을 냈는지 모른다. 김형수 PD는 작가 출신에다 학교 선배라 대본 잘못 써왔다고 혼낼 때면 정말 눈물이 쑥 빠질 정도로 야단을 쳤다.

그때 사실 화장실 가서 몇 번 운 적도 있는데 지금 생각해 보면 그게 당연하지 싶다. 코미디 대본 쓴 지 1년도 안 된 신인 작가가 일주일에 다섯 개씩 콩트 대본을 써댔으니 얼마나 한심한 내용이 많았겠나.

그래도 그걸 봐주고 가르치며 일했으니 지금 생각하면 '세상 엿보기'를 같이 했던 PD들이나 김형곤 아저씨에게나 참 감사하다. 지금 다시 그렇게 하라면 절대 못할 것 같다.

아마 그땐 방송이 뭔지도, 코미디가 뭔지도 모르고 했으니 그렇게 했을 거다. 어쨌든 그렇게 눈물콧물 쏙 빼고 자존심 다쳐가면서 코미디란 무엇인가 좀 배운 것 같다.

사실 코미디란 공식이 있는 것이어서 수학 문제처럼 공식을 많이 알면 알수록 유리한 장르다. 그때 배운 코미디 공식으로 시트콤에서 응용을 해서 아직까지 버티고 있으니 그때 자존심 좀 상한다고 때려치웠으면 오늘날의 나는 없었을 것이다.

지금도 시트콤을 하고 싶다는 후배들에게 코미디 프로그램을 할 기회가 있으면 한 번씩 해보라고 말하곤 하는데 코미디에 대한 기초를 배우는 데 그만한 게 없는 것 같다.

'세상 엿보기' 에서 장수했던 '마마 듭시오' 는 현명한 중전과 사고뭉치 좌상이 나랏일에 대해 의논하는 모습을 풍자한 코너로 원래는 좌상이 아니라 영상이었다.

그런데 어느 날 윗분들에게서 영상 대신 좌상으로 바꾸라는 명령이 떨어졌다. 아니 왜 좌상으로 바꿔야 하나? 했더니 대답이 걸작이었다. 그 코너에선 주로 영상이 잘못을 저지르고 끌려 와서는 중전에게 매일 핀잔을 듣는 것이었다.

"영상이 그 따위니 나라가 제대로 굴러가겠소? 에잉, 저런 영상을 뽑은 내가 죄인이지!"

이런 대사였는데 그 문제의 '영상' 이 '영삼' 으로 들려 거북하다는 것이었다. 그때는 김영삼 대통령 시절이었다.

어쨌든 이런저런 우여곡절도 많았고 녹화를 해놓고 방송이 안 나간 적도 있었지만 같이 일하던 스태프들과 참 재밌게 일했던 프로그램이라 아직도 기억에 많이 남는다.

## 청춘 시트콤은 스타 인큐베이터

'세상 엿보기' 가 끝나고 잠시 KBS에 돌아가 일을 했다. KBS 코미디 작가실에는 대대로 내려온 징크스가 있는데 작가들끼리 단합이 너무 잘 되면 프로그램이 없어진다는 것이었다.

'남 셋' 녹화장에서. 김진 뒤에 서있는 필자. 1998년 겨울.

그 당시 코미디 작가실 분위기는 굉장히 화기애애했다. 거의 매일같이 건수를 만들어 놀러 다녔는데 그렇게 노는 것도 모자라 1박2일로 MT를 가기도 했다.

MT를 가서 신나게 놀고 돌아와 보니 청천벽력 같은 소식이 기다리고 있었다. 어쩐 일인지 코미디 프로그램이 확 줄어버린다는 것이었다. 당연히 내가 하고 있던 '폭소대작전' 도 없어졌다.

졸지에 실업자가 되어 놀고 있는데 대선배 임기홍 작가에게서 전화가 왔다. MBC에 토크 쇼가 하나 생기는데 같이 일해 보자고 하시는 거였다. 노는 처지에 이것저것 가릴 수도 없어 한다고 뛰어들었다.

사실 그때까진 코미디 프로그램만 했지 구성 프로그램은 한 번도 해본 적이 없었다. 구성 프로그램이 어떤 건지도 모르고 시작을 했는데 만만치가 않았다. 매주 2명씩 게스트 섭외하는 거며 미리 인터뷰하는 거며 녹화 당일날 비위 맞춰주는 거며 장난이 아니었다.

그때 같이 일하던 전진실씨가 없었다면 중간에 포기하고 말았을 거다. 처음 해 본 구성 프로그램에 적응 못 하고 버벅대고 있을 때 MBC 로비에서 우연히 송창의 부장을 만나게 됐다.

송창의 부장은 그전에 주철환 PD의 소개로 한 번 뵌 적이 있었는데 용케 날 기억해 주셨다. 그러면서 가을 개편 때 MBC에서 시트콤을 하는데 나도 시간나면 회의에 참석해 보라고 하셨다.

그때만 해도 지금처럼 시트콤이 인기가 있을 때가 아니었다. SBS의 'LA 아리랑'이 히트친 이후로 각 방송사에서 몇 가지 시트콤을 만들었지만 줄줄이 실패해 모두 시트콤에 대해 거의 포기하고 있는 상태였다.

송창의 부장은 그동안 안해 본 장르를 개척해 보자고 말씀하셨고, 그렇게 만들게 된 게 '남자 셋 여자 셋'이었다. 송부장도 작가들도 모두 시트콤은 난생 처음이라 방송 초기에는 여러 모로 부족한 점이 많았다.

방송 나간 지 2, 3개월이 되도록 자리를 못 잡자 심지어 조기종영한다는 말까지 나왔었다. 만약 그때 조기종영됐다면 청춘 시트콤의 교과서가 되어버린 '남자 셋 여자 셋'은 존재하지 않았을 것이다.

'남 셋' 처음 멤버는 신동엽, 홍경인, 송승헌, '여 셋'은 우희진, 이제니, 채정안이었다. 원래 채정안은 조연급이었는데 '여 셋'으로 캐스팅됐던 L양이 막판에 못 하겠다고 하는 바람에 채정안이 끼게 된 것이었다. 위에서도 말했다시피 '남 셋'이 자리잡기까지 시간이 조금 걸렸다.

사실 모든 시트콤이란 게 캐릭터가 눈에 익고 등장인물에게 정이 들면서 '아, 오늘은 저 인간이 무슨 짓거리를 할까, 이 인간이 무슨 짓으로 웃길까?' 라는 궁금증이 일게 하려면 시간이 걸린다.

'남 셋' 도 마찬가지로 처음 몇 주 동안 자리잡는 데 시간이 필요했다. 그러나 위에서는 시청률 저조를 이유로 여러가지 대안을 제시했는데, 그중 하나가 주인공을 바꾸라는 것이었다. 그러면서 얘기가 나온 게 채정안과 송승헌이었다. 채정안은 우리가 생각해도 연기공부를 더 하고 오는 게 낫겠다 싶어서 모두 동의했는데 문제는 송승헌이었다.

송승헌은 그때까지만 해도 TV에 얼굴 한 번 나오지 않은 신인 중의 신인이었다. 고작 나온 게 '닉스' 청바지 모델이었으니까. 그런 송승헌을 캐스팅한 게 송창의 부장이셨다. 송부장님은 송승헌을 놓치기 아까워하셨지만 위에서는 송승헌도 같이 자르라는 압력이 대단했다.

그때 송부장님에게 힘을 모아준 게 바로 우리 여자 작가들이었다. 우린 그때까지 송승헌의 얼굴을 가까이서 한 번도 보지 못했지만 화면으로만 봐도 너무너무 잘생겼기에 모두 송승헌의 열렬한 팬이 되어 있었다.

송승헌은 자르면 안 된다, 저렇게 잘생긴 애를 어디서 구해올 것이냐? 통신에서 반응도 좋다(사실 연기 못 한다고 자르라는 글이 더 많았지만), 등등 하면서 강력히 우겨 송승헌을 지켜냈다.

그리고 채정안이 나가고 그 자리에 들어온 이의정이 송승헌을 죽자사자 쫓아다니는 역할을 맡게 되면서 송승헌도 더불어 뜨기 시작했다. 신동엽이 늘 옆에 끼고 다니며 연기도 가르쳤고, 본인도 열심히 했다.

그 당시 제일 한가한 사람이 송승헌이었기 때문에(그는 '남 셋' 빼고는 다른 스케줄이 없었다) ENG 멋있는 그림 위주로 송승헌 띄워주는 얘기도 만들어 그때부터 본격적인 송승헌 만들기가 시작된 것이다.

방송을 하다 보면 어떤 땐 출연자가 다 내 식구같이 느껴지기 때문에 송승헌의 인기가 점점 올라가자 우리도 마치 내 일인 양 기뻐했다.

특히 송부장님은 자신이 발굴해 낸 신인이 인기를 얻자 굉장히 기뻐하면서 이걸로 끝나선 안 된다, 진정한 연기자로 거듭나려면 드라마에서 인기를 얻어야 한다고 하며 드라마국에 소개까지 시켜주셨고, 그렇게 해서 '그대 그리고 나' 의 송승헌이 탄생하게 된 것이다.

송승헌의 인기가 하늘을 찌르면서 우리가 송승헌의 얼굴을 볼 수 있는 기회도 점점 줄어들었다. 처음엔 같이 포장마차에서 술도 마시고 하더니 나중엔 회식 자리에도 잠깐 얼굴만 비추고 사라지곤 했다.

그럴 때마다 '와아, 제일 한가하던 애가 제일 바빠졌다' 고 우리가 좀 섭섭한 기색을 나타내면 송부장께서는 '스타가 됐으면 스타 대접을 해줘야 한다' 고 우리를 다독이셨다.

'남 셋' 으로 스타가 된 승헌이는 비록 유종의 미를 거두지 못하고 '남 셋' 끝부분에서 빠져 버렸지만 그래도 본인에게는 잊지 못할 프로그램일 것이다.

처음 승헌이를 보고서 신동엽은 '승헌이한텐 개그맨의 피가 끓고 있어!' 라며 감이 있다고 칭찬했었는데 뒤에 '가을 동화' 에 나오는 거 보면 신동엽의 말이 틀린 거 같기도 하다. 어찌나 잘생겼는지.

우리집엔 송승헌이 '남 셋' 초기에 방송을 위해 윗통 벗고 허리띠 풀고 찍은 반누드 사진이 있다. 거의 한쪽 벽을 덮을 만한 크긴데 우리 신랑이 허락을 안 해줘서 못 걸어 놓고 있다. 그때 방송을 위해 딱 두 장 만든 건데 하나는 승헌이가 갖고 하나는 내가 갖고 있으니 희소성으로 따져도 대단한 물건이다. 나중에 궁해지면 팔아먹을 생각도 있다.

요즘도 기획사에선 시트콤에 넣어 달라고 신인들을 많이 데려오는데 그렇게 해서 또 큰 인물이 요즘 잘나가고 있는 고수다. 그밖에도 박광현, 양미라, 김영준, 양동근 등이 다 시트콤으로 스타 대열에 끼였으니 청춘 시트콤은 스타 인큐베이터라고 해도 과언이 아닐 것이다.

## 슬럼프는 서러워

'남 셋'이 어느 정도 자리를 잡게 되자 개편이 되고 PD와 작가가 바뀌게 되었다. 그동안 우리가 너무 힘들었다고 격주로 일하라고 했는데, 사실상 담당 PD가 같이 일하고 싶은 작가를 데려오는 통에 우리가 설 자리를 뺏긴 거라고 말하는 게 옳을지도 모른다.

그동안 빼빠지게 일해서 어느 정도 자리를 잡아놓았더니만 보람은 없고 일만 뺏기고, 사실 속이 뒤틀렸다. 그러면서 담당 PD와 사소한 언쟁이 큰 싸움이 되고 그러면서 서로 감정이 나빠지기 시작했다. 지금만 해도 그렇게 안 했을 텐데 그땐 어리고 뭘 모르던 시절이라 무작정 우겨대기만 했다.

속으로도 이건 아닌데 싶으면서도 겉으로는 우기고 '삐딱선'만 탔으니 그 PD도 내가 얼마나 미웠으랴. PD에게 보란 듯이 좋은 대본을 써야지, 생각하고 대본에 힘이 들어가니까 오히려 대본이 더 엉망으로 나왔다.

어떤 땐 내가 써놓고도 참 한심하구나, 하는 생각이 들 때도 있었고, '남 셋'을 각색하시던 김성덕 선생님에게 끌려가서 주말마다 대본을 새로 짜기도 했다.

그렇게 개기기를 몇 달, 드디어 PD가 나를 불렀다. 그러고는 '내일부턴 안 나와줬음 좋겠다'라고 말했다.

안 그래도 그때 건강이 갑자기 안 좋아져서 쉬어야 하는 상황이었고, 나도 이번 주만 하고 그만두어야겠다고 생각하고 있었는데 선제공격을 당한 것이었다.

안 그래도 내가 지금 몸이 무척 안 좋다, 그래서 이번 주 일만 하고 그만두려고 했다, 하고 얘기하고 돌아서는데 자존심이 상해 다리가 후

들후들 떨리고 심장이 벌렁거렸다.

그 주는 그 PD와 어떻게 일을 했는지 모르겠다. 그렇게 해서 그 주엔 회의도 거의 안 하고 내가 써온 시놉시스로 내가 알아서 대본을 쓰고 수정도 거의 없이 대본을 넘기고 그만두었다.

아무 생각 없이 마음을 비우고 쓰니까 오히려 대본도 잘 풀렸다. '남 셋' 집의 우유를 훔치던 도둑을 잡고 보니 불쌍한 소년가장이었고 그걸 기화로 아이들과 친해지게 되는 훈훈한 내용이었는데, 그 방송을 본 본부장님께서 아주 흡족해하시면서 격려금도 주셨다고 한다. 아마 그때가 IMF 시절이라 그런 내용이 먹혔던 게 아닌가 싶다.

지금 생각해 보면 그때 내가 조금만 숙이고 들어갔으면 그렇게 되지 않았을 텐데 그땐 왜 그렇게 뻣뻣하게 굴었는지 모르겠다. 어쨌든 그렇게 잘리고 나서 한동안 몸도 안 좋아 방송을 쉬었다.

그땐 정말 심신이 고달픈 상황이었다. 4월은 잔인한 달이라고 말하지만 나는 1998년 4월을 결코 잊지 못할 것이다. 몸도 마음도 주변 상황도 너무나 안 좋은 시기였다. 방송국에 들어온 이후 한 번도 쉬어본 적이 없었던 터라 어떻게 생각하면 여행도 다니며 머리를 식힐 수 있는 좋은 기회였는데 몸도 아프고 돈도 없어서 집 밖으로 나다니지도 못했다.

그때 집에서 유일하게 할 수 있는 게 컴퓨터 통신이었다. 집 안에 있으면서 컴퓨터 통신으로 웬만한 드라마 대본은 다 다운받아서 읽기 시작했다. 그리고 TV를 봤다. 그전엔 몰랐는데 대본을 읽고 방송을 보니 내가 읽으며 생각했던 신과 비슷한 부분도 있고 전혀 다른 부분도 있었다.

그렇게 계속 대본을 읽고 방송을 보다 보니 안 보이던 부분도 보이고 아, 저 부분에선 대본을 이렇게 써야 하는구나,라는 것도 알게 되어 그 공부가 나중에 얼마나 큰 도움이 됐는지 모른다.

사실 그때까지 나는 제대로 된 방송작가 교육을 받아본 적이 없었다. 기독교문화센터 달랑 한 달 다닌 게 다였는데 거기서 배운 거라곤 원고지에 비디오, 오디오 부분으로 나눠서 대본 쓴다는 게 전부였다.

그렇게 계속 TV만 보고 있으려니 갑자기 일이 너무너무 하고 싶어졌다. 대본도 너무너무 잘 쓸 것 같았다. 그래서 다시 일을 시작하게 되었다.

그렇게 해서 다시 시작한 것이 KBS의 '김창완의 이야기 셋' 이라는 프로그램이었다. 거기에서 내가 맡은 코너는 할아버지, 할머니들의 연애 시절 얘기를 듣고 드라마화해서 보여주는 코너였다.

매주 할머니, 할아버지들을 섭외해서 찾아가 얘기를 듣곤 했는데 이제 와서 생각하면 그때 나에겐 그게 많은 도움이 됐던 거 같다. 그때는 이래저래 일이 안 풀렸던 시기라 늘 마음이 우울하고 난 되는 일도 참 없어,라고 생각했었는데 그렇게 어른들을 만나고 얘기를 들으면서 꽁꽁 얼었던 마음도 녹기 시작했다.

이렇게 나이 들어 돌아보면 아무것도 아닌 것을. 고등학교 시절 사고쳐서 임신해 결혼한 것도, 나이 속이고 결혼한 게 들통나서 처갓집 식구들에게 죽도록 두들겨 맞았던 것도 이렇게 웃으며 얘기할 수 있게 되는구나.

그래, 이분들이 살아온 거에 비하면 나는 아무것도 아니잖는가, 인생사 새옹지마고 전화위복이다, 나도 힘내자! 라는 생각이 들었다. 언젠가 나에게도 또 기회가 오지 않겠나, 그때까지 준비나 열심히 해두자, 라는 생각으로 마음을 다스렸다.

코너가 작았고 회의도 그다지 빽빽하지 않았기 때문에 시트콤을 할 때보다 훨씬 시간 여유가 있었다. 이것도 운명이라면 운명인지 시간

'남 셋' 녹화장에서. 1998년 겨울.

여유가 있고, 내가 마음으로도 의지할 곳을 찾고 있을 때 우리 신랑을 알게 되었다.

친구 결혼식에서 한 번 본 적이 있었지만 본격적으로 알게 된 건 그 친구의 집들이였는데 그 날이 5월 5일이었다. 그리고 딱 100일 만인 그해 8월 15일에 결혼했다. 주변에서는 무슨 결혼을 그렇게 하냐고들 했지만 내 친구 중에는 한 달 열흘 만에 결혼한 애도 있으니까 빨리 한 것도 아니다.

끼리끼리 논다고 했는데 주로 내 친구들은 만난 지 석 달 안에 결혼하는 초스피드 결혼을 지향하는 편이다. 보니까 연애 오래 하고 결혼한다고 잘 사는 것도 아니고 후닥닥 결혼한다고 못 사는 것도 아니더라.

결혼을 하고 나서 주변사람들로부터 참 여유있어 보인다는 말을 많이 들었다. 내 얼굴이 좀 이목구비가 큰 편이라 첨 보는 사람들은 무척

사나워 보인다고 하는데 결혼 후엔 그런 얘길 덜 듣게 된 것 같다. 아무래도 이래저래 안정이 되니까 인상도 변하나 보다.

나에게 일할 기회도 주고 인생도 가르쳐주고 결혼할 시간도 줬던 '김창완의 이야기 셋' 을 하는 와중에 송부장에게서 전화가 왔다. '남자 셋 여자 셋' 을 다시 연출하게 됐는데 같이 일하지 않겠느냐고 하셨다. 난 다시는 그쪽과는 인연이 없을 줄 알았는데 잊지 않고 불러주신 것만으로도 너무 기뻤다.

나중에 알고 보니 지금 '세 친구' 를 하는 이성은 언니가 나를 강력 추천해 줬다고 했다. 어쨌거나 '김창완의 이야기 셋' 에는 별로 도움도 못 주고 내가 이용만 하고 나간 것 같아 함께 일했던 PD들에게 지금도 미안한 마음이다.

## '나같이 얼굴 큰 아기 낳아라'

'남 셋' 을 다시 시작하면서 부담이 많았다. 대본 못 쓴다고 잘리기도 하고 그동안 쉬느라 제대로 된 대본 한 줄 못 썼는데 다시 대본을 쓸 수 있을까. 제대로 못 쓰면 어떡하나, 부담감과 걱정이 너무 커 말도 못 했다.

밤을 새서 첫 대본을 써 가지고 가서 오케이를 받기까지 정말 피 말리는 순간이었다. 그 후에 차츰차츰 다시 '남 셋' 대본에 익숙해져가고 적응이 되면서 대본 쓰는 일이 재미있어 정말 열심히 썼던 것 같다.

다들 그동안 '남 셋' 하느라 진이 빠졌던 반면에 나는 쉬기도 하고 결혼도 하면서 여유로운 시간을 보냈기 때문에 나중에는 나만 멀쩡하

고 다들 골골 시름시름 앓다가 뻗기 시작했다. 시청자들은 25분 편하게 웃으며 보면 그만이지만 그 뒤에선 이렇게 병들어 쓰러지는 작가가 허다하다.

내가 없는 동안 '남 셋'의 주인공들은 극중에서 그새 졸업을 하고 백수로 방황하고 있었다. 직업을 하나씩 만들어주려고 해도 여의치가 않았는데 그중에 홍경인은 극중에서 가수 지망생으로 나오고 있었다.

그러던 중 홍경인이 발라드 가수로 데뷔하는 줄 알고 녹음하러 갔더니 웬 여자랑 트로트 메들리를 녹음하게 되는 얘기를 만들게 됐다. 처음에는 '영가암, 왜 불러어, 뒷뜰에 매어놓은 병아리 한 쌍을 보았소?' 하는 평이한 트로트 메들리였다.

그런데 그때 불쑥 옛날에 타고 다니던 우리 동네 마을 버스 생각이 났다. 우리 동네 마을 버스는 기사 아저씨가 하루종일 웬 괴상망칙한 테이프를 틀어놨는데 그 노래가 이런 식이었다.

'고요한 내 가슴에~ (아싸라비야 꿍짝꿍짝 뭐가 고요해?) 나비처럼 날아와서(나비나비나비 나비 조옿고~) 사랑을 심어놓고 나비처럼 날아간 사람 (아하, 날아갔구나~ 이를 어째, 이를 어째!)'

모든 노래가 이런 식이었는데 도대체가 끝이 없는 메들리였다.

나는 탈 때마다 이 노래 때문에 머리가 지끈지끈 아프고 마을 버스에서 뛰어내리고 싶은 충동을 느낀 게 한두 번이 아니었다. 근데 홍경인이 트로트 메들리를 부른다니까 이 노래가 생각이 났다. 여기저기 수소문을 해봤더니 그 노래를 부른 가수가 신바람 이박사라는 사람이었다.

또 여기저기 수소문을 해봤지만 신바람 이박사란 사람을 도대체 찾을 수가 없고 노래를 만든 레코드사도 문을 닫은 상태였다.

눈치 빠른 독자들은 여기서 눈치를 챘을 거다. 이 이박사가 바로 요

'남 셋' 녹화장에서. 신동엽 옆이 필자(앞줄 맨왼쪽).

즘 일본에서 인기 있다는 그 이박사다. 그러니까 우리가 이박사를 찾아 헤매던 시절에 그는 일본에 가 있었던 거다. 그러니 연락이 안 될 수밖에.

어쨌거나 '신바람 홍박사'라는 제목으로 방송이 나갔고 경인이는 기대 이상으로 너무 잘해 주었다. 그후에도 홍박사를 소재로 여러 편 빼먹었으나 본인이 너무나도 싫어하는 바람에 더 이상 하지 못했다.

나는 연기자 홍경인을 참 좋아하는데 이 홍박사를 할 때도 '아이, 내가 이런 걸 어떻게 해. 나 나중에 발라드 판 낼 건데 이미지 다 망가진단 말야' 하고 투덜대면서도 막상 녹화에 들어가면 언제 연습을 했는지 대본을 100프로 살려냈다.

그때 신바람 홍박사로 이미지를 정말 망쳐버렸는지 발라드 가수가 된 다음에 뜨지 못했는데 마음 속으로 굉장히 미안하게 생각하고 있다. 그리고 그때 우리의 충고대로 차라리 '신바람 홍박사' 해서 트로

트판을 냈으면 성공하지 않았을까, 하는 생각이 아직도 남아 있다.

미국에 갔던 신동엽도 합류하고 해서 '남 셋' 은 유종의 미를 거두었다. 끝까지 함께 해줬던 여러 연기자들에겐 아직도 고맙게 생각하고 있다.

'남 셋' 쫑파티 때가 내가 임신 6개월쯤 돼서 배가 꽤 나와 있었을 땐데 김용림 선생님이 나에게 마지막으로 뼈있는 말씀을 한 마디 던지셨다.

그동안 내가 대본에 얼굴 크다고 제일 많이 썼다시며 '꼭 나같이 얼굴 큰 애기 낳아!' 라고 농담 반 진담 반 말씀하셨는데 그 말이 잠자는 숲 속의 공주에 나오는 마녀의 저주처럼 늘 잊혀지지 않는다.

요새도 우리 딸의 얼굴을 들여다보며 아직은 작은데… 설마 17살 되는 생일날에 뻥튀기 튀겨지듯 얼굴이 뻥! 하고 커지는 건 아니겠지, 하는 생각을 하곤 한다. 제발 그 저주가 먹히지 말아야 할 텐데.

'남 셋' 이 끝나자마자 바로 시작한 것이 시트콤 '점프' 였다. 그동안 청춘 시트콤에 너무 물려 있던 터라 우리는 홈 시트콤을 하고 싶어했다. 그러나 시간이 7시대였고 그때 과연 가족 시트콤이 먹힐까 하는 반대 의견도 만만치 않아서 결국 홈 반 청춘 반이 섞인 짬뽕 시트콤이 탄생하게 됐다.

최불암 시리즈로 전국민을 웃겼던 최불암 씨가 주인공으로 섭외가 됐고 그 당시 '카이스트' 로 인기 절정을 달리던 유망주 채림까지 섭외가 됐다.

사실 요즘 시청률 저조로 2, 3개월짜리 단명했던 시트콤들이 많은데 그 명단에 '점프' 가 끼는 데 대해 나는 심히 불쾌하다. '점프' 는 1999년 5월부터 2000년 2월까지 방송이 됐고, 시청률도 평균 15프로는 나왔다. 대박을 터뜨렸던 '남자 셋 여자 셋' 의 후속 작품이란 부담감과 기대에 못 미치는 흥행성적을 기록해서 그렇지 결코 망한 시트콤은 아니다.

특히 최불암 씨가 빠지고 고수, 양미라 등을 기용해서 보강한 '점프 2' 는 시청률이 20프로를 넘기도 했다.

내가 아기를 낳고 다시 '점프' 에 뛰어든 게 10월이었다. 그동안 '점프' 는 고위층의 압력과 참견 때문에 PD와 작가가 정말 힘들게 일하고 있었다. 처음 얘기했던 것처럼 홈 시트콤과 청춘 시트콤 두 마리 토끼를 잡으려고 했던 것이 문제였다.

SBS '행진' 의 시청률도 많이 올라 '점프' 와 막상막하가 되었다. '행진' 은 SBS 쪽에서 7시 시간대를 잡아보겠다고 본격적으로 만든 청춘 시트콤이었다.

그전에도 '나 어때' 라는 시트콤을 하긴 했지만 워낙 '남 셋 여 셋' 의 위력이 강한데다가 '나 어때' 가 완성도 면에서도 떨어졌기 때문에 게임이 안 되는 상태였다.

그러나 '남 셋' 이 막을 내리자 SBS측에서도 한번 처음부터 붙어보자고 맘 먹고 만든 것이 '행진' 이었고, 캐스팅 면에서도 '점프' 에 뒤지지 않았다. 처음에는 '점프' 가 앞서 나갔는데 어느새 '행진' 이 많이 따라와 있었다.

우리는 이렇게 두 마리 토끼를 잡으려다간 죽도 밥도 안 되겠다 판단하고 전면적으로 대대적인 수정을 하기로 했다. 일단 가족 부분을 모두 빼버리고 새로운 인물을 보강해 청춘 시트콤으로 노선을 바꾸기로 했다. 그렇게 해서 만든 것이 '점프 2' 였다. 그때 새로 들어온 인물이 지금 인기 상종가인 양미라와 고수다.

우리의 판단은 적중했고 원래 있었던 김선아, 김경식에 양미라, 고수, 박광현, 막판에 박시은까지 들어온 다음부터는 따라오던 '행진' 을 따돌려 버렸다. 그러나 위에서는 '점프'의 종영을 내부적으로 결정한 뒤여서 '점프 2'는 2월에 막을 내렸다.

'점프' 이후에 방송된 '가문의 영광'은 '가문의 몰락' '가문의 수치' '가문의 망신' 등등의 이름으로 불리다가 결국 3개월 만에 내려지고 말았다. 이 3개월 동안 시청자들은 SBS 쪽으로 채널을 돌렸고, 결국 MBC의 7시 시간대는 그만 죽어버리고 말았다.

흔히 방송 들어가기 전에 그 시간대가 살아 있느냐 없느냐를 많이 따지곤 한다. 시간대가 살았느냐 죽었느냐는 즉 그 시간에 시청자들이 그 채널에 어느 정도 고정을 하고 있느냐를 말하는데, 한 번 죽은 시간대는 웬만해선 다시 살리기가 쉽지 않다. 그래서 새로 프로그램을 시작할 때 PD나 작가들은 그 시간대가 살아 있느냐 죽어 있느냐부터 따지게 마련이다.

조기종영된 '가문의 영광' 이후로 다시 시작하게 된 것이 '논스톱'이었다. 위에서는 캐릭터를 만들어 '순풍 산부인과' 식의 사소한 일상생활 얘기로 승부를 내라고 했다.

그러고는 일주일 방송 나가자마자 이건 아니다, 왜 그렇게 못 하냐, 말들이 많았다. 미안하지만 '순풍 산부인과'는 자리를 잡는 데 6개월이 걸렸다. 초기에는 시청률이 안 나와 후속으로 '카이스트'가 시트콤 형식으로 들어가려고 했는데 그만 일요 드라마가 되는 바람에 살아남았고, 다행히 그쯤에 캐릭터가 잡히면서 인기를 모으기 시작한 거였다.

그런데 다 죽은 시간대에 2, 3주 내로 시청률을 올려놓으란 거다. 프로그램이 잘나가면 뭘 해도 아무 말 없지만 프로그램이 못 나가면 잘 해도 욕을 먹게 된다. '논스톱' 역시 빠른 시간내에 시청률을 못 올린다고 조기종영을 했지만 사실 나는 굉장히 아깝다.

만약 '논스톱'이 '순풍 산부인과'처럼 저녁 시간대로 가고 6개월을

기다려줬다면 충분히 승산 있는 게임이 됐을 것이다. 어쨌든 사소한 일상생활 얘기로 승부를 못 낸 MBC 시트콤은 다시 청춘 시트콤으로 돌아가게 된다.

그래서 다시 만든 것이 '뉴 논스톱' 이다. '뉴 논스톱' 역시 초반에 시청률이 나오지 않자 이리저리 들볶인 것은 말할 나위 없다. 그러나 차츰차츰 시청률이 좋아지면서 '행진' 후속작품인 '골뱅이' 를 따돌려 버렸으니 어느 정도 성공을 거뒀다고 할 수 있겠다.

우리가 프로그램을 하면서 항상 부딪치는 일이 이 시간대를 이해하지 못하는 발상이다. 나도 '순풍 산부인과' 식의 캐릭터를 만들어 사소한 일상생활 얘기를 뽑아먹는 것 좋아한다. 하지만 그건 9시 시트콤이기 때문에 가능한 일이라고 생각한다.

7시대 프로그램을 보자. 매일매일 재밌는 구성 프로그램들이 쫙 깔려 있다. 여기저기 틀어봐도 인기 연예인들이 나와서 도배를 하고 춤을 추고 노래를 부른다. 화려하기 이를 데 없다. 잠깐만 지루해도 채널은 돌아간다. 채널은 계속 돌아간다. 왜냐하면 다른 데도 볼 게 많으니까.

그러니 시트콤 역시 화려해야 한다. 시끄러워야 한다. 뭔가 재밌는 것처럼 보여야 한다. 그러니 처음부터 끝까지 쭉 봐야 알 수 있는 사소한 얘기 따윈 안 통한다.

하지만 9시대 프로그램을 보자. 일단 두 채널에선 뉴스를 한다. 뉴스를 습관적으로 보는 사람도 있지만 뉴스는 절대 보지 않는 사람도 많다. 그렇다면 그냥 좀 지루해도 틀어놓는다. 그리고 보게 된다. 그렇게 보게 되면 얘기에 빨려 들어간다. 그렇게 얘기에 빨려 들어가면 사소한 얘기를 처음부터 끝까지 해도 지루해하지 않는다.

여기에 반박을 하는 사람도 많을 거다. 캐릭터가 재밌고 얘기가 재밌으면 되지 않느냐고. 그런 사람들은 7시대 시트콤에 와서 한번 일해

보기 바란다. 내가 5년 동안 7시대 시트콤을 하면서 배운 교훈이다. 원래 호언장담하는 스타일은 아니지만 이 이론에 대해서는 나름대로 자신을 가지고 있다.

이런 이유로 7시에는 젊고 발랄한 청춘 시트콤이, 9시에는 차분하고 공감대 느껴지는 홈 시트콤이 주류를 이루지 않나 싶다.

## 한 편의 시트콤이 나오기까지

방송작가를 하면서 그동안 만났던 친구들이 다 떨어져나갔다. 그나마 지금까지 남아 있는 친구라곤 중학교 때부터 만나온 애들과 대학교 친구 몇몇이 전부다.

이놈의 직업이 나가는 시간은 일정한데 끝나는 시간이 일정치 않으니 도무지 주변사람과 친목을 도모할 수가 없는 거다. 내가 늘 바쁘다는 말을 입에 달고 사는데 일일이 주변사람들에게 내가 왜, 얼마나 바쁜지 설명을 하지 못했다. 혹자는 내가 자기를 만나기 싫어 변명을 한다고 생각할 수도 있겠는데 여기서 그런 오해를 싹 풀어주겠다.

주변에서 방송작가를 지망하는 여성들 중에 왜 방송작가를 하려고 하냐 물어보면 대부분이 출퇴근 시간이 자유롭고 집에서도 할 수 있는 일이라서라고 대답한다.

여기에서 나는 '집에서도 할 수 있는 일' 부분에 밑줄을 쫙 치고 싶다. 그렇다. 방송작가는 집에서도 일을 해야 한다. 보통의 직장인들처럼 회사에서 일하고 집에 와서 쉬는 게 아니라 나가서도 일하고 집에서도 일을 해야 한다.

그렇다면 집에선 어떤 일을 하느냐? 일단 시놉시스를 만든다. 시놉시스는 어떻게 만드느냐? 그냥 머릿속에서 대충 생각나는 걸 적어가면 시놉시스냐? 그렇게 몇 번 적어가면 내일부터는 그냥 집에서 푹 쉬라는 전화를 받을 것이다.

시놉시스를 만들려면 생각을 해야 한다. 무작정 하늘만 바라보고 생각만 한다고 나오느냐? 아니다. 영화도 보고 책도 보고 인터넷도 뒤지고 만화책도 빌려다 보고 신문도 보고 뉴스도 보고 친구와 수다도 떠는 가운데 나오는 게 시놉시스다.

그 시놉시스가 바로 대본이 되느냐? 그것도 아니다. 신 정리라는 단계를 거치고 초안 대본이 나오고 또 고치고 고치고 한 끝에 결국 방송 대본으로 완성이 되는 것이다.

이런 일들이 다 집에서 하는 일이다. 내가 2시까지 출근한다고 하면 부러워하는 주변 친구들이 많은데 그 시간들이 다 이렇게 쓰이는 시간들이다.

그럼 나가서는 뭐하나? 나가서는 연예인들하고 수다떨고 밥 먹고 술 먹고 노느냐? 천만의 말씀이다. 회의실에 틀어박혀서 연예인이 어떻게 생겼는지도 모른다.

회의실에선 그럼 무엇을 하느냐? 가져간 시놉시스를 추린다. 보통 월요일에 나오는 시놉시스가 30개쯤 된다. 그중에서 얘기가 될 만한 걸 추리는데 운이 좋으면 2개는 건질 수 있다.

그럼 이 시놉시스가 바로 얘기가 되느냐? 그것도 아니다. 이 시놉시스를 바탕으로 얘기를 만들어 나가야 한다. 틀이 좋은 시놉시스라면 살을 조금만 붙여도 되지만 그렇지 않은 경우엔 소재만 채택하고 얘기는 아예 새로 만들어야 한다. 일주일에 5편이니까 보통 6~7개의 소재가 필요하다.

일년에 두세 번 정말 운이 좋은 주는 화요일에, 보통은 수요일까지 소재잡기는 이어진다. 이렇게 나온 소재에 얘기 만드는 작업을 회의실에서 하는 것이다.

남들은 회의실에 앉아서 일한다니까 매우 편한 줄 아는데 그런 사람에게는 '체험 삶의 현장!' 식으로 일일체험을 시키고 싶다. 오후 2시부터 평균 밤 10시, 11시, 늦는 날은 새벽 1시까지 앉아서 머리를 쥐어짜는데 거의 고문에 가깝다.

밥 먹으러 가지도 않는다. 왔다 갔다 밥 먹느라 낭비되는 시간을 줄이려고 밥은 늘 회의실에서 시켜먹는다. 이렇게 겨우 얘기가 만들어지면 신 정리를 거쳐 대본을 쓴다.

대본을 쓰는 날은 집에 있는 날이다. 우리 신랑과 몇몇 사람들이 '안 나가는 날' 혹은 '노는 날'이라고 말해서 날 기분 나쁘게 만드는 날이 바로 이 대본 쓰는 날이다.

대본 쓰는 날은 '노는 날'이 아니다. 대본을 써서 먹고 사는 작가가 대본을 써야 하는, 정말 중요한 날인 것이다.

그러나 아무리 설명을 해줘도 방송국 사람 외에는 이해를 못 하는 게 또 이날이다.

그렇게 나온 대본을 가지고 토요일에 각색을 하고 수정을 한다. 그래서 일요일에 대본을 고쳐서 메일에 띄우면 일이 끝나느냐? 그렇지도 않다. 월요일에 해갈 시놉시스를 생각해야 하는 것이다.

고로 나는 일주일에 하루도 쉬는 날이 없다. 여기까지 읽고 그렇게 일주일 내내 박 터지게 만든 방송이 그렇게 재미없냐고 말씀하신다면 할 말이 없다.

분명 내가 하면 훨씬 더 잘 할 수 있다는 분들이 계실 텐데 그분들에게 뒷일을 부탁하는 수밖에.

## 불륜의 현장을 잡기는 했으나

'세상엿보기' 를 같이 했던 김윤대 PD가 주철환 PD(지금은 이화여대 교수님이 되셨지만)와 친한 덕분에 소개를 받아 '95 MBC 대학가요제와 '96 MBC 대학가요제 일을 했었다.

주철환 PD는 대학가요제를 위해 1년을 준비한다고 해도 과언이 아닐 정도로 대학가요제에 대한 애정이 남다르셨다. 1년 동안 대학가요제를 어떻게 할까, 생각을 하니 같이 일하게 되면 구성이며 섭외까지 작가가 할 일이 없을 정도로 완벽하게 준비를 하곤 했다.

대학가요제에 출전하는 애들은 마포 가든호텔(지금의 헐리데이인 호텔)에서 4박5일 동안 합숙을 했는데 '96 대학가요제 때 내가 받은 방 번호가 588호였다. 준비 기간 내내 녹음이며 사진촬영이며 안무연습까지 따라다니느라 눈코 뜰 새가 없었고, 대회 전날에는 모든 준비가 완벽하게 끝나야 했기 때문에 새벽까지 일을 했다.

모든 준비를 마치고 방에 들어오니 새벽 2시 반이 넘었다. 집에 가서 옷이라도 갈아입고 오려고 짐을 싸고 있는데 옆방에서 이상한 소리가 들렸다. 이게 무슨 소린가 호기심에 벽에다 귀를 대고 들어보니 상황이 심각했다.

여 : 이러지 마~ 안 그러기로 했잖아~

남 : 이리 와~ 다 그런 거지…. 자아~ 어서.

어럽쇼? 이건 무슨 분위기냐. 그때 대학가요제 출전하는 애들이 5층을 다 쓰고 있었기 때문에 옆방도 분명 우리 애들임에 확실했다. 아아, 가만 있어 보자, 587호가 누구더라, 누구더라. 그러나 그 많은 애들이 어떤 방에 들어 있나 생각이 나지 않았다. 그동안 보여줬던 애들 모습으로는 도저히 상상이 안 되는 상황이었다.

이상하다, 우리 애들 중에 저런 짓을 할 애가 없을 텐데. 아냐, 얼굴만 보곤 모르는 일이야. 혼자 이 생각 저 생각 별의별 생각을 다 하고 있는 동안 상황은 더욱 급박해졌다. 둘은 옷을 벗기 시작했고 본격적인 작업에 들어가는 것 같았다.

아니, 저것들이. 내일 노래 부르려면 푹 자도 시원찮을 판에 저런 짓을. 도저히 못 참겠다! 하곤 옆방으로 뛰어갔다.

쿵쿵 문을 차고 두드리자 안이 조용해졌다.

"니들 빨리 문 안 열어! 빨랑 문 열어!"

"누구세요?"

안에서 여자가 조심스럽게 물었다.

"누구긴 누구야! 나지! 빨랑 문 열어! 얼른!"

계속해서 문을 두들기자 여자가 당황한 목소리로 잠깐만 기다리라고 하더니 잠시 후에 문을 열어줬다.

열받은 채로 문이 열리자마자 박차고 들어갔는데 눈앞에 펼쳐진 풍경은 내 상상과는 영 딴판이었다.

일단 그 남자와 여자는 내가 첨 보는 얼굴이었다. 쉽게 말하자면 대학가요제 출전자들이 아니었던 것이다.

옷을 입다 만 여자와 바지를 걸치려다 말았는지 남자는 팬티 바람으로 침대 위에 앉아 있었다. 잘못 짚어도 한참 잘못 짚은 거다. 그들 역시 불륜의 현장에 마누라가 달려온 줄 알고 문을 열어줬던 것 같은데 마누라가 아닌 웬 젊은 여자가 떡하니 서 있자 바로 사무적으로 돌아왔다.

"누구시죠?"

겉옷을 입다 만 여자가 물었고 남자는 팬티 바람에 담배를 물었다.

"아니 저는… 옆방에… 저희 애들인 줄 알고… 대학가요제가 있는

데… 내일이 본선이고….”

하도 당황해서 무슨 말을 했는지 죄송하다는 말은 했는지도 잘 모르겠다. 방으로 돌아오자 그 순진한 대학생들을 의심했던 내가 너무나 속물같이 느껴졌다. 애들이 알면 얼마나 나에게 실망을 할까, 하는 생각에 이 얘기는 지금까지도 나와 내 주위의 몇몇만 알고 있다.

'96대학가요제 출전했던 애들아, 내가 잠시나마 너희를 의심했던 걸 용서해 주려무나. 정말 미안하다.

그리고 그때 587호에 계시던 불륜으로 추정되는 두 분에게도 심심한 사과를 드립니다. 그때 하던 일은 마저 성공리에 끝내셨는지 모르겠네요. 제가 그러고는 바로 방에서 나와 집으로 갔거든요.

아 참, 그리고 나오면서 프런트에 물어보니 5층 중에서 딱 하나, 587호만 우리가 안 쓰는 방이었다.

## 방송작가는 아플 시간도 없다

독감의 계절이 다가왔다. 회의실에서는 독감 예방주사를 맞는다 어쩐다 난리가 났다. 나보고도 맞으러 가자는데 안 간다고 했다.

사실 나는 지금까지 감기라는 걸 모르고 살았다. 대학교 4학년 때 딱 한 번 감기에 걸려보고 그 이후엔 독감주사 안 맞고도 감기 한 번 걸리지 않았다. 오죽하면 감기 걸려서 코맹맹이 소리 한 번 나는 게 소원이었을까. 아프면 확 아파서 병원에 입원해 버리고 말지 감기 따위는 걸리지도 않았고 병 취급도 하지 않았다.

그렇게 건강하고 튼튼하던 내가 애를 낳고 나자 흔히 하는 말로 맛이 확 가버리고 말았다. 애 하나 낳고 키우는 일이 이렇게 힘들 줄 정말 몰랐다. 그렇게 힘이 드니까 감기에도 걸렸다. 그렇게 소원하던 대로 목소리도 쉬었고 코밑이 헐 정도로 코도 풀어봤다.

매일 앉아서 회의하고, 집에 와선 애 뒤치다꺼리하고, 와이셔츠 다리고, 청소기 돌리고, 새벽에 잠들고 했더니만 5월에는 자연유산까지 했다.

그리고 그런 생활을 또 몇 개월 계속했더니 8월엔 드라마 '허준'으로 유명해진 구안와사라는 병까지 걸려버렸다. 한의원에 갔더니 몸 안의 기운이 전부 빠져나가서 껍데기만 남았다고 했다. 무조건 아무 생각도 하지 말고 2, 3주 푹 쉬라고 했다.

우리처럼 팀을 이뤄서 일을 할 땐 팀원 중에 아픈 사람이 있으면 일에 큰 영향을 미친다. 회의하고 있는데 계속 콜록거리지 캑캑대지 하면 처음엔 어머나, 아프구나, 동정이 가지만 한달에 보름을 그러고 앉아 있으면 짜증이 난다.

그렇게 골골대다 보면 일에도 영향이 많다. 아픈 사람이 소재를 잘 해올 수가 있겠냐, 대본을 잘 쓸 수가 있겠냐, 그러다 보면 자기에게도 마이너스요, 같이 일하는 팀에게도 마이너스다. 작가를 하겠다고 맘먹은 사람이 있다면 무조건 건강해야 된다.

이 직업에서 체력은 곧 능력이다. 툭하면 아픈 사람들, 남이 챙겨주길 바라는 사람들은 이 직업을 가져서는 안 된다. 그런 사람들이 있다면 어디 부잣집에 시집가서, 방송을 만들기보다는 방송을 보면서 살기 바란다.

올해 초에 감기 한 번 걸리고 아직도 감기는 모르고 살고 있지만 어쨌거나 올해 몇 번 아프고 난 후에 나도 보약을 두 재나 지어 먹었다.

올 여름에 기운 달릴 땐 보신탕도 먹어줬다. 이 사실은 절에 다니는 우리 엄마가 아시면 펄쩍 뛸 얘기지만 힘이 드는데 어쩌겠냐. 톱탤런트 C 모양도 보신탕을 무척 즐겨 먹는다고 한다. 그녀가 자주 가는 보신탕집은 청담동에 있다고 하니 그녀를 가까이서 보고 싶으신 분들은 청담동 보신탕집을 찾을지어다.

'월요일부터 토요일까지 대본 쓰는 날 하루를 빼놓고는 매일 2시에 나감. 끝나는 시간은 일정치 않으나 주로 밤 10시에서 12시 사이에 끝남.'

보통사람들은 우리가 일하는 스케줄을 잘 이해하지 못한다. 그건 3년째 같이 살고 있는 우리 신랑도 아직 이해하지 못하고 있고, 그보다 더 오래 나를 봐온 우리 엄마도 이해하지 못하고 계시다.

어느 날은 조금 일찍 들어오고 어느 날은 밤늦게 들어오고 어느 날은 안 나가고 하니 도무지 이해가 안 될 수밖에. 그러나 그 안 나가는 날에도 사실은 대본을 쓰고 일을 해야 한다는 것을 사람들은 모른다.

그러니 안 나가는 날은 곧 일 안 하는 날로 생각해서 그날은 이것 좀 해놔라, 저것 좀 해라, 심부름을 시킨다. 종일 컴퓨터 앞에 죽치고 앉아 대본을 써도 시원치 않을 판에 밑반찬도 만들어야 하고, 청소도 해야 하고, 밀린 빨래도 해야 하고, 애도 봐야 하고, 장도 봐야 하고, 정말 끝없이 일하다 보면 대본 쓸 시간이 없다. 그렇게 되면 그날 하루 종일 시달리고 밤늦게야 컴퓨터 앞에 앉아 대본을 쓰게 된다.

일요일도 마찬가지다. 일주일 내내 가만히 앉아 쉴 시간이 없는 거다. 몸이 이렇게 피곤하면 마음이라도 편해야 할 텐데 시청률이 잘 안 나오는 상황이면 마음이 편할 여유도 없다.

마음이 안 편하면 머리라도 아무 생각 없이 편해야 할 텐데 머리는 더더욱 복잡하다. 어떻게 해야 시청률이 올라가나, 어떻게 해야 재미있는 프로그램이 될까, 어떤 관계를 만들어야 하고 어떤 사랑 얘기를 해야 시청자들의 흥미를 끌까. 내일 시놉시스는 뭘 해갈까. 이런 얘기는 어떨까, 저런 얘기는 어떨까.

머릿속은 도대체 정리가 안 된다. 몸이 바쁘다 보니 대본 쓰는 스타일도 변했다. 예전에는 컴퓨터 앞에 앉아 신 정리를 보고 생각을 하며 썼었다.

그러나 그럴 시간 여유가 없자 다른 방법을 모색했다. 바로 머릿속에 구성과 대사를 완벽하게 정리해 놓고, 그러니까 첫 신부터 끝 신까지 어떤 대사와 지문을 쓸 것인가가 정해지면 그때 자리에 앉아 대본을 쓰기 시작한다.

이렇게 되면 시간이 많이 절약되어 좋긴 한데 다른 곳에서 많은 실수를 하게 된다. 대부분의 사람들이 건망증이라고 부르는 증세가 심해지는 것이다.

사실 건망증이 오늘 내일 생긴 건 아니다. 초등학교 4학년 때 일이다. 그날은 첫서리가 내리고 처음 내복을 꺼내 입은 날이었다. 학교에 가려고 나서는데 콧속으로 매캐한 찬바람이 들어오며 콧털에도 서리가 맺히는 느낌이었다.

문 앞에 참새 한 마리가 죽어 있는 걸 보았다. 참새가 왜 죽었을까, 먹을 게 없어서 죽었을까 아니면 벌써 얼어죽었을까? 참새의 주검을 본 얘길 어떤 식으로 해야 애들이 더 솔깃해하고 극적으로 보일까, 뭐 대충 이런 생각에 골똘해서 학교에 도착했다.

처음 본 친구에게 오늘 아침에 참새 죽은 걸 봤다, 하고 얘길 꺼내는데 그 친구가 나보고 집에 다녀오는 길이냐고 했다. 지금 집에서 나오는 길이다, 했더니 그럼 책가방은 어쨌냐고 했다. 어라, 날씨 감상하고 참새 생각에 빠져 가방을 안 메고 온 것이다. 다시 집에 가서 엄마에게 정신을 어디다 빼놓고 다니느냐고 욕을 잔뜩 먹고 나니 첫 서리가 어떻든 참새의 주검이 어떻든 엄마한테 혼난 게 억울해 눈물 콧물 닦기 바빴다.

그때 이후로도 건망증 때문에 일어난 사건이 수도 없이 많다(이렇게 건망증이 심한데 신기하게도 기억력은 굉장히 좋다). 요즘도 대본 생각에 빠져 있다가 태워 먹은 주전자는 셀 수도 없고(새로 산 주전자가 늘 시커멓다) 만화책을 갖다준다고 해놓고 쓰레기 봉투를 들고 만화가게까지 간 일도 있다.

우리 동네 비디오 가게 아저씨는 내가 오면 항상 긴장을 한다는데 비디오 테이프를 들고 가면 돈을 안 내고 가고, 돈을 내면 비디오 테이프를 안 들고 가기 때문이다.

돈을 안 내고 거스름돈을 달라고 우길 때도 있고, 반대로 두 번씩 계산을 해서 주인의 양심을 시험해 보기도 한다.

그나마 다행인 것은 내 주위에 나보다 더 심한 건망증 환자들이 많다는 것인데, 특히 내 친구의 얘길 듣고 희망을 가졌다.

둘째 아이를 낳은 지 얼마 안 되었을 때의 일인데 첫째 애가 하도 극성이라 그 애에 정신이 팔려 있다가 창가를 봤는데 웬 아기가 누워 있더란다. 어머, 저 애가 누구지? 하고 곰곰 생각해보니 얼마 전 자기가 낳은 둘째 애였다는 것이다.

그때 그 친구는 세상을 그만 살아야 되는 것 아닌가 절망했다고 하는데 그녀의 절망은 곧 나의 희망이 되었다. 아, 얘에 비하면 나는 아직 괜찮구나. 나는 아직 살 만하구나. 그리고 또 한 마디 덧붙이자면 나는 아직도 건망증이란 집중력이 뛰어나서 생기는 부작용이라고 믿고 있다는 거다.

그렇게라도 자위하지 않으면 나에 대한 실망감으로 살 수가 없을 것 같다.

## '고급사교모임' 백합회

평소 존경해 마지않는 대선배작가 김수현 선생님은 대본에 일일이 지시 멘트를 쓰는 걸로 유명하다. 여배우의 머리 모양이 마음에 들지 않는다느니 남자 배우의 바지가 맘에 들지 않는다느니 심지어 찻잔 하나에 대한 감상까지 대본에 쓰신다.

한창 '청춘의 덫'을 재밌게 보고 있을 때 '남 셋' 때부터 쭉 같이 일해 친하게 지내던 이성은, 명수현, 최연희 등 동료 작가들과 김수현 선생님의 대본에 대해 얘기한 적이 있다. 그때 '청춘의 덫'은 배경이 배경이다 보니 호텔 식당이나 바가 자주 나왔는데, 김수현 선생님은 대본에 H 호텔의 일식집, R 호텔의 양식집 하고 일일이 다 적어 주셨다. 대본을 보고 먼저 말을 꺼냈다.

"있잖아, '청춘의 덫'을 보니까 말야. 일일이 식당까지 다 적어주던데…. 우리는 뭐냐? 그런데 가본 사람 있어?"

모두 고개를 가로저었다.

"그런 델 가봐야 우리도 그런 대본을 쓸 거 아냐. MBC 앞 맛들이 호프, 가마 호프에서 찍을 것! 이런 대본 쓸 거야?"

안 그래도 그 대본을 보고 우리가 목표로 삼고 있던 김수현 선생님의 삶의 질과 우리의 삶의 질에 굉장히 큰 차이가 있다는 것을 깨닫고 있었던지라 다들 뜻을 모았다. 그래! 이런 식으로 맨날 MBC 앞 포장마차만 지킬 수 없지, 우리도 문화의 질을 좀 높여보자! 그래서 만든 것이 '고급사교모임 백합회'였다.

백합회는 '세 친구'를 썼던 이성은 언니가 지은 이름인데 다들 우리의 이미지와 '맞는다'고 하여 동의했으나 주변에선 굉장히 '의아하게' 생각했다. 그렇게 만든 백합회의 회원은 '남 셋' 때부터 친했던 이성은, 명수현, 최연희, 양희승, 나 이렇게 다섯 명이었다.

첫번째 모임을 갖기로 한 날, 의상부터 신경쓰자! 해서 다들 나름대로 빼입고 홍대 앞에 모였다. 어디로 갈 것인가, 고민을 해봤지만 고급문화엔 전혀 문외한들이라 백합회는 첫 만찬부터 벽에 부딪쳤다.

고민에 고민을 한 끝에 일단 호텔로 가자고 의견을 모아 H 호텔 뷔페를 갔다. 잔뜩 기대를 하고 간 뷔페는 생각보다 별로였고 그래도 본전은 빼야 한다는 일념으로 끝없이 갖다 먹었다.

배불리는 먹었지만 왠지 돈이 아깝다는 생각만 들었는데 명수현이 화장실을 다녀온다고 자리를 비웠다. 그 사이 계산을 했는데 영수증을 보니 생각보다 적은 액수가 찍혀 있었다. 명수현을 제외한 넷은 머리를 굴렸다. 이상하다, 이렇게 쌀 리가 없는데, 왜 그럴까? 하다가 생각해보니 분명 명수현을 제외하고 네 명분만 계산한 거다.

"튀어!"

누구 입에선가 이 말이 나오자마자 명수현의 가방을 들고 화장실로 달려갔다. 손을 씻던 명수현을 후닥닥 끌고 나와 헐레벌떡 도망을 쳤다. 자초지종을 들은 명수현 역시 잘했다, 잘했어를 연발했고 '고급사교모임 백합회' 의 첫 모임은 그렇게 막을 내렸다.

그날 계산은 내 신용카드로 했는데 매우 소심하고 쓸데없는 공상을 잘 하는 나는 혹시나 나중에라도 연락이 오지는 않을까, 집으로 전화가 오는 건 아닐까 노심초사, 전전긍긍하다 체하고 말았다. 밤새 오바이트를 하고 출근한 다음 날, 다섯 명은 계산기를 꺼내 10원 한 장까지 더치 페이(우리끼리 하는 말로는 '분빠이')로 계산을 했는데 그걸 본 후배가 씁쓸한 웃음을 지으며 이렇게 말했다.

"정말 고급사교모임 맞아?"

그 후로도 백합회는 청담동에서 다시 한 번 명예회복을 위한 만찬모임을 가졌으나 적응을 못하고 결국 포장마차에서 끝을 냈다. 지금도 '고급사교모임' 얘기가 나오면 주변 PD나 후배들은 이렇게 말한다.

"아, 그 고급사기모임!"

## 가야금 배워 신랑 술상 차려주겠다고

1996년에 가야금을 배웠다. 내가 가야금을 배우러 다닌다고 하자 주변사람들이 다들 뜨악한 시선으로 쳐다보며 물었다.

"건 뭐하러 배우는데?"

그 속에는 아마 너 그거 배워서 작가 때려치우고 요정 나갈래? 그 얼굴론 요정 나가도 병풍 뒤에 숨어 있어야 할 텐데,라는 노골적인 비웃음이 깔려 있었다. 비웃거나 말거나 나는 가야금을 배우러 다녔다. 내친 김에 70만 원 주고 중고 가야금도 한 대 샀다. 가야금은 생각보다 엄청 비싸다. 좋은 건 100만 원도 넘는다.

여기서 참고로 가야금을 올바로 뜯는 방법을 잠깐 설명하고 넘어가겠다. 왜냐면 TV에서 여배우들이 가야금을 뜯는 장면이 나오면 백이면 백 다 틀리기 때문이다. 가야금은 양반다리를 하고 앉은 뒤에(어떤 여배우들은 재주도 좋다. 얌전히 다리를 한쪽으로 모으고 앉아 가야금을 연주하기도 한다) 아무 장식도 없는 매끈한 쪽을 오른쪽 넓적다리에 올려놓고 왼손으로 줄을 누르며 오른손으로 줄을 뜯거나 튕겨 소리를 내는 것이다.

아무렇게나 뉘어서 기분나는 대로 이쪽도 튕겨보고 저쪽도 눌러본다고 소리가 나는 융통성 있는 악기가 아닌 것이다.

어쨌든 그렇게 오매불망 배우고 싶었던 가야금을 배우고 나니 기분이 째질 것 같았다. 문화센터에서도 열심히 연습하고 집에 와서도 연습하고 손가락에 물집이 잡히고 터져 굳은살이 박일 때까지 정말 한때는 열심이었다.

그 기세로 연습을 계속했으면 지금쯤 전주대사습놀이에 출전했을지도 모른다. 그러나 그 애지중지하던 가야금이 그만 수재 때 일부분이 물에 잠겨버렸다. 새로 깨끗이 고쳐 다시 배워야 할 텐데 늘 마음뿐이지 아직까지 행동으로 못 옮기고 있다.

"어서 빨리 가야금을 다시 배워 우리 신랑이 퇴근할 때 주안상을 마련한 다음 아리랑을 한 곡조 뜯어주고 술을 한 잔 올려드려야 할 텐데."

내가 이런 말을 했더니 우리 신랑은 절대 가야금을 못 고치게 한다. 내가 한복으로 갈아입고 가야금을 들고 있는 걸 상상하니 술맛이 나기는커녕 집에도 들어오기 싫다는 거다.

역시 그러거나 말거나 나는 가까운 시일 내에 다시 가야금을 연주할 거다. 우리 신랑이 싫다면 나 혼자 가야금 뜯고 나 혼자 술상 차려 시조 한 수 읊으며 한 잔 해야겠다. 생각만 해도 기분이 좋아진다. 어서 빨리 그날이 와야 할 텐데.

아 참, 술상에 올릴 술잔과 술병도 직접 만들기 위해서 도예도 잠깐 배웠다. 물레 앞에 앉아 '사랑과 영혼'의 데미 무어 흉내 좀 내보려고 했는데 초보자는 물레 앞에 앉을 수 없다고 했다. 그러더니 초등학교 미술시간에 했던 것처럼 손으로 컵이랑 쟁반이랑 만들라고 했다. 앉아서 한참 조물락댔는데 적성에 안 맞아서 그만뒀다.

그외에도 재즈댄스도 3개월 배우고(이건 거울에 적나라하게 비치는 내 모습에 질려서 그만뒀다), 퀼트도 배우고, 십자수도 배우고…. 요샌 요리를 배우러 다니고 싶은데 시간이 없어서 못 다니고 있다. 세상은 넓고 배울 건 정말 많다.

내가 이렇게 이것저것 배우러 다니는 게 쓸데없다고 생각하는 사람이 있을지 모르겠는데 이거 글쓸 때 굉장한 도움이 된다. 막연히 작가가 하고 싶다는 사람이 있다면 나처럼 이것저것 여러 개 배우러 다녀보라고 얘기해 주고 싶다. 그럼 저절로 소재도 나오고 글도 써질 것이다.

내가 이것저것 잡다하게 배우러 다닌 얘기를 했는데 하나 빼먹은 게 있다. 바로 대학교 때 배운 역학이다. 역학을 배웠다고 해서 내가 어디 가서 방울 들고 작두 탔다는 얘기는 아니고, 대학생들 사이에 유행했던 '천기누설' 이라는 곳에서 잠깐 사주보는 법을 배운 적이 있다는 얘기다.

자축인묘진사오미신유술해와 갑을병정무기경신임계를 외우고, 오행, 합과 살에 대해 공부하고, 다른 사람들의 사주를 보며 임상을 배우기도 했는데 아주 잠깐, 며칠 동안은 한 사람당 5천 원씩 받고 아르바이트도 했었다(그때 저에게 사주를 보신 분들께는 아주 죄송한 말씀이지만 저는 완전히 초보였답니다. 용서해 주세요. 특히 저에게 코수술해도 좋으냐고 물어보신 분, 그때 코수술하면 더 이뻐 보일 거 같아서 그냥 하라고 한 거였어요. 제가 뭘 알고 그런 게 아니었답니다).

그땐 남의 사주 봐주는 게 너무나 재미나서(그리고 얼추 맞기도 했었다) 만세력을 들고 다니며 학교에서 친구들 사주도 봐주며 500원씩 받기도 하고 사발면을 얻어 먹기도 했다(니들도 마찬가지. 나 다 사이비다. 아직까지 기억도 못 하겠지만 혹시라도 기억하고 있는 게 있다면 잊어버려라!).

지금도 나는 운명론자에 가깝다. 그리고 그때도 운명론자에 가까웠다. 그래서 운명이 있다면 지금 이 순간 노력하는 게 무슨 의미가 있느냐, 하늘에서 다 정해진 거면 그냥 대충 살면 되는 거 아니냐,라고 생

딸 예린이와 필자. 2000년 9월 티니안에 놀러가서.

첫딸 예린이 돌잔치. 오른쪽에서 두번째가 소매물도 같이 갔던 소희. 2000년 8월.

각했었다.

그런데 사주를 배우면서 그 생각이 조금 바뀌었다. 그때 나에게 역학을 가르쳐주신 선생님께선 이런 말씀을 하셨다.

사주란 네 기둥을 말한다. 그리고 팔자란 네 기둥 위에 올려지는 지붕이라고 생각하면 된다. 그러니까 사주팔자란 기둥과 지붕이 전부인 거다. 인생이란 나에게 주어진 기둥과 지붕으로 남은 생을 살며 집을 짓는 거다.

그런데 만약 너에게 황금기둥과 기와지붕을 줬다고 하자. 아주 좋은 사주팔자를 준 거다. 이제 이 황금기둥과 기와지붕을 토대로 네가 집을 지어야 하는데 게으르고 노력을 안 해 초가집을 짓게 되면 너에게 주어진 황금기둥과 기와지붕은 빛이 안 날 것이다. 반대로 너에게 나무기둥과 초가지붕을 주지만 네가 노력하고 부지런을 떨어 대리석집을 짓게 되면 기둥과 지붕의 흠을 덮을 수 있을 것이다.

내가 어떤 기둥과 어떤 지붕을 가지고 태어났는지 잘 모르겠다. 원래 사주 보는 사람들은 자기 사주를 객관적으로 보지 못한다고 하는데 나 같은 초보자가 어련하겠나. 하지만 나는 튼튼한 집을 짓기 위해 나름대로 노력하며 살고 있다. 삼풍백화점이나 성수대교 같은 부실공사 사주만 아니라면 죽기 전까지 집짓고 고치고 다듬으며 살아보련다.

## 소매물도의 '델마와 루이스'

1999년 8월 16일부터 18일까지 소매물도에 다녀왔다. 출산예정일이 19일이었으니까 예정일 하루 전까지 여행을 하고 온 것이다.

소매물도가 어딘가, 인천 앞바다에 붙어 있는 건가, 아니면 월미도에 있는 횟집 이름인가, 궁금하신 분들이 계실 거다. 소매물도는 등대섬이라는 위성섬을 하나 달고 있는데 소매물도보다 이 등대섬이 훨씬 유명한 곳이다.

과자 CF나 컴퓨터 CF에 자주 등장하는 하얀 등대가 서 있는 작은 섬인데, 이게 어디 붙어 있는 거냐 하면 저어기 남해 바다, 통영에서도 배를 타고 한 시간을 더 가서 있는 섬이다. 그곳을 배가 남산만한 만삭의 여인이 친구 한 명과 티코를 타고 갔었다, 이 말이다.

사실 첨부터 거기까지 갈 생각은 아니었다. 그 전날인 8월 15일이 결혼기념일이었는데 내가 나가서 냉면 한 그릇 먹자, 했더니 우리 신랑이 오냐, 그러자! 하지는 못하고 계속 냉면을 사다가 네가 만들어라, 냉면은 싫다, 자장면을 만들어라, 것도 싫다, 밥을 해라, 등등 나를 계속 약 올리는 거였다.

사실 생일이나 기념일 따위를 챙기는 성격이 아니라 그날도 그냥 넘어가려고 했는데 날씨가 너무 덥고 배는 너무 무겁고 도저히 불 앞에서 요리를 하고 싶은 생각이 나지 않았다. 그래서 냉면이나 먹으러 가자고 한 건데 계속해서 깐죽이며 나를 약 올리더니 자기는 홀쩍 탁구를 치러 간다고 나간 거다.

안 그래도 임신한 상태라 감정조절이 잘 안 되는데 냉면 한 그릇도 못 얻어 먹는 신세가 불쌍해서 계속 눈물이 나왔다. 울다 보니까 처녀 시절에 술 먹다가 훌쩍 강릉도 가고 포항도 가고 부산도 가고 하던 생각이 났다. 그래, 여행이나 다녀오자, 하고 짐을 싸려다 보니 혼자서는 못 갈 것 같았다. 곰곰 생각해 보니 중학교 때부터 친한 친구 소희가 내일부터 휴가라는 말이 생각났다.

탁구 치고 와서는 실실 웃으며 냉면 먹으러 가자는 신랑에게 대꾸도 안 하고 다음날의 쿠데타만 생각했다. 다음날 신랑이 출근하자마다 새벽같이 소희에게 전화를 걸었다.

"야, 너 오늘부터 휴가랬지? 우리 바람이나 쐬러 가자!"

이때 소희는 내가 바람이나 쐬러 가자,라는 뜻을 요 가까운 통일전망대나 장흥으로 놀러 가자,라는 말로 알아들었다고 한다. 그러나 곧 이어 내가 짐 싸들고 오너라, 어디 멀리 가자! 하길래 그냥 잠결에 오냐, 하고 짐을 싸들고 온 것이다.

소희는 나에게 정말 갈 수 있겠느냐고 계속해서 되물었고 나는 걱정 없으니 얼른 떠나자고 했다. 소희의 하얀 티코를 타고 둘이 고속도로에 접어들어서야 목적지를 의논하기 시작했다. 어디로 갈까? 나는 바다를 보고 싶었고 소희는 아무 생각 없었다.

잡지에서 부록으로 준 관광안내서를 보다 보니 소매물도와 등대섬이란 곳이 눈에 띄었다. 내가 여기 어때? 하자 소희도 아, 여기 나도 잡지에서 봤어, 우리 여기 가볼까? 좋다, 그럼 여기 가자! 목적지를 정하고 나니 더욱 맘이 편했다.

에어컨을 틀어놓으면 차가 안 나가는 탓에 창문을 열어놓으니 마치 '델마와 루이스'가 된 것 같아 괜히 흥분되는 순간이었다(하지만 바깥은 너무 시끄럽고 날은 지독히도 더웠다. 장거리는 역시 소형차로는 뛸 게 못되나 보다).

그러나 그 흥분도 잠시 소매물도에 가려면 일단 통영을 가야 하는데 쉽게 도착할 것 같던 통영은 가도가도 나오지 않았다. 고속도로에서 차를 돌릴 수도 없고 어차피 정한 곳이니 일단 가보자 하며 계속 운전을 해도 통영은 멀고도 멀었다.

그렇게 집에서 멀어질수록 슬슬 불안해지기 시작했다. 어렵쇼, 이건 원래 내가 생각한 시나리오가 아닌데. 오늘 안에 소매물도에 도착, 하

룻밤 자고 내일 귀가, 놀란 신랑이 잘못했다며 빌고 너그럽게 용서한다,라는 내용이었는데 전면 수정에 들어가게 생긴 것이다.

일단 오늘 안으로 소매물도에 도착하기는커녕 통영에도 못 가게 생겼고, 내일 집에 올라오려면 통영에 도착하자마자 마라톤 주자들 반환점 돌 듯이 바로 돌아나와야 할 텐데 그건 운전하는 소희나 배가 남산만한 나나 둘 다 불가능한 일이었다.

분명히 학교에서 배우길 일일생활권이라고 했는데 막상 떠나 보니 그게 아니었다. 이래서 체험학습이 필요한 거구나, 절실히 느끼며 통영에 도착하니 밤이 이슥했다.

충무(통영의 옛이름)에 왔으니 일단 충무김밥으로 저녁을 때우고 내일 소매물도에 가자, 하고 근처 여관에 들어가 잠을 청하는데 잠이 오지 않았다. 태동이 조금만 심해도 앗, 이거 애 나오는 거 아냐 싶었고 배가 약간만 당겨도 객지에서 애 낳다가 죽게 생겼네 하는 후회가 밀어닥쳤다.

그냥 가까운 양수리 같은 데나 가서 밥이나 먹고 올걸, 후회막심이었지만 이미 때는 늦었다. 그리고 다음날 소매물도에 가는 배에 올라탔다. 지금 와서 생각하면 내가 그땐 무슨 생각으로 그랬는지 모르겠다. 아마 그 모든 행동이 무지에서 비롯된 일이지 싶다. 내가 소매물도에 대한 정보가 조금만 더 있었어도 그 배에는 안 올라탔을 텐데.

애가 나오지 않을까 몹시 불안했지만 통영에서는 그래도 병원이라도 있으니까 하는 마음으로 버텼었다. 그리고 소매물도에 들어가면서도 여차하면 보건소(섬마을 보건소라니 얼마나 낭만적이냐)에 가면 되겠지 하며 불안한 마음을 애써 달랬다. 그러나, 그러나였다. 배에서 딱 내리는데 눈앞이 캄캄했다.

사실 나는 여행을 많이 못 다녀봐서 작년에 제주도도 처음 가 봤다.

그러니까 그때까지 내가 가 본 섬이라곤 달랑 여의도 하나였고(여의도도 섬으로 쳐준다면) 내가 아는 섬들이란 TV에서 본 제주도니 울릉도니 홍도니 뭐 이런 섬들이었다.

그래서 내 생각엔 섬에도 평평한 육지가 있고 그 위에다 집짓고 농사도 짓고 산다였는데 아뿔싸 이럴 수가. 소매물도는 완전히 깎아지른 경사 위에 다닥다닥 집들이 붙어 있었다. 17가구가 산다고 했던가. 내리자마자 해산물 파는 아줌마에게 물어봤다.

"아줌마, 여기 보건소는 어딘가요?"

"여긴 보건소 없어!"

"허억! 그럼 아프면 어떡해요?"

"그럼 통영으로 배 타고 나가야 되는데…. 여긴 아픈 사람이 없어! 웬만해선 잘 안 아파, 공기 좋고 물 맑고…."

그뒤의 말은 들리지도 않았다. 이럴 수가, 보건소가 없다니. 그럼 여기서 진통이 오고 애가 나오면 어쩌란 말이냐. 민박집 아줌마가 미역 뜯으러 바다로 뛰어들고, 소희는 물 끓이고 가위 빌리러 다녀야 한단 말인가.

눈앞이 캄캄했다. 오로지 애가 안 나오기만을 바랄 뿐이었다. 경사가 40도가 넘는 돌바위를 기어 올라가서 민박집에 들어갔다. 그곳에는 또 한 번의 충격적인 일이 기다리고 있었다.

"아줌마, 여기 밥집이 어디에요? 밥 사먹으려고 하는데."

"여긴 밥집 없어!"

이건 또 무슨 마른 하늘에 날벼락치는 소리란 말인가. 어제 충무김밥 몇 개 집어먹고 대낮까지 아무것도 못 먹었는데.

"아니, 그럼 다른 사람들은 어떻게 끼니를 해결하나요?"

"다들 버너랑 코펠 가져와서 해먹지. 바깥을 좀 봐!"

아줌마 말대로 다른 사람들은 다들 버너와 코펠을 가져와서 밥을 지어먹고 있었다. 큰일난 거다. 소희와 나는 졸지에 쫄쫄 굶게 생긴 거다. 이를 어쩌나! 소희와 손을 부여잡고 굶어죽게 생긴 앞날에 대해 의논을 하고 있는데 아줌마가 구원의 말씀과도 같은 얘길 해주셨다.

"요 밑에 내려가면 가게가 있는데 거기서 사발면은 파니까 사가지고 와. 그럼 내가 끓는 물은 나눠줄게."

배불뚝이 나 대신 소희가 내려가 과자 두어 봉지와 사발면 몇 개를 사왔다. 다음날까지 우리는 사발면과 과자 부스러기로 연명을 했다. 그래도 자존심은 있어가지고 같이 민박하던 사람들이 남은 찬밥 나눠준다는 걸 거절까지 했다. 자기네는 밥 다 먹고 과일까지 씻어 먹으면서 우리에게 찬밥 남은 걸 준다는데 그걸 얻어 먹을 순 없는 노릇 아닌가.

아무튼 이왕 온 거 구경이나 하자 싶어 배를 얻어 타고 등대섬으로 향했다. 배를 모는 총각은 나 같은 배불뚝이 아줌마가 "제발 좀 천천히 몰아주세요! 저 임산부예요!" 하는 말 따위는 귀에 들리지도 않는 모양이었다. 오로지 젊은 처녀들이 "어머나! 호호호호! 꺄약!" 내지르는 함성만 듣기 좋은지 빠른 속력으로 배를 몰았고 나는 바닥에서 거의 기절 직전이었다.

하지만 사람은 원래 적응의 동물인지라 조금 지나니 나도 속도에 적응이 되었고, 배 옆으로 뛰는 멸치떼를 보며 같이 소리도 지르고 경치 구경도 하며 신나게 놀았다. 등대섬에 가서 바닷물에 발도 담그고 등대를 배경으로 사진도 찍고 신나게 놀다가 다음날 서울로 올라왔다.

2박3일 동안 혹시 애라도 나올까 봐 조마조마한 마음으로 다녀온 터라 신랑에게 미운 마음도 다 잊고 있었는데 집에 돌아오니 냉장고에 신랑이 써놓고 출근한 쪽지가 붙어 있었다.

'여보, 미안해! 어서 돌아와! 냉면엔 대장균이 많대!'

시부모님은 내가 소매물도까지 다녀온 사실을 모르신다. 그냥 친구네 집에서 놀다 온 걸로만 아신다. 얘기도 없이 가출한 탓에 크게 꾸중들을 줄 알았는데 그냥 허허, 웃고 넘어가셔서 무척 감사했다.

그리고 소희야, 그때 정말 고생 많았다. 지금도 그때 사진 보면 정말 웃긴다. 만삭의 여인네와 젊은 처녀가 다니는 꼴을 보고 사람들이 뭐라 그랬을까? 그때 우리가 더위 먹었었나 봐. 그래도 나름대로 재미는 있었지? 다음엔 좀더 편한 데로 다시 여행 가자꾸나.

## 이제 악역은 졸업하고 싶다

요즘 시트콤을 하고 싶다는 사람들이 참 많다. 내가 처음 시트콤을 시작했을 때만 해도 시트콤이 그다지 각광받던 장르가 아니라서 하겠다는 사람이 이렇게 많지 않았다. 그런데 요즘 보면 방송 아카데미에 시트콤반까지 따로 생길 정도로 하고 싶어하는 이들이 많다.

시트콤에 있어서 좋은 작가란 필수이기 때문에 이런 현상은 꽤 바람직하다고 보는데 면접을 보러 오는 후배들을 보면 실망스러울 때도 많다. 내가 시트콤이란 무엇이다, 이러이러해야 한다,라고 자신있게 말할 수 있는 단계는 아니지만 그냥 내 생각을 얘기해 보고 싶다. 후배들이 올 때마다 이런 얘기를 해주고 싶었는데 그런 얘길 해줄 때마다 술도 사줘야 하고 밥도 사줘야 하기 때문에 망설이다 못한 얘기들이다.

시트콤은 어찌 보면 드라마다. 그래서 드라마에 대한 이해와 공부가 기본적으로 되어 있어야 한다고 생각한다. 내가 처음 '남자 셋 여자 셋' 대본을 쓰게 됐을 때 송창의 부장께서 나를 따로 불러내셔서 너는 대본을 쓰지 말고 아이디어나 해오면 어떻겠니?라고 말씀하셨다.

그땐 정말 충격이 컸다. 그나마 아이디어가 좋다고 안 잘린 게 다행이었다. 사실 내 대본은 내가 봐도 문제가 많았다. 코미디 작가로 들어온 후 내가 한 프로그램은 줄곧 '폭소대작전'과 '세상엿보기' 같은 10분짜리 콩트 프로그램이었다. 그러다 보니 드라마적인 바탕이 깔려 있어야 하는 시트콤을 쓰기엔 부족했던 것이다.

그때부터 드라마적인 구성을 배우려 노력했고, 결국 다시 대본을 쓸 수 있게 되었다. 나는 아직도 드라마적인 구성이 부족하다고 생각한다.

후배들을 볼 때면 예전의 내 모습을 보는 것 같아 안타까울 때가 많다. 그럴 때마다 나는 좋은 대본을 많이 읽고(요즘은 인터넷이나 PC 통신으로 웬만한 대본은 다 구할 수 있다) 많이 보라고 얘기한다. 일하겠다고 면접을 보러 와서는 이 프로그램은 제가 안 봐서 잘 모르겠는데요,라고 말하는 사람과 누가 일하고 싶겠는가? 왜 안 봤냐? 하면 바빠서 안 봤다고 하는데 도대체 방송작가 하는 사람이 TV 보는 데 바빠야지 다른 데 바쁠 이유가 뭔지 모르겠다.

또 하나 시트콤에는 웃음이 들어가야 한다. 내가 그나마 안 잘리고 버틸 수 있었던 이유는 잘린 이유와 똑같다. 즉 콩트 프로그램을 일년 반 이상을 하니까 코미디 '시바이'에 대해서 많이 알고 있었던 거다(여기서 '시바이'란 '상황'이란 뜻으로 사용되는 엉터리 방송용 일본어다).

코미디 시바이란 수학 공식과도 같다. 수학 공식을 많이 알면 빠른 시간에 효율적으로 풀 수 있듯이 시바이를 많이 알고 있으면 웃길 수 있는 방법이 많은 것이다.

그런데 요즘 후배들을 보면 그런 시바이에 대해 전혀 모르는 것 같다. 수학도 문제를 풀고 공식을 몸에 익혀야 하듯이 코미디 시바이는 코미디 프로그램을 봐야 는다. 그런 것 안 보고도 웃음에 대한 천부적인 자질이 있어서 어떤 상황을 만들고 어떤 대사를 치면 시청자들이 웃는 건지 다 알고 있다면 모르겠지만 아니면 배워야 한다.

배울 생각은 안 하고 아, 저질, 내가 작가가 되면 저런 저질 코미디는 안 쓰지,라고 생각만 하고 있다면 다른 직업을 찾는 쪽이 훨씬 생산적이다. 꼭 TV 프로그램뿐만이 아니다. 영화를 보든 만화를 보든 웃기는 상황을 많이 모아두면 나중에 다 써먹을 일이 생긴다.

거기다 요즘엔 케이블 TV에서 옛날 코미디 프로그램까지 재방송해주니 이런 것도 보다보면 적어도 하나는 건질 게 있다. 거기다 프렌즈, 번디 가족, 엘리 멕빌, 섹스와 도시, 레이먼드, 캐롤라인 등 각종 유명한 외국 시트콤도 해준다. 나는 시간이 되는 대로 빠지지 않고 보려고 노력하고 안 되면 녹화라도 해서 나중에 꼭 다시 본다. 이렇게 보다 보면 뭐 하나 건지고 배우는 게 있겠지, 하는 생각으로 꼭 챙겨 보는 것이다.

이러저러한 기본도 안 되어 있으면서 제가 우리 동네에서는 좀 웃겼걸랑요, 제 친구들 사이에선 제가 없으면 모임이 안 이루어지걸랑요, 하면서 덤비는 후배들이나 다짜고짜 아, 요샌 이런 거 안 먹혀요, 제 말대로 한번 해보세요, 하고 한 수 가르치려 드는 후배들은 정말 사양이다. 내 주위엔 나보다 훨씬 웃기고 재미있는 선후배들이 널리고 널렸지만 다 작가 하겠다고 나서진 않는다. 후배들도 제발 공부 좀 하고 덤벼주기 바란다.

내가 KBS 공채 5기로 방송국에 들어왔을 때 거의 촌닭이나 다름없었다. 하고 다니는 모습도 그랬지만 세상에 대해 아무것도 모를 때였다. 물론 철없는 것들이 다 그렇게 생각하듯 내가 세상을 제일 많이 알고 있다고 생각했다.

지금 생각해 보면 거의 천둥벌거숭이나 다름없었는데 그런 나를 예쁘게 봐주신 분들이 바로 코미디 작가실 선배들이었다. 밥도 사주고 술도 사주며 넌 감이 있어,라고 격려를 해주시고 나쁜 일이 생기면 막아주기도 하시고. 지금 생각해 보면 내가 지금까지 일하고 있는 것도 다 선배들을 잘 만나서 그런 것 같다. 이런 생각을 할 때마다 나도 후배들에게 정말 좋은 선배가 되어야지 생각하는데 실상은 별로 그렇지가 못하다.

솔직히 지금은 어떤지 모르겠지만 예전에 나는 후배들이 제일 무서워하는 선배였다. 시놉시스를 좀 시원찮게 해오거나 하면 불러다가 너는 왜 이렇게 엉터리로 해오느냐, 응? 하며 눈을 치켜뜨고 혼내기도 잘 했다. 오죽하면 송창의 부장이 날 군기반장으로 불렀을까.

지금 생각하면 나 때문에 화장실 가서 울던 후배들한테 너무나 미안하다. 하지만 걔들이 미워서 그런 건 아니었다. 방송국은 참 냉정하다. 내가 어떤 프로그램을 하게 되고 나에게 작가 결정권이 있다 치자. 나와 친하지만 능력은 별로 없는 A와 나와 별로 친하진 않지만 능력있는 B가 있다면 나는 B를 선택할 것이다.

사회생활이란 게 어디나 마찬가지겠지만 특히나 방송국은 정말 피도 눈물도 없는 곳 같다. 내가 선택했던 B도 일을 못하게 된다면 바로 버림받고 나 역시 어느 날 갑자기 잘릴지도 모르는 데가 이곳이다.

이러다 보니 헐렁헐렁 왔다갔다하는 후배들을 보면 제일 안타깝다. 이왕 하겠다고 나선 건데 좀 열심히 해보지, 영 싹수가 없는 것 같지도 않은데, 조금만 부지런하면 될 것 같은데 왜 저럴까 하는 애들은 불러다 놓고 얘길 한다.

그러나 인생을 팍팍하게 살아서 그런지 심성이 원래 못돼먹어서 그런지 말이 부드럽게 나오질 않다 보니 애들은 화장실 가서 울고 나는 아주 나쁜 선배로 찍혀버렸다. 그것도 옛날 얘기고 이젠 후배들에게 그런 충고의 말도 함부로 못하겠다.

애기를 낳고 나니 저것들도 집에 가면 귀한 자식일 텐데 나한테 이런 나쁜 소리 듣는 것 아시면 부모님이 얼마나 속상하실까, 하는 생각이 먼저 들어 목구멍까지 올라온 말도 삼킨 적이 한두 번이 아니다.

그동안 나한테 혼났던 애들아, 니들도 알 거다. 내가 원래 잔정이 없는 인간이잖냐. 오죽하면 울엄마도 나한테 잔정없다고 나무라셨겠니? 이젠 알겠지만 좀 지내보니 괜찮은 인간 아니더냐.

그리고 나한테 불려와서 혼 안 난 애들아. 니들은 내 눈엔 아주 잘하고 있든가 아니면 이 일에 적합치 않아 보이는 거거든. 판단은 니들이 해라.

어쨌든 난 이제 악역은 졸업하고 싶다.

## 구름같이 몰리는 시트콤 작가 지망생들

2000년 12월, 또 사고 하나 쳤다. 대학원에 진학한 것이다. 사실 대학원에 들어가서 공부를 좀더 해보고 싶다는 생각은 전부터 있었다.

사실 전공은 가정관리학이지만 고등학교 때 원서는 광고홍보학과를 썼었다. 그런데 원서를 접수하러 대학교에 왔다가 전자공학과 89학번 오빠들이 같은 캠퍼스를 다니자(광고홍보학과는 안산캠퍼스였다. 그리고 결정적으로 그 중 한 오빠가 무척 잘생겼었다), 가정관리학과 다니면 남자들이 엄청 좋아한다고 꾀는 바람에 그 자리에서 선생님도 부모님도 모르게 가정관리학과로 내 맘대로 고쳐 쓴 거다.

합격 발표하는 날까지도 선생님, 부모님은 내가 광고홍보학과에 응시한 줄 알고 계셨다. 다행히 학력고사를 잘 봐서 우수한 성적으로 합격해 등록금을 안 내는 바람에 엄마가 용서해줬지 안 그랬으면 아마 등록금도 안 주셨을거다.

학교 다니는 동안에는 학생회 활동을 했는데 그때는 이래저래 힘들었지만 지금 생각해보면 참 재밌었다.

지금도 기억에 남는 일은 4학년 체육대회 때 남자 도우미를 뽑았던 일이다. 가정대는 여학생들만 있다 보니까 체육대회처럼 힘쓰는 행사가 가장 골치 아팠다. 그래서 내가 낸 아이디어가 '남자 도우미'였다.

신체 건강하고 외모 출중한 남자 도우미를 뽑는다는 대자보를 학교 여기저기에 붙여 놓고 전화통에 불이 나기만을 기다리는데 기대와는 달리 문의전화 한 통 없었다. 남자 많은 곳에 여자는 들어가지만 여자 많은 곳에 남자는 못 들어간다더니 정말 그 꼴이었다.

행사 전날까지 한 명의 지원자도 없어서 올해도 그냥 몸으로 때워야 하나보다 포기하고 있을 때 전화가 왔다. 남자 도우미를 하고 싶은데 아직도 뽑느냐는 거였다. 그때까지 지원자 하나 없었지만 굉장히 지원자가 많은 걸로 뻥을 치고는 문의전화가 폭주하고 지원자가 너무 많아 아직도 뽑고 있는 중이다, 현재 면접을 진행중이니까 가정대 학생회실로 와달라 하고는 전화를 끊었다.

그리고 얼마 후에 들어온 공대 복학생 3명. 2명도 아니고 4명도 아닌 딱 3명, 어찌나 고마운지.

"여자친구 있나요? 도우미로 뽑히시면 대자보에 쓴 대로 여자친구 생길 때까지 가정대 학생들과 소개팅 시켜 드립니다."

정말 말 그대로 공약을 남발한 다음 저녁에 전화를 하겠다고 하고 하숙집 번호를 묻고 돌려 보냈다(그때는 삐삐나 핸드폰이 없었다). 그리고 그 다음 날, 불쌍한 공대 복학생 세 명은(체육대회라고 그렇게 얘기했건만 기지바지에 구두를 신은 복학생 유니폼 차림 그대로였다) 가정관리학과, 식품영양학과, 의류학과로 나뉘어 하루 종일 먼지 폴폴 나는 운동장을 뛰어다녔다.

마지막엔 자원해서 릴레이까지 뛰는 열성을 보여줬다. 기지바지를 착착 접어 흰 양말 속에 넣고, 구두를 신은 채로 뛰어서 볼품은 없었지만 마치 그 날 하루는 자기 자신이 가정대생이라고 믿는 것 같았다.

그런 남자 도우미들은 그날 저녁 뒷풀이를 끝으로 가정대와 끝이 났다. 소개팅을 해주긴 해주는데 우리가(당시 집행부들) 돌아가면서 나갈 거라고 했더니 조용히 밥만 먹고 일어났다. 지금도 그 복학생들에게는 정말 고맙고도 미안하다.

재밌는 대학 시절이었지만 전공에 대한 아쉬움은 꽤 오래 갔다. 그래서 대학원에 진학해 방송쪽으로 공부를 더 하고 싶다는 생각을 하고 있었는데 11월에 아는 작가 언니(사정상 이름은 안 쓴다)에게 전화가 왔다.

"나 대학원에 갈 생각인데 너도 가고 싶다고 하지 않았냐, 같이 원서를 넣자."

사실 일하고 애 키우는 것만으로도 너무 힘에 벅찰 때라 나중에 나중에 하고 미루고 있었는데 경험삼아 한 번 원서나 넣어보자는 심정으로 원서를 넣었다. 탤런트나 미스코리아들에게 어떻게 이거 됐어요? 물으면 친구 따라 가봤는데 걔는 떨어지고 저만 됐어요,라고 말할 땐 그런 게 어딨어? 라고 생각했는데 정말 그 말대로 그 언니는 떨어지고 나만 붙었다. 지금도 그 언니한텐 너무 미안하게 생각한다.

비록 대학원 등록금을 내느라 가정경제가 휘청거렸지만 그만큼의 대가가 있을 거라고 생각한다.

이번에 '조이 TV'에서 시트콤 작가를 모집했는데 굉장히 많은 지원자들이 원고를 냈다. 갈수록 시트콤을 하고 싶다는 작가 지망생들은 많은데 아직 우리나라엔 김성덕 선생님이 쓰신 〈TV 시트콤 어떻게 쓸 것인가?〉라는 책 한 권뿐이다. 앞으로 바람이 있다면 방송현장에서 경험한 실무를 바탕삼아 이론으로 무장한 뒤 시트콤 원론이나 시트콤 개론 같은 시트콤 이론서를 하나 내고 싶다.

물론 그 책이 스테디 셀러가 돼서 평생 인세로 먹고 산다면 그 또한 괜찮을 거 같다.

또 하나, 고급사기모임(양희승 언니를 뺀 나머지 인간들)이 정말 큰 사고 하나 치려고 '조이 TV'에 뭉쳤다. 현재 영화 시나리오 작업중인데 아마 올해 안에 개봉할 거 같다. 진짜 진짜 재밌는 영화를 만들 예정이니까 이 책을 읽으시는 분들도 꼭 보러 와 주시길 바란다.

# '울컥이'로 변한 '칼날'

김성덕〈방송작가 · 조이TV 공동대표〉

같이 글을 쓰는 입장이다 보니까 김현희를 처음 만난 것도 자연히 '작가' 김현희로서였다. 그 때 '작가 김현희'의 첫인상은 마치 검객이 온 힘을 기울여 칼을 내리치기 직전과 같은 극도의 긴장된 모습이었다. 좋게 표현하자면 작가로서의 정신무장이 되었다는 모습이고, 선배로서 좀 불안한 시선으로 풀이하자면 너무나 긴장된 나머지 여유가 없어 보인다는 것이었다.

그런 '작가 김현희'가 한 번 몸이 심하게 아팠다. 그 이후 그녀에게서는 '인간 김현희'의 모습이 엿보이기 시작했다. 그리고 결혼을 하고 아이를 낳자 이번엔 '여자 김현희'로서의 이미지도 나타났다.

요즘 같이 작업을 하는 우리는 그녀를 '울컥'이라는 별명으로 놀리곤 한다. 조금만 감동해도 '울컥' 감정이 치솟고, 조금만 슬픈 이야기를 해도 '울컥' 울려고 한다. 예리한 칼날을 쥔 검객이 어느덧 여린 감정을 가진 진짜 작가가 된 것이다. 글이란 작가의 불타는 사명감만으로 쓰는 것이 아니다. 세상을 돌아보는 인간이 되어야 하고, 그 모든 아픔들을 감싸줄 줄 아는 모성애를 가진 여자가 되어야 한다. 그래야 여유있는 웃음을 던져주지 않을까?

'칼날'에서 '울컥'으로 변한 그녀에게 사랑을 보낸다. 옛날에 칼을 들고 있을 때는 무서워서 해주지 못했던 말을 이제 안심하고 해본다.

"내가 세상을 보고 웃으면 세상도 나를 보고 웃는다."

# 목 연 희

MOK YOEN HEE

# 이놈의 방송작가, 당장 때려치워야지!

1969년생
서울예대 문예창작과 졸업
91년 KBS 코미디 작가 공채로 방송 시작.
집필 : KBS 유머1번지, 한바탕 웃음으로, 코미디 세상만사,
수퍼 선데이. SBS 기쁜 우리 토요일, 좋은 친구들,
시트콤 '나 어때?', 시트콤 '행진'. MBC 오늘은 좋은 날,
토요일 토요일은 즐거워, 테마게임, 시트콤 '세 친구' 등

## 첫 단추 "PD님, 배철수씨 사인 좀 받아주세요"

내 꿈은 원래 방송작가가 아니었다. 내 꿈은 시인이었다. 사춘기 무렵, 어쩌다 읽은 몇 편의 시에 감동을 받아 치기어린 시구들을 써대며 난 시인을 꿈꿨다.

언어가 주는 함축적인 아름다움과 날카로움에 매료되었었다. 그래서 난 시인이 되기로 작정하고 문예창작과를 지원했고, 시를 전공했다.

하지만 졸업을 하고도 난 여전히 시인이 되지 못한 채 집에서 TV만 죽때리며 볼 수밖에 없었다. 당연히 식구들은 졸업하고도 변변한 직업 없이 하루종일 TV만 보고 있는 나를 완전 한심이로 몰아세웠고, 나 또한 그런 내가 한심스럽긴 마찬가지였다.

뭔가 일을 시작해야겠다는 생각을 하고 있을 무렵, KBS에서 코미디 작가를 뽑는다는 공채 공고가 나왔고, 난 시인이 되더라도 직업은

있어야겠다는 생각에 별 기대 않고 그 공채 시험을 보게 되었다.

그것이 내 인생을 바꿔놓을 가장 큰 시험대가 될 줄은 꿈에도 모른 채 말이다. 그리고 운 좋게도 공채에 붙은 나는 그렇게 방송작가로 입문하게 되었다.

KBS에서 6개월간 연수를 받고 처음 발령받은 프로그램이 당시 '유머 1번지' 라는 콩트 프로그램이었다. 어려서부터 TV를 좋아하고 코미디를 좋아하던 나로선 처음 써보는 콩트 대본이 생경하고 힘들기도 했지만 즐겁기도 했다.

TV 속에서 보았던 코미디언들을 직접 눈앞에서 보는 게 첨엔 어찌나 신기하던지…. 어쩌다 그들과 마주칠 때면 난 시선을 놓지 않고 그들의 얼굴을 뚫어지게 쳐다보았다. 얼마나 뚫어져라 쳐다봤는지 그들 얼굴에 점이 몇 개 붙어 있는지조차 셀 수 있을 정도였다.

그 시절, 내가 '유머 1번지' 를 맡게 되고 얼마 되지 않아 PD가 바뀐다는 소문이 나돌았다. 그 소문은 곧 사실이 되었고 선배 작가들 입을 통해 배철호라는 PD가 온다는 소식을 접할 수 있었다.

그분의 등장은 일순간 KBS 코미디언실을 술렁이게 만들었다. 당시 KBS 코미디는 SBS 개국으로 내로라하는 연기자들을 다 빼앗긴 상태여서 죽을 쑤고 있을 때였다. 게다가 KBS 코미디 풍토는 작가 위주라기보다 연기자 위주였다. 즉, 연기자들의 아이디어를 작가들이 받아쓰는 경우가 많을 때였다.

그런데 배철호 PD는 작가 위주로 일을 하는 분이라는 것이었다. 워낙에 시간 관념이 투철하고 일에 관한 한 엄격한 분이라며 난색을 표명한 작가도 있었다.

나 같은 쫄따구야 어떤 분이든 그게 무슨 상관이랴, 그저 날 자르지만 않으면 좋은 PD지. 그런 생각을 하고 있는데 선배 작가가 그러는

거였다.

"너 아니? 그분이 가수 배철수씨의 동생이야."

"네? 그게 정말이에요?"

워낙에 잘 속는 나로선 또 나를 속이려는 선배들의 장난인 줄만 알았다.

"에이, 설마…. 가수 배철수와 이름이 비슷하다고 또 날 속이려는 거죠?"

안 속아, 안 속아 하고 믿지 않았다. 그런데 하나같이 다들 진짜라는 것이었다. 인기 그룹 '송골매'를 보고 자란 세대로 난 한때 가수 배철수 씨의 열렬한 팬이었다.

그게 정말이라면 나에겐 더없는 행운이었다. 왜냐하면 배철수 씨의 사인을 받을 수 있는 절호의 찬스이기 때문이었다. 작가로서 어떻게 PD와 호흡을 맞출 것인지 하는 생각보다 오로지 잘 하면 내가 좋아하는 가수의 사인을 받을 수 있을 것이라는 생각을 먼저 하고 있었던 한심한 작가 시절이었다.

어쨌든 그 말로만 듣던 무서운 분을 어느 날 만나보게 되었다. 가수 배철수 씨의 동생이라기에 어느 정도 비슷한 얼굴을 기대하고 있었던 나는 처음 배철호 PD를 보고 적잖이 실망했다.

'뭐야? 이름만 비슷하고 얼굴은 전혀 안 비슷하잖아? 물론, 형제가 다 똑같이 생기라는 법은 없지만 그래도 어느 정도 비슷한 구석은 있어야 되는 거 아냐?'

선배들이 날 속이기 위해 거짓말을 한 게 분명하다고 느껴질 정도로 형제 같아 보이지 않았다.

아무튼 난 그분의 얼굴에서 하나라도 배철수 씨와 비슷한 구석을 찾으려고 애를 쓰고 있는데, 그분은 그걸 아는지 모르는지 새로 '유머 1

번지'를 맡게 된 심정과 앞으로의 프로그램 방향, 자신의 생각들을 간단 명료하게 작가들에게 전달하고 있었다.

그리고 특유의 그 날카로운 톤으로 대본의 중요성을 이야기하며 작가 교체가 있을지도 모르겠다는 말을 하자 일순간 작가들 사이에 무거운 침묵이 흘렀다.

한 시간이 채 안 돼 말을 마친 배철호 PD는 작가들에게 요구사항이나 질문사항을 말해보라고 했으나 아무도 말이 없었다. 그때 내가 모기만한 소리로 말을 꺼냈다.

"저기요… 정말 가수 배철수 씨 동생 맞아요? 저, 그렇다면 사인 좀 받아주실 수 없을까요?"

그때 황당해하던 그분의 표정을 아직도 잊을 수가 없다. 대꾸도 안 하고 나가던 그분의 모습을 보고 난 잘렸구나 생각했다. 그런데 다행히도 난 잘리지 않았다.

아마 나 같은 쫄따구는 잘라봤자 별로 티도 안 날 거고, 이제 막 시작한 작가라 돈도 별로 많이 안 나가기 때문이 아니었을까.

그렇게 안 잘린 거에 감사해하며 '유머 1번지'를 배철호 PD와 같이 시작할 수 있었다.

그리고 그분과 일을 하는 동안 난 대본의 중요성을 절실히 배울 수 있었다. 콩트가 뭔지도 배웠고 웃음이 뭔지도 배웠다. 물론 그렇게 배우기까지 욕도 무진장 많이 먹었다. 그런 배움은 내가 작가생활을 하는 데 기초적인 토대가 되어주었다.

그런 일로서의 관계도 그랬거니와 내가 그분을 좋아하고 존경하게 된 데는 또다른 이유가 있다. 방송이 뭔지 모르던 그 시기, 작가로서 힘이 들거나 방황할 때 눈물이 쏙 빠지게 혼내주기도 했지만 다른 한편으로는 자주 인간적으로 다독거려 주기도 했기 때문이다.

그래서 그 시기에 난 그분을 무조건 믿고 따랐다. 오죽하면 '가요 톱 텐' 이란 쇼 프로그램으로 갈 때도 데리고 가 달라고 날마다 졸라댔겠는가. 코미디는 코미디 작가가 써야 하고 쇼는 쇼 작가가 써야 한다는 그분의 지론을 깨기 위해 '배PD님이 하시는 일은 무슨 일이든 다 하겠다' 는 '비굴한' 표현까지 서슴지 않았다.

나의 비굴함에 그분은 더 이상 어떻게 할 수 없었던지 다행히도 날 데리고 가 주었다.

그때 내가 쇼 프로그램에서 할 수 있는 일이란 새끼 작가로서 그저 아이디어를 내는 수준이었다. 하지만 쇼에 대해 전혀 문외한이었던 내가 아이디언들 제대로 냈겠는가. 지금 생각해 보면 부끄럽기 짝이 없는 일이다. 그래도 그분 밑에서 배울 수 있다는 게 즐거웠다.

그러던 중 배PD가 다시 코미디 프로그램을 맡고, 난 다시 전공을 살려 코미디를 쓰게 되었는데 그때 동료 작가들이 배PD가 나만 예뻐한다고 적잖이 질투 아닌 질투를 해댔다.

그도 그럴 것이 나 빼곤 다 남자 작가들이라 다른 남자 작가들에게는 욕 두 마디 할 걸 내겐 한 마디만 했으니까. 아마도 여자라는 이유로 많이 봐주셨던 것 같다.

아무튼 난 계속 그분과 일하길 희망했다. 그러던 어느 날 그분이 KBS를 떠난다는 소문을 듣게 되었다. 말도 안 되는 소문이었다. 그런 내색을 조금도 하지 않았던 터라 주변 작가들이나 방송 관계자가 내게 물어왔을 때 난 괴소문일 뿐이라고 일축했다.

그런데 점점 그 괴소문이 사실이라는 말들이 여기저기서 들려왔고 난 녹화날 그분께 그 괴소문이 사실인지 아닌지 확인하기 위해 일찍부터 녹화장을 찾았다. 평소 녹화장을 잘 찾지 않았던 내가 의외라는 듯 배PD는 날 보자마자 속 모르는 말만 하는 거였다.

"녹화장엔 뭐 하러 나왔냐? 그럴 시간이면 영화나 한 편 봐둬라."

난 한껏 목소리에 힘을 줘서 물었다.

"PD님, KBS를 떠나신다는 게 정말이에요?"

잔뜩 긴장해 묻는 내 표정과는 반대로 별 대수롭지 않다는 표정을 지으며 그분은 평소와 다름없는 톤으로 말했다.

"응, 그렇게 됐다."

그러곤 내가 뭐라고 말할 틈도 없이 녹화를 하러 서둘러 부조정실로 들어가는 거였다. 그것이 그분의 마지막 녹화였다.

난 서운하기에 앞서 말 그대로 망연자실했다. 이럴 줄 알았으면 좀 더 잘할걸, 좀더 열심히 할걸, 그래서 내게 가르쳐주신 만큼 돌려드릴걸. 그런 때늦은 후회를 했다.

그런 후회는 곧 내가 절실하게 매달리면 떠나지 않을지 모른다는 맹랑한 생각으로 이어졌다. 녹화가 끝나자마자 난 그분께 달려갔다. 그리고 절실함은커녕 기껏 한다는 말이 이런 힘없는 두 마디였다.

"꼭 그만두셔야 돼요? 안 그만두심 안 돼요?"

그러자 그분은 웃었다.

"나중에 내가 부르면 그때 와."

그분은 그 말만 남기고 유유히 돌아서 가버렸다.

그렇게 배PD는 KBS를 떠났고 난 한참을 서운해했다. 아마도 그건 그분이 내게 있어 첫단추 같은 분이기 때문이 아니었을까. 모든 일을 할 때 첫단추를 잘 끼워야 하듯 내 방송생활의 시작은 그분으로 인해 첫단추가 잘 끼워졌다는 걸 난 알고 있다.

그러고 나서 시간은 흘렀고, 몇년 지나 내가 어느 정도 나이를 먹어 어느새 고참 작가가 됐을 무렵 SBS에서 다시 배PD를 만날 수 있었다. 그분은 날 보자마자 이렇게 첫마디를 던졌다.

"야, 목연희. 많이 컸다!"

그분 말대로 내가 많이 컸는지 모르지만 여전히 그분은 내게 어렵고 높은 분이었다. 처음 그분을 만났을 때처럼 말이다.

SBS에서 그분과 다시 프로그램을 할 기회는 없었지만 그냥 그분이 있다는 것만으로 든든했다. 문제가 생기거나 힘들 때 제일 먼저 달려가 상의할 수 있는 분이 있다는 것만으로도 SBS가 마음에 들었다. 그리고 이따금 만나서 식사를 할 때 아직도 작가주의에 대해, 작가정신에 대해 말해 주시는 것도 내겐 큰 힘이 되었다.

얼마 전 배국장한테서 전화가 왔었다(지금 배철호 PD는 SBS 예능국장이다). 실은 작년 말에 한 번 가뵙기로 했는데 워낙 일이 바쁘다는 핑계로 전화도 못 했었다.

게다가 난 성격상 먼저 전화를 하거나 PD를 찾아가서 인사하는 일 따윈 잘 못하는지라 마음은 있어도 실천으로 옮기기가 쉽지 않았다.

그나마 SBS에서 일을 할 땐 오다가다 만나고 사무실 들어가면 뵐 수 있었기 때문에 이따금 만나서 식사라도 할 수 있었는데, 내가 SBS를 그만두고 MBC 일을 하게 되자 그나마도 쉽지 않았다.

그런저런 이유로 연락도 못하고 있을 때 먼저 전화를 해주신 거였다. 워낙에 말투가 곱지 않은 분이라 첫마디가 욕부터 날아왔다. 새해가 밝았는데 전화도 없느냐며 20분을 혼내는 거였다.

10년 전 날 처음 대할 때와 변함없이 대해 주는 그분께 난 정말로 고마웠다. 여전히 내게 관심을 가져주는 것에 대해 감사했다. 그리고 배국장과 만나 저녁 식사를 하는 동안 난 10년 전 그 쫄따구 작가 목연희로 돌아가 있었다. 그래서 그분을 만나면 항상 느끼는 게 있다.

처음처럼, 처음 방송일 시작할 때처럼 그 마음을 기억하자. 첫단추를 낄 때의 그 흥분과 설렘을 기억하자.

오랜만에 배국장을 만났던 그날은 몇십 년 만에 찾아온 추위라며 연일 일기예보로 떠들었던 날로, 영하 10도를 오르내리던 아주 추운 날이었다.

일산의 도로들은 미처 치우지 못한 눈들이 꽝꽝 얼어서 빙판을 이루고 있었다. 난 그 빙판 위를 제대로 걷지도 못하고 비틀대고 있었는데 그때 배국장이 보기에도 위험스러웠던지 내게 손을 내밀어주셨다.

배국장이 내민 손을 잡으며 난 소망했다.

앞으로도 배국장께서 손을 내밀어 날 이끌어주시기를.

## *둘째 단추* 증오 PD 1호가 감동 PD 1호로

나는 처음 프로그램 제안이 들어오면 우선 PD를 보는 편이다. 물론, 옛날에야 PD가 어떻든간에 일단 일거리가 들어온다는 사실에 무조건 감사해하며 덥석 오케이를 했었지만 지금은 많이 약아져서 이것저것 따지고 머리를 굴리는 편이다.

방송작가 생활을 하면서 그 누구보다 PD와 가장 많은 시간을 보내야 한다는 걸 이미 터득한 나로선 PD와의 호흡은 일에 있어 가장 중요한 부분이란 걸 잘 알기 때문이다. 그래서 난 능력이 있고 없고 간에 PD가 얼마나 나와 색깔이 같은 사람인지, 얼마나 나와 감각이 맞는 사람인지 우선 따지게 된다.

만약 나와 좀 안 맞는 PD라면 아무리 프로그램이 탐이 나도 과감히 사양할 수밖에 없다. 프로그램 욕심 때문에 일하는 동안 내내 PD와 감이 달라 가뜩이나 과중한 스트레스에 기름을 부을 수는 없는 노릇이

기 때문이다. 그래서 프로그램을 맡을 땐 항상 신중을 기하는 편이다.

몇년 전, 내가 시트콤이란 장르를 처음 시작할 때였다. 당시 나는 '좋은 친구들' 이란 버라이어티 구성 프로그램을 맡고 있었는데 개편을 앞두고 담당인 이용해 PD가 새 시트콤으로 발령이 났다. 이PD는 또 한 번 시트콤으로 호흡을 맞춰보자며 내게 함께 일하자고 권유해 왔다.

몇 년간 이PD와 호흡을 맞춰온 나로선 거절할 이유가 없었다. 그런데 문제는 그것이 일일 시트콤이라서 PD 혼자 하긴 무리라 선배 PD가 한 명 더 온다는 것이었다.

그 선배 PD는 SBS에서 예능 프로그램을 잘 만들기로 자타가 공인하는 김태성 감독이라는 것이었다. 익히 소문을 들어 김태성 PD에 대해 어느 정도 알고 있었던 나는 일단 난색을 표명했다.

왜냐하면 꼼꼼하기로 유명한 김태성 감독은 PD색이 워낙 강한 분인데다가 아침부터 밤까지 줄창 회의를 해서 작가들 진을 빼기로 유명하다는 걸 알고 있었기 때문이다.

내가 제일 싫어하는 PD 유형 중 하나였다. 일단 나는 아이디어가 나올 때까지 머리를 쥐어짜며 주야장천 회의하는 방식에 알러지가 있는데다 PD색이 강한 분과 일을 하면 자연 PD색을 맞춰가야 하고, 그러다 보면 작가색은 죽기 십상이기 때문에 그런 PD와의 일을 꺼려왔다.

더군다나 시트콤에 대해선 전혀 노하우가 없던 나로서 그런 PD와 호흡을 맞춰야 한다는 사실이 끔찍하기까지 했다.

그래서 김태성 감독과는 곤란할 것 같다는 생각을 내비추자 이PD는 무척 서운해하며 무조건 자기를 봐서 같이 일하자며 온갖 감언이설로 나를 꼬드겼다. 그럼 일단 일을 시작하되 도저히 할 수 없다고 생각되면 언제든지 그만둔다는 조건하에 일을 시작하기로 했다. 그렇게 시작한 시트콤이 '나 어때?' 라는 프로그램이었다.

기획 회의는 소문대로 그다지 무리하게 하는 것 같지 않았다.

'뭐야? 생각보다 약하네! 사람이 변한 거야, 소문이 과장된 거야? 괜히 지레 겁먹었잖아!'

그렇게 생각하고 있을 무렵 기획 회의가 끝나고 본격적으로 프로그램에 들어가게 됐다. 그런데 이게 웬일인가. 잠시나마 코웃음쳤던 내 생각을 깡그리 무너뜨리기라도 하듯 김태성 감독은 본연의 모습을 보여주기 시작했다.

역시 듣던 대로 김감독은 아침부터 밤까지 머리가 지끈지끈 아파오도록 회의를 하며 온갖 진을 다 빼놓는 거였다. 일주일에 다섯 개의 에피소드를 뽑아내야 하는 판국에 어느 날은 하루 온종일 하나의 에피소드를 붙들고 앉아서 이랬다 저랬다 판을 뒤집으며 내 속을 뒤집어놓았다. 그만큼 신중하고 꼼꼼하게 일하는 스타일이었다.

그래서 집에 올 때면 밤 12시는 기본이고 새벽 2시가 넘을 때가 태반이었다. 서울 하늘보다 유난히 밝은 일산 하늘의 별을 보며 김태성 감독을 마구 씹으며 분풀이를 해댔다.

그러고도 분이 안 풀리는 날엔 나보고 시트콤을 하자고 제안했던 이용해 PD에게 전화해 못하겠다고 소리를 질러댔다. 그때마다 애꿎게 욕을 먹은 이PD가 한 시간이고 두 시간이고 조금만 참으라며 달래주었지만 난 하루가 멀다하고 못하겠다는 얘길 입에 달고 다녔다.

그러던 중 캐스팅 문제로 김태성 감독과 부딪치게 되자 더 이상 이런 식으로 일할 수는 없다고 생각한 나는 앞서 이용해 PD와 약속한 대로 당장 일을 그만두겠다고 말했다.

내 결심이 워낙 완강하다는 걸 안 이PD도 더 이상 잡기 힘들다고 생각한 눈치였다. 난 그때 완전히 폭발 직전이었다.

그날 그렇게 집에 온 나는 당시 같이 일하던 오수연 작가와 함께 집 앞에 있는 술집에 가서 그동안 못 다 씹은 김태성 감독에 대해 온갖 불만을 얘기하며 분통을 터뜨리고 있었다.

그리고 얼마 안 있어 이PD가 지금 어디 있느냐며 전화가 왔다. 난 집 앞에 있는 술집에 있다고 말했다. 이PD가 당장에 온다는 것이었다. 난 이PD가 오더라도 상황은 바뀌지 않을 거라고 흥분된 목소리로 내 결심을 확인시켜 주었다.

그리고 얼마 안 있어 이PD가 들어오는데 뒤이어 김태성 감독이 들어오는 것이었다. 순간, 난 당황했다. 김태성 감독이 직접 오리라곤 상상을 안 했기 때문이었다. 왜냐하면 그 시간 김감독은 캐스팅 문제로 연기자를 만나고 있어야 할 시간이었다.

그때 김감독은 연일 계속된 회의와 캐스팅 문제로 무척 피곤한 모습이었다. 그런데도 연기자를 만나야 할 시간에 여기 왜 왔는지 의아해 하는 내 의중을 알아채고 먼저 말을 꺼냈다.

"이PD에게 목작가가 그만둔다는 얘길 들었다. 연기자 캐스팅도 중요하지만 그것보다 내겐 작가가 더 중요하기 때문에 이렇게 반기지 않을 걸 알고도 왔다…."

난 속으로 주문을 걸었다. 뭐라고 하든 걸려들지 말자! 그리고 도대체 뭐가 문제인지를 묻는 김감독에게 어차피 그만두는 마당에 이판사판 내가 못할 말이 어디 있겠느냐며 그동안 내가 느낀 문제점들을 앞뒤 가리지 않고 떠들어댔다.

예민할 대로 예민해져 있었던 나는 술집에 있던 모든 사람들이 다 들을 정도로 목소리를 높여서 감독님은 이래서 문제구, 이래서 나쁘구, 이래서 못하겠다며 감정 섞인 표현을 써가며 핏대를 올렸다. 내가 그렇게 막말을 하는 동안 김감독은 내내 표정의 변화 없이 고개를 끄덕이며 듣고 있었다.

웬만해선 감정을 표정에 담지 않는 분이라 무슨 생각으로 내 얘길 듣고 있는지 알 수 없는 나로선 순간 혹시 네가 그렇게 잘났어? 야, 관둬! 나두 너같이 말 많고 시건방 떠는 작가 필요없어! 하고 소릴 버럭 지르며 박차고 나가는 게 아닐까? 생각했다.

그런데 김감독은 내 얘기를 다 듣고 나더니 진실로 미안한 표정으로 미안하다! 이렇게 한 마디 하는 거였다. 그리고 이제 문제점을 알았으니 고쳐 나가겠다며 너무나 쉽게 문제점을 인정하는 거였다. 그리고 앞으로 잘 하겠다며 친절한 미소까지 지어 보이는 게 아닌가!

헉! 이게 아닌데….

그런 뜻밖의 태도에 난 머쓱해졌다. 너무 예의없이 잘난 척한 내 태도가 무안하고 미안해져서 무슨 말을 어떻게 해야 할지 몰라 입만 꾹 다물고 있었다.

결국 김감독의 설득에 난 맥없이 무너지며 다시 열심히 해보겠다는 다짐까지 해보였다. 걸려들지 말자는 내 주문은 힘없이 깨지고 어느새 그분의 주술에 걸려들고 만 것이다.

아무튼 그렇게 다시 일을 하기로 한 나는 열심히 해보겠다는 다짐과는 달리 열심히 하지 않았다. 날마다 엄청난 회의가 기다리는 탄현 SBS를 가는 길은 죽기보다 싫었다. 자유로를 달리면서 날마다 탄현을 지나치는 일탈을 꿈꿨다.

그래서 제때 회의 시간에 맞춰 가는 날이 거의 없었고 제때 대본을 넘기는 일도 거의 없었다. 그런데도 김감독은 불편한 기색 한 번 비치지 않았다. 그리고 본인의 고집보다는 작가들 의견을 많이 따라주며 정말로 달라진 모습을 보여주었다.

그렇게 노력하는 김감독을 보며 내 오만방자한 태도를 반성하고 서서히 프로그램에 대해 애착을 갖고 적극적으로 고민하게 되었다. 그 무렵 김감독이 내 아이디어를 믿어주고 내 대본을 신뢰한다는 걸 알기 시작했다.

그러다 보니 나 또한 점점 그분이 좋아지고 신뢰하게 되었다. 어느새 일하는 게 신이 났다. 그래서 그 어느 때보다 꼼꼼히 대본을 쓰기 위해 많은 시간을 투자하다 보니 대본 마감 시간은 더더욱 지키기 힘들게 되었다.

눈이 빠지게 대본을 기다리는 김감독께 전화해 죄송한데요, 내일까지 넘기면 안 될까요? 이 말을 하는 게 참으로 염치없고 미안했다.

차라리 화를 내면 좋으련만 그때마다 알았다고 대답하는 김감독을 볼 때마다 절로 고개가 땅으로 떨어져 죽고만 싶었다. 내가 생각해도 대단한 인내였다. 어쩌면 포기한 게 아닐까? 그런 생각이 들 정도였다.

그렇게 어느덧 한 해가 저물고 있었다.

12월 31일, 그날도 나는 대본을 앞두고 끙끙거리고 있었는데 호출기에서 삑삑거리는 소리가 났다. 호출기를 보니 음성 메시지가 들어와 있었다. 메시지는 다름 아닌 김태성 감독이 한 해를 마감하며 남긴 인사말이었다.

특유의 그 잔잔하고 조용한 톤으로, 그렇게 속을 썩이고 있는 내게, 목작가를 알게 되어 기뻤다며 앞으로도 계속 같이 일하게 되길 희망한다는 내용이었다.

그리고 메시지를 다 남기고 장난스럽게 '나 어때?' 하며 마무리를 했는데 난 김감독의 따뜻한 메시지에 가슴이 뭉클해졌다.

그분은 나뿐만 아니라 당시 함께 일하던 작가들에게 그렇게 일일이 메시지를 남겼다고 한다.

그날 나는 동료 작가랑 전화하며 이 세상에 김태성 감독 같은 분은 없을 거라며 그분 이름 앞에 온갖 미사여구를 끌어다 붙였다. 그리고 그분께 잘못한 짓을 하나하나 떠올리며 보신각 종소리를 들었다.

가장 싫어했던 PD 1호에서 가장 좋아하고 존경하는 PD 1호가 되어버린 김태성 감독. 동료 작가랑 나는 새해부터는 그분을 위해 열심히 하자며, 새해 첫주엔 반드시 제 시간에 대본을 넘기자고 철석같이 약속했다.

새해부터 업이 된 우리는 쓸데없이 만나 프로그램에 대해 논쟁하느라 밤을 새고 또 대본 쓸 시간을 놓치게 되었다. 철석같이 한 약속은 허무한 물거품이 되고 말았다.

또다시 새해 첫주부터 마감 시간을 지키지 못하고 대본 시간을 하루 미루게 되었고, 쓸데없이 서로를 탓하느라 다시 하루를 또 까먹은 우리는 그 다음날도 제때 대본을 못 넘기는 어처구니없는 상황에 이르고 말았다.

다음날, 또 대본을 미뤄달라는 염치없는 부탁을 하자 김감독은 아무 말도 않고 있다가 딱 한 마디 했다.

"죽이고 싶다!"

자조적인 느낌이 물씬 풍겼다. 그 짧은 한 마디가 가슴에 와서 콱 박혔다. 내가 감독이면 아마 나 같은 작가는 진짜로 죽였을지도 모른다.

그러던 중 봄 개편이 다가오고 우리 프로그램도 PD들 이동이 있을 거라는 얘기를 듣게 되었다. 혹시 김태성 감독이 다른 프로그램으로 가면 어떡하나, 걱정하고 있는데 다행히도 김감독이 자신은 이동이 없을 것 같다는 얘기를 비췄다.

게다가 당분간 '나 어때?'를 더 하고 싶다는 의지와 애착까지 보였다. 그래서 난 정말 열심히 하려고 노력했다.

그런데 며칠 후 계속 '나 어때?'에 있겠다는 김감독이 갑자기 다른 프로그램으로 발령이 났다는 황당한 소식을 듣게 되었다. 예전에 '이홍렬 쇼'로 토크 쇼계를 평정했던 김태성 감독은 '이홍렬 쇼'의 부활을 앞두고 그분이 해야 한다는 전체적인 여론에 의해 '이홍렬 쇼'를 다시 맡게 됐다는 것이다.

김태성 감독이 빠진 '나 어때?'는 상상할 수 없었다. 그래서 난 이PD에게 김감독이 아니면 일을 안 하겠다고 으름장을 놓았다.

"아니, 언제는 김태성 감독 때문에 일을 못하겠다더니 이제는 김태성 감독이 아니면 일을 안 하겠다고?"

이PD는 정말 골치 아픈 작가라며 기막혀했다.

내가 섭섭해하는 것과 상관없이 김태성 감독은 친절하게도 바통을 이어받을 다음 PD에 대해서 훌륭한 분이니 그 PD와 함께 '나 어때?'를 잘 살려보라는 당부의 말까지 해주었다.

처음 시작했던 때처럼 마지막까지 치열하게 일을 하던 김태성 PD의 프로 정신을 보며 난 뭔가 뜻깊은 선물을 하고 싶었다. 그래서 동료 작가와 한참을 고민한 끝에 결정한 선물은 다름 아닌 감사패였다. 작가가 PD에게 주는 감사패. 문구는 좀 장난스러웠지만 나는 정말 감사하는 마음으로 감사패를 전했다.

송별회 때 그 감사패를 받고 너무나 좋아하던 김감독의 표정이 아직도 생각난다. 그 어느 감사패를 받았을 때보다 기쁘다며 그분은 무척 유쾌해하며 고마워했다.

술이 어느 정도 들어간 김감독은 그때 내게 이런 말을 했다. '나 어때?'를 하던 초반기, 내가 얼마나 자기를 무시하던지 정말로 기분 상한 날이 많았노라고.

그런데도 그동안 내색 한 번 안 했다니, 난 아무 말도 할 수 없었다. 그 어떤 말로도 사과의 말이 될 수 없다는 걸 알고 있었기 때문이었다.

그분은 덧붙여 앞으로도 꼭 다시 한번 나와 일을 할 기회가 있었으면 좋겠다는 희망적인 메시지까지 빼놓지 않았다.

김태성 감독은 그렇게 다른 프로그램으로 갔지만, 후에 다른 PD를 통해 들으니 우리가 준 감사패를 책상 위에 올려놓고 두고두고 말을 했다고 한다.

내가 그동안 만났던 많은 PD들과의 인연 중에 가장 소중한 인연이었다. 많은 것을 깨닫게 하고 많은 것을 배우게 한 인연이었다. 그리고 각자 프로그램을 하느라 정신없는 나날이 계속되었고 그러던 중 나는 SBS 일을 그만두고 MBC로 옮기게 되었다.

MBC에서 시트콤 '세 친구'를 기획하면서 연초에 잠깐 짬을 내 머리도 식힐 겸 싱가포르로 여행을 간 적이 있었다. 열흘 동안 서울을 비우고 돌아온 날 나는 호출기에 들어온 김태성 감독의 음성 메시지를 들을 수 있었다. 역시 새해를 맞이하여 보낸 덕담이었다.

지난해와 마찬가지로 잊지 않고 메시지를 남긴 김감독에게 난 새삼 고마움을 느꼈다. 그래서 그분께 전화해 감사의 말을 전하다 우연히 '세 친구' 시간대 얘기가 나왔다.

당시 그분이 맡은 '이홍렬 쇼'는 월요일 밤 11시에 했었는데 '세 친구'가 같은 시간대에 온다는 소문을 들었다는 것이었다. 그때 '세 친구'는 토요일로 간다는 얘기가 있어서 난 무조건 월요일 그 시간대엔 안 들어가니 걱정 말라고 큰소리를 쳤다.

아닌게 아니라 그분이 하는 프로그램과 같은 시간대에 들어가 경쟁하고 싶지 않았다. 그런데 '세 친구'가 토요일 밤 시간대로 들어간다고 굳게 믿고 있었던 내게 다음날 '세 친구'를 맡은 송창의 감독은 이 프로가 월요일 밤 11시로 결정났다는 정보를 주었다. 난 속으로 생각했다. 끝까지 난 김태성 감독께 도움이 안 되는구만. 그뒤로 괜히 미안한 마음에 그분께 전화 한 통 드리지 못했다.

그동안 난 '세 친구'를 하느라 하루가 어떻게 가는지도 모르게 생활했고, 그렇게 또다시 한 해가 저물었다. 어느덧 김태성 감독에 대한 생각도 까맣게 잊고서 새해를 맞았다.

그런데 그분은 새해 어느 날 또다시 내게 전화를 했다. 새해 인사말과 더불어 안부 전화였다. 김태성 감독은 나와 일을 시작하게 된 그 해부터 한 번도 잊지 않고 새해마다 내게 안부 전화를 한다.

난 그토록 좋아하는 감독님께 왜 먼저 안부 전화 한 통 못 했는지 두고두고 자신을 탓했다. 그리고 새해 꼭 한 번 보자는 약속을 한 나는 쓸데없이 바쁘고 게으른 탓에 아직까지 연락을 하지 못하고 있다.

내가 처음 그분과 일을 못하겠다고 했을 때 했던 얘기가 떠오른다. 그분이 왜 그렇게 자기를 싫어하느냐고 물었는데 나는 그때 김태성 감독이 어느 잡지에 썼던 글에 대해 얘기했다.

우연히 다른 작가를 통해 그분이 쓴 글에 대해 들었는데 내용은 이런 것이었다.

토크 쇼인 '이홍렬 쇼'를 하고 있던 당시 그분은 아침부터 밤까지 내내 회의를 하느라 지쳤고, 작가들 또한 너무나 지친 상태였다고 한다. 토크 쇼는 게스트가 누가 잡히느냐에 따라 아이디어나 내용이 달라지기 때문에 어느 프로그램보다 게스트의 비중이 높다.

그날 게스트가 안 잡힌 김감독은 새벽에 부랴부랴 게스트를 잡기 위해 연기자를 만나러 갔으나 결국, 캐스팅에 실패하고 새벽 4시쯤 밝아오는 동녘 하늘을 보며 터덜터덜 힘없이 방송국 사무실로 들어올 수밖에 없었다고 한다.

덩치 큰 방송국 건물은 창마다 불이 다 꺼진 상태였고, 어두운 사무실 창문을 보며 그분의 마음 또한 황량하고 어두웠다. 그렇게 무거운

전 스탭과 괌 여행 중
윤다훈과 함께 한 필자.

발길로 불 꺼진 회의실 안으로 들어서는데 순간 불이 환하게 켜지더니 집에 간 줄만 알았던 작가들이 일제히 폭죽을 터뜨리며 '해피 버스데이 투유!' 를 합창하더라는 것이었다. 그날 그분은 자신의 생일도 잊고 있었던 것이다.

김태성 감독이 받은 그 진한 감동이 글로 절절하게 씌어 있었다는 얘기였다.

솔직히 내가 처음 그 글에 대한 얘기를 들었을 때 느낀 감정은 소문이 장난이 아니구나! 하는 끔찍함이었다. 아니, 도대체 얼마나 회의를 좋아하길래 작가들이 밤을 새고 회의실에 진을 치고 있는 것에 그렇게 감동받는단 말인가.

난 그 얘기를 하며 "감독님이 그 정도로 회의를 좋아하신다면서요?" 하고 볼멘소리로 묻자 김감독은 얼토당토 않게 "그런데 겪어보니

아니지?" 하며 날 어이없게 만들었다.

나는 김감독과 일하면서 나중에야 깨달을 수 있었다. 그분은 일을 사랑하고 일에 최선을 다하는 사람이라는 것을. 그래서 같이 일하는 작가들마저 얼마나 소중한지 아는 사람이라는 것을. 진정한 감동이야말로 사람 사이의 마음이라는 것을.

그래서 나는 최고를 위해 달리는 PD보다 최선을 위해 달릴 줄 아는 PD가 얼마나 아름다운 사람인지 알게 되었다. 그리고 인연이란 하늘이 주신 끈이 아니라 그 끈을 만들어가는 사람의 마음이라는 것을 김태성 감독을 통해 배웠다.

난 그분께 그랬다. 감독님이 부르시면 언제든지 모든 일을 제쳐놓고 달려가겠다고.

그것 또한 내가 그분과 만드는 소중한 인연이기 때문에.

## *셋째 단추* 지옥과 천당 오가는 일주일

대본을 넘기고 나서 항상 결심하는 게 있다. 다음부턴 시간에 쫓기지 말고 미리미리 써야지. 그리고 나름대로 스케줄을 짠다.

하지만 그 스케줄은 처음부터 빗나가기 일쑤다. 스케줄상 난 이미 아이템을 잡고 뼈대를 만드는 구성 작업에 들어갔어야 되는데…. 매번 뼈대는커녕 이야기의 뼈도 못 찾고 한숨만 쉬고 있을 때가 많다.

그나마 한숨을 쉬고 있을 땐 이미 짜놓았다가 버려진 스케줄에 대한 자각과 반성이라도 느껴질 때고 사실, 대부분의 경우는 그러한 반성도 없이 어느새 대본 쓸 시간이 다가와, 아니, 시간이 어떻게 된 거야? 언제 이렇게 시간이 지나간 거지? 하고 긴 한숨을 넘어 한탄이 절로 나올 때가 태반이다.

그러다 급하게 아이템을 잡고, 구성하고 다시 마음을 다잡는다.

대본만큼은 하루 전날 미리 써둬야지! 그래서 대본 넘기기 전에 PD가 토씨 하나 못 건드리도록 여유 있게 시간을 붙들고 몇 번이나 수정해서 완벽한 대본을 만들어야지.

그리고 당당한 걸음으로 PD를 찾아가 나의 완벽한 대본을 PD의 책상 앞에 멋지게 던져주는 거야.

그럼 PD는 깜짝 놀라 이렇게 말하겠지?

"아니, 벌써 대본을 다 썼어?"

눈을 동그랗게 뜨고 나를 바라보는 PD에게 난 기다렸다는 듯, 약간의 건방기가 들어가 평소보다 한 톤 높아진 목소리로 이렇게 말해 줘야지.

"대본을 일찍 가져와도 문젠가요?"

그래도 이렇게 일찍 대본을 가져온 걸 보면 분명 급하게 대충 썼을 거라는 의심의 눈초리로 PD는 대본을 읽겠지만 대본을 가져오기 전에 몇 번이나 고치고 수정한 노력을 알 턱이 없는 PD는 꼬투리 하나 잡아낼 것이 없는 내 대본을 읽고 이렇게 감탄할 거야.

"완벽해! 고칠 게 없어!"

난 당연히 그렇게 나올 줄 알았다는 듯 자리에서 벌떡 일어나 시건방을 떨어줘야지.

"이번 주 연출 기대할게요오."

그리고 괜히 배도 안 고프면서 '어디 저녁 맛있게 하는 데 없나?' 하고 은근히 PD에게 저녁 사라는 부담을 팍팍 안겨주는 거야. PD가 따라오든 말든 문을 박차고 앞서 걸어나가면 PD는 종종걸음으로 따라오며 그러겠지.

"뭐 먹고 싶은데? 내가 살게!"

어느 궁전 같은 한식집에서 PD는 밥을 먹는 시간 내내 날 무슨 보물 다루듯 하며 이것저것 반찬까지 집어줄지 몰라….

여기까지가 나의 시나리오다. 물론 이런 말도 안 되는 시나리오처럼 된 적은 작가생활 근 10년 동안 한 번도 일어나지 않았다.

현실은 항상 시간에 쫓겨 급하게 대본 써서 그나마 제 시간에 가져가면 다행이지만 대부분은 그 시간도 제대로 못 맞추고 헐레벌떡 뛰어가기가 일쑤다.

그리고 어떻게 썼는지도 모르는 대본을 PD 앞에 내밀며 '죄송합니다' 기어 들어가게 한 마디 던지곤 내내 책상에 머리를 깊숙히 처박고 있는 거다. 대본을 읽는 PD의 얼굴에 잡히는 미간의 미세한 주름을 보며….

그래도 혹시 대본을 다 읽고 나서 완벽해, 고칠 게 없어!라는 말이 나오지 않을까? 그런 허무맹랑한 기적을 빌면서 말이다.

그러는 순간, PD가 말문을 연다.

"저 말이야…."

"네?"

가슴이 쿵, 내려앉으며 약간 흥분된 목소리가 소프라노가 되어 튕겨져 나온다. 놀란 토끼눈으로 바라보는 나에게 PD는 불만에 가득찬 목소리로 이렇게 말한다.

"내용은 둘째치고 오타가 너무 많잖아! 대본 다 쓰고 한 번 더 안 봤어?"

이럴 땐 책상이 아니라 바닥에 머리를 콱 처박고 싶어진다. 남들은 손가락 다섯 개로 유능한 타자 솜씨를 뽐내며 근사하게 두드려대지만

난 손가락 두 개, '독수리 타법' 이라 그렇다는 얘기는 차마 할 수 없다. 오타만으로 자신있게 밀고 나갈 처지가 아니기 때문이다.

수정할 내용에 대해 PD와 얘기하고 돌아서면서 다시 한번 결심을 한다.

'다음 주엔 꼭 미리 대본을 써야지. 그래서 오타도 잡고 내용도 다져서 칭찬 들어야지.'

새벽 2시까지 꼼꼼히 반성하며 잔다.

늘 생각은 이렇다. 그런데 막상 대본을 쓸 그 시간이 되면 웬 자질구레한 일들이 그리 많이 생기는지. 컴퓨터 앞에 앉아 전원을 켜는 순간, 뜬금없이 친구한테 전화가 온다. 잠깐 커피나 한 잔 하자고.

그 순간 내 머릿속은 재빨리 스케줄을 수정하느라 팽팽 돌아가기 시작한다. 그래, 두 시간 친구랑 노닥거리고 들어와 그때부터 시작하면 돼. 정말 그렇게 할 수 있을 것 같다는 턱없는 자신감은 어디서 생기는 건지….

암튼, 난 그 친구를 오늘 아니면 평생 못 볼 것처럼 괜히 조바심내며 서둘러 만나러 나간다. 그리고 내가 정한 두 시간보다 한 시간이 더 후딱 지나가고, 한 시간쯤 오버는 괜찮아, 뭐 그러면서 애써 자신을 위로할 즈음 친구가 갑자기 한숨을 쉬기 시작한다.

"사는 게 왜 이러니? 사는 낙이 없다."

사실, 그 친구의 늘상 하는 레퍼토리임에도 불구하고 나도 모르게 마치 그 말을 기다렸다는 듯 맞장구를 쳐준다.

"어머머, 너두 그러니? 나두 그래!"

그러곤 마치 무슨 허무주의자가 된 것처럼 잘 알지도 못하는 인생의 허무를 논하기 시작한다. 갑자기 인생이 서글퍼지고 우울해진다.

그러다 보면 술 한 잔 생각나고 친구와 난 술을 마시게 된다. 물론 이미 그땐 대본 생각은 까맣게 잊은 후다.

그리고 술에 취해 늦은 시간 집에 들어오며 생각한다.

'그래, 오늘은 그냥 자고 내일 아침 일찍 일어나 쓰는 거야.'

그리고 머리맡에 시계를 갖다놓고 6시에 알람을 맞추고 잔다.

다음 날 일어나 보면 알람은 울리다 스스로 지쳐 꺼졌는지, 아님 내가 자다 꺼버렸는지, 시계는 11시를 가리키고 있다. 머릿속이 하얘져서 멍하니 아무 생각도 안 난다.

정신을 차리고 애꿎은 시계에 욕을 퍼붓는다.

"알람 기능도 제대로 못하는 이눔의 시계, 당장 깨부수고 다른 시계 사다놔야지."

물론 문제는 시계가 아니다. 어제 친구를 만나 술을 마신 게 잘못이지. 그러고는 한 십분을 친구 욕을 해댄다.

"나쁜 기집애. 왜 사람을 불러내 술을 멕여, 멕이길."

생각해 보면 술은 내가 시킨 것 같다. 결국 자책할 시간도 없이 허둥지둥 컴퓨터 앞에 앉는다.

"이놈의 팔자! 도대체 왜 난 방송작가가 된 거야? 으이구, 지겨워!"

늘 그렇듯 난 첫 신과 첫 장에서 제일 애먹는다. 별 중요하지도 않은 대사를 가지고 이렇게 썼다, 저렇게 썼다, 지웠다, 다시 썼다…. 그나마 컨디션 좋을 땐 속도감이 붙어서 쭉쭉 써내려가는데 컨디션 좋은 날을 만나기란 1년 365일 중 열 손가락도 꼽기 힘들다.

시간에 대한 압박감과 대본에 대한 중압감으로 숨이 컥컥 막히기 시작하면 그때부터 난 왜 방송작가가 됐을까? 끝없이 반문하며 괴로워하기 시작한다.

왜 방송작가가 됐는지에 대한 원론적이고 진지한 고민이 아니라, 왜 하필 이런 빌어먹을 직업을 택해서 이렇게 고단하고 피곤한 작업을 해

여행중 홍콩에서.

야 되는지, 왜 이런 골치 아픈 직업을 택해서 머리를 쥐어뜯으며 컴퓨터 책상 앞에 앉아 있어야 하는지 후회스러움에 내 가슴을 친다.

시간은 자꾸 흐르고 대본은 안 쓰이고…. 순간, 이 늪에서 빠져나갈 수 있는 여러가지 경우를 재빨리 생각해 본다.

1번, PD한테 전화해서 몸이 죽도록 아프다고 다 죽어가는 척 연기를 한다.

하지만 그건 별로 좋은 방법이 아닌 것 같다. 일단, 내 연기력이 미진할뿐더러 너무 많은 작가들이 써먹는 식상한 핑계이기 때문이다. 눈치 빠른 PD는 얼른 알아채고 '꾀병인 거 다 알아!' 하며 전화기에 소리를 질러댈 게 뻔하다.

2번, 집안에 큰일이 생겨서 도저히 대본을 못 쓸 것 같다고 PD한테 전화한다.

대본을 못 쓸 정도면 집안에 아주 큰일이 있어야 하는데 그 정도 큰일이라면 집안 사람 누군가를 죽여야 한다는 결론이다(실제로 내가 아는 모 작가는 나랑 일하는 6개월 동안 온갖 친척을 다 죽였다). 하지만 이 방법은 너무 비양심적이다.

3번, 잠수를 탄다. 전화기 코드를 뽑고 핸드폰도 꺼버리고 일체 연락을 두절해 버리는 거다.

하지만 이 방법은 자칫하단 성난 PD가 내 밥줄을 아예 끊어버릴 수도 있는 아주 위험한 방법이다. 역시 노!

4번, PD의 인간적인 마음에 눈물로 호소한다.

그러려면 PD를 납득시킬 만한 충분한 이유가 있어야 하는데, 그런 이유를 만들기가 대본 쓰기보다 더 힘들다. 그렇다고 무작정 울면서 못 쓰겠다고 떼를 쓰다간 오히려 짜증을 불러일으킬 수도 있고, 잘못하면 무능력한 작가로 찍힐 가능성도 있다.

그러므로 결론은 지금부터 초인적인 힘을 발휘해 열심히 쓸 수밖에 없다는 거다.

이런 잔머리를 굴리는 동안 또 한 시간이 날아간다.

허둥지둥 써내려가기 시작한다. 그나마 현실을 인정하고 할수없이, 억지로라도 쓸 땐 다행이지만 그도 안 될 땐, 머릿속에 아무 생각이 안 나고 오로지 시간만이 목을 죄어올 땐 정말 콱 죽어버리고 싶다.

"이놈의 작가생활 당장 때려치워야지!"

그럴 땐 이렇게 외치며 울면서 자판을 두드린다. 그렇게 간신히 대본을 넘기고 나면 진이 다 빠져 몸 여기저기가 쑤시고 아파온다.

그렇게 탈진한 상태에서 한 주를 마감한다. 내가 마감하는 한 주는 남들이 마감하는 토요일이 아니라 대본을 마감하는 그날이 곧 한 주의

마감날이다.

그리고 마침내 힘들게 넘긴 대본이 극으로 완성되고 난 뒤, 그 드라마를 보면서 일주일 동안의 모든 괴로움과 고통을 순간적으로 잊어버린다. 내 글이 재미있는 한 편의 극으로 꾸며져 주변사람들을 즐겁게 해줄 때의 기쁨이란… 그래, 이거야, 이거!

나는 이런 이유로 방송작가가 됐다는 걸 깨닫는다.

하지만 그 깨달음에 젖기도 전에 난 또 다음 주 대본을 위해 허겁지겁 아이템을 찾아야 한다.

그리고 오늘도 시간에 쫓기는 대본을 쓰며 '나는 왜 방송작가가 됐을까?' 푸념과 한탄을 늘어놓으며 연신 오타를 찍으며 자판을 두들겨대고 있는 것이다.

## 넷째 단추 '인간 목연희' 꿈꾸는 '작가 목연희'

전에 일일극을 쓰는 드라마 작가에 대한 이야기를 들은 적이 있다.

요점은 일일극이란 게 그렇듯 매일 정해진 분량을 쓰다 보니 말도 못하는 스트레스가 쌓이더라는 것이다. 그 깨끗했던 피부가 스트레스로 인해 여드름이 나기 시작하더니 급기야 온 얼굴을 덮어버리고, 그것도 모자라 여드름 위에 또 여드름이 나더라는 끔찍한 얘기였다.

상상만으로도 그 드라마 작가의 고충이 얼마나 심한지 피부에 와닿았다. 작가치고 스트레스 안 받는 작가가 어디 있으랴. 나 또한 일을 하다 보면 엄청난 스트레스로 몸에 이상이 올 때가 있다.

보통 일반적으로 많이 느끼는 증상 중 하나가 목이 결리고 어깨가 뭉쳐서 목이 안 돌아간다든지, 등까지 아파서 제대로 눕지도 못하는 경우다. 작가 생활을 하면서 그런 이유로 세 번 정도 병원에 실려간 적이 있다.

오륙 년 전에 두 번 그런 일을 겼었고, 몇 달 전에 또 한 번 그런 일을 겪었다.

전날 밤 늦게까지 대본을 쓰고 일어났는데 아침부터 신호가 오기 시작했다. 목을 움직이기도 힘들 정도로 심상치 않게 아파오는 것이었다. 난 단순히 잠자리가 불편해서 그런가 싶기도 하고, 또 며칠 전부터 있었던 몸살 기운 때문인가 싶어 그냥 무시하고 방송국으로 나가 대본을 넘기고 들어와 일찍 자리에 누웠다.

그리고 새벽에 심한 통증으로 잠에서 깼는데 목뿐이 아니라 어깨, 등까지 완전 굳어져버려 움직일 수가 없는 것이었다. 움직이지도 못하고 너무 아파서 눈물을 줄줄 흘리며 이제 내가 이렇게 온몸이 굳어져 죽어버리는구나. 안 돼, 그럴 순 없어! 제발 살려주세요! 소리치며 울었다.

가족들이 놀라 달려오고 일어나지도 못하는 나를 간신히 끌고서 가까운 한방 병원으로 갔다.

하필 그날은 일요일이라 당직의사밖에 없었다. 그 새벽에 머리는 산발을 한 여자가 엉엉 울며 부축받으며 들어오자 당직의사는 놀라 나를 급히 응급실로 옮겼다. 굳어진 어깨와 등을 보더니 아니, 이렇게 심하게 될 때까지 몰랐느냐며 날 완전 미개인으로 몰아세우는 게 아닌가.

내가 미개인이 되든 말든 어서 이 고통으로부터 해방시켜 달라며 퉁퉁 부은 얼굴로 의사에게 호소했다. 그 의사는 침을 놓으려 해도, 그전에 너무 굳어져서 뭉친 근육부터 풀어야 한다며 손으로 직접 내 어깨를 주무르기 시작했다.

너무 아파 신음소리조차 나오지 않았다. 얼마나 아픈지 차라리 몸이 굳어져 죽는 편이 낫겠다는 생각이 들 정도였다.

"잠깐만요! 너무 아파요!"

몸을 비틀며 눈물을 펑펑 쏟는데도 의사는 가만 있으라고 하더니 더 꽉꽉 내 어깨를 눌러댔다.

한 40분 정도, 내내 같은 힘으로 그 의사는 어깨를 주물렀다. 내 얼굴은 눈물로 범벅이 됐고 의사의 얼굴은 땀으로 범벅이 됐다. 그리곤 어느 정도 통증이 가시자 의사가 열댓 개의 침을 가져오더니 여기저기 침을 놓아대기 시작했다. 그런 다음 물어오는 것이었다.

"직업이 뭐예요?"

"방송작가요."

"그래요? 그럼, 스트레스 많이 받겠네."

의사는 대번 나한테 그렇게 말하더니 무슨 프로그램 쓰는데요? 하고 물었다. 그래서 시트콤 '세 친구' 쓰는데요, 그랬더니 그래요? 나 그 프로그램 자주 봐요, 아, 그거 쓰시는구나 하고 알은체를 했다. 아까까진 그렇게 무섭게 굴던 의사가 어느새 부드러운 목소리로 내게 말을 걸어오는 것이었다.

"어깨 자주 뭉치죠?"

그렇다, 몇년 전에도 두 번 이런 일을 겪었는데 이렇게 심한 건 이번이 처음이라고 불쌍한 표정으로 말했더니 앞으로 나이 들면 더 심해질 걸요!라고 하는 게 아닌가.

네? 이 무슨 날벼락 같은 소리야? 그럼 난 앞으로도 이런 고통을 계속 겪어야만 된다는 건가? 난 침을 꼴깍 삼키며 물었다.

"그럼 전 이 고통에서 완전히 해방될 수 없나요?"

"작가시라면서요. 글쓸 동안은 계속 이럴 거예요. 글을 안 쓴다면

몰라도."

눈앞이 캄캄해졌다.

"그럼 전 어떻게 살아야 되나요?"

"가끔 와서 뭉친 근육 풀어주고 침 계속 맞아주세요. 그 수밖에 없어요."

그리고 장시간 컴퓨터 앞에 앉아 일하지 말고 한 시간 간격으로 쉬면서 일하라는 충고도 빼먹지 않고 일러주었다. 난 웃으면서 네, 하고 대답했지만 속으론 1분도 아쉬워 정신없이 대본 써야 될 그 시간에 어떻게 한 시간 간격으로 쉬면서 일하라는 거야? 하고 투덜거렸다.

암튼, 그렇게 한바탕 전쟁을 치르고 나서 얼마 후 동료 작가인 이상덕 작가를 만났다(이상덕 작가는 현재 KBS 시트콤 '멋진 친구들'을 쓰고 있다). 그리고 무용담 얘기하듯 내가 겪었던 고통에 대해 장황하게 늘어놓았다.

이 고통의 원인은 스트레스이고, 앞으로 작가 생활을 하는 이상 이런 현상은 계속 일어날 것이라는 의사의 예언까지 빼먹지 않고서 말이다.

"내가 지금 얼마나 스트레스의 극을 달리고 있는지, 당신도 작가니까 알 거 아냐?"

무언의 공감을 얻기 위해 1분 간격으로 한숨을 쉬고 온갖 극단적인 표현까지 동원해 가며 필사적으로 이야기했다. 내가 그렇게 정신없이 떠드는 동안 그는 거의 한 마디도 안한 채 고개만 끄덕이고 있었다.

그의 표정은 동정과 안쓰러움이 섞인, 그러면서도 충분히 공감할 수 있다는 그런 표정이었다. 그러니까 그에게 그런 표정을 이끌어내기까지는 성공한 셈이다. 그런데 그가 한참 뒤 말문을 열었다.

"일이란 게 다 그렇지. 스트레스 안 받고 사는 사람이 어딨나? 나도 그 심정 이해해."

지극히 일반적이고 통속적이기 짝이 없는 단어들만 구사하며 메마른 톤으로 날 달래는 거였다. 난 정말 실망했다. 적어도 같은 일을 하는, 그리고 나에 대해 그 어떤 작가보다 잘 아는 사람이 스트레스로 병원에 실려가 죽다 살았다는 말을 듣고도 저런 교과서적인 말만 할 수 있는 거야?

난 그가 흥분해서 나도 작가지만 정말 이 생활 때려치우고 싶다! 작가들 수명이 왜 짧겠냐? 이러다 죽으면 우리만 개죽음되는 거야! 이 지긋지긋한 방송일에서 벗어날 수 있는 출구는 무엇일까, 우리가 지금부터 머리 맞대고 찾아보는 거야! 설령 그렇게 하진 못한다 해도 말만으로도 시원한 카타르시스를 느끼고 싶었다.

그런데 그는 길가는 사람을 막고 물어봐도 한결같이 대답해 줄 그런 말을 하는 거였다. 난 당연히 시큰둥해져서 물만 벌컥벌컥 마셔댔다.

그런 내 심정을 아는지 모르는지 그는 내게 이런 말을 하는 거였다.

"작가 생활 오래 하려면 스트레스 풀고 살아야 돼."

그걸 누가 몰라서 이러고 있느냐고 한 마디 쏘아붙이려는데 그가 다시 입을 열었다.

"당신이 왜 그렇게 스트레스를 받고 사는지 알아?"

내가 뚱한 표정으로 쳐다보자 그는 개의치 않고 말을 이어갔다.

"당신은 일할 땐 작가 목연희야."

그럼 내가 작가 목연희지, 배우 목연희겠냐? 속으로 비아냥거리고 있는데도 그는 모른 체했다.

"근데, 당신은 일이 끝나도 계속 작가 목연희로 남아 있어서 문제야. 그러니까 스트레스를 받지."

내가 무슨 말인지 모르겠다는 표정으로 바라보자 그는 내 표정 같은 건 무시해 버리고 계속했다.

“난 일할 땐 철저하게 작가 이상덕으로 있지만 일 끝나면 바로 인간 이상덕으로 돌아와. 일이 끝남과 동시에 작가로서의 임무는 잊어버려. 그리고 철저하게 나만의 시간을 갖지.”

생각해 보니 그는 정말 그런 것 같았다. 그에게 있어 정해진 시간이란 일할 때뿐이었다. 그에게 있어선 사람들이 말하는 이른바 규칙적인 시간이라는 게 없었다.

그는 아무 때나 자고 아무 때나 일어나고 아무 때나 밥을 먹었다. 그리고 자기가 하고 싶은 일을 했다.

한 번은 이틀 동안 감감 무소식에다 아무리 전화해도 통화가 안 된 적이 있었다. 난 분명 그의 신상에 무슨 일이 생겼을 거라는 생각에 그의 집으로 달려갔다.

현관문을 거의 부술 참으로 한참을 두드리는데 그가 부스스한 모습으로 문을 열었다.

도대체 어떻게 된 거냐고 물으니 이틀 동안 전화기 끄고 내리 잠만 잤다는 것이었다. 어이가 없어 말조차 나오지 않았다.

또 어느 날은 퀭한 낯빛으로 나타나 날 놀라게 한 적도 있었다. 어디 아프냐? 얼굴이 왜 그러냐? 걱정스레 묻는 내게 이틀 밤을 새면서 컴퓨터 갖고 놀았다는 것이다. 뭐? 아니, 아무리 컴퓨터를 가지고 놀아도 그렇지, 이틀밤을 새면서까지 그런 짓을 왜 하느냐고 묻는 내게 재밌잖아! 딱 한 마디를 던지는 거였다.

아닌게 아니라, 그의 표정만큼은 아닌 말로 행복한 시간을 한껏 누리고 온 그런 표정이었다.

그래도 일을 앞두고 그렇게 몸을 혹사하면 일을 어떻게 제대로 할 것이며 그런 몸을 해가지고 대본인들 제대로 쓰겠느냐며 있는 대로 잔소리를 퍼부어대는 나를 무시라도 하듯 그는 회의 내내 쌩쌩하게 아이디어를 쏟아냈다.

저런 폭발적인 에너지가 어디서 나오는 것일까? 내내 응축해 놓았다 한꺼번에 쏟아내는 것이 아닐까?

반면, 난 어떻게 살고 있는지 생각해 보았다. 일이 끝나 친구들을 만나거나, 영화를 보거나, 그저 아무것도 안하고 집에 가만히 누워 휴식을 취할 때도 끊임없이 '뭔가' 를 생각해야 할 것 같은 강박감과 '뭔가' 를 해야 될 것 같은 불안감과 그 잡히지 않는 '뭔가' 에 대한 초조감이 한 줄기의 실이 되어 머리 한 귀퉁이에 있는 바늘귀에다 꿰고서 팽팽하게 날 잡아당겼다.

그것은 나중에 피로감으로 쌓이기 시작했다. 그래서 늘 피로회복제를 입에 달고 살았으며 나날이 쇠약해져 가는 몸을 추스르기 위해 한약 봉지를 들고 다녔다. 확실히 난 일에서 가지고 온 스트레스를 일이 끝나고도 고스란히 그대로 안고서 내내 자신을 못살게 굴고 있었던 것이다.

이상덕 작가가 말한 작가와 인간에 대한 구분은 어쩌면 여유를 말하는 것인지도 모른다.

그래서 난 우선 여유를 갖는 연습부터 하기로 했다. 그래서 그런지 요즘은 회의 시간에도 딴생각에 젖어들 때가 많다.

그럼 여지없이 PD가 책상을 쾅쾅 치며 먼산을 바라보고 있는 나를 향해 소리친다.

"아, 지금 회의 안하고 무슨 딴생각 하고 있는 거야? 아이디어 좀 내봐!"

'아 참, 난 이 시간 작가 목연희지!'

그러고는 열심히 아이디어를 생각한다. 빨리 이 시간이 끝나 인간 목연희로 돌아갈 꿈을 꾸면서.

## *다섯째 단추* "언니, 그만두지 마세요"

누군가 그랬다. 무슨 일이든 3이라는 숫자마다 주기적으로 고비가 온다고. 그의 말인즉, 그러니까 어떤 새로운 일을 시작할 때마다 3일째 되는 날이 힘들고, 3개월째 되는 달이 힘들고, 3년째 되는 해가 힘들더라는 얘기다.

그의 말을 따르기라도 하듯 나 또한 방송일을 시작하고 3년째 되던 해에 홍역처럼 앓은 적이 있다. 방송에 대한 회의와 실망감이 날마다 해일처럼 밀려와 온몸을 때리며 뒤흔들어댔다. 난 해일에 밀리지 않기 위해 필사적으로 싸우며 온몸에 멍자국을 만들면서 하루하루를 버텨내고 있었다.

그땐 정말 방송국 가는 길이 죽기보다 싫었다.

내가 그토록 실망한 덴 이유가 있었다. 난 대학을 마치고 사회생활을 한 번도 안해 본 채 운 좋게 바로 방송국으로 입문했다. 그러므로 방송에 대한 메커니즘을 어느 정도 이해할 즈음에는 방송국이란 곳이 얼마나 삭막한 동네인지 서서히 느끼기 시작했던 것이다.

다른 조직 사회도 마찬가지겠지만 방송국이라는 사회는 그 어떤 조직보다 인간관계가 첨예한 동네라는 걸 깨닫기 시작한 것이다. 사회에서 만난 인간에 대한 믿음이 무너져버리던 시기였다.

그래서 난 일이 끝나면 답답하고 공허한 마음을 토할 길 없어 한강 둔치로 달려가 날이 저물도록 한숨만 길게 토해내며 멍하니 강을 쳐다보고 있었다. 바람부는 섬에 혼자 있는 듯한 느낌이었다.

그렇게 방황하던 시기, 선배 한 분이 나한테 이런 조언을 했다.

"여긴 인간이란 없다. 오로지 일만 존재하는 곳이다. 인간에 대한 믿음을 저버리면 훨씬 마음이 가벼워질 것이다."

하지만 일보다 사람을 더 좋아하는 나로선 그처럼 마음을 고쳐먹기가 쉽지 않았다.

난 그 선배에게 말했다. 그래도 인간은 있을 것이라고, 그리고 인간에 대한 믿음을 저버리지 않을 것이라고. 말은 그렇게 했지만 자신은 없었다.

그뒤로도 상처받기를 거듭한 난, 어느 날 한강 둔치에서 펑펑 울음을 쏟으며 그 선배의 조언을 따르기로 했다.

그래, 일만 하자. 인간에 대한 믿음을 버리고 일만 하자.

그러고 나니 정말로 그 선배의 말처럼 마음이 가벼워졌고 다시 방송생활에 적응할 수 있었다. 프로그램이라는 공동작업을 통해 만난 동료작가, 선배, 후배, PD… 그들과 적당히 맞춰가는 제스처를 배우면서 절대로 내 속을 보여주지 않았다. 그네들이 준 마음도 받지 않았고 내 마음도 주지 않았다.

일과 동시에 인간관계도 끝나는 셈이었다. 대신 전처럼 상처받는 일 따윈 더 이상 일어나지 않았다. 그렇게 몇년이 흘러갔다. 그리고 작년, SBS에서 일일 시트콤 '행진'을 하던 때였다.

일일 시트콤은 일주일에 다섯 편의 에피소드를 만들어야 하는 중노동의 작업이었다. 후배 작가들만 열댓 명이 넘는 회의실에서 그들과 머리를 맞대고 일을 해야 했다. 한 사람이 자리에 빠져도 누가 빠졌는지 알 수 없을 정도로 인원이 많은 팀이었다.

시트콤은 무엇보다 팀워크를 필요로 하는 작업이기 때문에 제일 선배로서 프로그램을 이끌어가야 할 입장에 놓인 나는 다른 무엇보다 후배들에게 각별히 신경을 쓰려고 노력했다. 하지만 내 대본은 대본대로 써야 하고 후배들 대본까지 봐줘야 할 입장에서 마음만큼 일일이 후배들한테 신경을 써주지는 못했다.

다행히 후배들은 별 트러블 없이 잘 따라와 주었다. 암튼 일 때문에 지치고 피곤한 시간이었지만 그런 후배들을 만난 게 참 다행스럽고 고마웠다.

일요일도 없이 날짜 가는 것도 모른 채 일을 하던 그즈음 몸에 무리가 오더니 어느 날부터 KO 상태 일보직전까지 가게 되었다.

건강 체질이 아닌 나는 무식하게 깡과 오기로 버텨갔는데 얼마 되지 않아 곧 녹다운이 되고 말았다. 더 이상 일을 하기란 무리였다.

그리고 방송생활을 시작하고 거의 쉬어본 적이 없는 나로선 이번 기회야말로 남들이 말하는 재충전의 시기가 아닐까 생각했다.

어찌됐든 난 일을 그만두기로 마음먹었다. '행진' 을 담당했던 이용해 PD와 상의해 그만두기로 결정했던 그때가 가을 개편을 앞둔 9월이었다. 그런 전후사정에 대해 아무 정보도 없었던 후배들에게 이PD가 내 입장을 얘기했다.

그런데 일순간 팀 분위기가 어두워지더니 후배들이 침울해지는 것이었다. 침울하다 못해 너무 무거워 그 무거움에 눌려 숨조차 쉬기 어려운 분위기였다.

난 당혹스러웠다. 일을 하다 보면 작가가 교체되는 건 다반사이고 나 또한 그런 일을 많이 겪었을뿐더러 어차피 작가 이동이 많은 이 동네 분위기상 그렇게까지 침울한 분위기가 연출될 상황은 아니었기 때문이다.

"선배님, 그게 정말이에요?"

울먹거리며 묻는 후배들에 이어 그중 제일 말 안 듣던 성격 발랄한 후배, 은정이가 울음을 터트리며 자리에서 뛰쳐나가자 일순간, 후배들의 울먹거리는 소리가 한층 높아지는 게 아닌가. 그 순간, 나도 모르게 왈칵 울음을 쏟을 뻔했다.

하지만 난 짐짓 태연한 척하며 후배들을 진정시켰다.

"내가 죽으러 가는 것도 아닌데 왜들 이러냐? 니들 괜히 좋으면서 서운한 척하는 거지?"

속없는 소리를 해대며 분위기를 바꾸려고 노력했지만 내 떨리는 목소리도 목소리였거니와 오히려 그런 빈말이 분위기를 더 썰렁하게 만들었다.

게다가 후배들은 선배님, 그냥 다시 하심 안 돼요? 저희가 더 노력할게요, 앞으로 더 잘할게요, 몸이 아프시면 조금 쉬시고 다시 나오심 되잖아요, 하며 말도 안 되는 떼를 쓰며 매달렸다.

"바보들. 내가 지들 대본 수정하면서 속으로 얼마나 욕을 많이 해댔는데…."

그렇게 혼자 중얼거리는 동안 이상하게 가슴이 뭉클해지면서 뽀개졌다. 가슴이 뽀개지게 아프다는 게 이런 건지도 모른다는 생각이 들었다.

그런 후배들 앞에서 난 어떻게 수습을 해야 할지 몰랐다. 하마터면 당장에 다시 생각을 바꾸었노라, 몸이 쓰러져 죽는 한이 있더라도 다시 해보겠노라고 PD에게 소리칠 뻔했다.

하지만 얼른 정신을 차리고 '가야 할 때가 언제인가를 분명히 알고 가는 이의 뒷모습은 얼마나 아름다운가' 라는 이형기 님의 시 '낙화' 의 한 구절처럼 후배들에게 아름다운 뒷모습을 보여줘야 한다고 스스로를 달랬다.

이런 경험은 내 방송생활 근 10년 만에 처음 있는 일이었다.

분위기가 이쯤 되자 이PD는 회의를 접고 송별회나 하러 가자고 제안했다. 하지만 난 거절했다. 이런 상태로 후배들과 송별회를 하면 내 마음을 추스르지 못할 것 같았다. 송별회는 나중에 서로 진정이 되거든

하자고 하고선 무거운 발길로 돌아섰다. 집에 가는 길 내내 눈물이 날 것 같았다. 참으로 오랜만에 인간에 대한 믿음을 느끼던 순간이었다.

1999년 9월, 그날은 방송일을 시작하고 3년째 되던 그 해를 다시 떠올리게 했다. 그리고 인간에 대한 믿음을 저버리자고 결심했던 그 해를 부끄럽게 만들었다.

난 다시 결심했다. 비록 상처받는 일이 또 생기더라도 두려워하지 말자. 인간에 대한 믿음을 가지고 일을 하자. 오로지 일만 존재했던 내게, 그 마음만으로 이 삭막한 동네를 사랑할 수 있을 것 같다는 생각이 들었다.

1999년 9월, 내게 이런 소중한 깨달음을 준 그 후배들에게 한없는 고마움을 느낀다. 그 후배들이 없었다면 1999년 9월도 내겐 없었을 것이다. 이따금 힘이 들거나 외로울 때면 그때를 떠올리곤 한다. 그러면 마치 드라마의 한 장면처럼 너무나 생생한 1999년 9월이 내 앞에 펼쳐진다.

**신/ 회의실 (오후)-회상**

1999년 9월 어느 날.

후배작가 일동 산만하게 흩어져 제각각 떠들고 있다.

그때, 담당 PD인 이용해 PD와 선배, 목연희 작가 들어온다.

후배 작가 일동 얼른 제자리로 돌아와 앉는데 은정, 계속 수다떨며 까르르 웃고 있고 수영, 아무 생각 없이 핸드폰으로 전화하고 있다.

이PD : 다들 잠깐만 조용히 해주세요.

일동 : (주목하며)…

이PD : 그동안 여러분과 함께 일했던 목연희 작가가 몸이 너무 안 좋아 오늘부로 일을 그만두게 됐어요.

일동, 놀라는 표정 위로 충격 코드(E)

희란 : (늘 남 얘기할 때 못 알아듣듯 이번에도 못 알아듣고 순정에게 작은 소리로) 피디님, 뭐라셔?

순정 : (놀란 표정으로 작게) 선배님, 그만두신대.

희란 : (화들짝 놀라며) 뭐? (대뜸 큰 소리로) 언니! 그게 정말이에요? 아니죠? 그만두는 거 아니죠?

목연희 : 미안하다… 끝까지 너희들과 같이 하고 싶었는데 도저히 몸이 아파서 더 이상 일을 할 수 없을 것 같아. 너희들도 힘 많이 들 텐데… 선배가 돼갖구 나만 빠져나가는 것 같아 할 말이 없다. (미안한 마음에 고개 숙이자)

일동 : (분위기 침울해지는데)

수영 : (울먹이는 소리로) 언니! 우리 때문에 힘들어서 그런 거죠? 언니, 앞으로 안 힘들게 할게요. 그만두지 마세요. (하는데 계속 핸드폰 울리자 받으며) 여보세요, 뭐? 오늘 나이트에서 뭉친다구? 어디서? (했다가 목연희 눈치보고 작게) 야, 내가 나중에 전화할게. (끊고는 고개 숙이며) 언니, 저 이제 나이트도 안 다니구 열심히 할게요.

희란 : 언니, 그냥 하면 안 돼요? 아프면 좀만 쉬고 다시 나오심 되잖아요, 네?

일동 : 언니, 그만두지 마세요.

목연희 : (의외의 반응에 당혹스러워하며) 얘들이… 야, 내가 그만두면 방송국을 아예 그만두니? 나중에 또 우리가 만나서 일하면 되잖아.

일동 : (고개 푹 숙이고 있고 몇 명은 고개 숙인 채 입 막고 소리없이 울먹이는데)

목연희 : (그런 후배들 보며 울컥하는데 애써 태연한 척) 내가 죽으러 가니? 왜들 그래? 니들 괜히 속으론 좋으면서 섭섭한 척하는 거지? 니들 연기하는 거 너무 티난다….

이때 은정 울먹울먹하다 흑-하고 울음 터트리며 밖으로 뛰쳐나가는데….

목연희 : (평상시 볼 수 없었던 그런 은정 모습에 당황스러움과 함께 왈칵 울음이 쏟아질 것 같다. 하지만 이 악물고 애써 미소지으며) 은정이 재 오버야.

일동 : 언니! 선배님! 그만두지 마세요! 선배님, 그만두시면 우린 어떡해요? 선배님!

목연희 : (순간 그런 후배들 때문에 갈등 일어나며 마음 동요되는)……

그때 어디선가 들리는 목소리.

성우 : (E) 가야 할 때가 언제인가를 분명히 알고 가는 이의 뒷모습은 얼마나 아름다운가….

**신 / 목연희의 집 (밤) -현재**

2001년 1월 어느 날.

목연희, 회상에 젖어 있다. 입가에 절로 따뜻한 미소가 떠오른다.

목연희 : (혼잣말로) 어유, 귀여운 것들.

그때 울리는 전화벨 소리(E)

목연희 : (전화 받으며) 여보세요?

희란 : (E) 언니, 우리 뭉쳐야죠!

목연희 : 그럼! 뭉쳐야지! 니들 지금 어디야?!

목연희, 전화기 집어던지고 허둥지둥 뛰어나가는 데서 끝.

## *여섯째 단추* 내 남편도 방송작가!

남편과 나는 92년에 결혼했으니 우리가 한집에서 살아온 지 햇수로 벌써 9년째 접어든다. 그는 나보다 먼저 방송국에 입사한 작가 선배였다.

어느 날 그가 선배라는 이유 하나만으로 나에게 전화해서는 KBS 쇼 프로그램 대본을 구해 달라고 했다. 이유인즉, 그는 당시 MBC에서 일하고 있던 터라 KBS 대본을 구하기가 어렵다는 것이었다.

지금 생각해보면 말도 안 되는 이유였는데 나는 그때 정말로 순수하게 그의 말을 믿었다. 나중에야 그것이 그의 치밀한 계획하에 만들어진 작전이었다는 것을 알 수 있었지만.

그렇게 해서 그를 만났는데 그는 그것을 핑계로 밥도 사주고 영화도 보여줬다.

별 어렵지도 않은 그의 부탁을 들어준 대가는 그 뒤로도 계속됐다. 날마다 전화해서 네가 구해준 대본 너무 잘 봤다며 밥 사줄게, 네가 구해준 대본을 보고 있자니 새삼 너에 대해 고마움을 느낀다며 고마움의 표시로 영화 보여줄게, 하는 제의가 잇따랐다.

그는 일주일 동안 하루도 빠짐없이 대본 핑계를 대고 날마다 전화해서 만나자고 했다. 일주일을 그러다 보니 이 남자 혹시 나한테 딴생각 있는 거 아냐? 하는 의구심이 들었다.

그래서 일주일 만에 따져 물었다. 말을 돌려서 할 줄 모르는 나는 단도직입적으로 말했다.

"나한테 도대체 왜 그러는 거예요? 나 좋아해요? 나, 선배한테 관심 없어요!"

나의 당돌함에 그는 짐짓 당황하는 눈치였다. 나는 그가 잠시 침묵

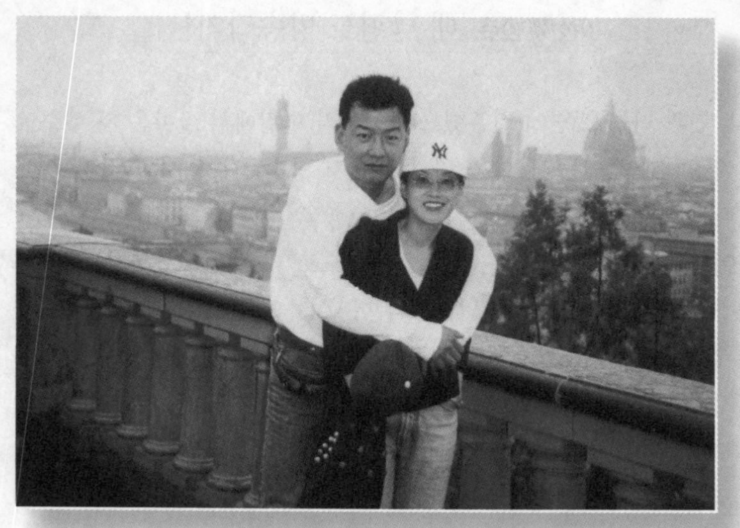

남편과 이태리 여행 중

을 지키는 동안 그의 머릿속에서 나는 소리를 들으려고 귀를 기울였다. 와글와글 뒤죽박죽 시끄러운 소리가 들리고 있었다.

'어이쿠, 들켜버렸네! 요걸 어떻게 해야 하나? 고마움의 표시로 일주일 동안 밥 사줬더니 얘가 오버하네! 라고 일단 아닌 척 큰소리를 칠까? 아냐, 아냐. 대본 하나 구해줬다고 일주일 동안 밥 사준 거 자체가 오버야. 하아, 저 맹랑한 것을 어떻게 확 휘어잡지?'

나는 그런 그를 보며 웬만한 핑계는 더 이상 먹혀들지 않을 거라는 내 생각을 전하기 위해 되도록 야무진 표정을 지으려고 애썼다. '난 그렇게 만만한 대상이 아냐!' 라고 말하기 위해 턱을 높이 치켜들고 두 눈을 부릅뜨고 입은 필요 이상으로 꼭 다물어서 부자연스런 표정을 연출하고 있었다.

나의 기괴한 표정을 보자 그는 더 이상 빠져나갈 구멍이 없다고 생각했는지 고개를 숙이고 부끄러운 소년처럼 자신의 감정을 고백하기 시작했다.

그의 고백인즉, 내가 처음 KBS에 들어온 직후부터 나를 콱 찍어선 고민 끝에 대본이라는 미끼를 던졌고, 처음 만나자마자 첫눈에 반했다는 상투적인 얘기였다. 나는 그의 그런 솔직한 고백에 눈 하나 깜짝 않고 자신만만한 표정으로 이렇게 말했다.

"나는 홀딱 반할 남자 아니면 사귀지 않아요! 근데, 선배는 내가 홀딱 반할 구석이 하나도 없으니 유감이네요."

그러자 그는 내 말뜻을 알았다며 포기하는 표정을 지었다. 그리고는 영화표를 꺼내며 같이 보려고 끊어온 표인데 버리기 아까우니 마지막으로 영화나 보고 헤어지자고 했다. 나는 서비스 차원에서 그쯤은 해줄 수 있다는 생각에 그와 같이 영화를 봤다.

(난 정말 영화표를 박박 찢고 불쌍하게 집에 갈 그를 생각해 같이 봐 준 것뿐인데 나중에 그의 말을 들어보니 내가 흔쾌히 영화를 같이 보겠다고 나서자 일말의 희망을 얻었다고 한다. 그래서 그런지 그는 영화 보는 내내 별 웃기지도 않는 장면에서도 혼자 폭소를 터트렸던 것 같다.)

아무튼 그는 그뒤로도 계속 내게 갖가지 애정 공세를 폈다.

날마다 편지를 써서 내게 주었고(그는 정말 글을 잘 썼다), 날마다 꽃병을 갈아야 할 정도로 꽃다발을 안겨 주었고, 내가 끝나는 시간에 맞춰 나를 세 시간이고 네 시간이고 기다려 잠시 내 얼굴을 보고 가는 성실함을 보여 주었다.

그 무렵 아직 어린 나로선 그런 그의 로맨틱함에 서서히 무너지고 있었는데 결정적으로 내가 무너질 수밖에 없는 이벤트를 그가 준비했다.

어느 날 그는 마르그리트 뒤라스의 〈연인〉이라는 책을 선물했다. 나는 그 책을 선물받고 며칠 동안 들춰보지도 않았다. 며칠 후 그가 책을 봤느냐고 물었을 때 나는 아직 안 봤다고 하기 뭣해서 봤다고 거짓말을 했다. 그런데 그가 정말 봤느냐고 재차 묻는 거였다. 나는 거짓말한 게 들통날까 봐 강한 어조로 똑 부러지게 말했다.

"봤다니까요! 별로 내가 좋아하는 소설은 아니던데요!"

그러자 그가 좀 실망하는 눈치를 보였다.

그리고 일주일쯤 그 소설을 읽었다. 역시 내가 좋아하는 유의 소설은 아니었다. 그런데 내용이 문제가 아니고 책을 다 읽고 우연히 작가의 말을 봤는데 번역자가 이상준, 그러니까 지금의 내 남편 이름이 아닌가. 나는 화들짝 놀랐다. 이상준? 그 이상준이 이 이상준인가? 표지를 보자 역자로 역시 이상준이란 이름이 적혀 있었다.

책을 선물받고도 책 표지도 제대로 보지 않은 나의 무심함에 나 자신도 놀랄 지경이었다.

나는 그가 쓴 작가의 말 끝에 '이 책을 목연희에게 바친다'는 글을 읽을 수 있었다. 그제서야 나는 아아, 탄성을 지르며 무릎을 쳤다. 그래서 그는 재차 내게 책에 대해 물었구나.

나는 그날 그에게 전화해 정말 고맙다는 말을 그를 만나고 처음으로 했던 것 같다.

그뒤로 '연인'이라는 영화가 들어오고 이어 영화 장면을 잔뜩 삽입한 소설 〈연인〉이라는 책이 또 한 편 나오기도 했지만 단언컨대 내 남편이 번역한 소설이 훨씬 낫다고 마르그리트 뒤라스가 보면 칭찬해 줄 것이다. 그렇게 그와의 연애가 시작됐다. 그리고 일년 뒤 우리는 결혼을 했다.

둘 다 작가로 방송일을 하다 보니 집에서도 내내 보는 얼굴을 방송국 가도 내내 볼 수 있었다.

그러다 보니 장점도 있지만 단점도 있었다. 장점은 불규칙적인 방송 생활을 피곤하게 설명해서 이해를 구하지 않아도 된다는 점이고, 단점은 설명할 필요도 없을 만큼 서로의 생활을 잘 알다 보니 서로에 대한 신비감이 없다는 거였다. 서로가 밖에서 하는 일을 몰라야 적당히 일에 대해 '뻥'을 칠 수 있는데 우리는 그런 '뻥'이 통하지 않았다.

오다가다 만나는 PD나 작가들이 남편과 나에 대한 정보를 샅샅이 일러주는 바람에 집에 들어오면 야! 너 오늘 어느 PD한테 까였다며? 오늘 파우처(대본료) 나왔다는데 왜 안 가져와? 하는 말들이 자연스럽게 오갔다.

어느 날은 프로그램 회식차 모 나이트 클럽 가서 신나게 놀다가 역시 프로그램 회식차 왔다가 신나게 놀고 있던 남편과 만난 적도 있었다. 남편과 나는 뛰어봤자 벼룩이었다.

그러다 한때 남편과 나는 같은 시간대 경쟁 프로그램을 한 적이 있었다.

그땐 정말 피곤했다. 시청률 경쟁으로 촉각을 곤두세워야 하는 우리 풍토상 내가 하던 프로그램 담당 PD는 경쟁사에 있는 남편 프로그램의 시청률을 떨어뜨리기 위해서 내게 남편이 대본을 못 쓰게 방해해야 한다는 지시까지 내렸다. 남편 프로그램보다 시청률이 떨어졌을 땐 나한테 인상을 구기며 남편이 쓴 대본을 몰래 훔쳐서 버리라는 둥 말도 안 되는 이야기를 회의 시간에 아이디어라고 내놓았다.

그리고 남편 프로그램이 내 프로그램보다 시청률이 떨어지면 남편 프로그램의 PD가 전화해선 목작가님 대본 좀 재미없게 쓰세요! 하며 얼토당토 않게 나한테 화살을 돌리며 볼멘소리를 해댔다.

부부가 서로 같은 시간대에 경쟁사 프로그램을 하는 것도 참 괴로운 경험이었지만 가장 괴로운 경험은 같은 프로그램을 남편과 같이 했던

일이었다.

지금부터 칠팔 년 전이었던 것 같다. 당시 '유쾌한 스튜디오'가 없어지고 그 비슷한 오락 프로그램이 새로 생겼는데 당시 그 프로그램을 맡았던 홍성 차장이란 분이 우리에게 같이 일을 하자고 제안했다. 우리는 아무리 그래도 같은 프로그램을 한다는 건 좀 무리인 것 같다고 적당히 거절했는데 홍차장은 막무가내였다.

부부가 작가니 회의 시간뿐 아니라 집에서도 머리를 맞대고 프로그램을 위해 아이디어를 생각할 것 아니냐, 서로 대본도 봐주고 얼마나 좋으냐. 홍차장 입장에선 꿩 먹고 알 먹고, 도랑 치고 가재 잡고, 그야말로 일석이조의 효과를 거둘 수 있다고 생각했던 것 같다.

그분의 끈질긴 설득에 우리는 할 수 없이 일을 같이 시작했다. 그것이 얼마나 잘못된 판단이었는지 우리는 시작한 지 단 하루 만에 깨달을 수 있었다.

회의 시간에 내가 낸 아이디어를 다른 사람이 그건 아닌 것 같은데, 하면 충분히 받아들일 수 있는 것도 남편이 그건 아닌 것 같은데, 하면 심사가 뒤틀리는 것이었다.

그건 나뿐만 아니라 남편도 마찬가지였다. 그래서 우리는 서로 아이디어를 까다가 서로를 까는 인신 공격에 이르고 급기야 부부 싸움까지 하는 단계에 이르렀다. 홍차장은 허구한날 회의실에서 부부 싸움 말리느라 바빴다.

대본를 서로 봐주기는커녕 서로 니가 써라, 내가 쓴다! 해대며 회의실에서 시작한 1차 전쟁을 집에 와서 2차 전쟁으로 확전시켰다.

그렇게 한 달 동안 만신창이가 된 끝에 난 홍차장에게 더 이상 이 일을 계속 같이 하다간 프로그램이 절단나기 전에 우리 부부가 먼저 절단날 것 같다고 얘기하고 그만두었다. 그런 후에야 다시 우리 사이를 회복할 수 있었다.

아무튼 그렇지만 9년을 같이 살고 내가 내린 결론은 한마디로 남편이 내가 생판 모르는 다른 일을 하는 것보다는 같은 방송일을 하는 게 훨씬 이익이라는 것이다.

서로 프로그램에 대해 좀더 전문적인 모니터를 해주고, 기분 좋을 땐 아이디어도 같이 생각해 주고, 방송국 사정이나 여타 방송에 대한 갖가지 정보도 교환할 수 있으니 이보다 더 좋을 순 없지 않은가.

누군가 남편에 대해, 혹은 나에 대해 작가로서 물어오면 나만큼 혹은 남편만큼 우리에 대한 설명을 잘해 줄 수 있는 작가는 아마 없을 것이다.

하지만 그렇다고 서로 프로그램을 추천해주는 '닭살'은 한 번도 떨어본 적이 없다. 왜냐하면 우리는 서로 일에 관한 한 철저하게 따로 놀기 때문이다.

내가 아는 PD가 내게 남편과 일을 하고 싶으니 얘기 좀 해달라거나 혹은 남편을 아는 PD가 당신 와이프랑 일하고 싶으니 얘기 좀 해달라고 하면 우리는 한 마디로 이렇게 얘기한다.

"직접 섭외하세요. 우린 일 얘긴 서로 안 해요."

왜냐하면 우린 작가이기 이전에 부부이므로.

## *일곱째 단추* 이쁘다면 만사 오케이!

크지 않은 키에 개구쟁이 같은 표정으로 나이를 가늠할 수 없는 남자. 떡볶이와 오뎅 따위의 분식을 즐기고 수다 떨기를 좋아하는 남자.

시청률이 떨어지면 회의실 불을 끄고 입을 꾹 다문 채 눈을 감고 있는 남자. 이 남자가 MBC의 안우정 PD다.

안우정 PD와는 '오늘은 좋은 날' 콩트 프로그램을 오랫동안 했다. 안PD와 했던 '오늘은 좋은 날' 에는 그야말로 화제를 모았던 코너들이 많이 나왔다.

연극적인 맛과 쇼적인 장치와 코미디적인 요소가 적절하게 어우러진 코너 '풍운의 별', 일제 치하에서 나라를 위해 싸웠던 독립투사의 얘기를 담은 '큰 형님', 이윤석과 김진수가 가수로 분해 코믹한 립싱크를 보여줬던 '허리케인 블루', 가난한 모자의 이야기 '울 엄마' 등등. 이 중에 '허리케인 블루' 는 안우정 PD의 아이디어였는데 작가들이 모두 반대했던 코너였다.

평소 음악 마니아였던 안PD는 이 코너가 얼마나 대박감인지 설명하기 위해 직접 혼자 짠 안무를 손짓 발짓 해가며 작가들 앞에서 보여줬는데 아무도 그의 말에 동의하지 않았다.(이후 '허리케인 블루' 의 곡 선정은 물론이고 안무도 안PD가 직접 짜주었다)

작가 중 아무도 감이 서지 않는다는 핑계로 그 코너를 맡지 않겠다고 하자 그 코너에 확신이 섰던 안우정 PD는 혼자라도 그 코너를 만들겠다고 나섰다. 그런데 우리가 무시했던 그 코너는 처음 뜨면서부터 화제가 되기 시작했다. 음악 코미디로선 생전 처음 보는 그림이었기 때문이다. PD의 음악에 대한 이해와 코미디적인 감각이 없었다면 아마 나오기 힘든 작품이었을 것이다.

그는 그렇게 쇼적인 장치를 이용해 코미디를 만들기 좋아했는데 그의 탁월한 쇼 감각은 다른 여러 코너에서도 유감없이 나타나기 시작했다.

그 중 가장 탁월했던 코너가 '울 엄마' 가 아닌가 싶다. 적절히 내용

을 이끌어가다 클라이맥스 부분에서 나왔던 여러 음악들- '강가의 아침', '샌프란시스코', '러브송', '타임 투 세이 굿바이' 등은 '오늘은 좋은 날'을 통해서 더 유명해진 곡들이었다.

아무튼 그렇게 일을 할 당시 여러 코너를 만들고 없애고 하는 과정에서 안우정 PD는 새 코너를 만들 때마다 어떤 작가가 써야 되는지를 놓고 많은 고민을 했다.

이유인즉 작가들이 모두 뺀질거리며 한 코너 이상은 안 쓰겠다고 버팅겼기 때문이다.

나는 안우정 PD가 나한테 새 코너를 맡길까 봐 내가 '오늘은 좋은 날' 외에도 얼마나 일거리가 많은지 보여주기 위해 괜히 나를 찾지도 않는 다른 프로그램 PD에게 전화를 해 생 쇼를 하곤 했다.

"오늘 회의가 몇 시죠?"

"오늘 회의 없잖아!"

"네? 2시라구요? 어떡하죠? 여기 회의 때문에 지금 못 갈 것 같은데…"

"무슨 소리야? 회의 없다는데!"

"암튼, 죄송해요. 끝나고 빨리 갈게요."

내가 이런 쇼를 부리면 안우정 PD는 일단 나를 끔찍히 위하는 척한다.

"야, 너 그렇게 바빠서 어떡하냐? 그러다 병나면 안 되는데. 몸 생각해서 적당히 일해라."

그러면서 내 얼굴을 찬찬히 보며 혀를 끌끌 찬다. 왜요? 묻는 내게 그는 그런다.

"너 요즘 무리해서 그런지 이쁜 얼굴이 많이 상했다."

그럼 나는 화들짝 놀라 정말요? 하고 묻는다.

"그래. 나는 너 처음 봤을 때 깜짝 놀랐잖아."

"왜요?"

"너무 이뻐서. 작가가 글만 잘 쓰면 되지. 얼굴까지 그렇게 이뻐두 되니?"

그러면 난 이쁘다는 칭찬에 은근히 어깨가 으쓱해져선 에이, 왜 그러세요? 하며 금방 목소리가 부드러워진다. 일단 내가 어느 정도 공중으로 몸이 떴다 싶으면 안우정 PD는 내가 주체할 수 없는 곳까지 나를 붕붕 띄우기 시작한다.

"정말이야. 너 뭐 믿구 그렇게 이쁘니! 너 그거 알아? 너의 미모가 우리나라 여자 코미디 작가계를 한 단계 업그레이드시킨 거."

이쯤 되면 난 아유, 몰라, 몰라! 장난 그만 치세요! 하고 콧소리를 내며 입이 헤벌쭉 벌어진다. 그러면 안우정 PD는 나를 완전히 보내버린다.

"나 참, 장난 아냐! 너 정말 짜증나게 이뻐!"

그러고선 지나가는 다른 PD나 사람들을 불러놓고는 야! 얘 정말 이쁘지 않니? 난 우리나라 최고의 미모 작가라고 생각해! 하면서 나를 어쩔 줄 모르게 만든다.

그리고 날 너무 띄운 나머지 내가 거의 어지럼증으로 정신을 못 차릴 때쯤 안우정 PD는 나직이 내 귀에 대고 이렇게 속삭인다.

"그래서 그러는데, 이 새 코너는 니가 써야 돼. 왜냐하면 넌 대한민국 최고의 미모 작가니까!"

그럼 나는 완전히 뿅 맞은 기분으로 "그럼요, 당연하죠." 하면서 기분 좋게 오케이를 한다. 그리곤 언제까지 써올까요? 내일까지요? 하곤 묻지도 않은 말에 혼자 앞서가기 시작한다.

"아냐, 아냐. 급한 거 아니니까 천천히 써."

"무슨 소리예요? 쇠뿔도 단김에 빼야죠."

마치 새 코너를 못 써서 조바심난 작가처럼 당장 내일 아침까지 새 코너를 제출해 보이겠다는 불타는 의지를 보여주며 서둘러 회의실을 나온다.

그러한 내 등 뒤에 대고 날려주는 안우정 PD의 깔끔한 마무리 멘트.

"얼굴도 이쁜 애가 마음까지 이쁘면 어쩌라는 거야!"

그 뒤로 안우정 PD는 새 코너를 만들 때마다 대한민국 최고의 미모 작가 운운하며 나에게 코너를 떠맡겼다. 그래서 나는 한 번도 불평하지 않고 착하게 시키는 대로 다 썼다.

아마 그때 나만큼 새 코너를 많이 쓴 작가는 없을 것이다. 그럼에도 나는 순전히 이쁘다는 말에 바로 녹아버리는 나의 약점을 이용해 안우정 PD가 온갖 일거리를 시키며 부려먹는다는 의심은 추호도 하지 않았다.

그의 연기력이 얼마나 뛰어났는지 나는 그의 칭찬을 진심으로만 알고 안우정 PD와 회의가 있는 날엔 아무리 피곤해도 화장이나 옷차림까지 신경써서 나가곤 했다.

그러던 어느 날, 내가 회의 시간보다 좀 앞당겨 나갔을 때였다. 회의실엔 아무도 없었다. 바로 그때 옆 회의실에서 넘어오는 안우정 PD의 목소리가 귀에 확 들어와 꽂혔다.

"있잖아, 목연희 걔 얼마나 단순한지 아니? 걔한텐 너 대본 잘쓴다, 최고야, 이런 말 필요없어. 무조건 이쁘다고 하면 만사 오케이야. 넌 대한민국 최고의 미모 작가다. 그럼 군소리 안하고 시키는 일 다 할 걸?"

나는 아연실색해서는 조용히 옆 회의실 문을 열고 들어갔다. 그러자 그 방에 있던 모든 사람들이 일제히 나를 향해 과장된 표정으로 아니,

대한민국 최고의 미모 작가 아냐! 하며 놀라는 척 하는 거였다. 난 당황하는 안우정 PD를 원망의 눈초리로 노려보면서 너무해요! 하고 울면서 뛰쳐나갔다.

그 사건 이후로 나는 완전히 삐쳐서 안우정 PD를 볼 때마다 뾰로통했는데 안우정 PD는 이미 들통이 다 난 상황에서도 이쁜 작가가 왜 그래? 하면서 계속 너스레를 떨었다. 난 전처럼 공중을 날진 않았지만 문제는 거짓말인 줄 뻔히 알면서도 여전히 이쁘다는 말에 약하다는 것이었다.

그리고 이따금 만나는 안우정 PD가 대한민국 최고의 미모 작가, 운운하면 이런 거짓말에 더 이상 속으면 안 돼! 하고는 땅에서 공중으로 뜨려는 자신을 안간힘을 다해 추스르며, 됐어요! 이제 그런 말에 안 속아요! 하고 잔뜩 인상을 구기며 톡 쏘듯 내뱉어 버린다.

그러면 안우정 PD는 그러든지 말든지 여전히 내 약점을 사정없이 건드린다.

"인상 쓰지마. 이쁜 얼굴에 주름 잡히잖아! 난 인상 쓰고도 이렇게 이쁜 작가 첨 봐. 넌 도대체 언제 안 이쁠 거니?"

그러면 나는 어느새 나도 모르게 아우, 몰라 몰라! 하고 금방 풀어져 헤헤거리며 나도 모르게 공중을 날고 있는 나 자신을 보게 되는 것이다.

## *여덟째 단추* 몰래 카메라

소위 프로그램이 뜨려면 삼박자가 맞아야 한다는 말이 있다. 즉 연출과 작가와 연기자가 자전거 체인처럼 아귀가 딱딱 맞아서 잘 돌아가야 한다는 것인데, 시트콤 '세 친구'는 그런 삼박자가 잘 맞은 프로그램이었다고 생각한다.

'세 친구'를 연출한 송창의 감독은 워낙 유명한 PD라서 익히 알고는 있었지만 호흡을 맞춘 건 이번이 처음이었다.

나는 처음 송창의 감독이 프로그램을 하자고 제안했을 때 거절했는데, 그 이유는 두 가지였다. 첫번째는 그 전에 일일 시트콤을 하느라 몸이 망가질 대로 망가진 상태라 절실히 쉬고 싶은 상태였고, 두 번째는 송감독은 워낙 대본 작업을 꼼꼼하게 하는 분이라 작가들이 일하기 무서울 정도로 피곤한 스타일이라는 것이었다.

물론 두 번째 이유는 밝히지 못하고 첫번째 이유만을 들어서 교묘하게 빠져 나갈 구멍을 만들었는데 그는 섭외 능력 또한 탁월한 분이었다. 얼마나 눈치가 빠른지 내 마음 속을 훤히 읽고서 두 번째 이유를 꿰뚫고 있다는 듯 나를 꼬드기기 시작했다.

"내가 피곤하게 회의할까 봐 그래? 나 스타일 바꿨어. 전처럼 피곤하게 회의 안 할거야. 나랑 일하면 재밌게 해줄게. 재미 없으면 그때 그만둬도 좋아!"

난 속마음을 들켜버린 양 당황해서 그런 이유가 아니라고 손을 허공에 대고 크게 휘저으며 장황하게 몸이 아프다는 핑계를 댔다.(난 당황하면 손동작이 커진다)

그러자 그는 더 이상 프로그램 얘기는 하지 않고 어디 가서 술이나 한 잔 하자고 했다. 나는 술자리에서조차 프로그램 얘기가 나오면 어떻게 거절해야 하나 잔머리를 굴리고 있는데 송감독은 프로그램 얘기는커녕 특유의 말장난으로 날 정신없게 만들며 우스갯소리만 하는 거였다.

그러더니 어느새 내 말투며 내 손동작을 흉내내는 것이었다. 그것도 손동작마다 다른 여러가지 패턴을 분석해서 나도 몰랐던 내 모습을 흉내냈는데 딱 두 번 만나고 내 캐릭터를 파악해낸 관찰력에 혀를 내두를 지경이었다.

그렇게 해서 생긴 내 별명이 '나비'였다. 말할 때마다 현란하게 움직이는 내 손동작이 나비의 날개짓 같다며 송감독이 붙여준 별명이다.

그 날의 술자리로 나는 어느새 '세 친구'에 합류할 작가가 되어 버렸는데 지금 생각해보면 꼭 무엇에 홀린 것같이 그렇게 되었다. 이후 '세 친구' 연기자들도 나처럼 처음엔 거절하다가 하나같이 술자리에서 송감독에게 홀려 버렸는데, 그러고 보면 송감독은 확실히 남을 홀리는 재주가 있는 것 같다.

그렇게 해서 '세 친구'를 시작했는데 누구든 캐릭터를 부각시켜 장난치길 좋아하는 송감독으로 인해 '세 친구' 작가들은 거의 노이로제에 걸릴 지경이었다.

그 중에서 막내인 한설희 작가는 송감독의 밥이었다. 유난히 목소리가 큰 설희를 우리는 모두 '써리'라고 불렀는데 왠지 설희라는 이름보단 나사가 하나쯤 풀려 편안해 보인다 하여 그렇게 불렀다.

그녀는 성격 또한 특이해 하수구 구멍을 막아놓은 철판은 절대로 밟지 않는 이상한 버릇을 갖고 있었다. 하수구 철판을 밟으면 반드시 나쁜 일이 생긴다는 징크스를 갖고 있는 터라 길을 가다가 앞에 하수구 구멍을 막아놓은 철판을 만나면 그 철판을 밟지 않기 위해 아무리 멀어도 길을 돌아가거나 아니면 높은 화단을 뛰어넘는 기이한 행동을 보이곤 했다.

그런 어느 날, '세 친구' 녹화 날이었다. 나는 그날 MBC에 다른 일이 있어서 갔다가 우연히 '세 친구' 후배 작가를 만났다. 이런저런 얘

가수 이동건과 함께

기 끝에 써리 얘기가 나왔다.

당시 써리는 '세 친구' 홈페이지에 있는 '미리보기' 코너를 관리하고 있었다. 그 주에 방송될 내용을 요약해 인터넷에 올리는 작업이었는데, 그 내용 요약이 가관이더라고 후배가 말했다. '빽이 가서' '삐꾸기를 날려서' 등의 비방송 용어를 마구 남발해 쓴 글이 정말 웃긴다는 것이었다.

아마도 제딴에는 재미있게 쓰려고 한 모양이었다. 난 역시 써리다운 짓이라 생각하며 한참을 웃다 갑자기 장난기가 발동하기 시작했다. 그래서 후배를 시켜 써리한테 전화를 했다.

그 '미리보기' 내용이 문제가 되어 송창의 부장님이 윗분들한테 혼나고 난리가 났으니 당장 방송국으로 달려오라고 했다. 집이 인천인 써리는 이게 무슨 일인가 싶어 정말 눈썹이 휘날리게 방송국으로 달려왔는데 얼마나 급했는지 내가 잠시 커피 한 잔 하며 노닥거리고 있는 동안 방송국 1층 로비부터 9층 사무실까지 온통 헤매며 나를 찾아다니고 있었다.

나는 웃음이 터지는 것을 간신히 참고서 화장실에서 몇 번이나 표정관리를 한 후 1층 로비로 가서 써리를 만났다. 얼굴이 하얗게 사색이 된 써리에게 너 도대체 '미리보기'를 어떻게 썼길래 부장님이 화가 잔뜩 나셨느냐고 야단치듯 물었다.

그러자 써리는 그냥 재미있게 쓴다고 쓴 거였는데 그게 문제가 될 줄 몰랐다며 거의 울 듯한 표정이었다. 나는 터지려는 웃음을 참느라 잔뜩 인상을 쓰며 말했다.

"너 땜에 나까지 불려 나왔잖아! 너 방송 작가 맞아? 그런 비방용 멘트를 쓰면 어떡해?"

그러자 써리는 거의 죽고 싶다는 표정으로 부장님 화 많이 나셨느냐며 땅이 꺼져라 한숨을 쉬며 물었다.

"그럼 너 같으면 화 안 나겠니? 위에 불려가서 엄청 깨지고 망신 당했는데! 녹화 끝나면 무조건 가서 잘못했다고 빌어!"

그러자 써리는 공포감에 거의 온몸을 부들부들 떨며 땀까지 삐질삐질 흘리더니 울먹거리며 뛰쳐나가려는 것이었다.

"언니, 그냥 내가 그만둘게요. 나 부장님 얼굴 무서워서 못 보겠어요!"

그런 써리를 잡고서 그만둘 때 그만두더라도 니 잘못은 빌고 그만두는 게 도리 아니겠느냐며 써리를 녹화장으로 밀어 넣었다. 그리고 음료수 캔 하나를 뽑아 부장님께 드리면서 잘 얘기해 보라는 선심까지 베풀었다.

송부장은 녹화를 마치고 녹화장으로 내려왔는데, 허옇게 질린 써리와 나를 보더니 웬일이야? 하는 표정을 지었다. 아무것도 모르는 송부장에게 긴장과 공포로 눈밑이 검어진 써리가 울먹이며 얘기를 하는 거였다.

"부장님… 빽이 가서… 삐꾸기를 날려서… 죄송해요…."

송부장은 당연히 황당한 표정일 수밖에.

"무슨 소리야? 어디다 삐꾸기를 날려? 똑똑히 말해봐!"

그러자 써리는 우물쭈물하더니 '그러니까 빽이 가서… 삐꾸기를 날려서… 흑!' 하며 울음을 터트리는 것이었다. 나는 더 이상 터지는 웃음 때문에 도저히 그 자리에 있을 수가 없어서 얼른 세트장 뒤로 도망가 한 손으로 입을 틀어막고 있었다.

도무지 영문을 모르는 송부장이 내게 연유를 묻기 위해 세트장 뒤로 찾아와 뭐야? 쟤 왜 저래? 하고 물었다. 나는 작게 '몰래 카메라!' 라고 말하고 킥킥거리자 눈치 빠른 송부장은 아! 하고 바로 알아채곤 벽을 잡더니 어깨를 들썩이며 웃는 거였다.

그러다가 써리가 울먹이며 다가오자 얼른 표정을 바꾸고는 너 때문에 내가 얼마나 난처하게 됐는지 알아? 위에 보고하게 당장 반성문 써와! 하고 나갔다.

"언니! 어떡해요?"

휘청거리듯 내게 쓰러지는 써리를 다독이며 나는 얄밉게 반성문 쓰는 것까지 도와 주었다. 써리의 반성문을 읽던 송부장은 점점 표정이 일그러졌다.

"뭐야? 빽이 가다, 삐꾸기를 날리다 등의 표현은 담당 연출자와 상관없이 단지 재미를 주기 위해 단독으로 연출한 상황입니다? 연출? 니가 PD야? 뭘 연출해?"

그러자 움찔한 써리의 눈엔 금방이라도 눈물이 떨어질 것처럼 눈물이 그렁그렁 맺혔다. 그런 써리에게 송부장은 단독으로 썼습니다 라고 고쳐! 집에서 고쳐서 내일까지 가져와! 하고는 녹화장을 나갔다.

그런 후 우리는 스태프들과 MBC 근처에 있는 고깃집으로 갔는데 고기를 무척이나 좋아하는 써리는 그날 송부장 눈치만 보느라고 고기를 한 점도 먹지 못했다.

이쯤 되면 이 상황이 몰래 카메라였음을 밝힐 법도 한데 송부장의 장난은 거기서 끝나지 않았다. 2차로 홍대 앞 락카페로 옮긴 후에도 얼굴이 파랗게 질려 딱딱하게 굳어 있는 써리를 잡고 혼쭐을 내다 펑펑 눈물을 쏟는 써리에게 소리를 지르는 거였다.

"내가 왜 이렇게 널 혼내는지 알아?"

"…제가 미리보기에 글을 잘못 올려서요."

"그게 아냐! 정말 뭔지 몰라?"

"네에? …모르겠는데요."

"이런 바보! 내가 왜 널 혼내냐 하면… 그건… 몰래 카메라니까!"

"네?"

그제서야 송부장은 써리 귀에 대고 달콤하게 속삭였다.

"써리야, 이거 몰래 카메라야."

그때까지도 뭐가 뭔지 모르는 써리가 멍한 표정을 짓자 송부장은 드디어 웃음을 터트리며 바보야! 너 놀려 주려고 연희랑 짠 거란 말야! 하고 사건의 전모를 밝혔다.

그런데, 뭐예요! 하고 발악을 하며 뒤집어질 줄 알았던 써리가 안도의 한숨을 내쉬며 환한 얼굴로 이렇게 묻는 것이었다.

"그럼, 이제 반성문 안 써도 돼요?"

"이 바보야! 반성문을 왜 써? 몰래 카메라라니깐!"

우리들 말에도 써리는 아랑곳없이 '얏호! 이제 반성문 안 써도 된다!' 하며 좋아하는 것이었다. 그런 써리의 행동을 보며 우리는 고개를 절레절레 흔들며 기막혀 했다.

그 해프닝은 후에 '세 친구'의 소재로 쓰였다.

이런 우리들의 짓궂은 장난은 이후로도 아이템을 바꿔가며 계속됐고 '세 친구' 소재는 이런 우리들 생활 속에서 많이 나오기도 했다.

장난에 맞장구를 쳐줄 줄 아는 PD와 장난을 시트콤화해서 소재로 써먹을 줄 아는 후배들! 그들로 인해 '세 친구'가 만들어졌음을 나는 고맙게 생각한다.

## *아홉째 단추* 할리우드 톱 스타와 악수!

남편과 나, 두 사람에게 다 맞는 취미가 있다면 그것은 여행이다. 그래서 우리는 일년에 한두 번씩은 꼭 함께 여행을 가려고 노력한다. 부득이한 사정으로 같이 못 떠나게 되면 나 혼자라도 과감하게 여행을 떠난다. 20대엔 서른이 되기 전에 10개국을 가보자는 것이 목표였는데 대충 그 목표는 달성한 것 같다.

남편은 영화를 무척이나 좋아해서 '출발! 비디오 여행'이라는 프로그램을 초창기부터 지금까지 7년 동안이나 한 번도 쉬지 않고 꾸려왔다. 그런 작가랑 살다보니 내겐 세계 영화제에 참가할 수 있는 행운이 오기도 한다.

몇 년 전 남편은 베를린 영화제와 베니스 영화제에 참가한 적이 있었고, 나는 그런 남편 덕분에 함께 영화제에 참가하는 영광을 누렸었다. 남편은 영화제가 목적이었지만 나는 단지 여행을 목적으로 따라갔었다. 그리고 영화제에 참가하는 사람이 내 남편이라는 이유만으로 프레스 센터에서 발급해주는 아이디 카드를 받을 수 있었다.

영화제에 참가한 모든 영화인들과 취재진들을 위해 발급해주는 그 카드만 있으면 돈을 내지 않고도, 줄을 서지 않고도, 어떤 영화든 볼 수 있었다. 게다가 영화가 끝나면 배우와 감독이 갖는 기자 회견장에도 멋대로 들어갈 수 있었다.

그래서 나는 베를린 영화제에서 여배우 엠마 톰슨과 조디 포스터, 마리아 슈라이더 등을 눈 앞에서 직접 볼 수 있었다.

엠마 톰슨은 그때 보고 너무 실망해서 그 후로 그 여자가 나오는 영화는 일부러 보지 않게 되었다. 옆집 언니처럼 친절하고 따뜻하게 생긴 여자가 기자 회견을 하면서 얼마나 건방을 떨던지, 영국인들이 다소 잘난척한다는 말을 듣긴 했지만 그 여자의 잘난척은 도를 넘어서 불쾌하기까지 했다.

조디 포스터에 대한 인상은 아주 특이했다. 너무 예민하게 생긴 나머지 속살이 다 드러나 곧 부서져 버릴 것 같은 마른 나뭇잎 같아 보였다. 그 예민한 입술로 얼마나 똑부러지게 말을 잘 하던지, 아주 영리하다는 느낌도 들었다. 게다가 생각보다 별로 크지 않은 키에(나만했던 것 같다) 자그마한 체구가 왠지 친근감이 가는 그런 여자였다.

마리아 슈라이더는 별로 얘기하고 싶지 않다. 왜냐하면 그녀는 몸매만으로도 나를 충분히 기죽게 만들었으므로.

그 후에 나는 남편 따라 베니스 영화제에 다시 갔는데 거기서 그 유명한 로버트 드니로와 더스틴 호프만, 케빈 베이컨 등을 만날 수 있었다.

빅 스타답게 그들을 보기 위해 많은 사람들이 몰렸다. 나는 두시간을 기다리며 연단 맨 앞줄에 서서 그들이 나타나길 눈이 빠지게 기다

렸는데 나를 그토록 기다리게 한 배우는 로버트 드니로도 더스틴 호프만도 아닌 케빈 베이컨이었다.

나는 케빈 베이컨이라는 배우를 아주 좋아하는데 그날 그가 나타난다는 소식에 아침부터 들뜨고 설랬다. 그리고 그와 악수하는 황당한 기적을 꿈꾸며 혹시 그 꿈이 이루어질지도 모르니 남편이 내 옆에 꼭 붙어 있다가 그 순간을 반드시 캠코더에 담아야 한다며 수선을 피워 남편의 빈축을 사기도 했다.

지루한 기다림 끝에 제일 먼저 나타난 이는 더스틴 호프만이었다. 난 그의 친절한 매너에 감동했다.

그는 들어오면서부터 자신을 환영하는 많은 인파 속에서 유독 할머니나 할아버지 그리고 어린아이들만 골라서 일일이 악수해주는 수고를 아끼지 않았다. 더스틴 호프만을 보면서 스타성이라는 것은 그런 데서 오는 건지도 모른다는 생각을 했다.

그리고 우리의 예상을 뒤엎고 엉뚱한 곳에서 등장한 로버트 드니로. 그를 취재하기 위해 많은 기자와 취재진들이 입구에 몰려 있었는데 그는 입구가 아닌 중간 어느 지점에서 경호원들의 경호를 받으며 유유히 나타나 기자들과 취재진을 당황하게 만들었다.

그리고 웬 흑인 여자를 대동하고서 환영하는 인파에 눈길 한 번 안 주고 성큼성큼 안으로 들어가 버렸다. 그러고 보면 그가 흑인 취향이라는 소문은 확실히 낭설이 아닌 것 같았다.

이윽고 나타난 케빈 베이컨. 그는 배우이자 아내인 키라 세즈윅과 화려하게 등장했는데 특유의 주름이 온통 잡히는 그 환한 미소로 나를 황홀하게 만들었다.

나는 비명을 질러대며 그를 향해 손을 뻗치고선 내가 열렬한 팬인지 알리기 위해 온갖 발광을 하며 안간힘을 썼는데 하마터면 쳐놓은 줄

남편과 함께 베를린 영화제 참가. 남편, 김명곤 씨, 나, 홍은철 씨, 이일화 씨.

안으로 몸이 넘어갈 뻔했다.

기적은 그때 일어났다. 케빈 베이컨은 인파를 향해 손을 흔들며 걸어가다가 몸이 반이나 넘어가 까딱하단 줄 안으로 몸이 고꾸라져 넘어갈지 모르는 내게 다가와 손을 잡아주며 악수를 해주었다. 아마도 나의 그런 오버된 행동이 그의 눈에 들었나 보다.

그 순간 나는 남편을 찾았다. 그런데 바로 전까지 옆에 꼭 붙어 있던 남편은 어디론가 사라지고 없었다. 나는 케빈 베이컨의 손을 꽉 잡은 채 남편 이름을 부르짖었다.

얼마나 손을 꽉 잡았는지 케빈 베이컨은 나한테 뭐라고 하면서(표정으로 보아 아마도 아프니 그만 놓아 달라는 뜻인 것 같았다) 손을 간신히 빼고는 땡큐! 이 한마디를 남기고 아내와 함께 다정스럽게 안으로 들어가는 것이었다.

시샘하는 주변 여자들의 눈길을 받으며 아직도 흥분을 못 가라앉힌

베니스의 거리 카페에서

나는 그제서야 어느 나라에서 온 취재진인지는 모르지만 그들이 나와 케빈 베이컨이 악수하는 모습을 카메라에 담았다는 사실을 알 수 있었다. 할 수만 있다면 그 필름을 뺏어서 도망가고 싶은 심정이었다.

그 후 남편이 나타났는데 난 냅다 남편의 등짝을 두들겨 패면서 이 기적의 순간에 어디 갔다 왔느냐며 마구 화풀이를 해댔다.

내가 케빈 베이컨과 진짜 악수를 했다는 말에 남편은 처음에 장난치는 줄만 알고 믿지 않다가 주변 사람들의 얘기를 듣고는 무척이나 아쉬워했다.

그리고 몇 년이 지난 지금 비록 케빈 베이컨과 사진 한 장 못 남긴 것이 두고두고 후회스럽지만 언젠가 또다시 영화제에 참가해서 그 날의 기적처럼 할리우드 배우와 악수할 꿈을 꾼다.

그리고 이번엔 그 배우가 케빈 베이컨이 아닌 조지 크루니이길 간절히 바라며.

# 1등으로 등장한 청초한 소녀

배철호〈SBS 예능국장〉

•

1991년이었던가, 그녀를 처음 만났을 때가. 계절 감각 없이 살아서인지, 기억력이 감퇴일로를 걷고 있어서인지 그녀를 만났을 때의 계절에 관한 기억이 명확하지가 않다.

그 기억이 좀 있어야 봄 아지랑이 속에 희미한 모습을 드러내며 나타났다든지, 떨어지는 가을 낙엽을 밟고 그걸 하나 둘 발로 걷어차며 등장했다든지 하는 표현을 그녀를 위해 사용할 수 있을 텐데, 도무지 그 부분은 도통 기억이 없다.

하긴 강산도 한 번 변한다는 10년이란 세월이 훌쩍 지나가버렸으니 내가 제대로 기억한다는 것이 무리겠다. 아무튼 당시에는 작가 선발에도 등수를 매겨가며, 상금을 주어가며, 이 동네에 화려하게 등장시키곤 했다. 서열 정하기가 우리 사회 최고 덕목이긴 하지만 그녀는 그 치열한 경쟁을 뚫고, 1등이란 엄청난 감투를 쓰고 신데렐라처럼 화려하게 내 앞에 나타났다.

그녀와 함께 선발된 작가들과의 상면식 자리가 그녀와의 첫만남이었는데 그 중 나이가 가장 어렸고, 좀 포장해서 얘기하자면 청초함을 지닌 소녀의 모습으로 다소곳이 앉아 있었다. 전혀 1등이란 모습을 상상할 수 없을 정도로.

그녀가 방송작가 생활을 시작한 지 10년이 지난 지금의 모습과 비교하자면, 그녀를 예전부터 알고 있는 모든 이들이 공감할지 모르지만(단언컨대, 나와 같은 생각일 게다) 이제는 이 바닥의 대가가 되어 좀 건방져 보이는 모습이라고 해야 하나.

2년 이상 코미디 프로그램의 연출자와 방송작가로 같이 일을 했을 때의 여러 가지 상념들이 스쳐 지나간다. 방송이 뭔지, 그림이 뭔지, 아이디어가 뭔지의 설명을 '잘난체'와 함께 수없이 되풀이했을 때(나는 기억이 없는데 그녀가 그랬다고 한다)의 일들이.

그 시간을, 그 세월을, 그 상황을 돌이켜볼 수 있는 글이 하나 있다. 이것이 아직까지 현존해 있다는 사실을 그녀는 상상조차 못하겠지만.

내가 KBS를 떠나던 1994년 2월에 그녀가 나에게 보냈던 나에 대한 편지이자 나를 위한 마지막 대본이 바로 그것이다. 그녀가 나를 위해 쓴 대본 중 제일 잘 썼다고 내가 감탄해 마지 않았던 바로 그 글이다. 그 글이 원상태 그대로 지금까지 내 책상 깊숙한 곳에 곱게 모셔져 있다.(나중에 그녀가 김수현 씨보다 훨씬 더 유명해지면 돈 좀 될까 해서. 왜냐하면 친필 원고니까)

가끔 그것을 들춰보고 있노라면 나에 대한 그녀의 생각이 여러가지 갈래로 보여진다. 하나만 들여다볼까? 나는 그녀가 쉽게 접근할 수 없도록 동그라미를 크게 쳐놓은 사람이란다. 그래서 자신은 그 근처에서 맴돌기만 했단다. 그럼에도 내가 설렘과 가르침과 용기를 준 사람이었고, 그 속에서 작가 정신이 무엇인지 알게 한 사람이었다는 좋은 말도 함께 남겨 주었다.

처음 만나서부터 지금까지 10년의 세월 동안 그녀와 나 사이는 가까운 듯, 또 먼 듯 그렇게 그렇게 지속되어 온 것 같다. 표현력이 없어 적절한 말을 찾지 못하지만, 그리고 조심스러울 수밖에 없지만 무언지 모를 그 이상의 감정이 있었을 거라고 분명히 말할 수 있다. 안 그러고서야 목연희에 관한 글 써달란다고 써줄 배철호라는 인간은 이 지구상에 존재치 않을 테니까.

p.s. 연희야. 감정을 추스르면서, 또 적절히 억누르면서 살아가는 것이 인생이란다.

# 방송작가가 되려면

글/ 전진실

방송작가가 되는 길은 앞서 네 명의 작가들이 이야기했듯이 참으로 다양하다. 그것은 방송작가가 되는 길이 여러가지라는 희망적인 말도 되겠지만 한마디로 딱 꼬집어서 이것이다라고 말하기 어렵다는 뜻이기도 하다.

사실 판검사 되는 일은 알고 보면 얼마나 간단한가? 사법고시에만 붙으면 되니까. 그러나 방송작가가 되는 길은 그처럼 간단하지가 않아서 정확하게 정해진 길이 없다. 그만큼 쉬울 수도 있고 어려울 수도 있다.

그렇다고 좌절할 필요는 없다. 여기 방송작가를 꿈꾸는 분들을 위해 방송작가로 활동할 수 있는 다양한 방법과 비법들을 공개한다.

## *1. 각종 방송 교육기관에 다닌다*

가장 먼저 생각할 수 있는 방법으로 국내 3대 공중파 방송과 작가 교육원 등에서 운영하고 있는 방송 문화원 또는 방송 아카데미, 방송 교육원을 수료하는 일

이다.

10여 년 전만 해도 방송작가들 중에 이런 교육기관을 거친 경우는 손가락을 꼽을 정도로 드물었다. 그러나 지금은 사정이 달라져서 최근 3~5년 사이에 작가를 시작한 경우에는 7, 80%가 이런 교육기관 출신이다.

그렇기에 요즘은 처음 시작하는 작가를 고를 때도 아무 경험 없는 완전 초보를 쓰는 경우는 거의 없고, 대개가 가장 최근에 작가 교육원을 졸업한 사람을 쓴다. 새롭게 작가를 뽑을 때 이런 교육원으로부터 추천을 받는 경우가 대부분이다.

그렇기 때문에 처음 어떻게 방송작가를 시작해야 할지 막막한 사람, 주변에 방송계에서 일하고 있는 친인척이나 학교 선후배, 하다못해 동네 이웃도 전혀 없는 경우, 또는 설령 있다고 하더라도 그 사람이 취업을 보장하지 못할 경우에는 일단 이런 교육기관을 다니는 것이 현재로서는 가장 유리하다고 할 수 있다.

**〈장점〉**

**1) 같은 목표를 가진 사람들끼리 유대감을 형성할 수 있다**

작가 교육원을 졸업한 사람들은 교육원을 졸업한 다음에도 동기들끼리 정기적인 모임을 가지고 연락을 하는 것이 보통이다. 따라서 방송작가라는 같은 목표를 가진 사람들끼리 강한 유대감을 형성할 수 있고, 자기가 속해 있는 프로그램에 결원이 생길 경우 기왕이면 교육원 동기 또는 후배 등을 추천하게 된다. 때로는 이런 모임들이 너무 사적으로 흘러 문제가 생기기도 하지만 대개의 경우 이런 모임들이 긍정적인 결과를 가져오고 보기에도 좋다.

**2) 방송국 정보를 손쉽게 얻을 수 있다**

방송 교육원을 선택하는 가장 큰 이유는 방송작가가 되기에는 방송국이 자신과 너무 멀리 떨어져 있기 때문이다. 태어나서 방송국이라고는 한 번도 가보지 못한 사람이나, 주위의 친인척이나 선후배를 통틀어도 방송국에 근무하는 사람이 없는 경우 그야말로 교육원은 오아시스 같은 존재가 아닐 수 없다. 교육원의 강사로 나오는 사람들은 대개가 현업 작가들이다. 그리고 특강 시간에는 현직 PD들이 직접 나와서 현장감 넘치는 강의를 한다. 또한 해당 방송국에서 시행하는 작가 공채의 선발 기준이나 공채 방법 같은 것에 대한 정보도 손쉽게 얻을 수 있다.

3) 실제 대본 작업을 해볼 수 있다

대체로 교육원에서는 학기 마지막에 워크숍을 가지는데 이때 작가반, 연출반, 촬영반 등이 합세해서 한 가지 프로그램을 제작해보게 된다. 이 과정을 통해서 작가들은 실제 대본을 써볼 수 있고, 그 대본이 어떤 식으로 프로그램화되는지 경험해볼 수 있다. 물론 교육원에서 배우는 것과 실제는 엄청난 차이가 있다. 그렇지만 아무것도 해보지 않은 상태에서 방송국에 들어가 작가가 되는 것과 어설프지만 워크숍이라도 해보고 작가로 입문하는 것은 큰 차이가 있다.

**〈단점〉**

그러나 교육원에도 물론 단점은 있다.

1) 돈이 많이 든다

작가 교육원의 수강료는 200만 원 가까이 되는 액수다. 대학교 한 학기 등록금과 맞먹는 거금이다. 실제로 필자는 수강료가 없어서 교육원에 등록하지 못한 쓰라린 경험을 갖고 있다. 어떤 교육원은 대출 서비스도 해주지만 그래도 부담이 되는 건 사실이다. 작가가 되고 싶은 사람이라면 우선 이 돈부터 마련해야 한다. 이 돈마저 부모님한테 손 벌렸다가 싫은 소리 듣지 않으려면.

2) 시간 투자가 필요하다

작가 교육원의 한 학기는 6개월. 강의는 교육원마다 다르지만 길게는 주 5일, 짧게는 주 3일 정도 수업을 한다. 그러므로 현실적으로 대학 재학생이 수업을 듣기에는 무리가 따른다. 따라서 교육원을 다니기에 가장 적당한 시기는 대학을 졸업하자마자, 또는 여유가 있다면 4학년 2학기 정도가 아닐까 싶다.

이 시기는 단순히 시간 여유가 있다는 점을 떠나서도 상당히 중요한 의미를 가지는데 어차피 교육원의 수강 목표는 한 가지, 방송작가가 되는 것이 아닌가. 그런데 교육을 마칠 무렵 추천을 하게 되면 아무래도 재학생보다는 졸업생을 우선으로 하게 된다는 사실이다. 방송작가 일은 아르바이트로 쉬엄쉬엄 할 수 있는 일이 아니어서 단순히 몇 주 특집 프로그램 돕는 일이 아니라면 방송국에서는 절대 학생을 뽑지 않는다.

그렇기 때문에 괜히 학교 빠져가면서 미리 교육원에 다니다가 추천에서도 밀리고, 그래서 에라 모르겠다 휴학을 해놓고 보자, 뭐 이런 악순환에 빠지지 않으려면 졸업과 동시에 교육원을 신청, 6개월 열심히 공부하고 그 다음에 추천받아 작가가 되는 길이 정석이라고 할 수 있다.

아울러 또 한 가지, 작가가 되기에 너무 늦은 나이라는 건 절대 없지만 20대 후반에 교육원에 들어가게 되면 아무래도 나이 때문에 추천받기가 어렵다.

왜냐하면 교육원을 졸업하게 되면 '막내작가'(흔히들 '아이디어 작가'라고 함)부터 일을 시작하게 되는데 너무 나이가 많으면 백발백중 팀에 자신보다 나이 어린 선배 작가가 있게 마련이다. 일을 시작하는 데 나이 많고 적은 게 무슨 상관이냐, 선배 대접 깍듯이 하면 되지 않느냐고 하면 뭐 할 말은 없지만 아무래도 사람을 뽑는 입장에서는 여러가지로 껄끄럽게 마련이다.

뜻한 바가 있어 20대 후반에 작가가 되기로 결심하고 칼을 뽑아든 사람이라면 교육원에서 받은 교육을 토대로 추천을 받기보다는 공채를 통해서 작가를 시작하든지, 아니면 자신만의 독자적인 영역을 확보, 처음부터 '막내작가'를 거치지 않고 '서브작가'가 되겠다는 각오로 시작하는 게 좋다.

**3) 교육원을 졸업했다고 다 작가가 되는 건 아니다**

다른 방법보다 교육원이 다소 유리한 방법이긴 하지만 100% 취업을 보장하는 것은 아니다. 교육원이 초창기에 100% 취업률을 자랑할 때도 있었다. 그러나 방송작가에 대한 관심이 높아지면서 지원자는 많아지고, 이미 작가의 길로 들어선 사람 중에 그만두는 사람은 별로 없고 해서 적체현상이 생기기 시작했다. 이 적체현상은 오래된 교육원일수록 심하다.

그런 탓에 현직 PD들이 나오는 특강 시간에 어떻게 해서든 튀는 아이디어를 내어 그 자리에서 발탁되어 보겠다는 심산으로 다소 오버한다든지 그 PD가 제작한 프로그램은 무조건 좋다는 말을 한다든지 하는 등의 행동들도 나타난다고 한다. 물론 이렇게 해서라도 좋은 아이디어를 내어 계속 작가로 승승장구하면 좋으련만 대개의 경우 발탁이 되어 교육원을 중도에 그만두고 방송국에 들어가더라도 얼마 못 가 업무 능력이 모자라 다시 돌아오는 경우도 있다. 심지어는 교육원에 돌아가지도 못하고, 일도 못해서 이러지도 저러지도 못하는 경우가 많다고 한다.

## <방송 교육원 안내>

KBS, MBC, SBS 그리고 방송작가협회에서 운영하고 있는 작가 교육원의 모집시기와 교육비, 교육내용과 특성 등은 다음과 같다.

### 1)SBS 방송 아카데미 www.sbsacademy.co.kr

세 개 공중파 방송 아카데미 가운데 가장 최근에 설립되었다. 특이한 것은 시트콤 작가 과정이 별도로 있다는 점. 시트콤에 관심 있는 사람이라면 노려볼 만하다.

특히 SBS 방송 아카데미가 자랑하는 점은 마이크로 실습. 다른 방송 아카데미와는 달리 2개월간의 이론교육을 마치면 마이크로 방송이라는 실습 프로그램을 제작하게 된다.

'생방송-여기는 방송 아카데미' 라는 타이틀에 'SBS 출발-모닝 와이드' 와 같은 형식으로 한 시간 정도의 종합 구성 프로그램을 생방송으로 진행하게 된다. 프로그램의 골자를 이루는 꼭지물에는 '현장탐방', '카메라출동', '미니 다큐', '미니 드라마', '쇼는 즐거워' 가 있는데 구성작가 과정을 공부하는 학생은 각 코너에 투입되어 전체 진행 메인 대본 작성과 각 꼭지별 기획, 구성, 대본 작업을 맡게 된다. 기회는 개인별로 최소 7회 이상 주어진다.

단점이라면 서울에서 너무 멀리 떨어져 있어서(경기도 일산 탄현 소재) 대중교통 수단이 별로 없다는 점. 서울 강남에서 가려면 두 시간 이상 걸린다.

■ **기초교육 과정**

〔구성작가론〕

방송작가는 단순한 방송 프로그램 제작 기술자가 아니다. 작가는 먼저 작가정신을 가진 존재이지 않으면 안 된다. 작가가 무엇이며 어떠한 존재여야 하는지를 배운다.

〔매체의 이해〕

활자매체와 영상매체는 메커니즘이 전혀 다르다. 매체의 특성에 대한 이해 없이 각 분야 프로그램에 적응할 수 없다. 매체의 특성과 접근방법에 대한 이해를 도운다.

〔영상이론〕

TV 작가는 영상작가라고도 불린다. 영상작가에겐 영상을 이해하고 조직화하는 능력이 필수다. 영상 용어, 앵글, 카메라 워크의 의미 등을 배운다.

〔뉴미디어와 작가의 역할〕

현재 우리의 방송 환경은 급변하고 있다. 케이블과 위성 TV의 출현이 그렇고 무엇보다 인터넷이 가공할 만한 변혁을 예고하고 있다. 변화하는 환경 속에서 작가의 나아갈 방향을 모색해본다.

**■ 전문교육 과정**

〔종합구성 프로그램〕

종합구성 분야의 각 프로그램, 즉 토크쇼, 매거진 구성, 테마 구성 등의 구조를 이해하고 각 프로그램의 구성법, 멘트 쓰기 등을 배운다. 전담강사제 시행.

〔다큐멘터리〕

다큐멘터리 프로그램의 특성과 구조를 이해하고 구성의 방법론과 내레이션 쓰는 법 등을 배운다. 전담강사제 시행.

〔쇼오락 프로그램〕

쇼오락 프로그램의 특성과 구조를 이해하고 아이디어 창출과 구성의 방법론, 멘트 쓰기 등을 배운다. 전담강사제 시행.

〔코미디〕

스탠딩 개그, 코미디, 시트콤 등에 대한 발상법, 스토리 구성, 대사 쓰기 등을 배운다. 전담강사제 시행.

**■ 실습교육 과정**

〔마이크로 방송〕

2개월간의 이론수업과 힘들고 버거웠던 3개월의 마이크로 방송 실습을 마치면 6개월이란 교육기간의 결실인 졸업작품을 제작하게 된다. 학생 스스로 희망하고 적성에 맞는 장르를 선택, 실습방송용이 아닌 영상화할 경우 실제 송출가능한 형식과 내용으로 준비하게 된다. 작가 개인이 기획, 아이템 선정, 취재, 자료조사, 구성, 대본 작업을 거쳐 원고를 제출하게 된다.

이 작품집을 한데 모아서 책으로 발간하며 각 방송사, CATV, 독립 프로덕션에 보내지게 된다. 이후 중요한 취업 자료로 쓰이며 실제 방송 기획안으로 사용되기도 한다.

■ **시트콤 작가 과정**

SBS 아카데미는 요즘 각광받고 있는 시트콤 작가 과정도 별도로 두고 있다. 시트콤 작가 과정에서는 '공동창작 시스템' 등 집필 과정에서부터 녹화 과정까지 일반 드라마와의 차이점을 분석하고 국내외 유명 시트콤을 유형별로 연구한 후 제작현장 견학, 대본창작 실습과정을 거쳐 시트콤 작가로서 자질과 능력을 갖출 수 있도록 교육한다

〔1단계〕 6주에 걸쳐 진행되며 타 장르와 구별되는 시트콤 제작 과정을 통해 시트콤에 대한 기본적인 이해를 구하고 시트콤 작가가 되기 위해 선행되어야 할 드라마와 코미디에 대한 연구, 시트콤에 대한 기본적인 소양을 키운다.

1주차 – 방송개론, 시트콤 제작 실제, 한국 코미디 발전사

2주차 – 작가론, 한국의 해학, 코미디에 대한 이해

3주차 – 드라마 작법

4주차 – 코미디 작법

5주차 – 시트콤 작법

6주차 – 홈 시트콤의 실제, 청춘 시트콤의 실제, 새로운 형식의 시트콤

〔2단계〕 4주에 걸쳐 진행되며 국내외 유명 작품들을 분석 연구하여 시트콤이 갖는 고유의 색깔과 각각의 작품들이 갖는 특색을 살펴보고 그 정형성을 해부한다.

7주차 ~ 10주차 – 시트콤 분석연구

주요분석 작품 – 국내작품(오박사네 사람들, LA아리랑, 남자 셋 여자 셋, 순풍산부인과), 국외작품(코스비 쇼. 홈 임프루브먼트, 프렌즈, 왈가닥 루시)

〔3단계〕 한 장의 시놉시스는 그 자체로 작품을 대변한다. 6주간에 걸쳐 시트콤의 아이템을 잡는 방법을 연구하고, 각자의 결과물이 제작 현장에서 어떻게 받아들여지는가를 확인해본다.

11주차 ~ 12주차 – 홈 시트콤 아이템 잡기, 홈 시트콤 제작회의 참가

13주차 ~ 14주차 - 청춘 시트콤 아이템 잡기, 청춘 시트콤 제작회의 참가

15주차 ~ 16주차 - 시놉시스 보강

〔4단계〕 시트콤을 이끌어 나가는 것은 일련의 상황들이다. 3단계 수업에서 추려지고 보강된 시놉시스를 기본으로 상황을 만들고 신을 만들어 나가는 일을 4주간 진행하며 제작현장 견학을 통해 시트콤이 갖는 뚜렷한 변별성인 공개방송에 맞는 웃음의 상황이 무엇인지를 확인해본다.

17주차 ~ 20주차 - 시튜에이션 만들기, 신 나누기, 제작현장 견학

〔5단계〕 이제껏 만들어 온 소재와 구성안을 놓고 제작 현장에 투입될 수 있는 작품을 목표로 각자 쓴 작품을 공동 분석하는 4주간의 시간이다. 즉, 수료 후 방송 관계기관에 배포될 작품집을 만드는 시간이다. 4, 5명씩 팀을 이루어 새로운 유형의 시트콤을 개발하고 그에 기초한 공동작품을 만들어보며 공동작업에 대한 이해를 구한다

〈지원방법〉

인터넷 접수, 일산 아카데미 사무국 및 여의도 SBS 본사 방문 접수, 우편접수. 인터넷을 이용할 경우 홈페이지 접속 후 온라인 수강 신청란의 '지원서파일' 작성, E-mail로 보냄(academy@sbs.co.kr). 우편 접수의 경우 우체국 소액환 5천원권을 방송아카데미로 보내면 지원서를 우송함.

주소 : 경기도 고양시 일산구 탄현동 140번지 SBS 방송아카데미

전화 : (031)910-6323 팩스 : (031)916-0148

전형료 : 5,000원(인터넷을 통한 접수시에는 전형료 면제)

〈선발방법〉

1차는 서류전형, 2차는 면접. 1차 서류전형의 기준은 자기소개서가 가장 비중이 크며 2차 면접은 지원 동기 등에 대해 담임 교수와 면담 형식으로 진행.

자격조건 : 해당 과정을 수료하고 취업할 때에 필요한 학력과 나이 제한은 없지만 나이가 많으면 수료 후 취업시에 불리할 수도 있다.

경쟁률은 1.5 : 1 정도.

〈수업시간〉

화/목 오전 9시 50분 ~ 오후 5시

교육기간 : 6개월
수강료 : 220만원

### 2) KBS 서강 방송 아카데미 www.saca.ac.kr

KBS 영상사업단과 서강대가 94년도에 공동으로 설립한 방송전문 교육기관. 서강대 캠퍼스 내에 위치하여 교통이 편리하고 학구적인 분위기라는 점이 강점. 현장에서 사용하는 장비들을 직접 이용하여 강의를 한다는 점을 내세우고 있다.

단점이라면 전체적인 커리큘럼과 강사가 다큐멘터리와 교양 작가 쪽으로 치우쳐 있다는 것.

■ 방송작가 과정

〔종합구성프로그램〕 'ㄱ'에서 'ㅎ'까지

방송의 두 가지 진행방식인 스튜디오와 ENG 취재 구성물을 종합해서 만든 교양, 오락 프로그램의 기획과 큐시트 작성법, ENG 대본 쓰기를 배우고 실습함.

〔다큐멘터리〕 프롤로그에서 에필로그까지

시사, 역사, 휴먼, 재연, 기행, 자연 다큐 등의 각 영역을 이해하고 단계적인 제작실습을 함.

〔쇼프로그램〕 전주에서 후렴까지

형식과 내용의 경계가 점점 모호해지며 그만큼 작가의 창조적인 기획력이 가능성을 엿보게 하는 쇼의 각 장르를 살피고 쇼 작가의 자질 및 프로그램 구성법을 실습.

〔코미디〕 타이틀에서 스크롤까지

재미와 웃음을 제조해야 하는 코미디 작가의 훈련법, 웃음을 만드는 방법, 구성과 대본에 걸친 이해와 실습.

〔라디오〕 알파에서 오메가까지

TV에 비해 원고에 주로 의존하는 라디오 프로그램의 종류와 구성법, 원고 쓰기를 익히고 실습.

〔방송용어와 방송 원고의 기초〕

프로그램 기획과 구성이 공동의 영역이라면 방송 원고는 작가의 고유영역이다. 구성작가의 창조력과 색깔이 총집합되는 방송 원고 쓰기의 기본을 익힘.

〔공익광고 만들기〕

공익광고의 기획과 콘티 짜기, 6mm 촬영과 편집까지 실습하며 방송 프로그램의 기본적인 제작과정을 익힘.

〔그 밖의 특강〕

드라마 특강, 프로듀서, MC 및 선배 작가들의 특강

〈커리큘럼〉

1주차 : 오리엔테이션과 전반적인 방송의 이해, 방송작가에 대한 이해

2주차 : 프로그램 구성과 방송용어의 기초, 큐시트 작성법

3주차 : 종합구성프로그램 만들기

4주차 : 공익광고 만들기-작품제작실습

5주차 : 6mm 촬영법 특강

6주차 : 공익광고 촬영 및 편집 실습

7주차 : 다큐멘터리의 각 영역별 이해

8주차 : 다큐멘터리 기획과 취재 및 구성

9주차 : ENG 대본쓰기 실습

10~11주차 : 다큐멘터리 제작실습

12주차 : 쇼 프로그램 만들기

13주차 : 코미디 프로그램 만들기

14주차 : 라디오 프로그램 만들기

15주차 : 인터넷 TV프로그램 만들기 및 특강

16~20주차 : 종합실습-졸업작품제작

〈지원방법〉

직접 방문과 인터넷 접수

주소 : 서울특별시 마포구 신수1동 서강대학교 KBS 서강 방송 아카데미

전화 : (02)705-8614~6 팩스 : (02)705-8617

전형료 : 10,000원

준비물 : 사진(4×5cm) 2매, 출신학교 졸업증명서 또는 재학증명서 1부(휴학생일 경우 휴학증명서)

〈선발방법〉

서류 전형 및 면접 심사

지원자격 : 구성작가 과정은 정규대졸/정규대 3년 이상/초대졸 이상 3반으로 선발

〈수업시간〉

주 3일 수업. 1일 3시간 정규 수업(22주 강의). 월 · 수 · 금 반/화 · 목 · 토 반으로 운영

평일 : 오후 6시 30분 ~ 9시 30분

토요일 : 오후 2시 30분 ~ 5시 40분

수강료 : 198만원

### 3) MBC 방송 아카데미(www. mbcacademy.co.kr)

가장 먼저 설립된 방송 아카데미. 현역으로 활동하는 작가들 중 상당수가 MBC 방송 아카데미 출신이다. 역사가 오랜 만큼 커리큘럼이나 수업방식이 체계가 잡혀 있다.

초창기에는 다른 교육기관이 없어 이곳 출신들이 거의 100% 취업에 성공했으나 최근 들어 방송 아카데미들이 많아지면서 공중파 방송 취업률이 예전에 비해 떨어진다는 말을 듣고 있다. 구성작가 과정에서 교양, 오락, 다큐, 시트콤, 코미디까지 다양하게 배울 수 있다.

■ 방송작가 과정

〔이론교육〕

방송의 이해, 아이디어 발상법, 방송 촬영, 방송 기술론, 영상 편집, 대본 작성법, 프로그램 구성론(다큐멘터리 구성, 생활정보프로 구성, 유아프로 구성, 보도프로 구성, 시사고발프로 구성, 종합스튜디오 구성, 시트콤 구성, 코미디 구성, 토크쇼 구성, 라디오프로그램 구성)

〔구성실습〕

교양, 예능, 시사, 코미디, 시트콤, 보도프로그램 등 장르별 구성 실습

〔제작실습〕

연출, 아나운서, TV카메라, 방송기술, 구성작가, 드라마 작가 과정이 각기 제작팀을 구성하여 뮤직비디오 · 드라마 · 비드라마를 각 1편씩 제작하고 이를 종합스튜디오 형태의 프로그램으로 편성 제작

〈지원방법〉

인터넷 접수 및 직접 방문

주소 : 서울 송파구 잠실동 198 (잠실 아시아선수촌 아파트 맞은편)

전화 : (02)2240-3800 팩스 : (02)2240-3838

지원자격 : 구성작가 과정은 4년제 대학교 재학 이상

지원서류 : 지원서, 자기소개서(당사 소정양식), 반명함판 사진 2매

합격 후 제출 서류 : 최종학교 재학증명 · 졸업(예정)증명서, 반명함판 사진 4매

〈선발방법〉

서류전형 및 면접

〈수업시간〉

월 · 수 · 금 오전 9시 30분부터 12시 30분까지 6개월

수강료 : 205만원

**4) 작가 교육원(www.ktrwa.co.kr)**

한국방송작가협회에서 운영하는 작가 교육원. 여의도에 있어서 위치상으로는 방송국과 가장 가깝다. 강사진들은 현재 활발하게 집필하고 있는 현역 작가들이고 방송국 PD와 같은 실무진들도 강의를 하고 있다.

장점이라면 작가 교육원이니만큼 작가에게 꼭 필요한 것들을 중심으로 교육한다는 점, 수강료가 다른 교육기관에 비해 싸다는 점 등을 들 수 있다. 반면 단점이라면 작가 교육만 하기 때문에 다른 교육기관같이 연출과정, 기술과정 등과 함께 하는 공동작업을 해볼 기회가 없다는 점이다.

다른 기관에 비해 드라마 과정이 비교적 충실한 편.

■ 기초반

담임 강사가 방송문장론, 드라마 작법 등 방송 전반에 걸친 이론과 실기를 지도한다. 또한 정기특강에선 다큐멘터리, 쇼, 코미디, TV · 라디오 일반원고 등 비드라마 분야의 전문가를 초빙 특별 지도한다.

작가의식, 방송매체의 이해, 드라마의 본질, 드라마 특성(1, 2, 3), TV 드라마 작법(1, 2, 3, 4), 비드라마 특강, 장르별 드라마의 특성, 라디오 드라마 특성과 작성법, 시놉시스 작성법, 실제 원고분석 토론, 원고지 사용법, 작법개론 총정리(1, 2), 실습 원고 검토 분석(1, 2, 3, 4, 5, 6, 7), 총정리

■ 연수반

1) 드라마

강의내용으로 수강생의 습작품 제출을 의무화해서 첨삭 시스템식 지도방법으로 실질적인 작법을 지도하고 있다. 드라마의 미학을 느낄 수 있다.

시놉시스 작법 실습, 소재선택 방법, 구성 및 발단 연구, 생략 절제의 요령, 복선 · 갈등 · 위기 · 클라이맥스 · 반전 연구, 각색론, 드라마의 분석방법, 작법 총정리, 원고집필시 주요점, 실습(작법분석)

2) 비드라마

실습 위주의 본격적인 비드라마 강의. 방송문장론, 다큐멘터리, 쇼, 코미디, TV · 라디오 일반원고 등 비드라마 각 분야의 기획 및 구성 방법, 대본작성법을 심도있게 지도한다. 이론과 실습을 겸한 교육 과정이다.

비드라마 총론, 방송문장론 기본, 방송문장론 논술, 방송일반론 및 편성개론, 장르별 프로그램 및 각본(다큐멘터리, 라디오구성, TV구성, 쇼, 엔터테인먼트), 방송문장론(내레이션, 종합), 프로그램 기획에서 구성까지(엔터테인먼트, TV 구성, 라디오 구성, 버라이어티 쇼, 다큐멘터리), 구성 프로그램 작법(라디오 일반구성, TV 일반구성, 엔터테인먼트), 코미디 총론, 코미디 아이디어 발상법, 코미디 콩트 작법, 코미디 드라마 작법, 애니메이션 작법

■ 전문반

1) 드라마

치밀한 작품분석과 철저한 교육 관리에 치중.

2) 비드라마

프로그램의 기획에서 대본 완성까지 전문적인 창작 이론과 실무 지도.

■ 창작반

드라마 과정의 최상급반. 교육원 최고의 드라마 작가 양성 과정.

〈지원방법〉

직접 방문 접수

주소 : 서울 여의도동 17-1 금산빌딩 402호(여의도 국회의사당 정문 앞, 기아 빌딩 맞은편)

전화 : (02)780-3971, 780-0003　팩스 : (02)783-3711

지원자격 : 고졸이상. 경력, 성별 제한 없음

구비서류 : 수강기록카드 1부(본원 소정 양식), 증명사진 1매

전형료 : 10,000원(합격여부에 관계없이 반환치 않음)

전형방법 : 서류 및 면접

〈교육기간〉

6개월(주 1회, 2시간)

주간반 : 오후 2시~4시 야간반 : 오후 6시 30분~8시 30분

수강료 : 50만원

## 2. 공개 채용에 적극 응모한다

각 방송사에서는 공개 채용(공채) 방법으로 작가를 모집하고 있다. 그 기간은 일정하지 않은데 1년에 한 번 또는 격년에 한 번으로 시행된다.

따라서 어느 해에는 오락 · 코미디 작가를 뽑고 또 다른 해에는 교양 작가를 뽑는 식으로 진행되고 있다. 그러나 최근 들어서는 방송사들이 각기 방송 아카데미를 운영하여 작가의 수급을 자체 방송 아카데미에 의존하는 것이 일반화되어 공채는 점차 줄어들고 있는 실정이다.

일단 공채 모집 공고가 나면 서류 접수를 하는 것이 우선인데 서류 접수 때 자

신의 이력서와 해당 프로그램 모니터를 받는 것이 일반화되어 있고, 여기에 더 추가된다면 새로운 프로그램에 대한 아이디어나 기획안 같은 것들이다.

이렇게 해서 1차 서류 심사에 통과하면 그 다음은 실기 시험. 여기에서는 2인극 콩트나 3분짜리 남녀 주인공을 대상으로 한 공개 코미디 형식의 대본을 쓰는 것이 과제로 주어진다. 여기에 더 추가된다면 역시 기획안이나 새로운 프로그램에 대한 아이디어 같은 것들이다. 여기까지 통과된다면 다음은 3차 면접. 면접까지 통과하면 비로소 공채 작가의 길로 접어들게 된다.

경쟁률은 천차만별이지만 기본적으로 100:1 정도는 넘는다고 생각하면 된다. 대체로 3차까지 통과하는 인원은 10명 이내. 요즘에는 무턱대고 자신의 글 솜씨 하나만 믿고 공채에 도전하는 사람은 거의 없고 대개가 아카데미를 졸업한 사람들 중에서 합격자가 나오는 경우가 많다.

이렇게 어려운 공채를 통과했다고 해도 평생 방송작가라는 직업이 보장되는 것은 아니다. 공채란 그야말로 탤런트 공채와 같다고 하면 이해가 쉽다. 해마다 방송국에서 수 천대 1의 경쟁률을 뚫고 공채 탤런트를 뽑아대지만 모두가 스타가 되는 것은 아니다.

대개가 연수 과정에서 옥석이 가려지고 그중에서 한두 명만이 스타가 되고 드라마에서 단역이라도 제대로 맡아볼 수 있게 된다. 심지어는 공채 중에 단 한 명도 스타가 나오지 않은 기수도 수두룩하다.

작가 공채도 마찬가지다. 일단 뽑히고 나서 한달 정도의 연수 과정을 거치고 나면 각자 연수 성적과 적성 및 재능에 따라 프로그램에 배치되는데 한달 간격으로 프로그램을 순환 근무하는 방식으로 일을 시켜보는 경우가 많다. 그렇게 일을 하는 과정에서 독창적인 아이디어가 번뜩이는 게 눈에 보이면 PD로부터 인정을 받아 계속 일할 수 있는 기회가 주어지지만 그렇지 않으면 1년 정도의 순환 과정을 거치고 나서 자연스럽게 도태된다.

공채 작가의 경우 어려운 점 또 한 가지는 아무리 능력이 뛰어나도 일년 동안은 무조건 기본급만을 받게 된다는 점이다. 공채를 통하지 않고 들어온 경우, 밖에서 했던(예를 들어 시나리오 작가를 했다거나 등의) 경력을 인정받아 처음 일을 시작하는 경우에도 기본급보다 많은 돈을 받고 일을 할 수 있지만 공채로 시작하는 경우는 1년 동안은 대개가 기본급 60만 원 정도만 받는다.

물론 이 60만 원도 방송이 한 달에 네 번 꼬박꼬박 다 나갔을 때의 경우이고, 방송이 한 번이라도 못 나가면 거기서 15만원씩 깎이게 된다. 그러므로 공채 작가를 시작할 때는 1년 동안은 내 돈 들여가면서 회사에 다녀야 한다는 각오를 해야 한다.

## 3. 그 밖의 방법도 있긴 있다

개인적으로 내가 알고 있는 작가들 중에는 위의 두 가지 방법 외에 다른 방법으로 작가가 된 사람들도 있다. 라디오 프로그램에 멋진 사연을 자주 써 보냈더니 담당 PD가 글재주가 있다며 작가를 해보라고 시킨 경우, 프로그램 끝에 나오는 담당 PD의 이름만 보고 다짜고짜 방송국에 찾아가 '작품'을 보여주면서 일 시켜달라고 조르기 6개월 만에 마침내 작가가 된 경우, 카피라이터를 하다가 전직한 경우, 일반 회사의 홍보직을 맡아 방송국에 섭외하러 왔다가 작가가 된 경우 등 다양하다.

그러나 어떤 경우에도 기본적인 소양은 갖추고 있어야 그런 일들이 가능해진다. 일단은 방송의 기본이 되는 큐시트를 작성하는 법이나 대본 쓰는 법 정도는 알고 있어야 하고 자신의 작품이라고 할 만한 독창적인 구성안 몇 가지는 가지고 있어야 한다.

일단 기본적인 준비가 완료되면 자신이 알고 있는 사람들 중에서 방송과 관련된 인물, 즉 PD라든지 작가라든지 연기자라든지 아무튼 방송국 언저리에라도 있는 사람에게 자신이 이런이런 아이디어를 갖고 있으며 작가가 되고 싶다는 뜻을 강력하게 표명하도록 한다.

물론 이런 방법은 쉽게 길이 열리지 않으며 위의 두 방법에 비해 다소 무모하다고 할 수 있다. 또한 좋지 않은 사람을 만나면 괜히 아이디어만 뺏기고 작가는 되지 못하는 억울한 상황이 발생할 수도 있다. 그러나 실제로 방송국 안에는 이런 경로로 작가가 된 사람도 상당수 있으므로 이 방법이 아주 가능성이 없다고 할 수만은 없다.

**● 방송작가를 꿈꾸는 이들이 돈 안 들이고 할 수 있는 공부방법**

1. 일단 TV를 많이 본다

TV는 최고의 교과서! 그렇다고 장르 가리지 않고 무작정 보라는 건 아니고 자신의 관심 분야를 중점적으로 보되 요즘 화제가 되고 있는 인기 프로그램이라면 보약 먹는 심정으로 더 열심히 본다.

프로그램을 통해 요즘 어떤 연예인들이 인기가 있는지, 오락 프로그램 코너는 어떤 것이 유행 추세인지, 기왕이면 자막과 편집, 음악, 출연자들의 의상까지도 열심히 본다

2. 코미디에도 공식이 있다

코미디에는 나름대로 웃기는 공식이 있다. 반복이라든지 반전이라든지 하는 것들이다. 이런 코미디 공식에 관한 것들이 관계 서적을 뒤져보면 잘 정리되어 있다. 물론 시트콤에 관한 공식도 정리되어 있다. 일단 이론으로 무장되면 코미디를 보면서 이런 공식들이 어떤 식으로 응용되고 있는지 눈여겨본다.

만약 코미디를 보다가 너무 유치하다고 채널을 돌린다면 코미디 작가가 될 자격이 없다고 해도 지나치지 않다.

3. 시트콤을 보면서 대본을 재구성해본다

특히 시트콤이나 드라마 작가가 되기 위해서 하는 연습 중 하나인데, 자신이 재미있어 하는 시트콤 하나를 녹화해놓고 유심히 몇 번이고 본 다음 녹화해둔 걸 틀어놓은 상태에서 자신이 직접 대본을 써보는 것이다.

연기자의 대사, 동작, 시선, 음악, 신까지 꼼꼼하게 대본으로 써본다. 작업이 끝나면 대본과 함께 시트콤을 다시 보면서 그 대본을 받았을 때 과연 그 시트콤이 똑같이 나올 수 있는지 냉철히 검토해본다. 분명 자신이 빼놓은 부분이 있을 텐데 그걸 꼼꼼하게 챙겨보는 게 중요하다.

4. 인터넷에 들어가 각종 시트콤과 드라마 대본을 다운받아서 본다

요즘은 인터넷에서 각종 방송 대본을 볼 수 있다. 각 방송사 사이트에 들어가 보면 친절하게도 방송이 아직 나가지 않은 드라마의 대본이라든지 혹은 이미 방

송이 나간 드라마의 대본을 받아 볼 수 있는 서비스가 시행되고 있다. 일단 드라마나 시트콤 대본을 다운받으면 해당 드라마나 시트콤을 녹화한다. 드라마를 녹화한 다음 대본을 펴들고 대본과 비교하면서 드라마를 보는 것도 중요한 공부가 된다. 그러다 보면 작가가 대본을 어느 부분까지 썼는지 연출이 어떤 식으로 연기를 지도했는지 애드립은 어떤 부분인지 감을 잡게 된다.

5. 주변에서 일어난 우스운 일들을 기록해 둔다

살다 보면 웃기는 일들이 많이 일어난다. 단순히 말실수에서 나오는 유머도 있고 친구만의 독특한 캐릭터 때문에 웃는 일도 많다. 이런 일들을 그냥 웃어넘길게 아니라 노트에 기록해두는 습관이 중요하다.

그 사람의 사소한 말투나 행동의 특징, 그 상황에서 한 걸음 더 나아가 어떤 식으로 해야 더 웃기고 극적일지 생각해서 나만의 유머 노트를 만드는 일! 그것은 그 어떤 것보다 소중한 자료가 된다.

6. 잡지를 많이 본다

오락 작가의 경우 사회의 트렌드를 놓치지 않는 것이 중요하다. 특히 젊은이들 사이에 어떤 말투가 유행이며 어떤 패션과 어떤 게임, 어떤 사랑법이 유행인지 알아채는 것이 중요하다.

이런 트렌드는 광고와 잡지에서 가장 잘 포착된다. 광고를 통해서 유행어와 인기 연예인을 알 수 있고, 잡지를 읽으면서 요즘 사람들이 어떤 것에 관심이 많은지 감을 잡을 수 있다.

방송작가는 자고로 박학다식! 한 분야를 깊게 알 필요는 없지만(물론 그러면 더 좋겠지만) 다양한 분야에 대한 기본적 소양, 즉 어떤 분야든지 이야기가 시작되면 한 시간 정도는 그 분야에 대해 말할 수 있는 능력이 필요하다.

그러려면 서점이나 미장원 또는 은행에서 눈치 조금 봐가면서 공짜로 볼 수 있는 잡지가 최고의 읽을거리다.

〈끝〉